古典文獻研究輯刊

十五編
曾永義 主編

第12冊

節日視閾下的戲曲演藝研究

陳建華 著

國家圖書館出版品預行編目資料

節日視閾下的戲曲演藝研究／陳建華 著—初版—新北市：
花木蘭文化出版社，2017〔民106〕
序 4+ 目 2+276 面；19×26 公分
（古典文學研究輯刊 十五編；第 12 冊）
ISBN 978-986-404-904-2（精裝）
1. 戲曲　2. 戲曲評論
820.8　　　　　　　　　　　　　　　　　　　106000829

ISBN-978-986-404-904-2

9 789864 049042

古典文學研究輯刊
十五編　第十二冊　　　　　　　ISBN：978-986-404-904-2

節日視閾下的戲曲演藝研究

作　　　者	陳建華
主　　　編	曾永義
總 編 輯	杜潔祥
副總編輯	楊嘉樂
編　　　輯	許郁翎、王筑　美術編輯　陳逸婷
出　　　版	花木蘭文化出版社
社　　　長	高小娟
聯絡地址	235 新北市中和區中安街七二號十三樓
	電話：02-2923-1455／傳真：02-2923-1452
網　　　址	http://www.huamulan.tw 信箱 hml810518@gmail.com
印　　　刷	普羅文化出版廣告事業
初　　　版	2017 年 3 月
全書字數	258202 字
定　　　價	十五編 18 冊（精裝）新台幣 32,000 元

節日視閾下的戲曲演藝研究

陳建華　著

作者簡介

陳建華，武漢大學文學博士，香港城市大學、韓國全北大學訪問學者，現任教於湖北經濟學院新聞傳播學院。在《音樂研究》、《民族藝術》、《武漢大學學報》、《讀書》、《貴州社會科學》、《人民日報》、《光明日報》、《文史知識》等刊物發表學術論文 30 多篇，出版有專著《戲劇影視文化散論》、譯著《福爾摩斯探案全集》等。

提　　要

　　本書主要從節日民俗的角度對傳統戲曲文化進行審視與考察，以歲時節日、個人節日與宗教節日爲主要研究對象，並確立了三個研究維度：節日與戲曲成熟、節日風俗與戲曲形態、節日風俗與戲曲傳播。

　　節日本質上是將日常時間神聖化，它不可避免地帶上了原始宗教色彩。最初的節日與祭儀相生相伴，而祭儀本身就是宗教與藝術的綜合體，所以祭儀的一隻腳已經踏入了戲劇的門檻。節日迎神、驅儺也爲後世提供了文戲與武戲兩種基本範型；節日宴饗又促進了表演伎藝水平的提高，爲戲曲的成熟奠定了基礎；成熟的戲曲也以節日爲主要的傳播通道。民間戲曲主要在節日期間上演，久而久之便形成了一類獨特的劇目——節令戲。另一方面，社會上又出現了文人和藝人以特定節日爲題旨創作和演出的劇目，是謂應節戲。特定的節日演出環境制約了戲曲的演出體制、裝扮特徵、審美形態及題材偏好。

《節日視閾下的戲曲演藝研究》序

鄭傳寅

　　節日與戲劇的關係相當密切，這在全世界都是如此。古希臘戲劇依託酒神節得以創生並走向繁榮，古希臘戲劇浸潤有神秘奔放的「酒神精神」。文藝復興戲劇——特別是莎士比亞戲劇的內容與形式與西方的各類節日亦關係密切，打上了節日狂歡的烙印。誕生於民間的中國戲曲更是如此，它的創生、成熟、傳播以及藝術形態與節日——特別是熱鬧喧騰的民間節日均有著千絲萬縷的聯繫，演戲實際上是節日活動的重要內容，由節日所創造的文化生態環境對戲曲的命運有著至關重要的影響，這一生態的破壞必然造成戲曲的衰微，戲曲的振疲起衰與這一生態環境的重建互為表裏。20 世紀 80 年代，戲曲觀眾大批失落，我曾從這一視角探究文化生態環境對戲曲命運的影響，《傳統文化與古典戲曲》一書中的第一章《節日民俗與戲曲文化的傳播》便是這一探究的心得。

　　建華在武大讀書期間就曾關注過這一課題，也就此展開過初步的研究，博士畢業到高校工作之後，一直沒有放棄對這一課題的關注，有了比較充分的準備之後，他以此為題申報教育部人文社科青年項目，獲准立項，即將付梓的這部專著便是這一課題的研究成果。

　　專門、深入是《節日視閾下的戲曲演藝研究》的一個突出特點。為了做到這一點，建華以專題的形式建構研究框架，以便取得「點」的突破。第三章《節日風俗與戲曲形態》由《節日風俗與郭郎的腳色演變》、《節日風俗與反性別扮演》、《節日風俗與淫鄙表演》、《節日風俗與戲曲題材》四節構成，每節深入探究一個問題，問題意識很強，「切口」小，但剖析相當深入。《節日風俗與郭郎的腳色演變》一節從追問喪葬以及婚娶儀式中，郭郎為何「必

在俳兒之首」出發，考察郭郎與副末開場的關聯，然後考察郭郎在宋金雜劇、院本中的演變，進而考察郭郎在元雜劇、南戲和傳奇中的演變，全面而深入，得出的結論也很有說服力。第四章《節日風俗與戲曲傳播》由《元宵演劇與戲曲文化的傳播》、《中元演劇與戲曲文化的傳播》、《生日演劇與戲曲文化的傳播》、《喪葬習俗與戲曲文化的傳播》四節所構成，分別從大眾傳統節日和個人節日兩個方位考察節日對戲曲傳播的影響，比較全面深入地把握了研究對象。我國古代統治者雖然並非都排斥戲曲，但都沒有像古希臘城邦的統治者那樣主辦全國性的戲劇競賽會，戲曲的傳播主要依靠大眾傳統節日和個人節日。大眾傳統節日中的元宵、端午、中元、中秋、冬至大多有演劇活動，名目繁多的神佛誕辰有的也演化為大眾節日，其中有的也聚眾演劇。生日（新生兒滿月、周歲或逢十的整生）、婚娶、獲得功名、升遷、喪葬以及新屋落成等喜慶是個人節日，稍有財力之家亦延請戲班演劇慶賀。建華選擇演劇活動普遍開展的元宵、中元、生日、喪葬展開專題論述，抓住了具有典型性的節日事象，便於做深入的考察，他不僅考察民間演劇，對宮廷的節慶演劇亦有全面深入的考察，把自己的判斷建立在充分可靠的材料的基礎之上，體現了紮實的學術功力和良好的學風。

銳意創新是《節日視閾下的戲曲演藝研究》的又一特點。例如，《節日風俗與反性別扮演》一節可謂別開生面。反性別扮演是中國戲曲演劇形態的重要特色，宋元南戲和元代雜劇演出就是如此，「旦末雙全」成為當時演員技藝的贊詞。近代的男旦藝術是中國戲曲——特別是京劇表演藝術的特色和代表。然而為數不多的研究者通常是從性別歧視——官府限制女性登臺演戲、中國美學中的「中和」崇尚——「剛柔相濟」、戲曲表演「以假當真」的假定性原則等方位去加以解說。建華則從自古就有的男扮女裝的驅儺開始追索，考察節日社火中的反性別裝扮傳統對後世戲曲反性別扮演的影響，從視野與方法上刷新了這一研究。又如《節日風俗與淫鄙表演》一節亦可謂別具慧眼。中國戲曲中的淫鄙表演是一個突出現象，尤其是在一個劇種剛剛萌生之時，「浪語油腔」往往是吸引鐵杆觀眾——「草鞋幫」的重要「法寶」，而這也是許多地方戲在還不太成熟之時屢遭官府禁絕、打壓的重要原因。大文豪的「大雅之作」——如湯顯祖的《牡丹亭》之中其實亦不乏此類「涉黃」的筆墨。過去少有人就此展開專題研究，偶而有所涉及者也通常是從「迎合觀眾」的角度一語帶過地加以解釋。建華以元宵節的社火表演為例，說明中國傳統節

日大多也是兩性交往的重要時機，節慶儀式中包含的與性有關的「淫鄙內容」實際上是節日文化的一種重要構成，它對戲曲表演形態乃至劇本創作有著巨大影響，文中對「耍和尚」與節日淫鄙表演之關係的考察既很深入，也為解釋戲曲演出中的淫鄙表演提供了一個新視角。

　　建華有良好的學術素養，又很勤奮，前途未可限量，期待建華不斷有新的成果問世！

目
次

緒　論

一、選題意義

　　相比戲曲演出中的空間，學界對戲曲演出的特殊時間——節日——的關
注稍顯不足，二十世紀戲曲學術史的一大轉型是以演出史爲戲曲史之主幹的
曲學觀的建立，這是對以劇本創作史（尤其是以文人劇作爲主的創作史）爲
主幹的曲學觀的部份修正。事實上，戲曲總是體現出特定的時間和空間的屬
性，同時也借助於特定時空進行傳播。就現有的研究來看，周華斌、廖奔、
黃竹三、馮俊傑、薛瑞兆、景李虎、車文明等學者對古代戲曲賴以傳播的空
間已考察甚詳。根據戲曲演出空間的不同，戲曲演出可以分爲「神廟演劇」、
「勾欄演劇」、「堂會演劇」、「戲園演劇」、「宮廷演劇」、「隨處作場」數種。
但對於戲曲傳播之特定時間，論者或寥寥數語，一筆帶過，或將其從屬於空
間，專門的系統研究尚顯不足。

　　但戲曲的時間屬性對於解釋戲曲的形式特徵、裝扮方式及審美形態等方
面均有特殊的意義，而且就戲曲來說，它並不是在時間之鏈中勻速發展，而
是在一些特定的時間呈加速度前進，而在另一些時段裏卻放緩前進的步伐。
具體而言，對於傳統社會的人們來說，他們心目中有兩重時間概念，除了日
常時間之外，還存在著神聖化的時間片斷——節日。對於神聖的節日，人們
總是試圖通過主動性的活動去實現時間的意義，這些活動最初是宗教儀式，
後來又變成了花樣繁多的慶祝儀式，包括各式各樣的百戲雜耍、說唱表演以
及化裝表演等。節日慶典儀式的各項技藝不斷地有機融合，於是集各項技藝
於一身的戲曲最終出現。可以說，戲曲是在節日中孕育、發展並最終成熟起

來的。那麼，對於戲曲及其傳播所依賴的時間載體的雙向考察無疑具有重要意義。J‧布洛克在《原始藝術哲學》中曾經指出：「宗教儀式和現代戲劇可以說是兩極，但在兩極間也可以有許多中間位置，諸如在節日時的儀式化演出」。〔註1〕成熟的戲曲就相當於這句話中的「現代戲劇」，爲了揭示宗教儀式如何變爲戲曲，對兩者的中間地帶——節日演出的考察就顯得尤爲重要。這樣本選題就不可避免地走進探究戲曲源起的領域。目前學界所謂的主流與支流、明流與潛流、小戲與大戲，普通戲劇樣式與特殊戲劇樣式、祭祀戲劇與市場戲劇，幾乎都能用民間宗教儀式性戲劇與傳統戲劇加以概括，兩者之間的關係問題，實際上是戲劇發生的問題。這是一個頗具誘惑力但又充滿挑戰的領域，學術界對此也是眾口不一。但有一點可以肯定：戲曲形成於民間。民間社會的組織結構、風俗習慣、宗教信仰、經濟基礎等因素共同構成的物質文化環境，是戲曲得以誕生和生存的土壤。這些要素中，節日又是戲曲賴以形成的重要時間載體。在時間的維度上對戲曲本體進行追問和對節日慶典中的具體伎藝發展變化的梳理可以算作比較獨特的視角，以此爲切入點或可以提出一些新見。

另一方面，就戲曲演出的三大模式而言，勾欄演出爲獨特的商業性演出，堂會演出多在住宅廳堂進行，觀眾多爲家人與親朋，性質多爲喜慶、待客、祝壽等，而且常伴有宴會，目的純爲娛樂。這兩種演出在時間上沒有多少限制，但對觀眾有限制。廟會演出主要在廟臺廣場舉行，演出時間爲各類節日——對時間有限制，但對觀眾基本沒有限制，當地及附近居民、過路賓客等均可觀看，具有廣泛的公共性，其性質屬賽社獻藝，目的爲敬神娛人。而且，勾欄演劇與堂會演劇對於廣大民眾而言距離比較遙遠，不能經常參與，有人甚至一輩子都不可能親歷。依附於節日之上的廟會演劇卻是大眾戲曲活動的主要方式，也是戲曲生存和發展的基本方式。即便是元代，賽社獻藝，它的活動範圍、組織規模，參與人員等都遠勝於勾欄演劇。從這個意義上說，節日也是戲曲賴以傳播的重要時間載體。這樣就可以衍生出諸多命題：節日本身就沉澱著一定社會歷史時期特定的意識形態與審美倫理，在節日期間上演的戲曲是否體現了這些意識形態與審美倫理？如果回答是肯定的，它又是如何體現的？既然節日觀劇是大眾主要的公共娛樂方式，而宮廷亦有節日宴饗

〔註1〕 〔美〕J‧布洛克著，沈波、張安平譯，《原始藝術哲學》，上海人民出版社1991年版，第194頁。

用樂的傳統，士大夫階層則蓄養家伶，那麼民間節日演劇與宮廷、文人階層的演劇之間有什麼關係，三者是如何互動、相互影響的？如何解釋明代宮廷節日上演的儀式化的過錦、打稻之戲？又如何解釋清宮節令期間上演的體制短小、故事性不強、且絕大多數出現神佛形象的應節戲，節日的特殊環境對它們有何影響，表現在哪些方面，具體途徑是什麼？另外，戲曲文本中有一些不能以常理揆之的細節，令讀者難以索解，但以民俗的視角進行解讀卻會有柳暗花明之感，已有學者做了成功的探索和嘗試。同理，以節日民俗為切入點解讀文本也會收到意想不到的效果，而且一部份劇作本身含有很強的儀式性，也要求我們對節日民俗與戲曲文化的關係進行更深入的思考。

二、研究綜述

（一）前賢對於戲曲演出與宗教節日關係的揭示

20 世紀初，在西學東漸、中西文化的交流與激蕩中，經由國學大師王國維對戲曲研究蓽路藍縷之開闢，戲曲研究得以「登堂入室」。此時雖然學者們並不是從節日風俗的角度考察戲曲，但他們在關於戲曲起源的探討中所得的具體結論已暗寓戲曲演出與宗教節日密不可分的命題。劉師培在《舞法起源於祀神考》與《原戲》中提到「演劇酬神」、「賽會酬神」以及「儺雖古禮，然近於戲」等；姚華《梨園原》運用乾嘉方法，對「戲」、「劇」二古體字作文字學上的溯源，也得出「戲原於祭」即戲劇源於上古祭祀儀式上的歌舞的觀點；王國維採用當時西方流行的「戲劇起源於巫舞」的觀念，提出「歌舞之興，其始於古之巫乎」？接下來又考證了上古巫舞與戲劇的關係，指出在古代祭祀儀式的舞蹈中，「蓋後世戲劇之萌芽，已有存焉者矣」。酬神、祭祀的日子即是與日常時間相對的神聖時間，先賢的論述表明節日與戲劇的起源有著難以割捨的聯繫。新文化運動前後，民俗學研究在中國大興，顧頡剛、劉復、常惠、羅家倫、沈兼士、江紹原等一批民俗學家開始重視和提倡傳統民俗文化。古典戲曲雖然在此時並未與民俗學直接結緣，但對戲曲起源問題的考察，實際上開啟了戲曲民俗研究之路，為戲曲研究「預存」了一個新的維度。

與王國維將元曲視作一代之文學的觀念有所不同，青木正兒《中國近世戲劇史》、周貽白《中國戲曲史略》、徐慕雲《中國戲劇史》都更加重視戲劇演出的論述，這些著作直接或間接地觸及到了節慶演劇。青木正兒對「跳月」

民俗的關注，實際上已由單一巫術儀式的研究，嘗試向節慶演劇文化研究轉變。任半塘的《唐戲弄》進一步注意到人生禮儀中的演劇習俗，人生禮儀中的演劇正是民俗節慶演劇需要考察的視點。張庚、郭漢城《中國戲曲通史》在討論戲曲的起源和形成時，專設「從廟會到瓦舍」一節，其中就提到了《洛陽伽藍記》「召諸音樂，逞伎寺中」的記載以及安史亂後戲場盛於廟中的狀況，這也是戲曲與宗教節日息息相關的顯證。該著還花了大量的筆墨（共三章）來描述地方戲，佔有巨大的篇幅與份量。因地方戲多依附於節慶廟會之上，此部份對於研究節日民俗與戲曲具有較高的學術價值與史料價值。

（二）隨著戲曲史觀念的革新，學界開始重視研究過去所忽視的、作為節日民俗一部份的地方小戲

自 20 世紀 50 年代開始，經歷了兩次全國性的地方戲曲文獻整理工作。一是 50 年代的《中國地方戲曲集成》的整理，一是 20 世紀 80 年代開始的地方戲曲志的編纂工作。《中國地方戲曲集成》自 1958 年陸續出版了 10 餘卷，涵蓋 121 個地方劇種的 368 個劇目，共 722 萬字。《中國戲曲志》《中國戲曲音樂集成》《中國民間歌曲集成》等文藝集成志書的編纂，爲戲曲民俗學的學科研究奠定了資料與文獻的基礎，其中記錄了大量民俗演戲和演戲習俗，成爲當今戲曲民俗學研究的重要依據。

國內學界眞正對節日與戲曲關係的重視始於上世紀八十年代。原因在於戲劇研究觀念的轉變，也受國外漢學界影響較大。英國龍彼得與日本田仲一成的觀點與研究路數相近，他們都認爲戲劇起源於宗教儀式是世界上共通的規律，中國也不例外。在研究路徑與方法選擇上，與傳統的中國戲劇研究者大多限於正史、詩文、書信、序跋、筆記等文人撰寫的文獻不同，他們的研究視點從「都市戲劇」轉向「農村戲劇」，更多留意地方志、會館錄、家譜、公私文書類較爲零散的文獻以及非文字的儀式表演、習俗，在研究方法上則引入了民俗學與人類學的方法。龍彼得的《中國戲劇源於宗教儀式考》用大量的材料來證明戲劇源於宗教儀式，他說：「演戲基本的功用即是在表現敬意。娛樂，雖有助於達到相同的目的，卻只是次要的考慮。雇用一班戲子演出一場或數場戲總不外是爲了慶祝壽辰或考試及第，或在超度儀式中對死去的親人表達崇敬之情，或爲迎高賓，或爲賠禮。對大部份中國人而言，演戲最主要的功用還是在節慶中表現對神的敬意。」〔註 2〕田仲一成《中國戲劇

〔註 2〕 王秋桂編：《中國文學論著譯叢》，臺北學生書 1985 年版，第 533 頁。

史》、《中國的宗族與戲劇》、《中國祭祀劇研究》等著作則與龍彼得的觀念遙相呼應。他試圖「從祭祀戲劇的角度對中國戲劇史進行重構」，因為在他看來，「戲劇發生於祭祀儀式的觀點，是合乎邏輯、普遍適用的視點」，於是，他將民間宗教儀式性戲劇作為戲劇史的「正席」或「主席」，以鄉村祭禮向戲劇的轉化作為戲劇發生的起點，從戲劇生成的環境入手，將戲劇分為鄉村祭祀劇、宗族祭祀劇與市場環境劇。田氏還以極大的篇幅強調祭祀儀式的鎮魂功能，並以此作為元雜劇構成的核心線索，其實質是以儀式解釋藝術。客觀而言，兩人的研究都太專注於自己的視野，以至於或多或少遮蔽了戲劇藝術的審美價值及社會價值。另外，他們也沒有對宗教向藝術轉變的社會歷史背景進行全面的分析。但不管怎樣，恰如王國維在開創現代戲曲研究時也吸收了西方觀念一樣，他們的研究對於國內學界影響巨大。在他們的學說的影響下，國內學界開始重新評價戲曲中過去為人們所忽視的地方小戲。上世紀八十年代，民間戲劇研究者王兆乾就將戲劇分為觀賞性戲劇與儀式性戲劇，認為兩者在戲劇觀念、演出環境與演出習俗諸多方面都存在著不同，儀式性戲劇原本是戲劇本源和主流，而觀賞性戲劇只是支流，但傳統戲劇史卻將觀賞性戲劇作為戲劇的主流，儀式性戲劇反成為遺漏的篇章。臺灣學者曾永義分別著有《也談戲曲的淵源、形成與發展》、《我對戲曲史之研究與撰著之看法》等文章，對學界爭論不休的戲曲起源問題進行評說，同時也提出了自己的觀點：「戲曲有小戲、大戲之別」，「小戲為戲曲之雛型，大戲為戲曲之成型」。他同時指出，除鄉土小戲外，還應顧及宮廷小戲。康保成則提出「中國戲劇史的明河與潛流」的說法，將傳統戲曲史中從宋元前的泛戲劇形態到宋元南戲、元雜劇再到明清傳奇再到花部再到話劇輸入這一線看作明河，將儺、沿門逐疫、打夜胡、蓮花落、打連相、秧歌等一向為學者所忽視的內容看作是潛流。他更是將秧歌視作百戲之源。在《儺戲藝術源流一書》中，作者設立專門章節對主要是在年節期間表演的秧歌進行了細緻的分析。

伴隨著觀念的變化，國內戲曲學界的研究領域不斷拓展。上世紀八十年代初到九十年代，全國迅速地颳起一股與節日關聯度極高的「儺戲熱」，從1981年的「湖南儺堂戲座談會」到1995年的「中國少數民族面具文化展暨學術研討會」，10餘年間召開17次儺戲、目連戲學術研討會。學者將目光投到城市之外的尚未完全開發的山村，貴州、安徽、雲南、江西等地都活躍著戲曲學者的身影。與節日相關聯的目連戲、童子戲、打城戲等亦有學者進行充分探討。曲六乙《中國儺文化通論》、蕭兵《儺蠟文化——長江流域宗教戲劇文化》

庹修明《儺戲・儺文化》、林河《儺史──中國儺文化概論》、顧樸光等《中國儺戲調查報告》、麻國鈞《祭禮・儺俗與民間戲劇》、康保成《儺戲藝術源流》、胡天成與段明《民間祭禮與儀式戲劇》等爲該時期的代表作。幾乎與儺戲熱同時，《周樂星圖》、《唐樂星圖》、《扇鼓神譜》等記載民間迎神賽會的抄本被發現，馬上吸引了學者的注意力。馮俊傑《賽社：戲劇史的巡禮》、李天生《〈唐樂星圖〉散論》、景李虎《神廟與中國古代劇場》、趙逵夫《汾陰扇鼓儺戲的形成時代與文化意蘊》、廖奔《晉東南祭神儀式抄本的戲曲史價值》、曲六乙《從「中國祭祀儀式與儀式戲劇研討會」說起》、黃竹三《山西宗教祭祀戲劇的歷史、類型和特點》等均對此進行了較深入論述。後出之廖奔《中國古代劇場史》也用較大篇幅進行討論。此後，隨著各地戲劇碑刻的大量發現，民間賽社演劇逐漸引起研究者的重視。計有劉文鋒《我國古代的戲臺及演戲風俗》、黃竹三《試論宋金城鄉戲曲的演出》等重要論文。民間戲劇熱與文物熱甚至影響了通史的寫作和博士論文的選題，廖奔、劉彥君《中國戲曲發展史》與其它戲曲史在體例上的一大區別是將民間宗教儀式形態戲劇──儺戲、目連戲、木偶戲、影戲等以「特殊戲劇樣式」與「普通戲劇樣式」並列，儺戲、目連戲、木偶戲、影戲得以登堂入室，與文人戲劇平起平坐。中國藝術研究院白秀芹的博士論文也以《迎神賽社與民間演劇》爲題。

戲曲研究方法和思維視角方面也顯示出豐富性與多樣性。表現在：一是田野考察被引入戲曲研究，在王國維開創的二重證據之外又多了一重鮮活的田野資料。王兆乾、麻國鈞、曲六乙等於此用力甚勤，近來則有董曉萍《鄉村戲曲表演與中國現代民眾》、傅謹《草根的力量》等專著問世。二是考古學與文物學知識顯示出獨到的作用，因爲戲曲本爲小道，正史多不見載，筆記史料亦有限，地下文物的出土對於還原歷史無疑具有很大的幫助。周華斌、廖奔、黃竹三、馮俊傑等在此方面取得了不俗的成績。三是民俗學的思維方式介入戲曲研究。鍾敬文早就指出過：「古典文學的研究應該借鑒或吸收民俗學的理論和方法。」〔註3〕郭英德的觀點在戲曲學界有一定代表性：「研究戲曲要懂得民俗學，因爲戲曲演出留存著大量的儀式化的東西，和民間的節日活動關係密切，這對戲曲創作、戲曲演出都產生了明顯的影響。」〔註4〕借鑒

〔註3〕 鍾敬文：《民俗學與古典文學》，《鍾敬文文集・民俗學卷》，安徽教育出版社1999年版，第188頁。

〔註4〕 郭英德：《明清文學史講演錄》，廣西師範大學出版社2005年版，第58頁。

民俗研究戲曲的代表性成果有：翁敏華《中國戲曲與民俗》、《戲曲曲牌與宋元民俗》、廖奔《宋元戲曲文物與民俗》、業師鄭傳寅教授《傳統文化與古典戲曲》中第一編《節日民俗與戲曲文化》、趙山林《論古代戲曲民俗》、康保成《元雜劇呼妻爲「大嫂」與兄弟共妻古俗》等。

　　新觀念、新視野、新方法催生了兩大標誌性事件，一爲「中國地方戲與儀式之研究」工程，是中國臺灣清華大學王秋桂教授與中國戲劇家協會、中國儺戲學研究會合作，由大陸數十名學者在十多個省、自治區的農村，進行較長時間的考察與研究，至 2000 年底，由王秋桂主編、以「民俗曲藝叢書」名義，先後出版發行了 80 餘種出版物。叢書內容分爲五個大類：一、調查報告，二、資料彙編，三、劇本或科儀本（集），四、專書，五、研究論文集。對全國範圍內的民間戲曲藝術做了詳盡的介紹，收集了大量有關民俗文化研究的論文，其中也不乏節日民俗研究。學界對此給予了高度的評價，「這套叢書是研究中國儺學、儺文化史、民俗學、民族學、宗教學、文化人類學、民間文藝學、戲劇學等領域相當寶貴的資料文庫，也是今後中外學者繼續研究、考察上述各學科領域第一手的珍貴資料。」〔註5〕在該項目的推動下，各地儺戲得到了更爲詳盡的梳理。二是 1994 年 5 月在臺灣召開的「中國祭祀儀式與儀式戲劇研討會」。該會「會議宗旨」指出：「藉一種儀式祈求達成驅凶納吉的願望是古往今來普遍的現象……祭祀中別具意涵的肢體動作使得儀式研究的觸角跨進了戲劇與舞蹈的領域。」該「宗旨」還指出，儀式劇包括儺戲、目連戲、法事戲、賽戲等，以性質來區分則可包括酬神戲、平安戲、願戲、香火戲、社戲、喪戲等。儀式劇的提法被學術界所接受。

　　除此之外，對節日演劇的論述，也散見於一些著作中。1980 年，陸萼庭的《崑劇演出史稿》問世，這是戲曲演出史的開山之作，正如趙景深爲該書作序所言：「這部《崑劇演出史稿》是一種探索，甚至也可以說是一種創舉。一般我們所看到的戲曲史大多都是戲曲文學史，很少有人專門側重戲曲演出方面的，即使周貽白的《中國劇場史》也只談舞臺變遷爲多，專門側重演出史的幾乎沒有看見過。」全書從崑曲的演出方式、分佈地域、戲班活動等幾個方面，描繪了從晚明到清末劇壇上崑曲演出的盛況。書中第三章《競演新戲的時代》第四節《民間職業戲班與藝人》中提到民間職業戲班「除了隨時應付社會上一般喜慶宴會場合的召喚外，並在歲時令節參加寺廟廣場的演出

〔註5〕　曲六乙、錢茀：《東方儺文化概論》，山西教育出版社 2006 年版，第 38 頁。

——這是崑劇與廣大民眾見面的唯一機會。」同書第四章《折子戲的光芒》第四節《蘇州集秀班的影響》中提到十八世紀三十年代之前崑劇演出的兩個主要場所，一是堂會，「其二可以名之爲娛神戲，歲時令節，寺廟裏廣場上搭臺演戲，群眾靠了神道之『福』，乃得倖運看上幾回戲。」接著作者列舉了江南地區一年內主要的娛神戲的種類：「一、二月初二日，搭草臺演土地戲。二、二三月間，借祈年爲名，搭臺演戲，叫做春臺戲。三、三月二十八日爲東嶽生日，各廟宇張宴演劇。四、四月二十八日藥王（扁鵲）生日，藥市中人醵金演戲，叫做藥王會。五、五月十三日關羽生日，商賈們宰牲演劇，所謂『神誕猶傳漢壽亭，神臺絃管散諸伶』。六、六月二十三日火星誕辰，各廟舉行廟會，並在空闊處築草臺，演戲多日，旁搭耳臺，以供壁上觀。二十四雷齋，蘇城內玄妙觀、閶門外四圖觀演劇。七、中元（七月半）前後梨園行擇日祀神演劇，叫做青龍戲。」另外，作者也順帶提到明清時代鐘鼓司、教坊司、玉熙宮、南府、景山、昇平署在歲時節令及萬壽節、千秋節演劇的情況，並對節戲、承應戲有所論述。稍後胡忌、劉致中的《崑劇發展史》中也偶見民間與宮廷內的節令演劇（注，指崑曲）的論述。

（三）節日風俗與戲曲演藝的深層結構得到探討

表現爲四個方面：

1. 節慶文化與戲曲關聯的理論探討得以推進

鄭傳寅教授《節日風俗與古典戲曲文化傳播》一文帶有節日民俗與戲曲文化論綱性質，分別從「節日在民眾生活中的地位和作用」「節日娛樂習俗與歲時宴集聚戲之俗的形成」「節日民俗環境與戲曲文化傳播」「節日民俗與戲曲文化形態」等四個方面展開討論，從節日聚戲風俗到戲曲傳播，進而討論到節日演劇對戲曲美學風尚、戲曲特有結構的影響。王長安《民俗節慶格局與中國戲曲結構》意在探討民俗節慶與戲曲結構之間的內在關係，從民俗學的角度，由節慶之佈局聯繫到戲曲之結構，該文將五個節氣與戲曲的五幕（含楔子）聯繫起來，認爲「中國民俗節慶活動與中國戲劇的內在相通。它們同爲快樂儀式，同爲技巧化了的宣情載體，而處於節慶與戲劇中的人（在前者爲人們，在後者爲人物）又都有強烈的表現欲望。在自娛自宣中娛人，又在娛人中強化自娛，昇華自宣。爲此，他們不惜厚積（物質的與情感的）而薄發，呈現出一種結構固定的情緒節奏。正是這種民俗心態與戲劇心態的重合和民俗精神與戲劇精神的一致，造就了節慶格局與戲劇結構的異質同構」。朱

恒夫的《推進與制約：民俗與戲曲之關係》通過挖掘地方志民俗演劇史料，
闡明了民俗節慶對戲曲發展的重要作用，提出「民俗中的祭祀與世俗的節日
等，為戲曲排定了一個四季輪迴的演出日程表」「是民俗規定了在一年之中必
須有許許多多的戲曲演出的日子，造成了戲曲繁盛的局面」等觀點。劉鐵梁
《文化視域中的節日與戲曲》、周華斌《從戲曲節日到節日戲曲》、麻國鈞《節
日‧戲曲‧演藝》、李松《節日與戲曲：研究節日文化的廣闊向度》、張士閃
《節日戲曲表演的鄉土生態》、傅謹《節慶與戲曲之盛衰》等也從不同角度對
節日與戲曲之關係進行了宏觀探討。

　　方志學的成果被一些學者借用來研究節日演劇。如王政《閩臺方志所見
民間演劇史料考釋》就是主要從方志中尋找材料來進行論述的。該文主要從
清代及民國初年纂修的閩臺方志中，尋找八閩之地及臺島民間演劇的情況，
對於研究中國民間戲劇文化及閩臺地區民間宗教與演劇活動的關係，具有參
考意義。該文共兩部份，一是用表格列舉了歲時民俗及一般風習中的演劇活
動，作者將一年之中所有的宗教節日與歲時節日中的演劇狀況均鈎稽出來，
除此之外，也列舉了民間的婚儀演劇、喪儀演劇、祝壽演劇、祈雨或禳災演
劇、送瘟神演劇的材料。二是對志書中民間演劇的史料價值進行認定，包括
對民間演劇藝術的定位、地方劇種發生發展中各形式要素的演進、演出場所
的確定、演出時接受主體的反應等。再如，戴健《晚明吳越風俗與戲劇活動》
也是從風俗節日入手，考察這一時期吳越地區的節日娛樂，戲劇的傳播和鑒
賞、文人戲劇成為風俗娛樂的方式及其文化意義。所引材料除來自祁彪佳《祁
忠敏公日記》、張岱《陶庵夢記》等典籍外，更多的材料來自方志。還有一些
論文將節日作為民俗的一部份進行立論。如劉闖生《福建古代民俗活動與戲
棚演劇論》意在從環境條件、民俗活動、演出形態等角度，通過較客觀的闡
述，在充分展示福建古代戲棚演劇完整風貌的同時，也揭示其久盛不衰的實
質內涵與價值所在。

2. 節日與戲曲之關聯之個案探究精彩紛呈

　　康保成《孟姜女故事與上古祓禊風俗》通過對湘西儺戲《孟姜女》保留
的祓禊古俗的考察，揭示其對於研究中國風俗史、宗教史、戲劇史的重要參
考價值。翁敏華《古劇民俗論》收錄了她長期關注戲曲與民俗的成果，其中，
《清明節與「清明劇」》、《四大節日，兩位神祇——〈長生殿〉民俗文化管窺
之一》、《元宵節俗及其戲曲舞臺表述》、《端午節與端午戲》、《中秋節俗主題

及其戲曲演繹》等均爲個案研究之作。彭恒禮博士以民俗學爲角度，從單一節日考察演劇文化，專著《元宵演劇節俗研究》以「民俗學的研究嘗試對生活的還原，將演劇重新放回到民俗文化的大背景中去觀照，不僅關注演劇本身，而且更加關演劇與其它文化形態間的關係，以及演劇文化在節日文化中的地位和作用。」〔註 6〕此外，還有《春節的演劇風俗》（彭恒禮）、《清內府年節承應戲》（楊連啓）、《元雜劇中的七夕節日文化》（戴培毅）、《論應節戲的文化內涵》（李楠、陳琛）、《元宵演劇與戲曲文化傳播》（陳建華）、《生日演劇與戲曲文化傳播》（陳建華）《喪葬習俗與戲曲文化傳播》（陳建華）、《中國古代喪葬演劇與禁戲》（丁淑梅）等。

羅斯寧先生有感於文學研究變成了文化研究，使文學研究迷失了方向，其著作《元雜劇與元代民俗文化》對 38 個涉及節日內容的元雜劇進行了分析解讀，作者主要從「元雜劇的審美、深層文化心理、藝術特色等方面研究元雜劇與元代民俗文化的關係，而不僅僅是從元雜劇中撿拾有關元代民俗文化的有關資料加以展示」，該書第三章第一節「元雜劇的題材和元代的節日文化」，分別從「元雜劇的愛情劇和元代的節日擇偶習俗」、「元雜劇的武打劇和元代少數民族的節日競技習俗」、「元雜劇和元代的宗教節日文化」、「元代節日文化對元雜劇題材風格的影響」四方面對元雜劇與節日民俗的關係進行了考察。第二節立足從「元雜劇的鬼魂戲和元代的祭祀習俗」進行論述，作者將鬼魂戲分爲祭奠神明劇、祭奠亡人劇、祭奠冤魂劇、又從元人的偶像崇拜、佛教輪迴轉生觀念和忠孝節義的儒家禮教思想、鬼魂崇拜等方面討論了元雜劇鬼魂戲的祭祀功能和文化內涵。但作者認爲涉及宗教節日的劇作及祭奠神明劇作上演的時間爲神誕日或其它節日，這僅爲一種推測，尚缺乏材料的支撐。

3. 節慶演劇逐漸得到學界重視

郭英德早期著作《世俗的祭禮——中國戲曲的宗教精神》上編《中國戲曲的宗教淵源》指出，「民間迎神賽社的宗教祭祀儀式，無疑是遠古時代圖騰崇拜的遺跡。圖騰崇拜的全民性、禮儀性和娛樂性，成爲民間迎神賽社的主要特徵」。同時，他也對迎神賽社進行了分類，「一、歲時節令，如春節、上巳、端午、中元、中秋，以及冬春祈年、夏秋報賽等；二、跟社區和祭祖有關的祀日；三、淫祀，即名目不正、不列祀典的祭祀，品類雜多，如土地神、竈神、海神等神靈的寺廟，如已死的先賢、聖哲、名人、驍將等的祠廟；四、

〔註 6〕 彭恒禮：《元宵演劇習俗研究》，廣東高等教育出版社 2011 年版，第 7 頁。

不定時的喜慶婚喪活動和驅疫求神活動，如疾苦、天災、時疫、新廟慶成、佛像開光、酬神還願等等。」

周華斌《中國戲劇史論考》中多次提及要注意廟會演劇的特殊性和重要性。如「廟會演劇的宗教性、儀式性、節令性，區別於城市內勾欄演劇的純娛樂性，純商業性和日常性。雖然它與勾欄戲劇有所聯繫，但是因宗教儀式和節令的要求，在內容和形式上形成自身的一系列特徵。廟市文化源遠流長，是中國傳統文化、傳統戲劇的根基。」趙山林《中國戲曲觀眾學》中指出：「對於都市的廣大市民觀眾來說，瓦舍勾欄的經常性演出是滿足他們觀賞戲曲需求的主要手段，但每逢節日，各種形式的演出活動總是格外熱鬧，也可以說是每年戲曲演出活動的幾次高潮。」然後，作者綜合《東京夢華錄》、《都城紀勝》、《西湖老人繁勝錄》、《夢粱錄》、《武林舊事》諸書，一一羅列了元宵、崇德眞君誕辰、三月一日（東京開金明池瓊林苑）、上巳日、四月初開沽煮酒、九月初開沽新酒、東嶽大帝誕辰、崔府君生日、灌口二郎生日、中元節、中秋、除夕等節日的演劇狀況。王廷信的《崑曲與民俗文化》第一章「崑曲演出與節日時令」討論了春節、迎春、元宵、端陽、賽會、中元、中秋等 7 個節日中的崑曲演出；第二章「崑曲演出與人生禮儀」討論了生子、婚禮、壽禮、喪禮等 4 個節慶中的崑曲演出。

康保成除在《儺戲藝術源流》中對年節儀式有充分的論述外，專著《中國古代戲劇形態與佛教》第六章《明清戲曲形態與佛教》中專設《戲曲演出的場合：佛教節日》一節，討論了明清時期佛教節日進一步滲透到民間節日和禮俗中與儒、道、巫三家形成既競爭又融合的局面，在這些節日裏，不但要舉行各種佛教儀式，還往往要演出戲曲。作者又著重論述了四月八日浴佛節、七月十五中元節的演劇狀況以及演劇向民間喪葬儀式滲透的狀況。

車文明專著《20 世紀戲曲文物的發展與曲學研究》第五、六兩章《演出史研究：戲曲史研究重心的回歸》中提出「賽社獻藝作爲中國古代戲曲生成和生存的基本方式，其重要性遠沒有被認識」的觀點。「鑒於賽社演劇在中國戲曲史上所處之特殊地位，更由於現存戲曲文物有關演出方面的資料絕大多數爲賽社獻藝內容」，所以，作者專門「描述宋、金、元、明、清各代賽社演劇情況，並聯繫古代祭祀活動進一步探討賽社獻藝對中國戲曲生成與生存的作用。」最後，作者又分析了賽社獻藝與戲曲的生存發展，提出「賽社獻藝是中國戲曲最主要的公共演出方式」、「賽社獻藝是中國戲曲生成與生存的基

本方式」、「古代宗教，尤其是民間宗教的全面振興是戲曲形成於宋代的一個重要而又被研究界長期忽略的原因」等觀點。

車著最大的特點是資料翔實，作者充分發揮了山西師大重戲曲文物研究的優勢，在黃竹三、廖奔、馮俊傑等學者研究的基礎上，幾將全國尤其是中原出土的戲曲文物一網打盡，其立論大多建立在對出土文物圖像解讀及相關碑刻資料記載之上，結論令人信服。但其研究亦有可訾議之處，表現在三個方面：一是作者將節日慶祝活動亦納入賽社行列，他認為「中國古代節日繁多，無月不有，而絕大多數節日都源於（或被附會到）自然崇拜、祖先崇拜、鬼神信仰等原始宗教意味極濃的古代宗教信仰，如三元（上元正月十五、中元七月十五、下元十月十五）節因祭祖三官（天官、地官、水官）而來，立春之日祀芒神、四月初八為佛誕日、端午節祭屈原、中秋之夜祭月亮、臘日祭百神等等，不勝枚舉，所以，將節日慶祝活動亦納入賽社行列。」這一結論大體不錯，但還是失之籠統，甚或有矛盾之處。如，「絕大多數節日都源於（或被附會到）自然崇拜、祖先崇拜、鬼神信仰等原始宗教意味極濃的古代宗教信仰」表述是不錯的，但元宵的祀太乙神則是西漢才有的風俗，這已對原始宗教信仰觀念作了極大的改動，不可與原始宗教信仰同日而語。再如端午祭屈原也是後起之習俗，其最早記載乃是梁宗懍《荊楚歲時記》，這是風俗不斷演化、各種觀念不斷衝突又融合的結果，與初民對於五月五日的認識不完全是一回事。這些認識的偏誤對於論述是有影響的。二是作者所引材料基本上是對「既定事實」即已有演劇資料的排列，行文上則表現在對現象的描述多於對規律的總結，作者介紹了從宋到清的大量史料記載、出土文物、演劇形態、戲曲活動狀況等，但對戲曲自身發展運動的內在邏輯卻著筆不多。作者既服膺於田仲一成「中國戲曲起源於社祭」的結論——退一步講，也是將祭祀作為戲曲的一大源頭，但缺乏對戲曲本質屬性和相關要素的界定，也沒有回答戲劇起源這一個難以達詁而又充滿誘惑且難以迴避的問題。三是對戲曲成熟於宋代的解讀，作者提出了「古代宗教，尤其是民間宗教的全面振興」是戲曲形成於宋代的重要原因。作者所指的古代宗教指相對佛、道二教而言的巫教。這一結論至少有兩方面值得置疑：一是道教形成佛教傳入中土之前，中國幾為巫教的一統天下，為何沒有形成戲曲？二是戲曲的形成固與祭祀有關，但將戲曲藝術的形成以參與祭祀人數數量的多少來衡定和評價確有失之簡單化的傾向。拋開戲曲形成的社會歷史原因不論，微觀地討論祭祀、

節日演出對戲曲形式要素作出了哪些貢獻或者如王國維先生《宋元戲曲史》中所言從「宋之滑稽戲」、「宋之小說、雜戲」、「宋之樂曲」三方面追溯南戲、元雜劇的源頭可能更有意義。

此外，張發穎《中國戲班史》、《中國家樂戲班》、劉水雲《明清家樂研究》等著作對節日演出也有零散描述。

（四）宮廷節日演劇的探討走向深入

不可否認，節日演劇絕非僅是民間爲之。士大夫演劇因在明中後期「無日不洋洋耳」，暫存而不論。對於另一重要主體——明清宮廷的節日演劇情況的揭示，也隨著資料的不斷發現、整理而有條不紊的進行著。孫楷第《也是園古今雜劇考》對明代鐘鼓司爲何保留了大量的內府本雜劇作出一種解釋：「明時劇本多聚於鐘鼓司，其故無他：當亦緣內庭不時演劇，所須劇本至多，故所藏豐溢，非外庭所及耳。」〔註7〕邵曾祺與曾永義則對內廷演劇時間作出了限定，二人所見略同，都認爲是在節日上演的劇目。邵曾祺就《脈望館鈔校本古今雜劇》中內府本雜劇作出推斷，認爲它們恐爲節日承應戲：「一些劇本恐大多數也出於教坊藝人之手，不過這一類似是專爲喜慶節日所編的承應戲而已。」〔註8〕曾永義則進一步推斷教坊編演本雜劇的創作功用上可分爲皇上萬壽供奉之劇、太后供奉之劇、賀正旦之劇、祝元宵之劇、春日宴賞之劇、冬至宴賞之劇等。此後，明教坊內府編演本雜劇成爲研究的一個熱點，然就討論範疇和創新程度看，仍不出先賢所定的基調。明代宮廷節日期間還盛行歌舞表演、曲唱之風。追憶明初至中葉教坊遺聲的《盛世新聲》、《詞林摘豔》、《雍熙樂府》中有大量題作「元宵內宴」、「元日祝賀」、「元宵應制」、「燈詞」、「春日」（即元日）、「賞元宵」、「元夜」的作品。這些作品來自於內禁應無疑義，這表明宮廷宴饗中已有唱散曲的習俗。

清代宮廷演戲之勝，堪稱各朝之冠。清宮留下了豐富的劇本、表演題綱和演出檔案，戲衣與砌末更是豪華非凡。對清宮演劇的資料，有兩次大規模的整理：第一次是1964年，由鄭振鐸主持的《古本戲曲叢刊》系列的出版，其中第九集收錄乾隆年間編成的清宮十種大戲；第二次便是2000年海南出版社出版的大型叢書《故宮珍本叢刊》集部之尾收錄了藏於故宮博物院的清代宮廷戲劇的劇本和演出題綱。清宮演劇中僅昆、弋節令承應戲的數量就足以令人歎爲觀止。

〔註7〕　孫楷第：《也是園古今雜劇考》，中華書局1965年，第66頁。
〔註8〕　邵曾祺：《元明北雜劇考略》，中州古籍出版社1985年版，第597頁。

對清宮戲的研究，解放前有朱希祖《昇平署檔案記》、王芷章《清昇平署志略》等奠基之作。八十年代以來，清宮節日演劇得到更爲深入的研究，成果亦頗爲可觀。論著方面，朱家溍、丁汝芹《清代內廷演劇始末考》具有較高的學術價值。范麗敏《清代北京劇壇花、雅之盛衰研究》對此亦多有涉及。單篇論文方面：產生了大量以此爲研究對象的論文，如李眞瑜《清宮演劇的宮廷文化意味》、郎秀華《清代宮廷戲曲發展淺談》、苑洪琪《乾隆時期的宮廷節慶活動》、秦華生《清代內廷演唱弋腔戲管窺》等等。

儘管前賢時俊做了大量而深入的研究，產出了豐碩的成果。筆者以爲，此課題研究尚有一些值得反思檢討之處：

其一、對於節日缺乏進一步的細分，論者往往籠統以節令稱之，對於節日演劇，則統稱爲迎神賽會。如郭英德、車文明的相關論說。從宏觀著眼，這種說法並無什麼不妥，節日民俗當然有共性。但如果對不同類別的節日不加區分，不具體考察不同類型節日甚至單個節日所承載的精神文化內涵，則難以揭示具體節日對戲曲形成的不同貢獻及不同節日傳播的戲劇種類和劇目的區別。

其二、在言說方式上，多數論著以羅列不同節日的演劇記載爲主，鮮有觸及戲曲研究中的核心問題，諸如民間節日演劇與宮廷演劇如何實現互動、節日雜戲對宋元南戲、元雜劇的形成究竟貢獻了什麼，戲曲的哪些特質受到節日公共演出環境的影響等等。

其三、多突出節日小戲向成熟大戲轉化的線狀演進，對於戲曲與節日儀式的論述偏於簡單化。如觀賞性戲劇與儀式性戲劇的關係，田仲先生的基本看法是：祭祀戲劇隨著歷史時間的推移，都最終進化、上升爲觀賞性戲劇——儀式性戲劇在前面走，觀賞性戲劇跟在它後面走。這是一種藝術進化論的觀念，但不一定適用於戲曲，因爲有充分的資料表明，戲曲成熟之後，節日既有成熟大戲的演出，還有門類眾多的泛戲劇形態展演，大戲並沒有淘汰小戲，也並沒有對其構成取代關係。這是中國戲曲的獨特性所在，也需要進行充分的理論闡釋。

三、研究重點及研究方法

本文擬將民俗節日分成三類（歲時節日、宗教節日與個人節日）進行分而論之，論文將鈎稽宋、元、明、清節日演劇的狀況，也會對戲曲成熟之前的節日百戲有所論述，甚至會上溯到上古的祭祀風俗，但本文重點不在於羅

列材料，也不想對眾多的節日平均用力，而是選取一些有代表性、與戲曲關聯較大的節日，通過「點」上的挖掘，以點帶面，試圖闡釋和回答戲曲史上的一些問題。

　　具體而言，在歲時節日中，筆者選擇的是元宵節。元宵節在唐代以後成為最負盛名的遊藝節日，成為普天同慶的日子，上至君王、下至草民可以在元宵節盡情狂歡，一切社火百戲可以在這個光彩絢爛的舞臺上演，元宵上演的社火既帶有原始宗教的基因，又體現出強烈的娛樂狂歡精神。在所有節日中，元宵節對戲曲的形成影響最大。另一方面，元宵又吸納了其它節日的一些功能，成為一個綜合性節日，在歲時節日中最具有代表性。在這一部份，文章試圖說明幾個問題：一是社火裝扮對戲曲腳色化裝有何影響？二是社火男扮女裝與宋雜劇「裝旦」、早期南戲男扮女裝的關係，為什麼戲曲後來出現女旦而社火卻仍以男扮女裝為主？三是社火與戲曲中大量的淫藝表演有何關聯，其背後的心理動因是什麼。四是傀儡戲中的郭郎在戲曲中到底是變成了「末」，還是「淨」、「丑」？

　　在宗教節日中，筆者選擇的是關公誕辰與中元節。據地方志資料和戲曲文物作出的統計，祭關為所有神誕中最流行、最普遍的儀式，其祭祀之隆重、影響區域之廣都無出其右，堪稱神誕第一節日。關公祭祀中有兩個有趣的特點：一是關公的生日在不同地域並不統一，二是出現了《關雲長大戰蚩尤》這種明顯經不起歷史常識檢驗的作品。本部份嘗試著分析出現這種「明顯錯誤」的原因，並從節日民俗的視角對戲曲作品亂改歷史、「近史而悠謬」的特點作出解讀。中元節為南北朝時形成的佛教節日，節日儀式由講經逐漸轉化為演雜劇。本部份擬勾勒出中元講佛經、到唐五代目連變文，再到北宋演《目連》的線索，探究佛教對於戲曲的影響，同時分析宋雜劇《目連救母》的演出形態，並歸納齣目連文化傳播的兩條路徑。

　　個人節日中，筆者選擇的是生日與死亡兩大類。生日演劇部份，著力分析生日慶典的來由、演劇進入生日慶祝的心理動因，並從古代典籍特別是宋、元、明、清的各種史料中搜羅出「誕生演劇」、「冠禮演劇」、「壽辰演劇」、「陰壽演劇」諸方面材料，並對材料分類整理，探索生日演劇的起源、發展與流變。最後，通過對相關劇本的細讀，揭示神仙慶壽辰劇依附於喜慶氛圍上的祭祀實質，並探討生日環境對戲曲的體制特徵與美學形態的制約。喪葬演劇部份，通過對「娛尸」習俗的考辨，探討喪葬禁樂向喪葬用樂轉化的原因，

對娛尸、輓歌、佛教度脫儀式等相關概念進行仔細甄別，勾勒出喪葬禁樂到用樂、再到演劇的內在線索。然後對喪葬演劇的類型進行細分，包括出殯演劇、逢七演劇、忌日演劇等，並對相關史料記載進行鉤稽。最後，討論喪葬環境下的劇目選擇及其文化意蘊。

本文擬採用的研究方法：

一、文獻資料的收集與考證。筆者將盡可能地搜求與節日演藝相關的資料，不僅包括地方志、筆記史料中的有關戲曲文獻，也包括元、明、清戲曲小說中關於戲曲演出的一些旁證，同時也旁及其它經、史、子、集中的相關文本，以期避免遊談無根或空言義理，盡可能接近歷史，並弄清事物的來龍去脈。

二、文物資料與田野資料的引證。文物資料的重要性自不待言，它對戲劇研究提供最直接的證據和最有力的支撐。為論證文中觀點，本文也將借鑒戲曲文物學的現有成果，在審慎考辨的基礎上加以利用。由於本人未直接進行田野調查，所引資料將來自前輩學者的學術成果和考察報告。

三、理論的延伸與闡發。在追尋祭祀向戲曲轉化、小戲與大戲的雙向影響時，本文主要借鑒福柯的知識考古學理論和涂爾幹的歷史分析法，從最原始的形態入手，追尋節日祭祀如何逐漸變成了戲曲。在進行相關劇本的解讀時，本文主要借鑒哲學闡釋學的理論，主要闡釋為什麼會是這樣，是什麼原因限定的節日演劇劇目及審美形態等，而不是對戲曲史上的特殊現象作簡單的評價。

第一章　節日與戲曲綜論

　　節日是社會時間的制度性安排，它爲時間設置了清晰的框架，以區隔出日常的生活作息。節日本是慶祝的日子，經過千百年的發展和先民們不斷的文化塑造，節日成爲一種文化體系，它通過一系列能指的民俗物與所指的象徵性符號，將民眾的宗教動機、審美情趣、文化心理、集體性格、精神氣質、行爲習慣等諸多方面用藝術化的表演與儀式化的敘事展現出來。在浸透著濃鬱的巫術氛圍的節日歌舞中，戲曲因子不斷孕育、發展，戲曲最終在節日中瓜熟蒂落。戲曲成熟後，節日又構成了戲曲傳播的重要時間通道。節日和戲曲是如此天然地聯繫在一起，以致戲曲的形式和內容都帶上了明顯的節慶特點，從某種意義上說，戲曲是一種節日性的藝術形式。誠如伽達默爾所言：「眞正有思想的歷史學家必須把注意力集中在戲劇的節日特徵上，正是這一點構成了戲劇的本質特徵。」〔註1〕

第一節　節日的形成及其種類

　　一般而言，「節日主要是指與天時、物候的周期性相適應，在人們的社會生活中約定俗成的、具有某種風俗活動內容的特定時日。」〔註2〕從語意學的角度看，節日是一個現代漢語用詞，在中國古代，常見的只有「節」，即節氣、節慶。若從發生學角度看，節日大致可以分爲三，「要麼跟節令農時有關，要

〔註1〕　〔德〕漢斯——格奧爾格·伽達默爾著，鄧安慶等譯：《戲劇的節日特性》，《伽達默爾集》，上海遠東出版社 2003 年版，第 547 頁。
〔註2〕　鍾敬文：《民俗學概論》，上海文藝出版社 1998 年版，第 131 頁。

麼跟宗教神話有關，要麼跟政治事件有關」。〔註3〕但不論是何種類型的節日，它都會有一套成文或不成文的固定儀式。在中國傳統社會，節日更多的是以前兩種形式存在於民眾的日常生活之中。

作為一個農耕民族，中國節日的確定與農耕文化密切相關。先民們在最初的生產實踐過程中，感知到自然的變化對於農業生產的重要性，他們逐漸悟出物候變化的簡單規律，在頭腦中慢慢形成了日、月、年等抽象觀念——他們從日出日落中慢慢得出「日」的概念，從月圓月缺的規律導出「月」的意識，又從草木枯榮、候鳥往返、冷熱交替的自然現象中萌生「年」的概念。這是初民們在史前形成的樸素的時間意識。

《說文》云：「年，穀熟也。」「年」字與「稔」同義，表明華夏先民是以莊稼收穫的周期進行紀年的。因作物的收成往往與大自然有著直接的關係，隨著認識能力的不斷發展，對於時間的細分顯得尤為必要，這就要求民眾進一步培養對於物候的敏感。在不斷的辛苦勞作和反覆的文化實踐中，時序變化在先民頭腦中留下了鮮明的印記。明清之際的學者顧炎武曾論上古先民的天文觀念：「三代以上，人人皆知天文。『七月流火』，農夫之辭也；『三星在天』，婦人之語也。『月離於畢』，戍卒之作也；『龍尾伏晨』，兒童之謠也。」〔註4〕不同身份的人群對不同的天象氣候有著獨特的觀照和敏銳的感受，眾人智慧的綜合形成了集體的時間意識，一些特殊的日子開始從平凡的時間中突顯出來，成為特殊時間或神聖時間，也成為周而復始的時間單位裏的刻度。特殊時間因此而獲得了兩方面的意義，一方面它們成為明確的時間標尺，先民們依此可以對抽象的時間進行分類與計量，以更好安排生活與生產；另一方面，特殊時間的標尺演化為各類節日，通過這些標尺，時間的框架得以確立。為了突出這些標尺的重要性，初民們又通過各種手段來慶祝這些神聖時間。正如英國人類學家埃蒙德·R·利奇所說：「節慶有各種功能，其中一個很重要的功能就是安排時間。同一類型的前後節日之間的間隔是一段『時期』……如果沒有節日，這類時期就不會存在，社會生活就會毫無秩序。」〔註5〕

具體而言，在寒暑交替、冬去春來的四季輪迴裏，先民們逐漸將作物的

〔註3〕 劉東：《有節有日》，《讀書》，2001年第10期，第87頁。

〔註4〕 〔清〕顧炎武著，黃汝成集釋：《日知錄集釋》卷三十，嶽麓書社1994年版，第1049頁。

〔註5〕 〔英〕埃蒙德·R·利奇：《關於時間的象徵表示》，史宗主編《20世紀西方宗教人類學文選》，上海三聯書店1995年版，第501頁。

生長與具體時段對應起來，春種秋收是他們較早認識到的規律之一。由於土地對人類至關重要，它不僅是人類居住、生活的場所，也是獲取所需生存資料的最重要源泉，因此先民們頭腦中不自覺地形成了土地崇拜觀念。另一方面，先民雖然對氣候有所認識，但對頻繁發作的自然災害無能爲力，只好將豐收的希望寄託在神明身上，認爲好的收成來自神靈的眷顧，於是在他們頭腦中形成了自然神——土地神的觀念。出於對未知世界的困惑，每當播種季節，人們便自發地舉行儀式，虔誠地許下願望；秋天收穫時，他們也要舉行儀式以感謝神明。這便是所謂社祭，由於「土地廣博，不可遍敬也；五穀眾多，不可一一祭也」，故「封土立社而示有土尊」。〔註6〕即築一土堆作爲廣袤土地的象徵來加以祭祀。這樣，一個歲時周期中就出現了兩個不同於尋常的神聖時間，即春社與秋社，於是社日便成了最早的節日形態，它們事關本年度的收成和下一年度的希望。據《禮記·月令》，周代就已經有了一年兩次的祭社之舉。

隨著對時間認識的不斷加深，人們又從自然時間中測定出四時與八節。四時即春夏秋冬四季，八節即立春、春分、立夏、夏至、立秋、秋分、立冬、冬至這八個節氣。《左傳·昭公十七年》記載了少皞鳥官制度：「鳳鳥適至，故紀於鳥，爲鳥師而鳥名。鳳鳥氏，曆正也；玄鳥氏，司分者也；伯趙氏，司至者也；青鳥氏，司啓者也；丹鳥氏，司閉者也。」〔註7〕這一制度就是根據候鳥的遷徙確定時令，這是典型的物候曆，其中所謂分、至、啓、閉就是傳統節氣制度中八個重要的節氣：「分」指春分和秋分；「至」指冬至和夏至；「啓」指立春和立夏；「閉」指立秋和立冬。可見，少皞鳥官制度已經具備了八個關鍵節氣，從日夜長短的角度來看，就是日最長、夜最長、日夜平分以及四個季節的開始。

在長久的農業生產實踐中，先民們又掌握了日月和氣候變化的規律，對八節作了更爲細緻的劃分，於是就有二十四節氣之說，它們成爲更爲精密的時間刻度。需要說明的是，此時的節氣與節日是重合的。節氣，作爲農耕周期中的關節點，同時也是舉行各種慶典和儀式的慶祝日，每當節氣到來之時，都要舉行與之相應的儀式和慶典。如《禮記·月令》說，仲春之月，「玄鳥至，至之日，以大牢祠于高禖。天子親往，后妃帥九嬪御。乃禮天子所御，帶以弓韣，授以弓矢于高禖之前」。〔註8〕在燕子（玄鳥）歸來的春分時節，先民

〔註6〕　〔漢〕班固：《白虎通義·社稷》，四庫全書本。
〔註7〕　〔清〕阮元校刻：《十三經注疏》，上海古籍出版社1997年版，第2083頁。
〔註8〕　〔清〕阮元校刻：《十三經注疏》，上海古籍出版社1997年版，第1361頁。

們要舉行隆重的高禖儀式，以會合男女，促進繁育。在這裡，高禖慶典的舉行日期是根據玄鳥歸來的物候確定的。可見，農耕周期同時也是慶典周期，節氣同時也就是節日，節氣和節日，在這個時候還完全是一回事。

「所謂節日，不過是曆法的歲時周期（一年 365 日）中的一些具有特殊意義和標誌性的日子」，「節日系統和曆法系統密不可分，節日的起源可以追溯到上古時期的觀象授時制度，在成文曆法產生之前，農時周期和慶典周期是合而為一的，節氣亦即節日。隨著成文曆法的創立，由於中國傳統曆法制度即夏曆採取的是陰陽合曆，以陽曆紀農時，以陰曆紀年月，慶典的日期被按照陰曆紀時周期固定下來，而節氣則按照陽曆安排，從而導致了慶典周期和農耕周期、節日和節氣的分離，因此形成了與節氣系統並行不悖的傳統節日體系。」〔註9〕節日與節氣的分離是陰陽合曆制度的創立的結果，慶典原本是在特定的節氣舉行的，但後來被安排在陰曆的特定日期，於是形成了以陰曆紀時的慶典時間序列，這就是節日系統；而原本要舉行慶典活動的節氣，被剝除了慶典內容，在陽曆中作為單純的農時周期保留了下來，這就是現在的二十四節氣系統。於是，在中國，就形成了節日系統和節氣系統兩個時間序列。

時間的規律被不斷揭示的同時，官方也積極參與曆法的制定，鞏固人類的認識成果，在春夏秋冬四季測定以後，漢武帝在公元 104 年統一使用夏曆，將二十四節氣訂入曆法，傳統節日遂為定制。這是歲時節日形成的一種途徑。

歲時節日形成的另一途徑是：原始宗教中的一些重要儀式一旦在時間上被固定下來並形成相當規模，也很容易演化為歲時節日。「宗教是社會生活中的大事，而且滲透到社會生活的各個領域，無處不有宗教的存在，為了祈求神靈的保祐，經常舉行祭祀活動，久而久之，形成一些節日。」〔註10〕歷史地看，我們不得不承認很多的原始節日與宗教祭祀儀典有關，在很多節日民俗的深層結構上，都或多或少地隱藏著一些宗教祭祀的影子。如春節、上巳、端午、中元、中秋，甚至於前文所提到的春祈秋報，它們的背後毫無疑問地隱藏著一種宗教祭祀的精神文化——這種宗教祭祀是形成某些節日的真正動因。比如，臘日本來是作為祭祀之日而存在的，在這一天，人們要祭百神及祖先，這一反映了先民原始宗教思想的日子，在後世被加入各種文化因素，

〔註9〕 劉宗迪：《從節氣到節日：從曆法史的角度到中國節日系統的形成和變遷》，《江西社會科學》2006 年第 2 期。

〔註10〕 宋光麟、李露露：《中國古代節日文化》，文物出版社 1991 年版，第 5 頁。

其內容變得豐富多彩，遂演化成爲歲時節日。再如端午節，據聞一多《端午考》一文，這一天本是吳越水鄉人們劃龍舟祭祀圖騰——龍的日子，他們以此祈求避免水旱之災。這一祭祀之日後來內容不斷豐富，又牽涉到春秋時晉人介子推，戰國越王句踐，戰國楚人屈原，東漢上虞女子曹娥，而愈到後來，屈原的故事愈超過其它人，成爲這一天的祭祀對象，而五月五日又是春夏節氣交替之時的「惡日」，是蚊蟲繁生的開始，食物也不易保存，人們也以菖蒲、艾草及雄黃酒來保健避疫。種種原始宗教觀念交織在一起，使端午節成爲一個重要的歲時節日。同樣的，元旦、元宵節、中和節、上巳節、寒食節以及乞巧節、中元節、中秋節、重陽節、下元節、臘八節、送竈節、除夕等，幾乎無一不脫胎於原始宗教儀式，幾乎都可以視爲由原始宗教儀式而衍生出的節日。由於這些節日由原始宗教儀式脫胎而出，它們身上也帶有著濃厚的神秘色彩。這些神秘色彩在《禮記·月令》中有詳盡的描述，該書除了從天文、神靈、動物、音樂等角度對當月的特徵進行敘述外，也指出了不同月令需要完成的宗教與日常事務，同時還描述了不遵時令會產生災難性的後果。

節日祭祀最初源自於民間社會，但其規範與闡釋權後來逐漸被政權或精英所控制，並隨著疆域的拓展而逐步推廣。節慶便經歷了一個由民間儀式向官方儀式的演變的過程。「隨著部落聯盟國家的出現，原始的自發的歲時活動逐漸上升爲部族或國家的歲時禮俗，掌管著社會權力的統治階層利用月令祭儀，支配與壟斷著民眾的歲時生活，原始的宗教時間演變成爲塗飾著濃厚神秘色彩的政治性的權力時間。」〔註11〕經過漫長的探索與積纍，至遲在漢魏時期，歲時節日體系逐漸形成。

第二類節日是個人節日。用節日將抽象的時間框架化反映了先民對自然界的認識成果，同樣，他們也將人的一生用不同的時間加以劃分，這些時間猶如蒼竹的一個個節點，丈量著人們生命的歷程。

在生命的始終兩端，最令先民們迷惑的是死亡，當一個活生生的個體從現實世界消失後，先民們會以爲他們去了另一個不爲人知的地方，因此，取悅祖靈，希望他們在冥冥之中的庇祐後裔的觀念萌生出來。死亡遂成爲人生中最神秘也最值得後人紀念的日子。厚葬之風即是此種觀念的反映。在初民看來，人死以後靈魂是不滅的，就如生人在夢中的情景一樣，死者的靈魂仍生活著，只不過他們所處的是靈魂世界，這個世界就如同生人在夢中的情景

〔註11〕蕭放：《歲時——傳統中國民眾的時間生活》，中華書局 2002 年版，第 53 頁。

一樣。既然這樣，死亡只是人由現實世界向靈魂世界轉化的一個時間點，因為連接著兩個世界，這一時間也就具有了非同尋常的意義。另外，鬼靈既可行善也可爲惡，既可庇護親人子孫，又可在人間作祟，因此，事死如生、取悅亡靈成爲喪葬中必不可少的內容，死亡也由一個人的事情變成了眾人的事情，由一個人的節日變成了許多人的節日。

與死亡同等重要的時間是生日。對生日的慶祝最初起源於民間，後來此風進入皇室，唐太宗始有慶生之舉，唐玄宗將自己的生日八月五日設爲千秋節，這一做法開了後世立帝、后生日爲全國性節日的先河，封建王朝還將之以法律的條文固定下來，成爲國家的禮樂制度的重要一環，不僅在時間上予以保證，而且有嚴格的慶賀儀程與強大的體制保證。此外，滿月、冠禮、結婚等也被認爲是人們一生中的大事，在以家庭爲單位的組織裏，也會將這些日子視作個人的節日來慶祝。

第三類是宗教節日。中國古代宗教節日以多神信仰爲基礎，具有多元甚至龐雜的特點，其所祀神靈既來自久遠的巫教傳統，也涵蓋儒、道、釋三教各種神祇，還將一些歷史人物神化，成爲一地甚至全國所信奉的神明。宗教節日一般以廟會爲外在表現形式，廟會既是宗教活動場所也是民眾「百日之勞，一日之樂」的娛樂藉口。各地淫祠所祀之神儘管荒誕無稽，多出於主觀想像，經不起邏輯的推敲，但民眾經驗的價值比最好的邏輯論證更爲有效，各地均在創設的神聖時間裏重複雜糅了歷史故事、民間傳說的慶典儀式。綜合各地方志記載，一年之中充斥著名目繁多的宗教節日，茲舉其大者：

正月初九：上九會

正月十二日：禹王會

正月十五：上元節

正月二十五：填倉日

正月二十九：火神會

二月二日：中和節、文昌會

二月十日：花朝會

二月十五日：老君會（太上老君誕辰）

二月十九日：觀音會（觀音大士誕辰）

三月三日：眞武廟會、送子娘娘誕辰

三月十五日：東嶽廟會

四月八日：釋迦牟尼生日，佛誕節

四月十五日：三皇會

四月十八日：碧霞元君廟會

四月二十八日：藥王廟會

五月十三日：關帝廟會

六月六日：青苗會

六月十九日：觀音堂會

六月二十七日：火神會

七月七日：乞巧節

七月十三日：麻穀日

七月十五日：中元節

七月十八日：王母會

七月二十一日：財神生日

八月二十七日：孔子會

十月十五日：下元節

十二月二十三日：竈王會

宗教節日具有幾個顯著特點；一是歲時節日與宗教節日糾纏在一起，如元宵節本爲歲時節日，卻被道教目爲上元節；二是宗教節日更多地帶有原始宗教的因素，有些節日被人爲地創造出來的，目的是滿足人們的娛樂需要。繁多的宗教節日表明節日不僅是生活的點綴，它就是生活時間本身，它集中體現出社會群體的價值觀念、道德觀念、思維模式、行爲模式、審美情趣等；三是各種神誕多荒誕不經，並沒有文獻可資證明。

第二節　節日是戲曲形成的重要時間載體

約瑟夫·皮柏指出：「無論是世俗的節慶，或是宗教的節慶，其根源都來自祭祀的儀式。」〔註12〕通過以上論述也可得知，無論是最初的春秋二社、自我作古的個人節日，還是多元混雜的宗教節日，其起源大多與原始祭祀儀式密不可分。同時，節日又與先民頭腦中沉澱的兩種原型時間觀念——神聖時間和日常時間有關。所謂日常時間，是具有物理學計量性質的時間，它永

〔註12〕〔德〕約瑟夫·皮柏著，黃藿譯：《節慶、休閒與文化》，三聯書店1991年版，第37頁。

遠均勻地流動，不依賴於任何外界事物。日常時間強調的是時間的客觀性。但初民對時間的體認又是主現性的，在他們心中，就像存在神聖空間一樣，也有神聖時間的存在，節日就是一種典型的神聖化時間，作爲神聖時間，節日從不斷消逝的物理時間中分離出來，加上自身的周期性和重複性，它得以從整個歷史發展的流程中抽離出來，在不斷的重返、往復中變成被激活的生命時間。英加登指出：「我們必須區別開現象的，具有質的確定性的時間和用鐘錶測量的時間，尤其是物理時間。……現象時間的時刻，如果一定要把它們同鐘錶時間相比較的話，在這種比較中必須看成是時間階段，在測量它們時，他們就能夠或『短些』或『長些』。」〔註13〕這裡點出了日常時間與神聖時間的區別——日常時間是按照時鐘均勻的流淌運轉的，是一種物理時間；而神聖時間則是按照人類心理的願望被分割與提純出來的，是一種心理時間。

作爲神聖時間，節日可以看作是一個隱喻：它通過有規律的周期性的時間排列和儀式展演，將文化傳統與歷史記憶無形地根植於種群的心靈。節日的內部結構大體上包括時間、紀念儀式、內容和隱喻四個層面，其中紀念儀式爲節日的核心。在這個時間片斷裏，人們總是重複著帶著濃厚宗教色彩的紀念儀式，重複的紀念儀式又不斷強化了節日的意義，其神聖性也因此根深蒂固。

如果對節日儀式的功能進行解讀，就其內容的符號和編碼來說，它們就是名目不一的集體象徵文本，其主導思維是原始社會遺存下來的巫術思維。以有文字記載的早期社祭爲例，其主要方式有二：一種是將祭品埋於地下的所謂瘞埋法。如《禮記·祭法》所云：「瘞埋於泰折，祭地也。」孔穎達疏曰：「地示在下，非瘞埋不足以達之。」〔註14〕另一種是將酒、血等液體祭品灑於地表使其浸透至於地下的浸滴法。如《周禮·春官·大宗伯》所云：「以血祭祭社稷。」〔註15〕用酒和血直接向土地獻禮，希望它能保證一年農業的收成，在這裡，土地不僅被看成是孕育萬物的載體，更被認爲是恩賜一切的自然神靈。先民以血與酒行祭，是對無所不能的土地神的不加修飾的賄賂行爲。這種源自自然宗教的行爲還很難說與戲劇發生關聯。但在娛神與娛人二者的此消彼長中，節慶儀式裏出現了歌舞娛神之舉，節日遂與戲曲的萌芽相生相伴。

〔註13〕〔波〕羅曼·英加登著，陳燕谷、曉未譯：《對文學的藝術作品的認識》，中國文聯出版公司 1988 年版，第 146 頁。

〔註14〕〔清〕阮元校刻：《十三經注疏》，上海古籍出版社 1997 年版，第 1588 頁。

〔註15〕〔清〕阮元校刻：《十三經注疏》，上海古籍出版社 1997 年版，第 758 頁。

概括而言，節日與戲曲的關係表現在以下幾方面：

首先，節日祭儀爲戲劇表演之淵源。伽達默爾指出：「我們在日常生活中總是被某種特殊功能和時間所限制。而在節日中，我們的目的特殊性讓位給了在高度自我充實的瞬間中的心靈交會，這種自我充實的瞬間的意義不需要從任何尚待完成的任務和任何要進一步達到的目的那裏獲得。顯然，這種自我充實的瞬間的首要的、典型的表現就在祭祀儀式中。……至關重要的不僅僅是我們被從日常生活中提升出來，也不僅僅在於我們無意用節日來達到某些隱含的目的，至關重要和典型的在於它展示給我們節日自身的積極內容。事實上所有的祭祀儀式都是一種創造。」〔註16〕誠如所言，所有的祭祀儀式都是一種創造，驅凶納吉的祭祀儀式中別具意涵的肢體動作實已跨進舞蹈與戲劇的領域。可以說，戲劇的初始形態總是與宗教儀禮水乳交融、密不可分。同時，原初戲劇的主要目的在於「娛神」而非「娛人」。人們參加戲劇活動是把它作爲宗教儀禮和節日慶典不可缺少的一部份，內心充滿著對宗教的虔誠和對慶典的神聖感。赫麗生曾說：「戲劇打一開始便是宗教性的，起源於儀式。藝術與儀式今天已經分了家……這兩個分家了的產物本出一源。」〔註17〕戲劇藝術的宗教性與儀式性是其本體精神中的重要部份。戲劇本是宗教儀式的一部份，其身上總脫不盡宗教儀禮的身影。

節日祭祀到底如何催生了戲劇表演的因子？前文已述，原始節日的價值核心是原始宗教，其中心凝聚力是原始神祇。神職人員巫是人與神的溝通橋梁。王國維先生在《宋元戲曲考》中提出：「靈之爲職，或偃蹇以象神，或婆娑以樂神，蓋後世戲劇之萌芽，已有存焉者矣。」〔註18〕據常任俠的研究，「巫與舞原是同一個字。」〔註19〕另據《說文》，巫的特點是「能事無形，以舞降神」，巫實由人妝扮，那麼在其以降神爲目的的圖騰舞蹈裏實已含有角色扮演之意，此其一。

此外，隨著人類由圖騰崇拜過渡到靈魂崇拜，繼巫、祝之後，節日祭祀中出現了一類新的神職人員：尸、靈、倡、優、象人等，他們均要以扮演來保持儀式

〔註16〕〔德〕漢斯——格奧爾格·伽達默爾著，鄧安慶等譯：《戲劇的節日特性》，《伽達默爾集》，上海遠東出版社 2003 年版，第 547～548 頁。

〔註17〕江西省文聯文藝理論研究室、江西師範大學中文系等編：《外國現代文藝批評方法論》，江西人民出版社 1985 年版，第 131 頁。

〔註18〕王國維：《宋元戲曲史》，上海古籍出版社 1998 年版，第 3 頁。

〔註19〕常任俠：《中國舞蹈史話》，上海文藝出版社 1983 年版，第 12 頁。

的完整。以尸為例，其宗教職責就是妝扮神靈和祖靈。商周時期，「立尸」現象曾廣泛存在於各種節日祭祀儀禮之中。無論是祭祀天地、社稷或是祖先的亡靈，都要「立尸」。「尸」在各種祭祀活動中便成了不可缺少的角色。天子或諸侯祭天和社稷之時，先由祝迎「尸」登壇，行迎「尸」之禮，祝誦讀祭詞，祈求風調雨順、五穀豐登，王還要向「尸」行「七獻」之禮，最後是送「尸」。在此儀式中，「王」作為現世的一員向代表神靈的「尸」行祭，整個儀式過程中，尸的動作是人世間生活情態的再現，無疑帶有角色表演的意味。由此可見，「立尸」過程含有簡單、原始的摹仿與表演，這無疑也是戲劇表演因素的淵源之一，此其二。

我們再以《詩經》中一些關於節日的詩篇為例分析祭祀樂舞對戲劇表演的促進作用。《生民》一詩描述了生育象徵儀式的舞蹈，「履跡」實為祭祀儀式的一部份，而「帝」乃代表上帝的神尸，神尸舞於前，姜嫄尾隨其後，踐神尸之跡而舞，這種儀式帶有較強的戲劇意味。《詩經》中的《頌》基本上可以看作是節日期間上演的詩、歌、舞三位一體的祭祀歌舞。歌以傳聲，舞以像容，如果說「詩」為念白或朗誦，「歌」為配樂的歌唱的話，那麼「舞」就是摹仿，「像事」就是用舞蹈摹仿事件的經過。詩、歌、舞的三位一體，將單純歌舞融入了語言藝術的成分，「頌」因此也具有了綜合藝術的雛型，此其三。所以，陳多、謝明在《先秦古劇考略》就將《詩經・周頌》中的《昊天有成命》、《武》、《酌》、《桓》、《賚》、《般》等「大武」曲連綴在一起成為所謂「歌舞劇」，這種解說方式也不無道理。更早一些的聞一多先生《〈九歌〉古歌劇懸解》中，運用豐富的想像力，將祭祀不同神明的《九歌》演繹成一部大型歌舞劇。「楚王領著百官，打臺前走過，全場高呼萬歲」，在呼聲中「幕急下」。〔註20〕其具體結論尚可商榷，但對於祭禮之中戲劇因素的揭示，卻是頗有啓示意義的。同樣，古代歲終的「蠟祭」，祭祀與農業生產相關的「先音」、「農」、「貓虎」等八神。蘇軾在《東坡志林》中就認為這是「三代之戲禮」，也指出了祭祀與戲劇表演的淵源關係。

其次，節日迎神與驅儺儀式還為戲曲提供了兩種基本的範型。儀式「可用來表示崇敬迎新，都可以有效地用來驅邪和除舊。迎神和驅邪的功能，就如同文戲和武戲，是相輔相成的」。〔註21〕田仲一成與龍彼得所見略同：「高

〔註20〕聞一多：《〈九歌〉古歌劇懸解》，《聞一多全集》（一），上海開明書店 1948 年版，第 305～334 頁。

〔註21〕王秋桂編：《中國文學論著譯叢》，臺北學生書局 1985 年版，第 541～542 頁。

雅的文戲，是通過上述福神系諸神以面具降臨塵世的儀禮，經由面具舞蹈劇產生的；而激烈的武打戲，則是通過儺神系的諸神驅鬼儀禮，經由儺神列隊鬥鬼的面具表演而產生的。」〔註22〕兩位學者主要針對農村民間祭賽戲曲而言，從戲曲源生的宏觀視野而言，此說有一定道理。在祭社及祭祖等活動中，最初的尸也好，後來的扮神也好，這樣的祭祀慶典一般都有象徵性的迎神活動，其主體內容是賜福諸神及先祖靈魂的降臨和顯靈，這一類活動充滿著喜慶氣氛，迎神活動開了後世節日慶賞的先河。驅儺儀式在中國古代典籍中屢見記載，驅儺又稱磔除、禳除、祓禊、驅除、大搜等，它是在歲時節日或發生天災人禍時舉行的一種旨在禳除邪祟不祥、消除精神焦慮、恢復世界秩序、維護人間安寧、祈求幸福吉祥的儀式。《禮記·月令》載：「季春」時，「命國難，九門磔攘，以畢春氣。」鄭玄注：「此難，難陰氣也。陰寒至此不害將及，所以及人者，陰氣右行，此月之中，日行歷昴，昴有大陵積尸之氣，氣佚則厲鬼隨而出行，命方相氏帥百隸，索室毆疫以逐之，又磔牲以攘於四方之神，所以畢止其災也。」〔註23〕《禮記·月令》「季冬」鄭玄注亦云：「旁磔於四方之門。」〔註24〕在季春與季冬舉行的儺禮，巫師要頭戴面具，身披獸皮，扮出一副兇神惡煞的模樣，揮舞武器，手舞足蹈，耀武揚威，經過象徵性的打鬥，最終戰勝鬼神，四面八方的妖氛被澄清。「九門」亦即「四方之門」，「九門磔攘」與「賓於四門」用意相同，通過巫師的一番努力，普天之下重得太平。後世驅儺之俗依舊承周遺緒，儺神要四處驅除邪祟，保留有與鬼祟作戰的情節，即便在現代，驅儺的習俗在民間社會中仍有流傳。山西省曲沃縣任莊每年仲春表演的扇鼓儺戲中有遊村的內容，龐大的逐疫隊伍浩浩蕩蕩，遍遊全村，還要進行「收災」表演，由屬馬的青壯年「神家」（稱「馬馬子」）跑遍全村各戶，進行「收災」。驅儺表演之中融入了大量的打鬥情節，其情節模式與表演模式是後世武戲的淵源。

　　再次，節日宴饗用樂促進了表演伎藝水平的提高，為戲曲成熟奠定了基礎。後世的節日雖並未徹底擺脫原始宗教的羈絆，但以神為核心的理念卻發生了動搖，節日儀式逐漸由宗教轉向實用與審美。池田溫在《中國古代重數節日的形成》中論述過節日的發展規律：「逐漸揚棄了原始宗教的性質，以增添生活色彩的休養生息和娛樂之日的面目演化著，發展著。」〔註25〕以最早

〔註22〕 〔日〕田仲一成：《中國戲劇的起源與產生》，《民族藝術》1997年第3期。
〔註23〕 〔清〕阮元校刻：《十三經注疏》，上海古籍出版社1997年版，第1364頁。
〔註24〕 〔清〕阮元校刻：《十三經注疏》，上海古籍出版社1997年版，第1382頁。
〔註25〕 〔日〕池田溫：《唐研究論文選集》，中國社會科學出版社1999年版，第382頁。

的節日社日為例，社日在後世的發展與傳播正遵循著這一規律——一方面土地崇拜的核心價值觀念在後世一直未曾斷絕，另一方面，後世又會以自己的價值標準對社祭儀式進行重新判斷與選擇，並對社祭進行了必要的修正，揚棄一部份舊有內容而增加了一些新的做法，以強化社會的記憶功能。前文已述，周代社祭彌漫著濃厚的宗教氣息，但在春秋時代，民間社祭時已伴有「琴瑟擊鼓」的慶祝活動，宗教的神聖與民眾狂歡交織在一起，構成了此期社日的主要內容。秦漢以後，祭社和宴樂更成為鄉村社日節慶的標誌性習俗。民社往往以里為單位進行，祭社所需物資由里中居民自行解決，祭社後有分肉宴樂活動，民眾不分男女都盡享節日的歡樂。節日的世俗化使得宴饗與用樂聯綴為一體，宮廷宴饗用樂也由莊嚴肅穆轉變為輕鬆愉快，這種轉變可由宮廷音樂機構的職掌變遷得以證明。在周代的春官宗伯掌禮到秦漢時的太樂、太常、樂府等，再到後世的教坊、梨園，宮廷音樂機構的職掌由最初的雅樂擴充至俗樂系統的清商樂，唐時更擴充到「十部伎」，其中不少來自異域的音樂歌舞也名列其中。而唐宋之時的大曲、法曲已含有敘事的成分，戲曲的胚胎已經在節日宴饗中呼之欲出。

此外，節日又是戲曲傳播的重要渠道。這是由戲曲的儀式性所決定的，由於大多節日宗教祭祀氛圍濃厚，節日演劇往往與宗教氛圍相契合，有時演劇就是整個宗教儀式的一部份。在演劇過程中，人們把所有美好的願望都寄託其中，或祈求人壽年豐、六畜興旺，或企盼子孫繁衍、遠離災禍，或希冀家道清吉、財源廣進。節日期間演劇活動便多為這種驅凶納吉的宗教目的而服務。同時，由於宗教特有的凝聚功能和宗教特殊的功利目的，民眾也樂於觀看節日演劇，這也成為他們相沿已久的生活習慣，為戲曲借助於節日進行傳播創造了非常有利的條件。

春節的歷史很悠久，較為流行的說法是春節源於上古時期的臘祭或蠟祭。在這個熱鬧隆重的節日裏，戲曲演出活動不可或缺。孟元老《東京夢華錄‧正月》載：「正月一日年節，開封府放關撲三日……馬行、潘樓街、州東宋門外、州西梁門外踴路、州北封丘門外及州南一帶，皆結綵棚……間列舞場歌館，車馬交馳。向晚，貴家婦女，縱賞關賭，入場觀看……至寒食冬至三日亦如此」。〔註26〕春節宴遊頗為壯觀。春節一過，馬上就迎來了元宵節，

〔註26〕〔宋〕孟元老等：《東京夢華錄》（外四種），中國商業出版社 1982 年版，第36頁。

元宵節又稱為「上元節」，也稱「燈節」。《東京夢華錄・元宵》載：「正月十五日元宵，大內前自歲前多至後，開封府絞縛山棚，立木正對宣德樓，遊人已集御街，兩廊下奇術異能，歌舞百戲，鱗鱗相切，樂聲嘈雜十餘里……自燈山至宣德門樓橫大街，約百餘丈，用棘刺圍繞，謂之『棘盆』……內設樂棚，差衙前樂人作樂雜戲，並左右軍百戲在其中」。〔註27〕自宋代起，演戲就是元宵節諸多遊樂活動中特別熱鬧、特別有吸引力的項目之一。據後世地方志的記載，城內演戲日期不等，有的地方演劇三日，有的演劇五日，還有的演出長達七八天。而在農村，有的地方演劇一直要演到月底，《鬧花燈》則是元宵節的常演劇目。清明節是最重要的祭祀節日，是祭祖和掃墓的日子。南方一帶的民間非常重視清明節的戲曲演出，他們在宗祠前面搭建臨時戲臺演出，追憶亡靈。農曆五月初五端午節形成的民俗有：女兒回娘家，掛鍾馗像，迎鬼船，懸掛昌蒲、艾草，賽龍舟，給小孩塗雄黃，飲用雄黃酒，吃五毒餅、鹹蛋、粽子和時令鮮果等。一些地方則專門演出《白蛇傳》、《鍾馗捉鬼》、《鍾馗嫁妹》等劇目。七夕節，除了沿襲歷代流傳下來的供「五子」、賀雙星、求靈巧、水浮針、看巧雲、拜魁星等民俗外，清代還專演《天河配》、《長生殿》節令戲。中元節是一個具有宗教意義的節日，本之於《盂蘭盆經》關於目連的故事。《東京夢華錄・中元節》一節載：「構肆樂人自過七夕，便般《目連救母》雜劇，直至十五日止，觀者增倍。」〔註28〕起初，《目連戲》是作為中元節盂蘭盆會祭祀儀式的組成部份的，後來，由於《目連戲》充斥著宗教內容和神鬼形象，具有酬神償願、祈福消災、驅鬼逐疫的宗教功能，所以擴而廣之用於多種歲節祭祀，近代以來，有些地區還出現了由專門的目連班以調腔的唱腔音樂搬演《目連救母戲文》。八月十五中秋節，歷史上最負盛名的戲曲演出活動要數虎丘曲會了。張岱的《陶庵夢憶》中《虎丘中秋夜》一文載：「虎丘八月半，……天暝月上，鼓吹百十處，大吹大擂，十番鐃鈸，漁陽摻撾，動地翻天，雷轟鼎沸，呼叫不聞。更定，鼓鐃漸歇，絲管繁興，雜以歌唱，皆『錦帆開，澄湖萬頃』同場大曲，蹲踏和鑼絲竹肉聲，不辨拍煞。……」〔註29〕當時一些文人詞作、小品對此亦有記載，足見這一群眾性的戲曲自晚

〔註27〕　〔宋〕孟元老等：《東京夢華錄》（外四種），中國商業出版社 1982 年版，第 37～38 頁。

〔註28〕　〔宋〕孟元老等：《東京夢華錄》（外四種），中國商業出版社 1982 年版，第 55 頁。

〔註29〕　〔明〕張岱：《陶庵夢憶》，西湖書社 1982 年版，第 64 頁。

明至清初，盛行不衰，成為當時崑曲繁榮的一個標誌。冬至節也是一個重要的民間節日，一些地方，當地的大家族還組織「冬祭會」，專門策劃安排冬至節的戲劇演出。

綜上所述，節日祭祀為戲劇表演的最初淵源，在宗教祭祀儀式中戲劇要素開始萌芽，宗教迎神與驅儺活動為後世民間的文戲與武戲提供了兩種範型，而隨著節日的宗教色彩減少、世俗色彩的增多，儀式變成宴饗用樂，成為一種獨立的表演形式，在不斷的磨合和交流中，戲劇最初脫離原始宗教而形成一種獨立藝術。MM·瑪赫德也曾斷言：「節日演出是處於宗教儀式和真正戲劇中間的『前戲劇』」。〔註30〕我國戲曲的源生路徑也大體與上述論斷相吻合：先是宗教儀式，再是節日演出，再到質樸拙野的鄉村戲劇，最後發展為集大成的成熟戲曲。另一方面，節日又是戲曲傳播重要的時間載體。

第三節　節令戲與應節戲

在由節日祭祀向宴饗歌舞、戲曲演出轉變的過程中，戲曲與節日幾乎是天然地結合在一起。「從表演形式來看，在民間迎神賽社中，起初的百戲活動是在群眾之中舉行的，是和觀眾共同表演的，表演者和觀眾幾乎不可分開；在內質上，演戲是祭祀禮儀的有機組成部份，觀眾和表演者均同時在崇拜一個共同的神靈，借表演與觀賞共同參與祭祀活動。」〔註31〕對於戲曲與節日的聯繫為什麼如此的緊密，英國龍彼得認為這恰恰體現了戲曲的宗教功用，體現了潛藏在娛人外表之下的娛神實質。〔註32〕民間演劇首先是一種宗教行為還可以在《清稗類鈔》中得到證明：「蜀中春時好演《捉劉氏》一劇，即目連救母陸殿滑油之全本也。……川人特此以祓不祥，與京師黃寺喇嘛每年打鬼者同意。〔註33〕可見，原始祭祀文化仍是節日演劇習俗的根本動因，當然，節令戲兼有宗教與慶祝兩大功能，它既表現為對宗教性觀念的虔誠信仰，又帶有一定的娛樂色彩。

〔註30〕　〔美〕J·布洛克著，沈波、張安平譯：《原始藝術哲學》，上海人民出版社1991年版，第194頁。
〔註31〕　郭英德：《世俗的祭禮──中國戲曲的宗教精神》，國際文化出版公司1988年版，第37頁。
〔註32〕　參見王秋桂編：《中國文學論著譯叢》，臺北學生書局，1985年版，第533頁。
〔註33〕　〔清〕徐珂：《清稗類鈔》第十一冊，中華書局1984年版，第5025頁。

　　節令戲大致可以分為兩大類，一類是歲時節令民眾共為神會報賽，另一類是個人喜喪酬神還願。

　　歲時節令的迎神賽會起源甚早，其被大量記載則見於南宋文人的詩文筆記中。王十朋《梅溪前集》卷六載：「剡之市人，以崇奉東嶽為名，設盜跖以戲先聖。」〔註34〕說明當地民間已經有演戲以祭神之舉。當時的春秋兩社，當地往往要舉行酬神演戲活動。陸游《劍南詩稿》大量記載了當時演出情景。其《春社》云：「太平處處是優場，社日兒童喜欲狂，且看參軍喚蒼鶻，京都新禁舞齋郎。」《秋社》詩云：「雨餘殘日照庭槐，社鼓冬冬賽廟回。」《秋賽》云：「小巫屢舞大巫歌，士女拜祝肩相摩。」《三山卜居》云：「比鄰畢出現夜場，老稚相呼作春社。」《村飲》：「擊鼓驅殘鬼，吹簫樂社神。」另外，遇有節慶、廟會、神誕、祈吉、禳災等活動，也要演戲。《書喜》云：「酒坊飲客朝成市，佛廟村伶夜作場。」《初夏閒居》云：「高城薄暮聞吹角，小市豐年有戲場。」《出遊》詩云：「雲煙古寺聞僧梵，燈火長橋見戲場。」《行飯至湖上》詩云：「行飯消搖日有常，青蛙又到古祠旁。此身只合都無事，時向湖橋看戲場。」〔註35〕據謝湧濤、高軍《紹興古戲臺》考證：「『古祠』指馬公祠（馬太守廟），『湖橋』指跨湖橋。現存馬太守廟遺址，正是在跨湖橋堍。」並說「馬太守廟曾是一處非常繁盛的演出場所。」〔註36〕放翁詩中經常出現「倒社」一詞，為傾社之意，指賽社之時萬人空巷的盛況，由此可見迎神賽會的熱列程度。山西省潞城縣發現的明代萬曆二年（1574）《迎神賽社禮節傳簿四十曲宮調》手抄本，詳細地記錄了明中葉北方農村迎神賽社的禮儀的規則。當時北方農村盛行迎神賽社，大者幾個村莊聯合舉辦，小者一個村莊獨立辦賽。賽期多為三天，賽前迎神，賽後送神。賽中在神廟舉行盛大的禮神供盞儀式，由陰陽官主持唱禮，向神靈供盞進饌，同時在獻殿進行各種文藝表演，包括音樂、歌曲、舞蹈和隊戲，令節集盞完畢，舞隊「合唱」、「收隊」，然後會轉到神廟對面的舞臺正式上演正隊（戲）、院本和雜劇，正隊戲包括《大會垓》、《告御狀》、《四馬投唐》、《過五關》、《十八騎誤入長安》、《七郎八虎戰幽州》等，院本包括《土地堂》、《錯立身》、《三人齊》、《張端借鞋》等，雜劇包括《長阪坡》、《戰呂布》、《奪狀元》、《擒彥章》、《天門陣》、《岳飛征南》、《七擒孟獲》等，共計一百多個劇目。

〔註34〕〔宋〕王十朋：《梅溪前集》卷六，四庫全書本。
〔註35〕以上所引，均出自陸游《劍南詩稿》。
〔註36〕謝湧濤、高軍：《紹興古戲臺》，上海社會科學院出版社2000年版，第34頁。

　　早期的南戲也往往與「迎神賽社」的習俗緊相結合，它們一般在各種節日進行演出。明成化本《白兔記》開場有詞：「喜賀昇平，黎民樂業，歌謠處，慶賀豐年。香風復（馥）鬱，瑞氣靄盤旋。奉請越樂班，真宰遙，鸞（鑾）駕早赴華筵。今宵夜，願白舌入地府，赤口上青天。奉神三巡六儀，化真金錢。齊攢斷，喧天鼓板，奉送樂中仙。」西班牙藏本《風月（全家）錦囊》所收《留題金山記》開場中，也有「若要人歡神喜處，還是當行子弟家」的開場白。1975 年廣東潮州出土的明宣德寫本《劉希必金釵記》末頁，也寫有「奉神攘謝弟子廖仲」八字。這些都是早期戲文子弟的演劇緊密結合鄉間「迎神賽社」活動的最好證據。

　　明清時期，節日演劇的記載更是數不勝數，可謂無節不演戲。民間節慶、廟會等重大節日，都演出戲劇，戲劇成了民間節日的重要內容，可以說無戲不成節。以蘇州一帶為例，綜合明代王稚登《吳社篇》、范濂《雲間據目鈔》、張采《太倉縣志》、清代顧祿《清嘉錄》、沈雲《盛湖竹枝詞》的相關記載，這裡一年內主要的娛神戲有：一、二月初二日，搭草臺演土地戲。二、二三月間，借祈年為名，搭野臺演戲，以祈求好的收成，叫做春臺戲。三、清明蘇州郡屬壇賽會，祭境內無祀鬼神。四、三月二十八日為東嶽生日，各廟宇張宴演劇，遊觀若狂。五、春夏之交，有五方賢聖會，即祭五湖之神。賽會時有雜劇《虎牢關》、《曲江池》、《楚霸王》、《遊赤壁》、《劉知遠》、《水晶宮》、《勸農丞》、《採桑娘》、《三顧草廬》、《八仙慶壽》、《觀世音》、《二郎神》、《漢天師》、《十八羅漢》、《鍾馗嫁妹》、《西竺取經》等。六、小滿前後，則在蠶王廟演劇三日。七、四月二十八日藥王（扁鵲）生日，藥市中人醵金演戲，叫做藥王會。八、五月十三日關羽生日，商賈們宰牲演劇，所謂「神誕猶傳漢壽亭，神臺絃管散諸伶」。九、六月二十三日火星誕辰，各廟舉行廟會，並在空闊處築草臺，演戲多日，旁搭耳臺，以供壁上觀。二十四日雷齋，蘇城內玄妙觀、閶門外四圖觀演劇。十、中元前後梨園行擇日祀神演劇，叫青龍戲。十一、九月十三日，俗傳為關羽成神之辰，演劇亦如五月十三日，十二、十月十五日，賽神演臺閣戲，臺閣戲多出自金元院本及明傳奇。

　　清同治年間戴熙芝《五湖異聞錄》（稿本）記太湖流域農村社戲：「湖之濱有社戲，相傳二百餘載矣。歲以孟春花朝前後數日，必演唱文班戲四臺，以酬太上玄天聖帝之靈。……臺之前，設神亭，匾額對映，俱名人撰寫。演唱最為認真，自晨及暮，必演。三四十出之多。四方馳名來睹者，不計其數，

填港塞路，熱鬧已極。」〔註37〕吳江陸文衡《嗇庵隨筆》卷四：「我蘇民力竭矣，而俗靡如故。每至四五月間，高搭臺廠，迎神演劇，必妙選梨園，聚觀者通國若狂。婦女亦靚妝袨服，相攜而集，前擠後擁，臺傾傷折手足。」〔註38〕節令戲演劇時，場面十分壯觀。李斗《揚州畫舫錄》描寫梆子等腔藝伶集聚揚州的情況說：「本地亂彈，只行之祝禱，謂之臺戲。迨五月，崑腔散班。亂彈不散，謂之火班。」〔註39〕清末徐珂追溯嘉慶、道光間的戲曲活動時也說：「嘉道之際，海內宴會，……非音不搏；……歲時祭賽，亦無不有劇。……《綴白裘》之集，猶乾隆時舊本也」〔註40〕這些記載都指出了節日演劇與迎神賽會的聯繫異常密切這一事實。對於節日期間到底有哪些劇目上演，明清之際的蘇州劇作家李玉《永團圓》第五折《看會生嫌》有詳盡描述。該劇描寫民間一次元宵集會，其中提到的劇目有 22 個。其中武戲 7 部：《虎牢關》、《薛仁貴》、《咬臍記》、《關公挑袍》、《十二寡婦征西》、《黑旋風》、《元宵鬧》。「女故事」（即風情劇）10 部：《西廂記》、《紅蓮債》、《紅拂記》、《破窯記》、《連環記》、《漢宮秋》、《秦樓月》、《二喬記》、《浣紗記》、《海神記》；仙佛故事 5 部：《遊月宮》、《西遊記》、《偷桃記》、《一葦渡江》、《函關記》等。這些戲劇人物及故事引得觀者千千萬萬、人山人海，場面十分熱鬧。《永團圓》不僅描繪了民俗節日的盛況，而且記錄了元宵演出的劇目，是民俗節日和戲劇演出直接關聯的有力佐證。在明清傳奇作品裏，還有大量觀燈賽社關目，撮其要如下：

劇　　目	齣　數	關　　目
趙氏孤兒	5	朔收周堅
紫釵記	6	墮釵燈影
紫簫記	17	拾簫
八義記	5	宴賞元宵
胭脂記	34	赴約
貞文記	29、8	鬧燈、競渡
牟尼合	4	競會
春燈謎	6	泊遊

〔註37〕 武新立：《明清稀見史籍敘錄》，江蘇古籍出版社 2000 年版，第 108～109 頁。
〔註38〕 〔清〕陸文衡：《嗇庵隨筆》卷四，清光緒二十三年刻本。
〔註39〕 〔清〕李斗：《揚州畫舫錄》，山東友誼出版社 2001 年版，第 154 頁。
〔註40〕 〔清〕徐珂：《清稗類鈔》第十一冊，中華書局 1984 年版，第 5013 頁。

春燈謎	8	（三個車）謎
雙金榜	7	燈遊
金雀記	4	玩燈
千祥記	9	觀燈
三社記	12	藝社

　　節日演劇的興盛導致了專為節日編寫的承應戲的產生，承應戲最初產生於宮廷。宋元宮廷都有節日演劇的記載，是否有專為節日而編排的劇目則不得而知。而《脈望館抄校本古今雜劇》所收「內府本」92種，邵曾祺認為「一些劇本恐大多數也出於教坊藝人之手，不過這一類似是專為喜慶節日所編的承應戲而已。」〔註41〕曾永義則將教坊編演本雜劇細分為皇上萬壽供奉之劇、太后供奉之劇、賀正旦之劇、祝元宵之劇、春日宴賞之劇、冬至宴賞之劇等，明確指出了承應戲演出的具體時間。至於明代文士的散曲，多有題作「元宵內宴」、「元日祝賀」、「元宵應制」、「燈詞」、「春日」（即元日）、「賞元宵」、「元夜」、「冬至」、「中秋」、「慶中秋」、「端陽」等名，可以斷定即為明初以來的宮廷宴席間點綴昇平的節日娛戲之作。

　　清代宮廷節令戲大盛，其發展變化脈落由元明承應戲一線發展而來。齊如山曾論：「後來商務印書館出版了一部《孤本元明雜劇》，我得到了一部，原來最末後十幾齣戲，都是承應戲，不過彼時出版者，校刊者，都不理會這種劇本，未曾標明，所以至今人多不知此即元明兩朝的承應戲，它的結構性質與清朝的承應戲，可以說是一點分別也沒有。並且有幾種的詞句中，說明了這是致語。按樂舞隊中有致語，始自宋朝。唐朝的梨園歌舞隊，尚無此種文字，而宋朝則每次歌舞團上場，都是必須有的，……按元朝自己沒有這種文字，這當然是宋朝遺留下來的。而元明的承應戲，又與清朝一樣，則清朝之承應戲，乃是直接宋朝傳下來的，迨無疑義，而且劇本的結構，還沒什麼變動。照理想而論，民間所演的戲，每年不曉得演多少次，且演的地方不同，就容易變化，所以現在民間的戲，與元朝大兩樣了。承應戲是專為給皇帝看的，每年不一定演一兩次，當然就沒什麼變化了。所以至今幾乎還是原樣，這真可以說是找到了國劇的來源，這是多好的發現，多大的收穫。」〔註42〕清宮節令演戲蔚為大觀，不僅演劇頻繁，應節戲的創作也蔚為大觀。張笑俠

〔註41〕邵曾祺：《元明北雜劇考略》，中州古籍出版社1985年版，第597頁。
〔註42〕齊如山：《齊如山回憶錄》，中國戲劇出版社1998年版，第223～225頁。

在《天保九如序》中說清康熙、乾隆年間,「宮中不時演劇,昇平署中,極爲盛興」,「一般文臣所編劇本,不下數百種,每於年節、喜慶、壽誕、朔望等日,俱有應時當令之劇排演。」〔註43〕他所收集的這一類劇本就有五十餘種。王芷章《清昇平署志略》云:「清高宗命張文敏製諸院本以備禁中奏演,是爲用戲劇於典禮之始。其《法宮雅奏》、《九九大慶》則有古俳優之意,主在樂人;《月令承應》演於禮祀百神之祭,主在樂神。至若演《勸善金科》於歲暮、演《蒲州鬧邪》於端五,因其鬼魅雜出,以代古人被除不祥之意,則儺蠟之遺制寓焉。其總承此奏演者,則內學之職任也。故同一演戲而性質則異。」〔註44〕張文敏是乾隆時期宮廷編劇文臣的主要負責人之一,在他的組織下編寫了大量的劇本。其中《月令承應》中有爲元旦編演的《群星拜賀》、《三微感應》,爲燕九節慶賀丘處機生日編演的《聖母巡行》、《群仙赴會》,爲碧霞元君誕辰演的《天官祝福》、《星雲景慶》,爲端午節編演的《靈符濟世》、《採藥降魔》、《混元盒》、爲慶多至編演的《瀛州佳話》等。

　　大略而言,清宮應節戲包括三方面的內容:

　　一是月令承應。清昭槤《嘯亭雜錄》「大戲節戲」條云:

　　　　乾隆初,純皇帝以海內昇平,命張文敏製諸院本進呈,以備樂

　　部演習,凡各節令皆演奏。其時典故如《屈子競渡》、《子安題閣》

　　諸事,無不譜入,謂之「月令承應」。〔註45〕

月令承應是指在一年四季的每個節日、節氣所演的具有該節日、節氣特點和典故的戲。節日、節氣包括:元旦(正月初一日)、上元(正月十五日)、燕九(正月十九日)、立春(陽曆二月四日、五日),太陽節(二月一日)、花朝(二月十五日)、寒食(清明節前一天)、浴佛(四月八日)、端陽(五月初五日)、關帝誕辰(五月十三日)、七夕(七月七日)、中元(七月十五日)、中秋(八月十五日)、重陽(九月初九日)、陽朔(十月初一日)、多至(陽曆十二月二十二或二十三日)、臘日(即臘八)、祀竈(臘月二十三日或二十四日)、除夕(陰曆年的最後一天)等。按,以上節日、節氣除立春、多至外指的皆是陰曆。每個節日、節氣都有與之相應的戲。如元旦有《喜朝五位》、《歲法四時》等,七夕有《七襄報章》、《仕女乞巧》,中秋有《丹桂飄香》、《霓裳獻

〔註43〕蔡毅:《中國古典戲曲序跋彙編》,齊魯書社1989年版,第1185頁。

〔註44〕〔清〕王芷章:《清昇平署志略》,上海書店1991年版,第58頁。

〔註45〕〔清〕昭槤:《嘯亭雜錄》,中華書局1980年版,第377頁。

《舞》等。

二是法宮雅奏。昭槤《嘯亭雜錄》云：其於內庭諸喜慶事，奏演祥徵瑞應者，謂之《法宮雅奏》。〔註46〕法宮雅奏是指內廷各種喜慶事發生時所演的戲，包括帝后生日，皇帝大婚、皇子誕生、結婚、給太后上徽號、冊封后妃、巡幸、筵宴等，都有專門為之頌祝的戲。如皇上大婚有《紅絲協吉》、《雙星水慶》，皇子誕生有《慈雲錫類》、《吉曜充庭》，皇帝行圍有《行圍得瑞》、《獻舞稱觴》等。

三是九九大慶。昭槤《嘯亭雜錄》云：其於萬壽令節前後奏演群仙神道添籌錫禧，以及黃童白叟含哺鼓腹者，謂之《九九大慶》。〔註47〕九九大慶是指帝后壽誕時所演的戲。如《福祿壽》、《九九大慶》、《青牛獨駕》、《環中九九》、《群仙祝壽》、《恭祝千秋》等。

本來民間節日演劇不一定以節令為表現內容，但受到宮廷宴樂的影響，民間也產生了專門的節令戲。潘耒《再與石濂書》稱：「演劇酬願，惟神廟有之。戲臺在大殿臺，所演多《西廂》、《牡丹亭》諸豔本。師徒相酬，動十數日，其誰不知？」〔註48〕在神廟酬願演劇用的是流傳廣泛的《西廂》、《牡丹亭》，確實與節日關係不大。佘儀曾《往昔行序》也有記載：「……己未（康熙十八年）重陽之夕，於得全堂看演《清忠譜》劇，乃五人墓之事也。巢民歎曰，諸君見此，視君見此，視為前朝古人，惟余歷歷在心目間。……」〔註49〕所演劇目與重陽也無甚關聯。但另一方面，劇壇出現了專為節令編演的劇本。明代許潮《泰和記》就是按月令演述故事，共24折，每一則譜一古代名人事。今已不見全本，僅在《群音類選》、《盛明雜劇》和《陽春奏》中保存十六折，而《漢相如畫錦歸西蜀》、《衛將軍元宵會僚友》、《元微之重訪蒲東寺》3折，不見他書所載，為《陽春奏》所獨有。從其形式體制上看，該劇可能是月令演劇的彙編。因無確切的證據，只能存疑於此。據《清稗類鈔》記載：清光緒庚子以前，「京師最重時應戲，如逢端午，必演《雄黃陣》，逢七夕，必演《鵲橋會》，此亦荊楚歲時之意，猶有古風。」〔註50〕《中國地方志集成》卷四《漢口小志·風俗志》「漢口各戲園多按時令排演劇曲，如端午則

〔註46〕〔清〕昭槤：《嘯亭雜錄》，中華書局1980年版，第377頁。
〔註47〕〔清〕昭槤：《嘯亭雜錄》，中華書局1980年版，第378頁。
〔註48〕〔清〕潘耒：《救狂後語》，《四庫禁燬書叢刊》本。
〔註49〕〔清〕冒襄：《同人集》卷九，冒氏家藏原刻本。
〔註50〕〔清〕徐珂：《清稗類鈔》第十一冊，中華書局1984年版，第5022頁。

演白蛇傳全本，七夕則演《天河配》，中秋則演《唐明皇重遊月宮》等曲，觀者爭先恐後，每夜座上客常滿矣。」又云：「龍舟競渡，爲弔屈原而設。」則可以判斷，清代末年，民間節令戲也已經開始流行。

第四節　節日對戲曲的影響

　　節日是戲曲形成和傳播的主要渠道，因之，節日風俗不可避免地對戲曲的形式體制、題材類型、美學風格產生了諸多影響。郭英德曾指出：「戲曲演出留存著大量的儀式化的東西，和民間的節日活動關係密切，這對戲曲創作、戲曲演出都產生了明顯的影響。」〔註51〕此論甚是。學術史上一些爭論不休、難下定論的問題，若是從節日民俗的視角重新考量，則會有柳暗花明之感，也可以修正一些似是而非的結論。

　　在對戲曲形成的歷史進程進行探討時，學者將目光投向過去少爲人關注的泛戲劇形態。宗教儀式、儺、社火等都受到學界的重視。秧歌作爲一種典型的泛戲劇形態，它的兩頭分別聯繫著沿門逐疫的儺與成熟的戲曲，因此也被部份學者所關注。這種對戲曲走向成熟有重要意義的藝術樣式，有學者根據相關藝術要素的考察，以爲秧歌起於西域的「姎歌偎郎」。〔註52〕這一具體結論是否可靠暫且不論，但既然秧歌是一種民俗事象、一種重要的節日藝術，其源流與特徵就應放在具體的社會環境與地域文化系統中來加以確認。易言之，只有把秧歌放回到民眾生活的相應場域中進行理解和分析，考察其與節日文化的關係，揭示其隨民間文化場域變化而演化的過程，才能對其衍生、流變獲得透徹的理解和全面的認識。

　　傀儡郭郎唐代演出時爲「俳兒之首」，關於其與後世戲曲腳色的關係，學界有不同的看法，一種認爲郭郎演變成了戲曲中的丑角，也有人認爲是開場的副末。兩種說法各執一詞，似乎都有理有據。但我們若對傀儡最初的用途追根溯源，就會發現其與一個重要的個人節日——死亡息息相關。傀儡用於喪葬儀式，表鎮墓驅邪之意，後世雖用於婚賓嘉慶，但其原初的意義應潛藏其中，所以郭郎出現在眾藝之首實有驅邪淨場的宗教因素。如果從節日入手考察郭郎的宗教功能，再聯繫到演出特有的「淨臺」、「淨場」的儀式，再來尋繹其在宋金雜劇、院本，南戲與雜劇中的演變，就能從宗教意蘊與職司功

〔註51〕 郭英德：《明清文學史講演錄》，廣西師範大學出版社 2005 年版，第 58 頁。
〔註52〕 康保成：《儺戲藝術源流》，廣東高等教育出版社 2005 年版，第 61～62 頁。

能的角度準確地勾勒出其變化的軌跡，也可以認定郭郎到底演變成了戲曲中的何種角色。

戲曲中的易性妝扮同樣可以從節日民俗的視角進行解讀。元宵社火的一個突出特點是男扮女裝，早期南戲同樣也具有這一特點。眾所周知，《張協狀元》中的旦為男扮，次要女性角色如張協之母，李大婆、店婆、張協之妹也由淨、丑男扮女裝；元末明初的《琵琶記》中，淨角也兼飾蔡伯喈之母、牛姥姥、媒婆，丑角除扮演惜春外，也兼扮演媒婆。這裡留下了諸多可供思考的空間：一、歷史上女優表演並不罕見，為什麼南戲中多見男扮女裝？二、據都穆《都公譚纂》載：「吳優有為南戲於京師者，錦衣門達奏其以男裝女，惑亂風俗。英宗親逮問之。優具陳勸化風俗狀，上令解縛，面令演之。」〔註53〕為什麼在戲文已經向傳奇轉化、男扮女裝已為女性本色扮演所代替的明正統、天順年間，衢州撞府的民間路歧樂人還保持著男扮女裝傳統？進一步追問的話，為什麼戲曲之中女優扮演風行於舞臺之後，男扮女裝還一直在社火之中存在？解開這些問題的關鍵在於弄清楚年節儀式中的男扮女裝到底出於怎樣的考慮。如果從原始節日的宗教意蘊著眼的話，可以得知男扮女裝包含著以陽氣驅儺的深層意義。因為早期南戲誕生於迎神賽會的節日環境，自然會繼承社火以童陽驅邪的特定做法。這也可以解釋後來民間南戲為什麼還保持著男扮女裝的傳統而文人傳奇卻轉向女旦扮演。由於文人的介入，南戲開始向傳奇演變，其演出場地由神廟劇場轉向紅氍毹，演出時間由神聖時間變成日常時間，其宗教意味逐漸變淡，藝術審美則不斷突出，於是女性的本色表演也成了趨勢。基於同樣的道理，元宵社火作為一種年節儀式，由於缺少文人的參與，所以能較好地保存著原始的宗教意蘊，這也就可以解釋為什麼戲曲中的女旦藝術業已成熟，而直到今天，元宵社火卻一直採用男扮女裝這一奇特的現象。

戲曲的淫鄙特色也可以從節日風俗的角度進行闡釋。民間演劇是中國戲曲史的潛流，它廣泛存在，卻在戲曲史中被有意無意地忽視。不可否認，民間的迎神獻藝是中國戲曲生存和發展的基本方式。據現有文獻，除勾欄演劇、堂會演劇之外，戲曲的演出，往往在年時節令，婚喪嫁娶、生兒育女、宴會誕辰等場合進行。這樣，戲曲的特點也受到節日民俗的影響。雖然戲曲後來

〔註53〕〔明〕都穆：《都公譚纂》卷下，《叢書集成初編》第 2899 冊，中華書局 1985 年版，第 49 頁。

從年節活動中的宗教迷霧中解脫出來，發展爲純粹娛樂性的文化活動——如中秋節的祭月變成了賞月、競曲；元宵節的驅邪逐疫變成了燈火藝術及音樂文化表演、欣賞——但戲曲中一些難於索解的現象依然可以求諸於節日儀式。從節日的視角考索這些現象，也會有豁然開朗之感。

　　從朱熹、陳淳、眞德秀等人倡言禁戲算起，歷史上以衛道自居的士大夫對於秧歌與戲曲的批評之聲可謂不絕於耳。他們批判的火力又主要集中在民間戲曲惑亂風俗這一點上，他們害怕戲曲會「誘惑深閨婦女出外，動邪僻之思」，「曠夫怨女，邂逅爲淫奔之醜」。另一方面，一個無可辨駁的事實是：一部份戲曲確實有比較低俗的成分。頗爲弔詭的一點在於，儘管正統人士一再攻擊並利用職權頒佈禁令，但戲曲中的低俗內容並沒有因此而減少，而且就算是湯顯祖的不朽名著《牡丹亭》，其中也有令人大跌眼鏡的情色描寫及一些與主要情節無關的低俗的插科打諢。筆者將這些稱爲戲曲的淫鄙特色，這一特色的形成固然有著極其複雜的文化原因，與藝術生產機制、創作土壤及受眾的藝術趣味有這樣或那樣的聯繫。但我們如果另闢蹊徑，將這一特色放在節日環境中進行考察，也會發現戲曲中的低俗之風或者還遺傳了上古時代節日祭祀的某些基因。上古的節日往往包含著兩方面的內容，一是期望得到人口的繁衍，二是希望通過人爲的努力干預氣候，獲得風調雨順的理想結果。出於人口繁殖的考慮，祭禮完畢之後初民往往有不受禁止的男女交歡行爲。同時，初民的思維又是基於相似律的巫術思維，他們相信人間的交歡可以引發自然界的甘霖，並最終獲得作物的大豐收。民間戲曲往往鑲嵌在迎神賽社的節日之中，演劇本身就是宗教儀式的一部份，那麼淫鄙特色應該是對遠古節日風俗的繼承。而文人戲曲中的低俗的插科打諢，可以視作受民間影響的證據或者說是對民間趣味的遷就。

　　戲曲題材總體上有「近史而悠謬」特點，對於戲曲的「戲說歷史」，後世存在較大爭議。拋開作家們素來受到莊子「謬悠之說、荒唐之言，無端崖之辭、恣縱而不儻」的藝術精神影響不論，單就戲曲故事來源而言，除了一部份取材於當世流傳的新聞時事之外，絕大多數取諸於歷史故事，包括正史、筆記與傳奇、話本等，正如田漢所說：「中國舊劇形式一般認爲較適宜於表現歷史的故事。全部舊劇目以京劇爲例，據十年前的不完全統計，最多的是三國戲，凡二十二種；其次東周列國的戲二十二種；水滸戲二十種；北宋楊家將十八種；施公案十二種；五代隋唐十一種；說岳十一種；飛龍傳十種；紅

樓夢九種；東漢九種；封神榜九種；英烈傳九種；彭公案八種；西漢七種；今古奇觀六種；聊齋五種。」〔註54〕

戲曲對歷史題材的偏好除了說明其受講史的影響較大及其並不以情節的曲折為首要目標外，也許與它誕生於迎神賽會的演劇環境不無關係。一方面，淫祀並起之後，各路神明進入了大眾的視野，淫祠所祀之神的誕日大多為民間妄說，與歷史記載出入較大，或者民眾根本就不在意史書的記載；另一方面，演劇逐漸代替了單純的儀式，成為祀神的一個部份，迎神賽會之中會出現大量與所祀祖先神、英雄神相關的劇目，這些劇目更多的出於民眾的心理需要而不是史實，於是就產生了主人公為歷史人物，但情節荒誕不經的奇怪現象，這種現象可以稱為歷史的傳奇化或神話化。以祀關為例，元雜劇《關雲長大戰蚩尤》一劇流傳甚廣，該劇寫關公戰勝蚩尤，有效地處理了解州鹽池乾枯的問題。關公與蚩尤所處時代相距甚遠，若衡之以歷史真實，則何其荒謬。但這一故事從唐代到清代在當地一直流傳，其受眾群體也不是一句愚夫愚婦就可以全面概括了的。這一劇作在民間的廣泛流傳，只能說明對於這一類貌似歷史劇的劇作，古代觀眾與我們今天的視角出現了錯位。山西出土的《禮節傳簿》中最常見的隊戲是《過五關》，也是一出關羽戲。上世紀 90 年代初期，此戲在晉東南農村仍見有上演。其演出形式古樸，保存了很多的原始面貌。關羽、甘、糜夫人以及部將等劇中人物要騎真馬坐真輦，從一地演到另外一地，通過在五個舞臺上的對壘開打，表現「過五關斬六將」的具體情節。表演過程中，百姓民眾隨行觀看，關羽還可隨意與觀眾談笑，甚至取吃沿街小販食物，氣氛異常熱烈。在這裡，戲劇與儀式糾纏在一起，觀眾與演員之間的距離消失，「關羽」既是故事中的主角，但又與觀眾打成一片，甚至取吃沿街的食物，這很明顯地與以追求真實為重要價值尺度的歷史有很大的不同，也可以說，祭祀戲曲並不以忠實地再現歷史為目的。

令人遺憾的是，當學界移植「歷史劇」這一西方學術話語時，幾乎沒有對上述所謂「歷史題材劇」誕生的文化生態進行必要的考察，因此也沒有嚴格區分神話與歷史二者之間的界限。當學者們一本正經地就「真實」與「虛構」這些西式的語彙進行立論時，已經是隔了一層，所以多多少少帶有一點隔靴撓癢的意味。因為這種批評立場並沒有將「歷史題材劇」放在當時的歷史情境中進行考察，也沒有試圖去接近古代作者與受眾對於劇中歷史人物

〔註54〕田漢：《為愛國主義的人民新戲曲而奮鬥》，《人民日報》1951 年 1 月 21 日。

的態度，以至於以當代人所設立的標準去苛求前人，出現了削足適履的拙劣做法。如果回到古代民眾的視域，就會發現心理願景而不是歷史眞實是他們演劇的首要價值追求，作者們在劇作的故事情節層面並沒有苦心經營，也正因爲此，他們採取爲我所用的態度，對歷史人物和歷史事件進行大膽的變形和改造，以適應某種實際的心理需要。

第二章　節日與戲曲成熟

　　遠古宗教祭祀的一隻腳已經跨入了戲劇的門檻，節日宴饗又促進了表演伎藝的提高，但為什麼成熟戲曲的出現要經過漫長時間的孕育而姍姍來遲，只到宋代才掀開它迷人的面紗而驚豔地登場？如果說戲曲是在節日中走向成熟的話，兩宋的節日就應該成為重點考察對象，它們到底具備了哪些特質，使得戲曲能夠在兩宋而不是前代的節日中破繭而出？

第一節　戲曲起源於宗教儀式的理論困境

　　在戲劇緣起的諸說中，占壓倒性多數的觀點是戲劇起源於宗教的巫術儀式。在人類學學者看來，甚至一切藝術都產生於宗教的祭壇。西方祭祀儀典派更是明確宣稱：「任何戲劇史的著作必先涉及儀式，因為這種和那種形成了所有流行劇場娛樂的基礎，和戲劇藝術本身賴以生存的根源。」〔註1〕

　　從世界範圍看，戲劇起源於祭祀是世界戲劇的一個共同規律，古希臘戲劇起源於酒神祭祀儀式，印度民間賽會上的各種表演也被認為是其民族戲劇的源頭。學者們也力圖證明這一規律適用於中國戲曲。劉師培《舞法起源於祀神考》與《原戲》提出過「演劇酬神」、「賽會酬神」、「儺雖古禮，然近於戲」等觀點；姚華《梨園原》也得出「戲原於祭」的結論，王國維的《宋元戲曲考》中也提出了我國戲劇源於巫術的觀點。英國牛津大學教授龍彼得更是明確地指出：「在中國，如同在世界任何地方，宗教儀式在任何時候，包括

〔註1〕　〔英〕弗蘭昔斯·愛德華：《儀式與戲劇》，轉引自鄭傳寅：《中國戲曲文化概論》，武漢大學出版社 2003 年版，第 24 頁。

現代，都可能發展成為戲劇。決定戲劇發展的各種因素，不必求諸遙遠的過去；它們在今天仍還活躍著。故重要的問題是戲劇『如何』興起，而非『何時』興起。」〔註2〕日本學者田仲一成曾長期在華南從事田野考察工作，他所得出的觀點與龍彼得相近。周育德、郭英德等學者也認為戲劇從誕生之日起便與宗教結下了不解之緣，戲劇脫胎於原始宗教祭祀儀式的歌舞表演。

但戲曲緣於巫術說在中國面臨著事實上的尷尬，面臨著一個中國式的意外。那就是，如果這一觀點成立的話，中國戲曲成熟於宋元時代的基本共識將被改寫，自從王國維為戲曲確立四大要素（歌、舞、代言、故事）以來，一些學者均根據自己對構成戲曲要素的理解，確立戲曲的構成部件，然後追溯這些部件的最早歷史時間。依據各人擬定標準的不同，學界關於戲曲起源遂有先秦說、漢代說、唐代說、宋代說、元代說等諸種說法。關於戲曲起源問題的爭論，陳維昭《戲曲起源問題的哲學性質與科學性質》一文已作出詳盡的梳理，該文指出了追溯源頭的做法在方法論上的困境──這樣的追問一方面將會使戲曲起源與人類起源成為同題反覆，另一方面由於戲曲「經歷了由某一藝術要素的萌芽，到藝術雛形的出現，再到藝術體制的基本形成的過程」，那麼就不能把「形成」當成戲曲起源的最早歷史時間，它必須儘量往上溯。而這樣做的後果則是將「戲曲起源問題就轉換成某一戲曲要素（實際上是某種非戲曲的文藝形式）的起源問題。」〔註3〕

如果我們遵守學界達成的普遍共識，即認可語源學上「戲曲」一詞出現的年代〔註4〕及學術界主流的說法「中國戲劇的真正形成，只能定在北宋後期至南宋初期」，〔註5〕那麼戲曲起源於宗教儀式的普遍原理就面臨著歷史事實的挑戰。於是便出現了試圖通融兩方面、既考慮普遍原理又兼顧中國戲曲形

〔註2〕 〔英〕龍彼得著、王秋桂等譯：《中國戲劇源於宗教儀式考》，臺北《中外文學》七卷十二期。

〔註3〕 陳維昭：《戲曲起源問題的哲學性質與科學性質》，《戲劇藝術》2002 年第 1 期。

〔註4〕 歷史上首度以「戲曲」名之的藝術種類是指北宋後期到南宋的南戲。「戲曲」一詞，首見於元人劉壎《水雲村稿・詞人吳用章傳》：「吳用章，名康，南豐人……至咸淳（1265～1274），永嘉戲曲出，潑少年化之而後淫哇盛，正音歇，然州里遺老猶歌用章詞不置也，其苦心蓋無負矣。」陶宗儀《南村輟耕錄》：「唐有傳奇，宋有戲曲、唱諢、詞說，金有院本、雜劇、諸宮調。」

〔註5〕 趙景深、李平、江巨榮：《中國戲劇形成的時代問題》，《古典文學論叢》，上海人民出版社 1980 年版，第 137 頁。

成事實的兩度起源說：兩度起源是由於上古時代以圖騰宗教爲中心的社會形態與中古民間世俗化的歲時節令、雜祀儀典的社會形態的不同造成的。上古戲劇是娛神，中古戲劇是娛人。〔註6〕孫崇濤先生已經對這一觀點進行駁正。〔註7〕不贅。

　　田仲一成《中國祭祀戲劇研究》一書從社祭精神與風貌變遷的角度，詳細論述了戲曲爲何成熟於宋代的戲曲史難題。該書1981年出版以來，在國內外多次再版，影響甚大，因所引資料大多來自田野考查，給人以言之鑿鑿之感。近年，國內學者車文明又力闢新說：「古代宗教、尤其是民間宗教的全面振興是戲曲形成於宋代的一個重要而又被研究界長期忽略的原因」。〔註8〕兩說均從宗教節日著眼，從儀式性與審美性的嬗變過程考察戲曲的成熟，於人啓示良多，然細思之，這些觀點又有似是而非之感，故有進行辨正的必要。

一、戲曲起源於鄉村祭祀質疑

　　田仲一成先生在認可宗教儀式爲戲劇原型的同時，對於「被認定爲戲劇雛形、母體的社祭禮儀式是在何時、以何種形式轉化爲現實中實際的戲劇的」這一問題提出了如下看法：「一般來講，這些祭祀活動所具有的宗教性、巫術性在村民的觀念中逐漸淡化，村民們對祭祀活動的各個部份所抱有的宗教性畏懼感情減弱，像觀看感興趣的演出那樣客觀審視祭禮儀式時，大致可以認爲這些祭祀活動的祭禮開始轉化爲戲劇。」〔註9〕對於在中國，祭祀禮儀雖然產生很早，但戲劇之所以姍姍來遲，他的解釋是：「中國古代村落的祭禮（社祭）形式，很早就被有影響力的宗族從裏到外篡改掉，其中重要的部份被這

〔註6〕　相關論述見於郭英德：《優孟衣冠與酒神祭祀──中西戲劇文化比較研究》，河北人民出版社1994出版。

〔註7〕　孫崇濤在《南戲論叢》中認爲：一些研究者曾用西方「藝術起源於宗教」的定律來解說中國戲曲起源問題，認爲包括「永嘉雜劇」在內的宋元戲曲也是由宗教儀典「催發」出來的。然而，宋元戲曲形成遠在中國藝術起源之後，而「永嘉雜劇」又明明是中國最早成熟的戲曲藝術，這使論者陷入兩難境地，於是就有中國戲劇兩度起源的無奈解說：先秦歌舞、儺祭、優諫等「上古戲劇」出自宗教是不爭的事實；宋元「中古戲劇」則是前者的因子傳承和宗教母體的再度孕育。作爲諸種藝術高度綜合形成的中國戲曲，它的起源和成形歷史，是個多源並沒有流彙的過程，走著一條「多元歸一」的路徑。

〔註8〕　車文明：《20世紀戲曲文物的發現與曲學研究》，文化藝術出版社2001年版，第104頁。

〔註9〕　〔日〕田仲一成：《中國祭祀戲劇研究》，北京大學出版社2008年版，第9頁。

些宗族吸納到了自己的祠堂儀式裏，而使得儀式作爲這些宗族支配村落的工具變得很神秘，變得隆重起來，難以擺脫其宗教性的一面。」〔註10〕同時，田仲分析了從漢魏六朝至唐末五代到南宋末這三個時段宗教禮儀如何轉化爲文藝，戲劇的產生條件是如何成熟的。他認爲「漢魏時期之後，可以想像，使中國鄉村地區的社祭飛躍爲戲劇的因素由於宗族支配的原因而被封殺掉」，〔註11〕他認爲，眞正對戲曲產生有促進作用的是唐五代時期，「由社組織舉行的像春秋社祭這樣的活動，越來越把重點轉向和睦宴會上去，而對原本最爲重要的祭祀禮儀活動則輕視起來，由祭禮向文藝轉化的條件開始逐漸成熟。」〔註12〕

　　田仲一成先生爲了說明爲什麼戲劇會成熟於宋代，先是引用了北宋末年陳旉《農書》上卷《祈報篇》對比古今的社祭：「古之君子，使之，必報之。迎貓爲其食田鼠也。迎虎爲其食田豕也。迎而祭之也。」「今之從事於農者，類不能然。借或有一焉。則勉強苟且而已。烏能循用先王之典故哉？其於春秋二時之社祀，僅能舉之，至於祈報之禮，蓋蔑如也。」田仲引用這則材料意在說明宋時社祭相比前人形式和內容兩端均有極大不同：「這一時期，自古在農村中保存下來的對農節所固有的巫術性的看法已不存在，現存的在形式上只是翻來覆去的社祭、蠟祭等的祭祀儀式對於大多數宗教信仰已減退的農民來說，可以說不過是一種單調的習以爲常的活動，是一種表演。反過來講，這充分說明了這時農村的祭祀活動終於從過去的宗教束縛中擺脫出來，向文藝轉化的條件正在逐漸成熟起來。」〔註13〕此外，田仲還引用了《宋會要輯稿・刑法二・禁約》：「大中祥符（即1010年）三年四月二十九日，詔，訪聞關右民每歲夏首，於鳳翔府岐山縣法門寺，爲社會。遊墮之輩，晝夜行樂。」意在說明北宋時期就出現了一種新型的社會，它不同於春秋兩季的社祭，其祭禮活動帶有娛樂性文藝性內容。田仲最後得出的結論是：「從北宋到南宋，在人們對社祭的宗教信心普遍減退的情況下，由多個村落作爲共同的交易圈成長起來的農村集市成功地使得面臨萎縮、消失的當地社廟的祭祀禮儀在新

〔註10〕〔日〕田仲一成：《中國祭祀戲劇研究》，北京大學出版社2008年版，第10頁。

〔註11〕〔日〕田仲一成：《中國祭祀戲劇研究》，北京大學出版社2008年版，第11頁。

〔註12〕〔日〕田仲一成：《中國祭祀戲劇研究》，北京大學出版社2008年版，第16頁。

〔註13〕〔日〕田仲一成：《中國祭祀戲劇研究》，北京大學出版社2008年版，第18頁。

興宗教的結合體即『社會』（地主階層對共同體重組的要求，商人階層擴大貿易的要求，以及民眾對不穩定的生活得到救濟的要求三者結合）中轉化爲文藝、戲劇。」〔註14〕筆者以爲：田仲先生所論固有一定道理，然有三方面內容值得商榷：

首先，祭祀之中出現藝術因子是自儀典誕生以來就有的現象，並非宋代才會出現，不能因爲戲曲出現在宋代就說宋代的祭儀才出現藝術因子。

田仲先生的論述包含著一個基本的前提，即祭禮要轉化爲戲劇，需要祭祀活動所具有的宗教性、巫術性在行祭者的觀念中逐漸淡化。意思是說，行祭者對祭祀活動中的各個部份所抱有的宗教性畏懼感情減弱，他們觀看祭禮儀式再不是懷著宗教的神聖，而是像觀看感興趣的演出那樣客觀審視祭儀，祭祀就開始轉化爲戲劇了。通俗而言，即在娛神、娛人二重性中，娛人的因素佔據上風，娛神只是一種藉口。這一觀念類似於伽達默爾的說法：「它（戲劇）在舞臺表演中隱含了向社會生活的眞正的倫理形式的過渡。這種道德超越使觀者回覆到他的存在的最深處。他不再像宗教或世俗慶典的參與者那樣作爲參與者，他僅僅是一個觀者。」〔註15〕但是要知道，判定娛人娛神何者爲主、何者爲次並不是一件容易的事，而且祭祀中出現娛樂因素也不是宋代以後才出現的現象。如果僅就觀者對祭禮的態度是以娛樂爲主還是以宗教爲主的話，那麼祭禮轉化爲戲劇的時代就不應該是宋代，其時間應該大大提前。因爲早在周代，「周公制禮作樂旨在建立以宗法政治爲中心的禮樂制度，而不是以宗教爲中心的神學體系。這一轉變是具有劃時代意義的，它標誌著中國由神巫時代向人文時代的過渡，標誌著以神爲中心的巫文化被以人爲中心的史文化所替代。」〔註16〕從周代開始，人們以神道設教，但是他們祭祀鬼神的目的是將其作爲規範人倫秩序的後盾，人們關注的是現實人倫方面，而對鬼神則是敬而遠之的態度，這就表明祭祀之中的宗教因素在周代時就開始有削弱的傾向。

而且，就是周代以前，祭禮之中有無娛樂因子，行祭者對祭禮持宗教還是娛樂態度也很複雜，並不好嚴格區分。不可否認，歷史上，早期的一些祭祀活動確實彌漫著濃厚的宗教氛圍。比如《呂氏春秋·順民篇》載殷商社祭：「天大

〔註14〕　〔日〕田仲一成：《中國祭祀戲劇研究》，北京大學出版社 2008 年版，第 30頁。

〔註15〕　〔德〕漢斯——格奧爾格·伽達默爾著、鄧安慶等譯：《戲劇的節日特性》，《伽達默爾集》，上海遠東出版社 2003 年版，第 551 頁。

〔註16〕　謝謙：《中國古代宗教與禮樂文化》，四川人民出版社 1996 年版，第 92 頁。

旱，五年不收，湯乃以身禱於桑林，曰：『余一人有罪，無及萬夫；萬夫有罪，在余一人。無以一人之不敏，使上帝鬼神傷民之命。』於是剪其髮，磨其手，以身為犧牲，用祈福於上帝。民乃甚說，雨乃大至。」〔註17〕此外，周代社祭也有宗教意味頗濃的「瘞埋法」與「浸滴法」，這些社祭儀式基本上看不到藝術因子，只有原始思維的痕跡。但我們若認可人類學家的說法——「最初，所有的儀典都是一場舞蹈」，〔註18〕則最初的儀典中早就已經有了娛樂因子。

　　以田仲先生論述較充分的社祭為例，社在表面看來是土地崇拜，然而在本質上卻是女性生殖力崇拜即「大母神」崇拜。最初的社祭「也許不是建立一個社壇，設立一種神石，或塑造一類形象，把她們作為始母神，向她們致敬、膜拜和獻祭，而是為她們舉行一種聖婚儀式——為始母神舉行神聖的婚配。先民的女神生殖崇拜其實質是兩性交合的崇拜。」〔註19〕而聖婚儀式雖是以巫術思維為主導，但其過程卻並沒有後世宗教的神秘，而是象徵性地表現男女狂歡的圖景。《墨子‧明鬼篇》云：「燕之有祖，當齊之社稷，宋之桑林，楚之雲夢也，此男女之所屬而觀也。」〔註20〕指出了各地社祭的地點，「男女之所屬」中的「屬」字，陳夢家認為是「男女之交合也」。〔註21〕眾人圍觀，這裡面應很少有「宗教性畏懼感情」。再看《左傳‧襄公十年》中的一段記載：「宋公享晉侯於楚丘，請以《桑林》，荀罃辭。荀偃、士匄曰：『諸侯宋、魯，於是觀禮。魯有禘樂，賓祭用之。宋以《桑林》享君，不亦可乎？』舞，師題以旌夏，晉侯懼而退入於房。」〔註22〕桑林是商人社之所在，別名《桑林》的《大濩》是在社中祭祖場所用的樂舞。表演《桑林》時，晉侯為何要躲入房中去呢？「『師題以旌夏』，大概是說用鳥羽化裝成玄鳥的舞師表演玄鳥交媾的故事。晉侯看了『懼而退入房』，當是因它淫穢荒誕。」〔註23〕晉侯之懼，出自於道德上的羞恥感，這也從另一側面證明當時的社祭並非被宗教的虔誠所籠罩，不存在所謂「宗教性畏懼」，可想而知，除晉侯之外，其它觀眾應該是觀看感興趣的演出那樣客觀審視祭禮儀式，按田仲先生提供的標準，那麼此時的祭禮就已經轉化為戲劇了，這

〔註17〕 張雙棣等：《呂氏春秋譯注》，吉林文史出版社 1987 年版，第 238 頁。
〔註18〕 〔德〕埃利希‧諾伊曼著、李以洪譯：《大母神——原型分析》，東方出版社 1998 年版，第 309 頁。
〔註19〕 楊樸：《二人轉的文化闡釋》，文化藝術出版社 2007 年版，第 29 頁。
〔註20〕 孫波注譯：《墨子》，華夏出版社 2000 年版，第 126 頁。
〔註21〕 陳夢家：《高禖郊社祖廟通考》，《清華學校》第 12 卷第 3 期。
〔註22〕 〔清〕阮元校刻：《十三經注疏》，上海古籍出版社 1997 年版，第 1947 頁。
〔註23〕 李純一：《先秦音樂史》，人民音樂出版社 1994 年版，第 34 頁。

種儀式的表演也應進入了戲劇的行列。

其次，儀式向戲劇轉化，並非受歷史時間所限，而是決定於行祭者的心理轉變，這種轉變早在宋代之前就已經發生了。

田仲先生認為，儀式最終要轉化為戲曲，則要祭祀的精神生態的徹底改變，即在娛神與娛人的雙重功能中，必待娛人的功能居於主導。因為只有娛人精神的確立，祭儀方能擺脫宗教儀軌的束縛，自由地吸收各種伎藝的優長，並不斷融合消化，最終促使戲曲發生。此論類似一種理想模型，但衡之以中國古代迎神賽社的實際，至少有兩方面難於解釋：

一、娛神與娛人似乎是黏合在一起，很難截然分開到底是娛神還是在娛人，因為祭儀本身具有的宗教和娛樂雙重性質，很難判斷娛神與娛人二者的比重，即便在戲曲已經成熟的明清時代，方志中還有大量演劇酬神的記載，戲曲到底主要是作為娛人的工具還是儀式化的符號體系而存在也並不好一概而論，更不要說判定此前的節日儀式表演到底是以娛神為主還是以娛人為主了。

二、即便是《詩經》中充滿宗教意味的作品，也並非全然為神秘與莊嚴所籠罩。如《詩經》中的《魯頌·閟宮》、《商頌·那》、《邶風·簡兮》諸篇，它們都描寫了一種名為「萬舞」的祭祀儀式。《萬舞》本是天子祭祀宗廟山川、用於酬神謝神的樂舞，主題相當嚴肅。但據聞一多先生的解釋，萬舞是以生殖機能為目的的高禖祭祀，並說此舞「富於誘惑性」，男女「愛慕之情，生於觀萬舞」。〔註24〕所以歷史上就發生了楚令尹子元用表演萬舞來勾引自己嫂子的故事。〔註25〕這恰可說明，即使是宗廟祭祀，其娛神與娛人的功能指向僅僅為一牆之隔。而且，對祭祀的巫術性看法的消退並不需要等到宋代，子元在用萬舞勾引嫂子時，對萬舞能動人性情、令人心旌搖蕩的特點可以說是深有會心，這至少表明子元自己觀萬舞時並沒有將它將作儀式，而是當作了藝術。如果真如田仲先生所言，「北宋末到南宋時期的農村舊社祭在被改變為新形式的『社會』時，完成了祭禮的文藝化」，〔註26〕那對於子元用萬舞勾引自己嫂子當作何種解釋？

〔註24〕聞一多：《高唐女神傳說之分析》，《聞一多全集》第 1 卷，三聯書店 1983 年版，第 98 頁。

〔註25〕事見《左傳·莊公二十八年》：「楚令尹子元欲蠱文夫人，為館於其宮側而振《萬》焉。」

〔註26〕〔日〕田仲一成：《中國祭祀戲劇研究》，北京大學出版社 2008 年版，第 12 頁。

事實上，儀式與戲劇邊界的消泯並不是學者們通常所認為那樣非要等到某個特定的歷史時段方能完成。「從儀式與戲劇表演的外在形式特徵出發，並不能有效解決戲劇發生問題，亦不能正確把握儀式與戲劇的本質關係，只有從表演體現的情感差異上，才能區分出儀式與戲劇在觀念上的不同，這就是儀式表演體現的集體性情感與戲劇表演體現的個體性情感，而集體性情感與個體性情感的差異，是儀式與藝術的差異。」〔註27〕相比那些尋找儀式向戲劇轉化的精確歷史時間的研究方式，這一論述更為通達，它指出了儀式與戲劇的差異其實是一種情感的差異，參與者到底是秉持著集體性情感還是持有個體性情感構成了兩者的分野。如果進一步分析，集體性情感表現為「自發地突然襲來的無意識表現出強大的優勢」，它「或多或少地排除了自我與意識；也就是說，人們被這些無意識力量所俘獲或佔據。但由於這種佔據對人表現為更高的超意識力量，所以它是崇拜儀式和儀典所竭力追求的。」〔註28〕但我們不妨設想，在儀式之中，一旦有人超脫於這些無意識力量之外，穿透了這些宗教儀式的表象，豈不是進入了個體情感主宰的審美領域？前舉子元與晉侯不就是這樣的例子？

春秋時期，懷疑思潮與人本思潮的出現，人們不斷對神明和祖靈產生了懷疑，並最終對西周大一統的宗教性祭祀禮樂制度進行了解構。《詩經·小雅·雨無正》云：「浩浩昊天，不駿其德，降喪饑饉，斬伐四國。昊天疾威，弗慮弗圖。舍彼有罪，既伏其辜。」《詩經·大雅·雲漢》云：「大命近止，靡瞻靡顧。群公先正，則不我助。父母先祖，胡寧忍予？」兩詩分別將懷疑的對象指向常人認為無所不能的昊天上帝和無限崇拜的祖靈。在宗教氛圍削弱的同時，世俗精神也開始逐漸成長。更多的人開始打著祭禮的旗號行個人娛樂之實。《墨子·非樂上》載：「昔者齊康公，興樂《萬》，《萬》人不可衣短褐，不可食糠糟，曰食飲不美，面目顏色不足視也；衣服不美，身體從容醜羸，不足觀也。是以食必粱肉，衣必文繡。」〔註29〕齊康公和子元一樣，也把神聖的祭祀歌舞當成了世俗的審美娛樂。其實，如果對荀子的一句話有所瞭解，則子元與齊康公的行為並不難理解：「夫樂者，樂也，人情之所必不免也……故人不能無樂」，〔註30〕意思是說，「樂」能帶給人以快樂，即便便是祀典所

〔註27〕汪曉雲：《重構戲劇史：從戲劇發生開始》，《文藝研究》2006年第9期。
〔註28〕〔德〕埃利希·諾伊曼著，李以洪譯：《大母神——原型分析》，東方出版社1998年版，第308頁。
〔註29〕孫波注：《墨子》，華夏出版社2000年版，第139頁。
〔註30〕〔漢〕司馬遷：《史記·樂書第二》，嶽麓書社2001年版，第126頁。

用的嚴肅的雅樂，也可以具有娛樂作用，成為人們一種需求，滿足人們的欲望。

萬舞是典型的雅樂，雅樂尚且有娛人的一面，更不用說春秋興起的各種俗樂了。俗樂的精神指向就是為了滿足人們的耳目之娛。關於俗樂與雅樂的區別，張世彬曾論：「我國音樂在春秋戰國時代已顯然分為兩系統：其一是宗廟祭祀及國家典禮所用的雅樂；另一是社會上流行的俗樂。兩者同時存在而不相為謀。雅樂因為要強調教育意義，必須配合道德觀念，故以和平中正為原則，以莊嚴肅穆為標準，歷代以來，這種觀念甚少改變，所以雅樂幾乎沒有發展可言……至於俗樂，由《呂氏春秋‧侈樂》篇所述，可見它在戰國或更早之時已有急劇的發展，迅速的變化。」〔註31〕

祭祀本用雅樂，但據《禮記‧樂記》的一段記載：

> 魏文侯問於子夏曰：吾端冕而聽古樂，則唯恐臥；聽鄭、衛之音，則不知倦。敢問古樂之如彼，何也？新樂之如此，何也？

> 子夏答曰：「今夫古樂，進旅退旅，和正以廣，弦匏笙簧，會守拊鼓，始奏以文，復亂以武；治亂以相，訊疾以雅；君子於是語，於是道古，脩身及家，平均天下。此古樂之發也。今夫新樂，進俯退俯，姦聲以濫，溺而不止；及憂侏儒，獿雜子女，不知父子；樂終，不可以語，不可以道古。此新樂之發也。今君之所問者樂也，所好者音也。夫樂之，與音相近而不同。」文侯曰：「敢問如何？」

> 子夏對曰：「夫古者，天地順而四時當，民有德而五穀昌，疾疢不作而無妖祥，此之謂大當。然後聖人作，為父子君臣，以為之紀綱，紀綱既正，天下大定。天下大定，然後正六律，和五聲，弦歌詩頌，此之謂德音，德音之謂樂。詩曰：『莫其德音，其德克明，克明克類，克長克君。王此大邦，克順克俾。俾于文王，其德靡悔。既受帝祉，施于孫子。』此之謂也。今君之所好者，其溺音乎？」

> 文侯曰：「敢問溺音何從出也？」

> 子夏對曰：「鄭音好濫淫志，宋音燕女溺志，衛音趨數煩志，齊音敖辟喬志，此四者，皆淫於色而害於德，是以祭祀弗用也。……」

〔註32〕

〔註31〕張世彬：《中國音樂史論述稿》，香港友誼出版社1975年版，第45頁。

〔註32〕〔清〕阮元校刻：《十三經注疏》，上海古籍出版社1997年版，第1538頁。

從子夏「是以祭祀不用也」一語來看，魏文侯可能是將鄭衛之音用於祭祀場合。齊宣王更是坦率地宣稱：「寡人今日聽鄭衛之聲，嘔吟感傷，揚激楚之遺風」，「寡人非能好先王之樂也，直好世俗之樂耳。」〔註33〕

與俗樂相生相伴是此期出現了大量不合禮制、不在祀典、非所祭而祭之的淫祀。俗樂出現在祭祀上除了表現神聖儀軌被突破之外，更重要的意義是使行祭者的心理得到了一定程度的解放，行祭過程也可能仍披著一層宗教的外衣，但祭祀主體實則藉此滿足自己娛樂的需求。以《陳風‧東門之枌》為例：

> 東門之枌，宛丘之栩。子仲之子，婆娑其下。
>
> 穀旦于差，南方之原。不績其麻，市也婆娑。
>
> 穀旦于逝，越以鬷邁。視爾如荍，貽我握椒。

《漢書‧地理志》下云：「陳國……婦人尊貴，好祭祀，用史巫。故其俗巫鬼。」表明這是陳國的祭祀風俗。而「穀旦」有良辰之意，毛傳云：「穀，善也。」鄭箋云：「旦，明。於，日。差，擇也。朝日善明，日相擇矣。」王先謙《詩三家義集疏》云：「穀旦，猶言良辰也。」〔註34〕據此可以推斷「穀旦」是用來祭祀神明以乞求繁衍旺盛的祭祀節日。朱熹《詩集傳》曰：「此男女聚會歌舞，而賦其事以相樂也。」〔註35〕在這樣的節日裏，已經有了聚會歌舞、賦事相樂的娛人之舉。

《詩經》中表現民間社祭中常伴以慶祝活動，即「以我齊明，與我犧羊，以社以方。我田既臧，農夫之慶。琴瑟擊鼓，以御田祖，以祈甘雨，以介我稷黍，以穀我士女。」〔註36〕祭社和慶樂共同構成下層民眾社日節的標誌性習俗。此後，祭祀以自娛的風氣一直不曾中斷。漢代窮野之地鄉民社祭，「扣甕拊瓶，相和而歌，自以為樂」，〔註37〕三國王修「母以社日亡。來歲鄰里社，修感念母，哀甚。鄰里聞之，為之罷社。」〔註38〕罷社之舉恰表明社祭的歡慶性質。在南北朝時期，荊楚一帶的人們在社日祭社後有分肉宴樂活動，民眾不分男女擴都盡享節日的歡樂，「四鄰並結綜會社，牲爵，為屋於樹下，先祭神；然後饗其胙」。

〔註33〕 〔清〕馬驌：《繹史》第一百一十九卷，中華書局 2002 年版，第 3042 頁。
〔註34〕 〔清〕王先謙：《詩三家義集疏》卷十，虛受堂刊本。
〔註35〕 〔宋〕朱熹：《詩集傳》，中華書局 1958 年版，第 81 頁。
〔註36〕 〔清〕阮元校刻：《十三經注疏》，上海古籍出版社 1997 年版，第 474 頁。
〔註37〕 〔漢〕劉安：《淮南子‧精神訓》，上海古籍出版社 1989 年版，第 73 頁。
〔註38〕 〔晉〕陳壽：《三國志‧魏志‧王修傳》，中華書局 1959 年，第 345 頁。

〔註39〕《北史》卷三十三《李士謙傳》：「李氏宗黨豪盛，每春秋二社，必高會極宴，無不沉醉喧亂。」〔註40〕高會極宴、沉醉喧亂與最初莊重肅穆的精神氛圍相距何止以道里計？這些在社日中的活動看不出多少對宗教的虔誠和對慶典儀式的神聖感，是不是說明它們已經進入戲劇的行列了呢？如果不是，可能田仲先生所言「漢魏時期之後，可以想像，使中國鄉村地區的社祭飛躍爲戲劇的因素由於宗族支配的原因而被封殺掉」的結論不太站得住腳。

　　從娛人與娛神的比例對比來分析戲曲成熟，無疑將戲曲成熟的命題簡單化了，因爲即使祭禮擁有了娛人因子，獲得相對獨立的品格之後，爲求得表現內容的豐富及自身呈現形態的完整，也爲了適應審美對象的需求和自身規律的演變，它還需要不斷地融進其它諸多伎藝單元。眞正意義上的戲曲其實是不斷完善、不斷修正的產物。

　　再次，宋代迎神賽會與唐代相比，並沒有本質的區別。

　　田仲先生既贊成戲劇起源於宗教儀式，又承認中國戲曲成熟於宋代這一事實，故他就將論述的焦點集中於含有戲劇因子的宗教祭儀如何在宋代獲得一種開放性的形態，他得出的結論是：「這一時期，自古在農村中保存下來的對農節所固有的巫術性的看法已不存在，現存的在形式上只是翻來覆去的社祭、蠟祭等的祭祀儀式對於大多數宗教信仰已減退的農民來說，可以說不過是一種單調的習以爲常的活動，是一種表演。反過來講，這充分說明了這時農村的祭祀活動終於從過去的宗教束縛中擺脫出來，向文藝轉化的條件正在逐漸成熟起來。」〔註41〕也就是說，他強調的是儀式由宗教的娛神向娛人的精神指向的轉變。我們也注意到，田仲對唐五代社祭精神的論述是：「由社組織舉行的像春秋社祭這樣的活動，越來越把重點轉向和睦宴會上去，而對原本最爲重要的祭祀禮儀活動則輕視起來，由祭禮向文藝轉化的條件開始逐漸成熟。」〔註42〕田仲強調的是社祭的娛人功能的主導與戲曲成熟的內在聯繫，這一點是不錯的，但唐五代「文藝轉化的條件開始成熟」與宋代「向文藝轉化的條件正在逐漸成熟起來」

〔註39〕〔梁〕宗懍著，宋金龍校：《荊楚歲時記》，山西人民出版社 1987 年版，第 94頁。

〔註40〕〔唐〕李延壽：《北史》卷三十三，中華書局 1974 年版，第 1233 頁。

〔註41〕〔日〕田仲一成：《中國祭祀戲劇研究》，北京大學出版社 2008 年版，第 18頁。

〔註42〕〔日〕田仲一成：《中國祭祀戲劇研究》，北京大學出版社 2008 年版，第 16頁。

之間的界線並非那麼涇渭分明，田仲先生在界定唐五代與宋代社祭精神的區別時如果沒有嚴格的標準，何以判斷戲曲不會成熟於唐五代呢？

我們不妨先羅列一下唐代詩人描寫社祭及雜祀的相關詩篇：

> 婆娑依里社，簫鼓賽田神。
> 灑酒澆芻狗，焚香拜木人。
> 女巫紛屢舞，羅襪自生塵。

——王維《涼州郊外遊望》

> 東甌傳舊俗，風日江邊好。
> 何處樂神聲？夷歌出煙島。

——顧況《永嘉》

> 麥苗含穗桑生椹，共向田頭樂社神

——韓愈《遊城南十六首》之《賽神》

以上三詩還只是交待了樂神的祭祀活動，對於參與者所持態度，唐代詩人張演《社日村居》有「桑柘影斜春社散，家家扶得醉人歸」之句。社祭的功用，本在報地之功，求得生殖旺盛、子孫繁衍、雨水及時降臨、江河不泛濫、祓除不祥，但唐人將社祭只是當作一個藉口，他們更多的是藉此行宴飲狂歡之實。最生動記載唐代南方祭儀的，要數李嘉祐《夜聞江南人家賽神，因題即事》：「南方淫祀古風俗，楚嫗解唱迎神曲。鏘鏘銅鼓蘆葉深，寂寂瓊筵江水綠。雨過風清洲渚閒，椒漿醉盡迎神還。帝女凌空下湘岸，番君隔浦向堯山。月隱回塘猶自舞，一門依倚神之祜。韓康靈藥不復求，扁鵲醫方曾莫睹。逐客臨江空自悲，月明流水無已時。聽此迎神送神曲，攜觴欲弔屈原祠。」作者以一個外來客的眼光探視江南人家賽神活動，迎神、送神的儀式漫長而熱烈，民眾狂舞痛飲，無休無止，他們是將儀式當作演出來欣賞，而表演者也意猶未盡，演出直到月落也不曾停止。

再看一看宋人有關樂神酬神詩的描寫。梅堯臣《春社》：「樹下賽田鼓，壇邊飼肉鴉。春醪酒共飲，野老暮喧嘩」，葉適《永嘉端午行》：「岩騰波沸相隨流，回廟長歌謝神助」，陸游《村飲》：「擊鼓驅殤鬼，吹簫樂社神」，陸游《賽神曲》：「叢祠千歲臨江渚，拜祝今年那可數。須晴得晴雨得雨，人意所向神則許。嘉禾九穗持上府，廟前女巫遞歌舞。嗚嗚歌謳坎共舞，香煙成雲神降語。」在這些詩篇對祭祀的描述中，實在看不到與唐代詩篇中展現的祭祀精神有多少本質上的區別。再來看看廣為學術界徵引的陸游與劉克莊的相

關詩篇，如陸游《春社》「太平處處是優場，社日兒童喜欲狂。且看參軍喚蒼鶻，京都新禁舞齋郎」，《喜書》之二：「今年端的是豐穰，十里家家喜欲狂」，「酒坊飲客朝成市，佛廟村伶夜作場」，《幽居歲暮》：「巷北觀神社，村東看戲場。誰知屏居意，不獨爲耕桑」，劉克莊《聞祥應廟優戲甚盛》二首之一：「空巷無人盡出嬉，燭光過似放燈時。山中一老眠初覺，棚上諸君鬧未知。遊女歸來尋墜珥，鄰翁看罷感牽絲。可憐樸散非渠罪，薄俗如今幾偃師」，《即事》三首之一：「抽簪脫褲滿城忙，大半人多在戲場」、「湘累無奈眾人醉，魯蠟曾令一國狂」，這些詩篇也無非是對唐人張演「家家扶得醉人歸」作更一步的形象描繪，是社祭狂歡的另一版本，這也無非說明民眾在娛神的外表下行娛人之實，迎神賽會成了眾人忘情狂歡的節日。在這樣的節日裏，大家不僅可以縱情酣飲，還能夠觀看各種表演，以滿足審美需求。就娛人這一點來說，唐代與宋代祭儀的精神指向的區別並不明顯。也就是說，相比唐人，宋人對社祭的態度並沒有發生本質的改變。

然而，上引宋人諸詩中，確實表明社祭中出現了雜戲的表演。劉克莊晚年長詩《觀社行用實之韻再和》更是詳盡地描繪了福建莆田鄉村社祭之中的戲劇演出活動：「陌頭俠少行歌呼，方演東晉談西都。淫哇奇響蕩眾志，瀾翻辯吻矜群愚。狙公加之章甫飾，鳩盤謬以脂粉塗。荒唐夸父走棄杖，恍惚像罔行索珠。效牽酷肖渥窪馬，獻寶遠致崑崙奴……」在他所見到的社祭場面中，戲劇的演出給詩人的印象頗深。從詩中描給看，這些戲劇既有歷史劇，又有神話劇，而且演員的化妝表演也十分誇張，很能吸引觀眾。可見，此時戲劇表演已經從宗教儀式中剝離出來，儘管還需要依附於社日及其它神誕日之上。不過，這些宗教節日不過是戲劇賴以滋長的時間載體罷了。

但這些只是最終的結果而非最初的原因，社祭典禮上爲什麼出現了戲劇依然沒有得到解答。套用唐文標《中國古代戲劇史》的一句話：「民間祭典，怎樣脫離『神聖』的儀式，化爲雅俗共賞的『戲劇娛樂』呢？」這個問題的答案不能求諸於祭禮精神指向，因爲唐宋儀典精神並沒有大的不同，所以，唐文標說：「假如能夠說明的話，這種解釋早已可應用到漢唐期間了。」

二、淫祀與戲曲成熟關係辨說

很明顯，車文明在戲曲起源的論述上也在一定程度上借鑒了龍彼得與田仲一成的相關觀點。針對戲曲成熟於宋代的事實，他在《20 世紀戲曲文物的

發現與曲學研究》提出過一個頗爲另類的新見：「古代宗教、尤其是民間宗教的全面振興是戲曲形成於宋代的一個重要而又被研究界長期忽略的原因」。〔註43〕車先生論證的基本思路是：先揭示佛教的衰落與理學的興起對古代宗教與民間宗教具有促進作用，然後指出宋代有著明確的實用性和現實性的「古代宗教」祭祀活動壓倒了期求昇天、苦行修煉、等待來世的求仙拜佛風氣，並列舉了《夢粱錄》、《文獻通考》、《宋會要輯稿》等相關典籍中的數字來證明宋代「雜祠淫祠」大盛，遠勝於前代，經過這一番論證，作者推導出了上述結論。這一觀點可能也受到劉念茲的影響，劉念茲先生在《戲曲文物叢考》中曾說過：「宋金時期的舞臺，大都是修建在民間普遍流行的巫神的鄉村小廟之中，它與佛、道等宗教寺觀關係還不大」，「這些舞臺是分別建立在諸如后土廟、東嶽廟或聖母祠這樣民間巫神性質的小廟之中，而與佛、道等宗教寺觀無關。同時它們是建立在鄉村而不是在城市之中。這些舞臺遺址的文物，說明宋、金時期的戲曲與迎神賽社祈福酬饟的民間社火關係十分密切。」〔註44〕而車先生的學術專長在於進行戲曲文物的調查，他在此後出版的專著《中國神廟劇場》中也對戲臺的分佈進行過統計，「列入上祀甚至中祀的國家級或地方正統壇廟（如天壇、地壇、社稷壇、太廟、岱廟、都城隍廟、各地社稷壇等）、高級別的道教宮觀（如青城山、武當山、北京白雲觀等）、正規的佛教寺院不建戲臺，各級文廟內自然不可有戲臺。民間化、世俗化的古代宗教以及佛、道寺觀可以建有戲臺」，他得出結論與劉念茲先生的結論大體一致：「敬神演戲一般發生在民間祭祀活動中」。〔註45〕這樣看來，戲曲形成於宋與淫祀興起之間似乎有某些必然聯繫，但淫祀興起真是戲曲形成於宋的原因嗎？

　　周代禮崩樂壞的標誌之一是作爲國家禮樂制度的祭祀被有隨意興廢增刪，出現了所祀之神不在祭典之列或者越禮而祭的情況，即是所謂「非其所祭而祭之」的淫祀。按車先生的理解，古代宗教與民間宗教的全面振興是戲曲在宋代形成的原因，換言之，古代宗教與戲曲形成構成了因果關係，那麼，可以引申出一個命題：古代宗教的振興導致了戲曲的產生，既爲振興，那麼先於宋代就應該還有一個古代宗教的繁榮期，根據作者行文來看，古代宗教即是指原始宗教，而先於宋代的古代宗教的繁榮期應是道教與佛教還未流傳

〔註43〕車文明：《20世紀戲曲文物的發現與曲學研究》，文化藝術出版社2001年版，第104頁。

〔註44〕劉念茲：《戲曲文物叢考》，中國戲劇出版社1986年版，第7頁。

〔註45〕車文明：《中國神廟劇場》，文化藝術出版社2005年版，第9頁。

的先秦及秦漢時期。依照車先生這一觀點，我們可以追問一番：如果宋代原始宗教的全面振興能導出戲曲，爲什麼先秦原始宗教的盛行卻不能導出戲曲？秦漢時的原始宗教活動也沒有導致戲曲的發生？除非作者認爲先秦祭儀中的那些儀式性歌舞也是戲曲，否則這一表述就隱入了首鼠兩端的矛盾境地。

此外，車先生用淫祀眾多來定位宋代民間宗教的振興本身亦似有不妥之處。據《三教源流搜神大全》，宋代確爲巫道大熾的時代，民間的俗神「淫祀」並起，三教九流、五行八作無不立神，連盜寇、爐竈、廁所都各有神靈。這只是問題的一個方面。如果將目光上溯，可知春秋時期淫祀就已經興起，而且中國南方多淫祀、重巫鬼的習俗源遠流長，不是宋代才有的現象，《漢書‧地理志》云：「楚有江漢川澤之饒，……信巫鬼，重淫祀。」王逸《楚辭章句》即載：「昔楚國南郢之邑，沅、湘之間，其俗信鬼而好祠。其祠，必作歌樂鼓舞以樂諸神。」〔註46〕《隋書‧地理志》：「大抵荊州率敬鬼，尤重祠祀之事，昔屈原爲製《九歌》，蓋由此也。」另，《舊唐書》卷八十九也有狄仁傑見吳楚多淫祠，「奏毀一千七百所」的記載，也從另一側面證明唐代淫祠的數量並不少。沒有經過同一地區不同時段淫祀數量的定量分析與比較就斷定宋代「雜祠淫祀」遠勝於前代有失之武斷之嫌，況且宋代官方打擊淫祀的材料幾乎比以往各代的記載總和還要多，這一方面固然可見出淫祀數量之多，換個角度說，如果這些打擊都取得了成效的話，不也可以說明宋代淫祠數量急劇減少了？如果不能證明宋代淫祠數量確實遠遠多於唐代，那麼，問題又回到了原點：前代的淫祀沒有促成集大成的戲曲的產生，何以宋代成爲可能？退一步講，即便宋代淫祠數量遠多於前代是事實，也不能斷定淫祠數量的多少與戲曲的產生構成了必然的因果聯繫，因爲這樣的推理導致了問題的簡單化，依此類推，先秦只有儀式性歌舞是因爲淫祀才剛剛興起，唐代有參軍戲、歌舞戲是因爲淫祀得到了一定發展……如果這樣推理下去，豈不是將一個很複雜的藝術起源問題變成了簡單的數量決定論，這不但在學理上不通，且有悖於基本的常識。

如果我們把眼光集中於宋代淫祀這一相對狹小的範圍，會發現即便是民間祭祀，其中的問題也很複雜，並不是所有的祭祀都沿著神退人進的趨勢發展，並不是所有的祭祀都出現了娛人的傾向。相反，淫祀建立的理論起點卻是根深蒂固的巫術思維，有些行祭過程籠罩著濃厚的宗教霧障，並不利於戲曲的成熟。大中祥符三年（1010）二月二十五日，宋朝曾禁荊南界殺祭稜騰

〔註46〕 〔宋〕洪興祖：《楚辭補注》，中華書局1983年版，第55頁。

神，因爲祭此神用的是野蠻、血腥的殺人祭，乃是以活人作爲犧牲貢奉於其面前。洪邁《夷堅志》中專列「湖北稜睜神」一目：「殺人祭祀之奸，湖北最甚，其鬼名具稜睜神。」〔註47〕宋代殺人祭的存在說明人類的思維並不是我們慣常想像中那樣呈直線型發展，也並不能證明宋代人們就已經抛棄了巫術思維，因爲這種做法比起湯以身作祭並沒有高明多少，試想，這種野蠻的殺人祭再多，對戲曲的形成又能起到多少作用？

　　學術界所認爲的戲劇晚出是指成熟戲劇的晚出，這就涉及到戲曲起源探討中的兩個基本術語：儀式性戲劇與觀賞性戲劇，成熟戲劇的形成和儀式劇的產生並非同一個概念，但論者往往會不知不覺地將兩者糾纏在一起，在行文中無意識地偷換概念。誠如趙景深《中國戲曲的起源和發展脈落》所指出的：「正式的戲曲是產生於宋代，但戲曲的先行條件在唐代就有了。」「最初的正式戲曲——即產生於浙江溫州的南戲。」〔註48〕所以，要探討的不是史事的摹擬、巫舞的表演或優伶的立言、假面的使用這些單個戲曲要素的晚出（事實上這些要素並不晚出），而是正式戲曲的晚出。易言之，戲曲晚出不是指儀式性戲劇的晚出而是指觀賞性戲劇的晚出。既然南戲被公認爲最初正式戲曲，這一問題可以置換爲宗教祭祀到底與南戲的產生是什麼關係，宗教祭祀中有戲曲產生的因子是不爭的事實，但同時必須承認，「不能說宗教祭祀本身就能產生戲曲」，祭祀於戲曲的真正意義在於：「戲曲和構成戲曲的元素在這種場合（指宗教祭祀，筆者注）裏呈現，或在這種場合裏各元素逐次得到綜合的機會而產生戲曲」。〔註49〕曾永義的觀點極有見地，他指出了宗教祭祀本身不是戲曲、本身也不能產生戲曲這一事實。如果我們放寬尺度，祭儀充其量也只是儀式性小戲，就是前些年轟轟烈烈的宗教儀式劇研究，也只是小心翼翼地推出其概念：「緣起於各種古老的宗教祭祀儀式或民間法事活動、以祭祀神靈、祈福禳災、許願還願爲目的的戲劇演出」，其特點是「演出至始至終是與宗教法事活動聯繫在一起」。〔註50〕再如，王兆乾認爲，儀式戲劇也只「是一種以驅邪納吉、攘災祈福爲功利目的的劇戲活動」。〔註51〕這些概念都

〔註47〕洪邁說的「稜睜神」就是《宋會要》中所說的「稜騰神」，音同字異耳。見《夷堅志》三志壬卷四，第1497～1498頁。

〔註48〕趙景深：《中國戲曲的起源和發展脈落》，《文史知識》1982年12期。

〔註49〕曾永義：《戲曲源流新論》，文化藝術出版社2008年版，第34頁。

〔註50〕王秋桂主編：《民俗曲藝》叢刊，第90期，第1～3頁。

〔註51〕王兆乾：《儀式性戲劇與觀賞性戲劇》，胡忌：《戲史辨》，中國戲劇出版社2001年版，第26頁。

將宗教儀式劇與戲曲進行了嚴格的區分，至少沒有將宗教儀式納入戲曲的範疇。既然戲曲因子的出現與戲曲的出現並不能等同，在認可「戲出於祭」的觀念的同時，其實更應該追問祭祀何以能使戲曲元素在「這種場合」逐次整合，這些元素又是如何整合起來而成爲成熟形態的戲曲的？還要追問的是，爲什麼在宋代之前漫長的時間裏這些要素沒有在祭儀場合中綜合而形成戲曲，在宋代卻有了可能？

當這個問題被提出來後，可以發現，戲曲不同於宗教儀式的地方在於它吸收了大量與祭儀無關的藝術樣式進行演出，說唱藝術、文學、歌舞、武術等眾多伎藝的有機融合終使它成爲合「坐、唱、念、打」於一爐的集大成藝術。其體制龐大，遠非祭儀可比，而之所以能造就這一龐大體制主要應歸功於戲曲的敘事能力的強大，這種敘事能力並不是史傳般的文字敘事能力，而是建立在說唱表演之上的敘事能力，以滿足戲曲歌舞演故事的特徵。當然，先秦歌舞也擁有簡單的敘事能力，如《呂氏春秋·古樂》篇：「昔葛天氏之樂，三人操牛尾，投足以歌八闋，一曰載民，二曰玄鳥，三曰逐草木，四曰奮五穀，五曰敬天帝，六曰達帝功，七曰依地德，八曰總萬物之極。」雖因記載簡約，上文所述內容多不可具體考證，但從葛天氏之樂共八闋的形制特點來看，它似爲通過歌舞表現有一定情節的故事。前文所舉的《大武》、《九歌》也可以用歌舞的形式表現簡單的故事。唐代戲劇中的《踏謠娘》、《西涼伎》等，都是「以歌舞演故事」，不過這故事只是一個片斷，沒有完整的故事情節，劇情結構也不夠長，所以充其量只能算小型歌舞劇而已。

戲曲敘事功能的增強倒是與佛教節日而不是古代宗教節日的關係更爲密切。從佛教傳入以來，出現了以講唱方式傳播佛教經義的變文俗講，唐宋年間盛行的講唱文學就是變文俗講世俗化的產物，說話藝人們吸收了寺院中俗講變文的某些藝術形式，講唱結合，散韻交錯，實現了講與唱的有機結合。諸宮調直接繼承了變文俗講的形式，通過不斷的豐富與完善，它在變文基礎上獲得了提高，成爲集唐宋講唱文學之大成的藝術樣式。而諸宮調可以說爲戲曲以歌舞演故事開啓了方便法門，它的進一步發展必然導致戲曲的產生。事實上，戲曲與諸宮調之間僅有一牆之隔，只要將敘述體轉化爲代言體並且由演員搬演，諸宮調就踏進了戲曲的門檻。可以這樣認爲，戲曲的敘事上承唐代說唱伎藝，又直接取法於諸宮調，其敘事能力的提高依賴於佛教節日這一特定的時間載體。

此外，佛教節日對於戲曲形成的影響至少還有兩個方面：

其一，今所見最早的戲場即與佛教節日相關。安史之亂後，由於政府的鼓勵，各地廟會蓬勃發展，出現了較固定的面向廣大平民的藝術娛樂場所：戲場。《太平廣記》卷八十三載：「濮陽郡有續生者……每四月八日，市場戲處，皆有續生。郡人張孝慕不信，自在戲場，對一續生，又遣奴子往諸處看驗。奴子來報，場場悉有。」〔註52〕而這些戲場往往就設在寺院。錢易《南部新話》卷五載：「長安戲場多集於慈恩。小者在青龍，其次薦福永壽。尼講盛於保唐，名德聚之安國。士大夫之家入道，盡在咸宜。」〔註53〕戲場主要進行的是僧講與俗講，對於聚集觀眾、故事傳播均有不同尋常的意義。唐代趙璘《因話錄》卷四就記載興福寺文漵的俗講，「愚夫冶婦，樂聞其說，聽者填咽寺舍。」〔註54〕直到今天，仍可遙想當時的場面是如何的熱鬧喧囂。

其二、佛教與古代宗教並非完全對立，佛教傳入中國後對世人影響巨大，佛教經文浩繁，無論從理論高度還是哲學高度而言，中國除了道教尚能與之堪有一比外，原始宗教無論從系統性還是思辨性都無法與之抗衡。故佛法信眾良多，原始宗教一度受挫。但佛教這種異質文化也不斷地被改造，吸收了中國原始宗教的一些內容，開始了它的中國化歷程，表現之一就是與民間娛樂活動的結合。佛教節日——佛誕日有行像儀式，是指以車載莊嚴佛像巡之城內。據《法顯傳》記載，古印度在四月八日行像過程中，「境內道俗皆集，作倡伎樂，華香供養」。〔註55〕文中所言的伎樂指佛曲梵樂。但佛教傳至中土後，浴佛節也變成了世俗化的節日，展演的不僅是佛曲，民間散樂、百戲歌舞也藉此機會露臉。楊衒之《洛陽伽藍記》就描寫了北魏洛陽寺院娛樂盛況：

> 長秋寺：四月四日，此像常出，辟邪獅子導引其前。吞刀吐火，騰驤一面；彩幢上索，詭譎不常。奇伎異服，冠於都市像停之處，觀者如堵。
>
> 景樂寺：至於大齋，常設女樂。歌聲繞梁，舞袖徐轉，絲管嘹亮，諧妙入神……召諸音樂，逞伎寺內。奇禽怪獸，舞抃殿庭，飛空幻惑，

〔註52〕 《筆記小說大觀》第二冊，江蘇廣陵古籍刻印社1995年版，第160頁。
〔註53〕 〔宋〕錢易：《南部新話》卷五，四庫全書本。
〔註54〕 〔宋〕趙璘：《因話錄》卷四，見《筆記小說大觀》第一冊，江蘇廣陵古籍刻印社1995年版，第96頁。
〔註55〕 章巽：《法顯傳校注》，上海古籍出版社1985年版，第103頁。

世所未睹。異端奇術，總萃其中……士女觀者，目亂睛迷。〔註56〕

佛教另一重要節日——中元節也有設樂的傳統，敦煌遺書 P.2638 號中有「七月十五設樂」的記載，最初的設樂可能爲追薦亡靈之意，但後來也帶上了世俗節日的色彩，成爲了百戲集中上演的時間載體。《太平廣記》卷三十四「崔煒」條稱貞元中「時中元日，番禺人多陳設珍異於佛廟，集百戲於開元寺」。〔註57〕佛教節日的本土化爲百戲的交流提供了平臺。

可以通過一個個案考察佛教節日與戲曲形成的千絲萬縷的聯繫。前文已述，佛教節日一般有行像和演奏佛曲以張揚佛法廣大、宣揚佛教義理，歎菩薩之功、勸世俗大衆的內容。唐初清禪寺「選取二十頭，令學鼓舞，每至節日，設樂象前，四遠問觀以爲欣慶，故家人子弟接踵傳風，聲伎之高，高於俗里。」〔註58〕佛寺節日設樂，如果是爲了娛神的話，也應是娛佛教系統的佛祖、菩薩、羅漢等。但由於「沙門不得詠吟歌曲，弄舞調戲及論倡優」，〔註59〕佛教節日設樂，並非神職人員自己從事音樂，而是由皇家、官府賞賜藝人，再就是寺院自己培養俗衆充當音聲人。所以就出現了孟郊《教坊歌兒》所說的現象：「去年西京寺，衆伶集講筵。」〔註60〕即僧人講經說法還要延請教坊樂人進行表演。由俗衆擔當音色人在多大程度上能保證佛教儀式的娛神品質的純粹著實令人生疑。敦煌遺書 S.381 號《龍興寺毗少門天王靈驗記》云：大番歲次辛巳閏二月十五日，因寒食，在城官僚就龍興寺設樂。敦煌遺書 S.4750 號《某寺破歷》中亦有「寒食踏歌」的記載。寒食是二十四節氣之一，與發源於印度的佛教沒有關係，龍興寺寒食設樂表明了佛教節日與歲時節日界限的消泯。踏歌是相抱聚蹈、踏地爲節的集體歌舞活動，其特點是用踏步來加強歌拍，反覆歌唱一調，或以鼓樂伴奏協調，其最早記載爲晉代葛洪的《西京雜記》，這一習俗在後世均有傳承。踏歌也與佛教沒有什麼聯繫。寒食與踏歌均與佛教無關，但龍興寺在寒食節也設樂，且樂的內容並非佛曲而是踏歌，除了說明佛教也吸收中國節日文化的合理成分外，也表明其娛神的宗教色彩

〔註56〕 范雍祥：《洛陽伽藍記校注》，上海古籍出版社 1978 版，第 43 頁，第 52～53 頁。

〔註57〕 〔宋〕李昉：《太平廣記》第一冊，中華書局 1961 年版，第 216 頁。

〔註58〕 蘇淵雷、高振農：《佛藏要籍選刊》第 12 冊，上海古籍出版社 1994 年影印本，第 723 頁。

〔註59〕 《大正藏》卷一，臺北新文豐出版公司 1984 年版，第 261 頁。

〔註60〕 華忱之：《孟郊詩集校注》，中華書局 1995 年版，第 127 頁。

已經淡化,設樂主要爲娛人之用。

踏歌進入本有佛曲的寺院,說明其生命力的強大和在當時的流行程度。最早的戲場在寺廟之中,當踏歌進入寺廟,自然又與戲場發生了關聯。而當擁有敘事能力的踏歌與僧尼的僧講、俗講相遇時,必定也會吸收對方的優點作爲自己的補充,於僧講俗講而言,他源遠流長的講唱傳統、一套成型的演播程序定會對踏歌產生影響,而踏歌的載歌載舞所獨具的視覺效果也爲僧講俗講所不曾具備。若輔以時間的磨合和藝人的不斷錘鍊,在神廟劇場也可能摧生出成熟的戲曲。

綜上,戲劇起源於宗教是影響最爲深遠的學說,但以這種普遍原理衡之於中國戲曲的實際,則必須注意小戲與大戲之別,這已經爲前輩學者所指出。本節主要對兩種似是而非的學說進行辨正,意在說明:戲曲形成於宋既不是因爲宋代社祭擺脫了巫術思維的影響,也不是因爲宋代淫祠興盛,戲曲敘事能力的增強其實與佛教節日的關係更大。

第二節 節日與泛戲劇形態——秧歌

也許是受到龍彼得要弄清「戲劇如何興起,而非何時興起」說的影響,康保成先生將學術視野集中在各種泛戲劇形態的研究,「毫無疑問,要解決戲劇如何從宗教儀式中衍生,關鍵在於發現和考察處於宗教儀式與戲劇形式之間的演出形態。筆者發現的這類中間形態主要有:宋代『路歧人』上演的打夜胡,金元明清流行的打連廂,源遠流長的蓮花落、秧歌等。」〔註 61〕《儺戲藝術源流》就是回答戲劇如何興起的一部力作,在這部著作裏,康先生對鄉人儺、秧歌、竹竿子、淨等爲前人所忽視的領域進行了集中而系統的探討,大體上勾勒出了由沿門逐疫的鄉人儺向成熟戲曲演進的路線圖,康先生的研究視野開闊、材料豐贍、觀點獨特,令人耳目一新。

在這部著作裏,康先生提出了「秧歌乃上古鄉人儺即沿門逐疫與西域娛樂形式相結合的產物」〔註 62〕這一最具顛覆性的觀點。秧歌是一種典型的節日泛戲劇形態,作爲一種節日慶典形式,它聯繫著遠古的宗教儀禮與集大成的戲曲。對於秧歌的重視反映了康先生獨特的學術眼光。對於西域娛樂形式具體何指?又如何與鄉人儺結合、循著怎樣的路線傳播?康先生推測:「起於

〔註61〕康保成:《儺戲藝術源流》,廣東高等教育出版社 2005 年版,第 9 頁。
〔註62〕康保成:《儺戲藝術源流》,廣東高等教育出版社 2005 年版,第 59 頁。

西域的『姎歌偎郎』，在向東部傳播時遇上了帶有驅儺因子的漢族的元宵社火，於是在東、西部結合處，具體說，是在青海、甘肅、寧夏、陝北及內蒙古一帶，產生了以『姎哥』爲主要角色的化妝表演形式。當這種民間歌舞向東南傳播時，由於姎哥、羊哥、揚高等不易理解，於是便借用了南方種稻插秧之歌——秧歌之名。」〔註63〕

秧歌中的男女調情成分眞是受西域歌舞「姎哥偎郎」的影響嗎？如果秧歌眞從「姎哥偎郎」而來，在女子觀燈、出行、表演並未受禁止的元宵，它爲何又要採取男扮女裝的形式而不是直接以女子爲之？……諸如此類的問題實有深究的必要。

一、形似實異的姎歌偎郎與秧歌

康先生認爲：「『姎歌偎郎』，既有少男少女以歌舞調情，又有簡單情節的戲劇表演，與漢族的秧歌極相似。其主要『角色』，均由姎哥（少女）扮演。漢族的『秧歌』之名，或即由此而起。」〔註64〕作者通過大量材料論證了「姎哥」曾是角色名，在全文第四部份，作者又用訓詁的方法，論證「姎」爲女性自指，而「西域稱『姎哥』、『羊高』爲少女，當從女人自稱『姎』而來。這些論證給人言之鑿鑿之感。

另一方面，正如作者自己所說，北方秧歌的本質特徵是「童子化妝、男扮女裝，表演青年男女調情內容的小戲」。〔註65〕秧歌與「姎歌偎郎」儘管有部份相似性，比如，男女青年的調情表演，而且均爲角色表演。問題是這些相似之處能否構成其中一種藝術形式完全抄襲了另一種藝術形式的絕對證據？寬泛點說，世界上很難找到完全沒有關聯的藝術樣式，如果執著於某些內容與形式的相似性並將其放大，難免會出現不實之論，也會掩蓋相似的表象之下的實質上的不同，進而影響到對藝術眞正的血脈與基因的探討。

如果我們足夠仔細，就會發現姎歌偎郎與秧歌還是有諸多區別的，其中最大的區別是：沒有證據表明姎歌偎郎就是在上元前後上演，而秧歌卻主要出現年節前後，特別是出現在元宵慶典之上，康先生也承認秧歌是「通常在元宵燈節前後演出於北方農村的一種具有戲劇因素的化裝表演」。〔註66〕「元

〔註63〕康保成：《儺戲藝術源流》，廣東高等教育出版社2005年版，第61～62頁。
〔註64〕康保成：《儺戲藝術源流》，廣東高等教育出版社2005年版，第59頁。
〔註65〕康保成：《儺戲藝術源流》，廣東高等教育出版社2005年版，第72頁。
〔註66〕康保成：《儺戲藝術源流》，廣東高等教育出版社2005年版，第55頁。

宵燈節前後上演」這一特殊環境對於討論秧歌的由來、特徵、與其它藝術形式的關係有著重要的意義，如果脫離這一語境，就難免將其它與秧歌有著這樣或那樣相似性的藝術看成是秧歌的遠祖。這也是康先生的研究最令人疑惑之處：本於上元前後上演的秧歌不是遵循著自身傳統在發展嬗變，反而在版土相對狹小、西北幾為異族所據的宋代受到了並不是年節表演的西域歌舞的影響？此外，姎歌倰郎只是一種歌舞調情表演，這種表演有簡單的情節，也有角色扮演，屬於廣義的戲劇表演。這是與秧歌的相似之處，但秧歌的表演卻往往採取的是一種獨特的方式——男扮女裝，這是姎歌倰郎所不具備的。換句話說，姎歌倰郎的扮演者為姎哥（少女），而秧歌中的女性往往是由易裝的男性扮演的。裝扮形式不同的背後可能潛藏著文化習俗與藝術本質的差異。我們如果僅根據語音的相似與表演內容的類似就遽然判定秧歌是出於「姎哥」的一聲之轉，認定秧歌受到姎哥的影響，似顯牽強。

　　自然，對於秧歌的研究可以借助於音韻學和訓詁學的方法，事實上這也是中國傳統學術中極具效率、能攻堅拔寨的手段。但另一方面，秧歌作為一種直到今天還具有鮮活生命力的民間年節藝術，其「意義或重要性，決不能在孤獨狀態，或與其境地隔離之下看得出來」〔註67〕也就是說，應當將秧歌放在所處的社會環境、通過認識地域文化系統的整體結構來加以確認，而不能脫離文化整體，僅僅抓住幾個藝術要素做文章。因為任何一種社會風俗都植根於特定的地域文化，它們是社區歷史、信仰、倫理觀念等心理痕跡和經驗模式的語言符號，折射出地方民眾對自身、對所屬的群體的認識。秧歌作為一種民俗事象，我們也應當堅持在場域化的整體系統中對之進行解讀，只有把秧歌放回到民眾生活的相應場域中進行理解和分析，考察其與民間文化場域的關係及其隨民間文化場域變化而變化的過程，我們才能對其衍生流變獲得透徹的理解和全面的認識。具體而言，對秧歌的討論應當放在年節中特別是元宵節這一特殊場域中進行分析和解讀。如果回到這一場域，秧歌的形式和內容特徵究竟是受何種因素影響可能會變得清晰明瞭，從而避免出現一些誇大其詞甚至聳人聽聞的結論。

　　不可否認，秧歌的一大特徵就是演出青年男女互相調笑的內容，即使是經歷了轟轟烈烈的新秧歌運動，也無法徹底禁止這一內容。如今天晉中仍保

〔註67〕〔英〕馬林諾夫斯基著、費孝通譯：《文化論》，中國民間文藝出版社1987年
　　　　版，第89頁。

存著《賣柴記》、《做摟肚肚》、《做煙口袋》、《挑簾》等令人非議的劇目。何以判斷這一內容一定是來自維族游牧時代兩性相悅、互以花草調情的風俗而不是來自更為久遠的漢族社火傳統呢？這是一則常為人們所引用的材料——隋代時，柳彧指證當時民間慶祝元夕時有種種逾越法律秩序與禮教規範的活動：

> 竊見京邑，爰及外州，每以正月望夜，充街塞陌，聚戲朋遊。鳴鼓聒天，燎炬照地，人戴獸面，男為女服，倡優雜技，詭狀異形。以穢嫚為歡娛，用鄙褻為笑樂，內外共觀，曾不相避。高棚跨路，廣幕陵雲，袨服靚粧，車馬填噎，肴醑肆陳，絲竹繁會。竭貲破產，競此一時。盡室並孥，無問貴賤，男女混雜，緇素不分。〔註68〕

柳彧向我們展示了隋代元宵夜的圖景：充街塞陌的聚遊群眾，撼天動地的金鼓喧聲，易性變裝的化妝舞會以及鄙俗穢嫚的笑鬧表演。在這個夜晚，人們不僅可以完全逾越各種法律明定的界域，而且沉浸在狂歡的醉態之中，顛覆一切日常生活的規律，將平時為理性所抑制的激情與粗俗的一面盡情展現。

此種狀況似有令人費解之處，這實際上涉及到節日的定位與功能的問題。在傳統觀念裏，節慶文化中粗鄙淫褻的成分併無傷大雅。孔子與子貢在觀看一場狂歡的蠟祭慶典後有這樣的對話：

> 子貢觀於蠟，孔子曰：「賜也樂乎？」對曰：「一國之人皆若狂，賜未知其樂也！」子曰：「百日之蠟，一日之澤，非爾所知也。張而不弛，文武不能也；弛而不張，文武不為也。一張一弛，文武之道也。」〔註69〕

這段不到八十字的記載屢屢為後人所提及，其原因在於孔子以通達、睿智的眼光，從權與變的思維觀念出發，以射箭的「張」與「弛」設喻，揭示出日常生活與非日常生活的區別，也言簡意賅地指出士大夫應以寬容的態度來看待節慶歡會的場面。在孔子的回答背後，我們可以引申出諸如「嚴肅與遊戲」、「緊張與鬆弛」、「秩序與放縱」等相對立的命題。孔子自然關注倫常秩序的合理與社會結構的穩定，但他也理解老百姓素樸而接近原始的狂歡熱情，儘管他們「若狂」的行為與情緒難免會有逾越秩序、禮法之處。在孔子眼中，節慶歡會本來就應具有遊戲品格。這一觀念在後世無疑具有指導意義。節日

〔註68〕〔唐〕魏徵等：《隋書·柳彧傳》，中華書局1973年版，第1483頁。
〔註69〕〔清〕阮元校刻：《十三經注疏》，上海古籍出版社1997年版，第1567頁。

具有遊戲品格與減壓閥式的社會功能，慶典歡會這種非日常生活只是短暫的，而遊戲能激發的生活創造力，讓平淡的日常生活得以重新被創造而成為藝術。這種合情合理的社會生活哲學成為古代各個階層所達成的基本共識。這樣就可以解釋為什麼歷代統治者對節慶廟會一般持認可態度，這也同樣可以解釋節日期間因放縱而產生的反秩序、反結構的「淫藝」舉動為什麼官方不但不明令禁止，反而還會或明或暗的支持。

具體到元宵，在由一個充滿原始宗教意味的祭祀節日向萬民同歡的遊藝節日轉變的過程中，其宗教娛神的成分日益減少，而世俗娛人的成分不斷增多。漢代的燈會逐漸興盛，漢武帝大初年間實行金吾不禁，於正月十五前後弛禁三天，讓人們自由歡樂地過節。最晚到隋文帝時代（581～605 在位），京城與各州已普遍有於正月望日「燎炬照地」的做法，並在夜裏進行各種慶祝活動。隋煬帝繼位後，更是大肆慶賞元宵，「每歲正月，萬國來朝，留至十五日。於端門外，建國門內，綿亙八里，列為戲場。百官起棚夾路，從昏達旦，以縱觀之，至晦而罷。伎人皆衣錦繡繒綵，其歌舞者，多為婦人服，鳴環佩，飾以花毦者，殆三萬人。」〔註70〕隨著燈節的興盛與娛樂功能的增強，元宵更成為青年男女擇偶之佳期。唐孟棨《本事詩·情感》載樂昌分鏡這一典故，故事發生在南朝陳亡與隋興之際。正月十五售破鏡以期團圓這一細節表明元宵至少在隋初已擁有了男女青年自由擇偶、索尋佳配這一內容。「月色燈光滿帝都，香車寶輦隘通衢」，〔註71〕唐代燈會更是吸引了鎖於深閨的女子，賞燈更為男女青年自由交往創造了絕佳機遇。宋代以元宵為背景詠歌、抒寫愛情之作甚多，表明男女的自由交往已成為元宵民俗的一部份。歐陽修的元夕詞名作《生查子·元夕》，〔註72〕就是當時青年男女追求自由愛情的真實寫照。

元宵被認為是中國古代的情人節，無數悲歡離合的故事在這一天上演。其實，元宵能為男女青年創造交往的平臺，還與節日的生殖崇拜的傳統相關。尼采曾說：「（原始時代）幾乎在所有的地方，這些節日的核心都是一種癲狂的性放縱，它的浪潮沖決每個家庭及其莊嚴規矩。」〔註73〕在上古時代，「中

〔註70〕〔唐〕魏徵等：《隋書·音樂志》，中華書局 1973 年版，第 381 頁。

〔註71〕〔唐〕李商隱：《正月十五夜聞京有燈恨不得觀》，《全唐詩》，中華書局 1960 年版，第 6221 頁。

〔註72〕詞云：「去年元夜時，花市燈如畫；月上柳梢頭，人約黃昏後。今年元夜時，月與燈依舊。不見去年人，淚濕春衫袖。」

〔註73〕〔德〕尼采著，周國平譯：《悲劇的誕生》，上海三聯書店 1987 年版，第 8 頁。

春之月，令會男女，於是時也，奔也不禁」，不但迎春節日上充斥著男女挑逗、相愛、信誓等穢嫚之詞，出於繁衍後代的需要，儀式後還真有男女自由的交合，這是一種古老的風俗。很顯然，元宵成為最受民眾歡迎的普天同慶第一節日之後，它也繼承了迎春節日生殖崇拜的傳統。令人懷疑的是：為何秧歌的表演內容不直接吸收中原「以穢嫚為歡娛，用鄙褻為笑樂」的社火傳統以及源頭更早的生殖崇拜傳統，卻要捨近求遠，去吸收遠在西域游牧民族的男女調情的風俗？

　　秧歌與「姎哥偎郎」第二點顯著不同是：「姎哥偎郎」直接由少男少女表演歌舞調情，而秧歌一般是由男扮女裝作象徵性的儀式表演。茲舉數例：民國四川《雲陽縣志》：「（上元），復有車燈，飾童子為女妝立紙車中，前施偽足，類乘坐狀，與一御者為懊依歡子之詞，頗狎穢，士夫家所不許也。」〔註74〕民國四川《合江縣志》：「以男扮女，項黃腰大，而脂粉嫣然；別扮小丑，左執漢巾，右秉蒲葵扇以戲之，婆娑碟躞，唱《採茶歌》。」在湖北東湖，「元宵張燈，……有少年數十輩飾女裝，攜籃負簍作採茶狀，且唱且採，歷親友家」。秧歌的男扮女裝與元宵特定的節日習俗息息相關，也與中國人特有的陰陽觀念有關，表明秧歌帶有著傳統文化的基因，這一點將設專門章節詳論。

　　此外，「姎哥偎郎」的表演，並非廣場藝術，「外人欲往參觀，頭目阿訇多不許可」，而秧歌卻是一種典型的廣場藝術，並不限制觀眾的觀看與欣賞。究其大致，前者可能類似於青春期間的性教育或某種成人儀式，而秧歌卻是隨著節日逐漸從娛神的祭典趨向娛人的俗常狂歡的轉變，人們故意以滑稽的改扮與詼諧的調弄來突出節日的喜慶氛圍。如果用巴赫金狂歡詩學來解讀以社會成員的群體聚會和傳統的表演場面為主體的民間社火、賽社、秧歌和廟會，也可以體會到這些民俗活動所帶有詼諧狂歡的性質。達到滑稽詼諧的手段很多，男著女服便是一個途徑，與明清戲曲中的男旦相比，秧歌的男扮女裝更多的是借鑒唐宋初級戲劇中「弄假婦人」、「裝旦」、「妝旦色」等，並不以以假亂真為目的。早期的男扮女裝形象，可以從出土文物中得到形象的認識。在河南省滎陽縣遺存的宋代朱三翁石棺雜劇線刻圖中，有「裝旦」伶人，頭披長巾，鼻大如蒜，左臉有一大墨點，顯然他是以滑稽模樣達到令人捧腹

〔註74〕丁世良，趙放：《中國地方志民俗資料彙編·西南卷》，書目文獻出版社1991年版，第288～289頁。本節所引地方志資料如不另加注明，均出自《中國地方志民俗資料彙編》。

的效果。而秧歌以男扮女也並不是要突出女性氣質，也不追求以假亂眞、混淆視聽的效果，甚至故意讓人們知道爲男性所扮，因爲這僅是一種滿足民眾愉悅需求的戲擬，不可當眞。如張家口的元宵秧歌表演中，一位醉漢看到社火秧歌隊中男扮女裝的漁婆，出語相戲，人們把醉漢拉到燈官馬前，燈官也並不眞去處罰，只以吟詩嘲弄作結。這一短劇體現出節日的詼諧狂歡的意味。從這個意義上也可以理解古往今來，爲什麼除了極少數衛道士外，〔註75〕統治者及士大夫對秧歌在眾目睽睽之下的「調情宣淫」並未明令禁止。

二、西域影響說的幾點反證

康先生推斷：「『秧哥』爲主要角色的西域歌舞，與漢族元宵社火結合而成爲秧歌，或即是在宋代」，「當這種民間歌舞向東南傳播時，由於姎哥、羊哥、揚高等不易理解，於是便借用了南方種稻插秧之歌——秧歌之名。」〔註76〕這些說法似亦缺乏可靠的材料支撐。

如果康先生的推斷——秧歌是在宋代由元宵社火與西域歌舞結合而成——成立的話，那麼，宋元明三代與元宵相關的資料中應有姎哥、羊哥、揚高變化爲秧歌的蛛絲馬蹟。然秧歌一詞在宋元明三代的元宵史料中並不見載。元人熊夢祥《析津志輯佚·歲紀》中記載大都元宵節的景象：「於草屋外懸掛琉璃葡萄燈、奇巧紙燈、諧諺燈與煙火爆竹之屬。自朝起鼓方靜，如是者至十五、十六日方止」〔註77〕熊氏只說了大都張燈的習俗，並沒有提到姎哥或秧歌。筆者遍檢《宋元方志叢刊》、《天一閣藏明代方志選刊》，其中元宵風俗中亦不見秧歌的記載。

元人文集、《全元散曲》與《全明散曲》中有眾多以元宵爲題詠對象的作品，但這些以《元夕》、《燈詞》、《燈夕》爲題的作品中，作者們在描繪燈節、元夕的熱鬧場景時，僅以「社火」與「迓鼓」名所見景象，也沒有出現秧歌一詞。如，元陸文圭《牆東類稿》卷二十《探春慢·和心淵己巳元夕韻》中有：「迓鼓方催，韻簫正美，忽被西風吹斷」句。胡祇遹《紫山大全集》卷七

〔註75〕如光緒四年，在山西做官的方戊昌曾在所著《牧令經驗方》「不准唱秧歌」篇中說秧歌「爲私奔私約者曲繪情慾，寡婦處女入耳變心，童男亦因鑒傷元眞，於風俗人心大有關係」。江蘇還有禁演秧歌的法令：「時逢支旦，節慶元宵，唱秧歌，舞把戲……跳傀儡、駕龍燈……亟須查究，以靖地方」(《新京雜抄》)。

〔註76〕康保成：《儺戲藝術源流》，廣東高等教育出版社2005年版，第63、62頁。

〔註77〕〔元〕熊夢祥：《析津志輯佚》，北京古籍出版社1983年版，第213頁。

《迓鼓》詩云：「竹馬曾迎舊使君，幸逢聖誕拜佳辰，至和鼓舞兒童樂，翠蓋青衫一樣新。」元代無名氏〔越調・鬥鵪鶉〕套曲中稱「元夜值，風景奇。鬧嚷嚷的迓鼓喧天，明晃晃金蓮遍地。」張可久〔雙調・折桂令〕中有「攔斷著小丫鬟舞元宵迓鼓」之句。

　　明代散曲中寫到元宵盛大的節日慶典時，也只是稱「社火」與「迓鼓」，不見有「秧歌」的稱呼。以記錄明代中前期散曲爲主的《雍熙樂府》中，以元宵爲題材的作品是這樣描寫的，如《醉花陰燈詞》〔北刮地風〕：「習習天風香霧繞，則聽的社火鐺鐸，街衢上迓鼓偏聒噪」；〔註78〕《一枝花燈詞》〔感皇恩〕：「呀，鼓樂如雷，絃管聲齊。一壁廂（左足右麗）著高橇，一壁廂踏著迓鼓，一壁廂舞著白旗，更有好八仙過海，更有那四聖朝西。」〔註79〕仍不見有秧歌的說法。

　　我們再以《全明散曲》爲例，看看明人對於元宵的描繪。陳鐸散套《燈詞》〔出隊子〕中有「社火每衣冠新制」之句，《元夕》詞中稱「閒遊玩仕女隨，看社火佳人立」。王磐《元宵》詞〔梁州〕中「六街迓鼓」的描繪，《閨元宵》中有「扮不了社火層層」句，無名氏《元宵應制》〔聖藥王北〕中云「社火將迓鼓敲」，無名氏《元夜》〔北越調鬥鵪鶉〕中云「鬧炒炒迓鼓喧天」，無名氏《元夜》〔亂柳葉〕「玉階前社火施呈」，仍不見秧歌、姎哥、羊哥、揚高等稱謂。

　　再看傳奇，明代徐元《八義記》第五齣《宴賞元宵》，描寫了元宵遊宴情景——

　　　　〔滴溜子〕〔合〕鰲山上，鰲山上鳳燭萬點；彩樓內，彩樓內士
　　女歡笑。歡笑見番郎胡女，搽灰弄鬼臉。燈燦爛，引得遊人挨擦同觀。
　　　　〔神仗兒〕〔丑〕金宵上元，金吾不禁，銀漏枉然。我們神歌鬼
　　舞，孩孩迓鼓，孩來好也使人觀看，諸社大鬧爭先。

徐元的描述中也沒有秧歌一說。其中雖提到番郎胡女，但自漢代以來，中原百戲多有受西域影響者，如假面、胡旋、幻術等。白居易《西涼伎》寫元宵時已提到：「假面胡兒假獅子，刻木爲頭絲作尾。金鍍眼睛銀貼齒，奮迅毛衣擺雙耳，紫髯深目兩胡兒，鼓舞跳梁前致辭」。〔註80〕且南方一直巫風大幟，

〔註78〕　〔明〕郭勳：《雍熙樂府》卷一，四部叢刊本。
〔註79〕　〔明〕郭勳：《雍熙樂府》卷八，四部叢刊本。
〔註80〕　〔唐〕白居易：《西涼伎》，《全唐詩》，中華書局 1983 年版，第 4701 頁。

淫祠並起，廟會社火中多見胡女、番婆、鮑老、瞎判官等滑稽角色，番郎胡女的出現也不足以證明就是所謂的姎哥偎郎。

如果秧歌真是在宋神宗時漢族的元宵社火與西域歌舞結合而成，爲何在元明兩代的元宵慶祝儀式中，無論是正史、方志還是文學作品中均不見有秧歌的記載。即便如作者所言，這一民俗現象是由西北向東南傳播在不斷傳播，至少也應當有一些傳播的痕跡吧？

爲論證秧歌與西域歌舞有交融會合的可能，康先生又將目光放在王子淳製迓鼓破羌人事例上。按，王韶生於公元 1031 年，熙寧二年即公元 1069 年，王韶初到甘肅前方任事，時年四十歲。引此事例，康先生特別強調了事件的地點，「即熙州，宋置，今甘肅省狄道縣治，正是我們推測的『姎哥』產生地」。〔註 81〕

迓鼓是姎哥與秧歌之間的過渡與橋梁嗎？實未必然。原因有三，首先，彭乘《續墨客揮犀》卷七載：「（王韶）初平熙、河，邊陲寧靜，講武之暇教軍士爲迓鼓戲。在與敵人對陣時，以迓鼓鼓舞士氣。」〔註 82〕《續墨客揮犀》成書於宋代，彭乘距王韶所去時代亦不遠，當爲可信。而這則記載表明迓鼓只是軍中振奮士氣的一種工具，類似於唐人所言的鼓吹樂，與「少男少女調情」的姎哥幾乎沒有關係。今天山西平定的武迓鼓也可證明這一點，迓鼓表演時均扮作古代將士或梁山好漢，擊引鼓者扮作將帥頭領，站於場地中央，以鼓爲令，指揮眾人邊擊樂邊耍回走陣，在表演之中，既有各種步法，又有各種陣式，其軍事用圖十分明顯。明人汪雲程《蹴踘圖譜》「踢搭名色」中有「迓鼓膝」一說，當是指一種踢球的姿勢，以迓鼓名之，也可以說明其含有搏擊、競技等方面的內容。另據明代顧起元《說略》：「宋朝王韶開熙河之後，亦以舞迓鼓使諸羌出觀，遂破鬼章」，「今元宵舞者是其遺制。」〔註 83〕我們不妨設想，如果迓鼓是對西域民族歌舞「姎歌偎郎」的模仿，那麼對處於西北腹地的羌人來說，這種歌舞應當比較熟悉，何以當王韶率軍士表演之時，他們放鬆了警惕而集體出觀，以致被王韶部隊所滅？另，明人楊愼《升菴集》對迓鼓的解釋如下：「迓鼓，宋儒語錄。今之古文如舞迓鼓，人多不解爲何語。按，元人樂府有村里迓鼓之名，宋人樂苑有衙鼓格，圖官衙嚴鼓之節也，衙

〔註 81〕 康保成：《儺戲藝術源流》，廣東高等教育出版社 2005 年版，第 63 頁。
〔註 82〕 〔宋〕彭乘：《續墨客揮犀》卷七，中華書局 2002 年版，第 490 頁。
〔註 83〕 〔明〕顧起元：《說略》卷十一，四庫全書本。

訛爲迓，曲名村里迓鼓者，以村裏而效官衙，其衣裝聲節必多可笑者。以是名之。」〔註84〕清代俞樾《茶香室續鈔・村里迓鼓》亦襲此說。滑稽可笑是村里迓鼓的特色，也是元宵所追求的氛圍。綜合後兩則材料，顧起元「今元宵舞者是其遺制」應當是可信的，也爲前面所引的文人作品所證明，而迓鼓與姎哥除了都有角色扮演的意義外，很難找到共同之處。

這樣看來，雖然康先生試圖以回溯的姿態，採用「原」體去追溯秧歌的起源，並由可觸可摸的材料入手，勾勒出秧歌的原初意義和歷史演變軌跡，但由於宋代資料語焉不詳，元明兩代的直接記載幾乎爲空白，所以康先生只好基本上是用清代或民國的資料去臆測、推想「宋代」的風俗。

我們注意到，在筆記和方志中，元宵慶祝儀式大量出現秧歌是清代才有的現象。清代楊賓的《柳邊紀略》載：「清初，既使是偏僻的小鎮，元宵節的夜晚人們也要扮演『秧歌』，通宵達旦。」〔註85〕清孔尚任《燕九竹枝詞》說：「秧歌忽被金吾禁，袖手遊春眞可惜。留得鳳陽舊乞婆，漫絲緊鼓攔遊客」，說的就是清康熙年間北京正月的鬧花鼓、舞秧歌盛況。作爲清初才開始大量出現的一種民俗現象，對其源流變異，作爲這一民俗活動的親歷者與見證人，清人的說法雖不能說放之四海皆準，但在沒有更確鑿的證據之前，他們的言論亦應引起我們足夠的重視。清人吳錫麒、項榮菜《新年雜詠抄》載：「秧歌，南宋燈宵之《農田樂》也。所扮有耍和尚、耍公子、打花鼓、拉花姊、田公漁婦、貨郎……以博觀者之笑」。這一記載只說到了受元宵社火的影響，也並不見西域影響之說。如果我們把眼光集中於方志，就可以清晰地看到前人只承認秧歌與社火有血緣上的關係，而絕口不提受到西域影響。對於「社火」與「秧歌」的關係，方志中有三種說法：一說秧歌即社火。如《赤城縣志》（八卷清乾隆十二年刻本）：「又唱秧歌，謂之『社火』。第二種說法是將社火與秧歌並列。《張北縣志》（八卷民國二十四年鉛印本）：「並有社火，高蹺，唱各種秧歌小曲」。考慮到廣義的秧歌是泛指「出會」、「走會」、「社火」中的各種舞蹈和歌舞，包括高蹺、竹馬、旱船、以及花鼓、採茶燈等，這則材料中將社火與高蹺並列指稱雖有不妥之處，這種錯誤一代大儒孔尚任也犯過，其《平陽竹枝詞・蹋燈詞》：「太守迎恩上王臺，北門鎖鑰不輕開。秧歌竹馬兒

〔註84〕〔明〕楊愼：《升菴全集》卷四十六，商務印書館1935年版，第492～493頁。
〔註85〕〔清〕楊賓：《柳邊紀略》，《叢書集成初編》第3115冊，中華書局1985年版，第68～69頁。

童戲，還到堂前舞一回」，將秧歌與竹馬並列。這恰恰說明社火、秧歌、高蹺糾聯在一起，很難截然分開，另外，「唱各種秧歌小曲」也表明北方秧歌並非「只舞不唱」。第三種認爲秧歌乃社火之高級形式。如《滄縣志》（十六卷民國二十二年鉛印本）提到秧歌時，稱「其裝扮之制，略如古之社火。」這三種說法其實可以統一起來，即秧歌乃是社火的形態之變，其藝術形式與精神特質，直接從社火裏繼承而來。易言之，秧歌是社火的高級形式。在相關資料匱乏的情況下，我們應當取一種最穩妥、有大量材料支撐、最能經得起檢驗的說法，而不是用圍繞著孤證誇大其詞。

退一步說，即便姎哥眞是秧歌前身，借用秧歌名稱之說也不大符合語言傳播的實際。一般而言，語言往往與無形的文化權力聯繫在一起，在使用過程中會出現強制傳播與強制流行的現象，即語言不太會遷就受眾，而受眾會被迫遷就語言。這樣，一個莫明其妙、不知其所以然的詞彙，經人們共同使用，不管字面多麼怪異，也會約定俗成地流行起來。在戲曲中這一類語彙特別多，比如「五花爨弄」、「打略拴搐」、「霸王院本」、「末泥」、「狃元子」等等，這些光怪陸離的語彙也並不因爲大眾難於理解而借用某個通俗的名稱。

三、關於秧歌流變的猜想

如果以上分析不錯的話，那麼，康先生的這一結論——「流行於三北地區的，在元宵節時化妝表演的秧歌，與種稻插秧時所唱的南方秧歌不是一個藝術品種」〔註86〕實是值得懷疑的。這也啓發我們，或者秧歌的眞正來源就是被康先生所否定的插秧種稻之歌。我們不妨從傳統典籍中小心尋繹秧歌的萌生、發展、變化的脈落。

南北秧歌因地域不同而藝術側重點不同前人已經有所重視。清人方戊昌、現代民俗學家張紫晨都已注意到了南北兩地秧歌表現形態的區別：南方秧歌重歌，北方秧歌重舞。歌以頌德，舞以象事。無論是重歌還是重舞，秧歌應該都有其最初的意義指向，就字面上看，應是與農事活動有關。

研究秧歌，不僅要看到地域的差異，還應看到不同的歷史時期，秧歌所指的變化。康先生之所以強調與誇大了南北二地秧歌的差別，是因爲沒有將這一語彙放在縱向的歷史長河去考察，過多地依賴了清代以後的材料。

從詞語的流變看，秧歌在古代典籍中明顯存在著兩種不同的意義。秧歌

〔註86〕康保成：《儺戲藝術源流》，廣東高等教育出版社 2005 年版，第 52 頁。

在宋代到明代都是指農人們在插秧時的詠唱。宋代劉學箕《方是閒居士小稿》、宋人楊萬里《誠齋集卷》、宋人鄭樵《夾漈遺稿》中均有以《插秧歌》為題的詩篇，從內容上看，這些作品就是歌詠、表現農夫們勞作的生活。宋人趙蕃《郊居書事》的頷聯為「家家繰繭火，處處插秧歌」，〔註87〕據全詩內容判斷，也是寫的農人日常的勞動生活。宋陸游《夏四月渴雨恐害布種代鄉鄰作插秧歌》首句為「浸種二月初插秧」，〔註88〕無疑，這也是一首勞動歌。明人曹學佺《石倉歷代詩選》選入了宋代宋伯仁《夏日》，中有「農事正忙三月後，野田齊唱插秧歌」〔註89〕之句，明代邊貢《插秧歌》：「紅石岡頭夜雨晴，湖田水滿接堤平行。人欲問年豐儉，試向田中聽鼓聲。」〔註90〕從上引諸詩來看，可以認為，「秧歌」本起源於插秧這一農業生產勞動，是農人在插秧時節所唱的勞動歌，也是稻作民族在漫長歲月中唱出的心聲。到了清代，秧歌的意義增加為兩項，一類仍沿宋明之舊，為勞動歌。如屈大均說：「農者每春時，婦子以數十記，往田插秧。一老搢大鼓，鼓聲一通，群歌競作，彌日不絕，是日『秧歌』。」〔註91〕在南方的很多地方，秧歌乃插秧時所唱之歌者。二是新增了一個義項，指「出會」、「走會」、「社火」中的各種民間歌舞。施閏章有詩云：「秧歌椎擊惹閒愁，亂簇兒童戲未休，見說尋常歌舞競，大頭和尚滿街遊。」並自注云：「都下兒童競唱秧歌，擊椎相應，又扮大頭和尚為戲。」〔註92〕很顯然，這是作為一種年節藝術形態而呈現的秧歌了。同樣的，清人毛奇齡詩「走橋婦女呼教住，好讓秧歌唱過來」〔註93〕、汪由敦詩「照影分明嫌火樹，背人貪看鬧秧歌」〔註94〕也是指元宵社火之中的藝術形態。

　　既然秧歌一直以來都是指農人勞動歌謠，只是在清代時方出現年節藝術的新內涵，那麼，實際上可以將上述問題變化為：為什麼本指農人勞作歌的秧歌在清初突然變成了社火中的歌舞了呢？它是如何從田間地頭走出來，而變成一種迎春儀式的？如果秧歌的兩個義項是突變的關係，那麼，對作為元宵慶典的秧歌應當從明清易代的歷史與文化變異、滿漢民族的地位沉浮與舊

〔註87〕　〔宋〕趙蕃：《淳熙稿》卷十一，四庫全書本。
〔註88〕　〔宋〕陸游：《劍南詩稿》卷二十九，四庫全書本。
〔註89〕　〔明〕曹學佺：《石倉歷代詩選》卷一百九十八，四庫全書本。
〔註90〕　〔明〕邊貢：《華泉集》卷七，四庫全書本。
〔註91〕　〔清〕屈大均：《廣東新語》，中華書局1985年版，第361頁。
〔註92〕　〔清〕施閏章：《學餘堂詩集》卷五十，四庫全書本。
〔註93〕　〔清〕毛奇齡：《西河集》卷一百四十二，四庫全書本。
〔註94〕　〔清〕汪由敦：《松泉集》卷一，四庫全書本。

民俗消失、新型民俗確立的背景中去考察。如果兩個義項之間是一種漸變關係，那麼就應當將其放在歷時語境中考察，勾勒出其漸變的歷程。通俗地說，如果認爲年節儀式上的秧歌是清代突然出現的，那無疑可以肯定秧歌是一種非傳統漢族的民俗形態，而是滿人從關外帶來的新型文化品種，這實際上是以流佈甚廣的南方無秧歌論爲邏輯前提的，但近年，常州下轄金壇市城東鄉後莊村發現了「秧歌燈」，打破了人們長期以來形成的所謂「秧歌流行於中國北方地區」的觀念，同時也否認了「江南水鄉載秧的地方沒有秧歌」的說法。後莊村的秧歌隊也採取男扮女裝的方式，這無疑與北方秧歌同屬一個藝術品種。吳震方《嶺南雜記》也說過：「潮州燈節，有魚龍之戲。又每夕各坊市扮唱秧歌」，〔註95〕這些都啓發我們思考：說不定秧歌還眞是從種植水稻的南方流傳到北方？會不會還存在這樣一種可能：即最初作爲農動歌在田間地頭詠唱的秧歌在歷史的長河中稍稍地滲進了元宵的慶典之中，而當它在清代被人們談論時，它本身的形態也被重新改寫和塑造了。

作爲一個農耕民族，先民們很早就認識到春季對於農作物生產的重要性並發展出各種儀式祈求風調雨順、獲得豐收，與農事相關的歌舞得以形成。漢高祖 8 年，下令天下立靈星祠，祭祀后稷神。祭祀舞用十六個男童，「舞者像教田，初爲芟除、次耕種、芸耨、驅爵及獲刈、舂簸之形，像其功也。」〔註96〕這是一段古老的農作舞，也是一個頗有生氣、新穎的祭祀舞，它所有的舞蹈動作都在模擬農業生產勞動，具有濃郁的泥土氣息。明代潛心鑽研樂律學和舞學的朱載堉的《靈星隊賦》引用過上述這段話，他同時指出一個有意思的現象：「靈星雅樂，漢朝製作，舞象教田，耕種收穫。擊土鼓、吹葦鑰、時人皆不識、呼爲村田樂。」〔註97〕朱載堉作此賦是爲了通俗明瞭地闡述他編製此《靈星小舞譜》的意圖及設計構思，介紹《靈星舞》的起源、內容和所用伴奏樂器舞隊排列，他指出時人不識，多少有些看不起常人音樂素養而帶有糾正錯誤的意味。而當時的人們有這樣的認識正說明村田樂深入人心，宋代村田樂有時是泛指農家生活，如宋伯仁《村田樂》：「打稻天如二月天，滿村和氣樂豐年，田翁爛醉身如舞，兩個兒童策上船」，〔註98〕只是描寫了農村閒適自在、無憂無慮的生活而已。

〔註95〕〔清〕吳震方：《嶺南雜記》，《叢書集成初編》第 3129 冊，中華書局 1985 年版，第 21 頁。

〔註96〕〔宋〕范曄：《後漢書·祭祀志》，中華書局 2007 年版，第 945 頁。

〔註97〕〔明〕朱載堉：《樂律全書》卷四十一《靈星小舞譜》，四庫全書本。

〔註98〕〔宋〕宋伯仁：《西塍集》之《村田樂》，四庫全書本。

但此處的村田樂指的是宋元時期流行於民間、描寫農家愉快生活的小型歌舞。范成大《上元紀吳中節物俳諧體三十二韻》詩記載了當時臨安民間演出情況：「輕薄行歌過，顛狂社舞呈，村田蓑笠野，街市管絃清」，自注「村田蓑笠野」：村田樂。〔註99〕戴復古《題申季山所藏李伯時畫村田樂圖》中有「雞豚社酒賽豐年，醉唱村歌舞村樂，皷笛有聲無曲譜，布衫顛倒傞傞舞」〔註100〕之句，寫的也是用歌舞來表現農人快樂生活。元人朱凱的雜劇《黃鶴樓》第二折中有插一段禾旦所扮伴姑兒與正末所扮伴哥兒的對唱對舞、摹擬「社火」中農家樂的情景，也是村田樂的形象再現：

　　　　（正末云）伴姑兒，道我恰才打那東莊頭過来，看了幾般兒社火，我也都學他的来了也。（禾旦云）伴哥兒，我不曾見，你試學一遍咱。（正末云）試聽我說一遍咱。（唱）

　　　　〔叨叨令〕那禿二姑在井口上將轆轤兒乞留曲律的攪，（禾旦云）瞎伴姐在麥場上，將碓兒搗也搗的。（正末唱）瞎伴姐在麥場上將那碓臼兒急並各邦的搗。（禾旦云）那小廝們手拿著鞭子，哨也哨的。（正末唱）小廝兒他手拿著鞭杆子他廝廝颼颼的哨，（禾旦云）牧童兒倒騎著水牛，叫也叫的。（正末唱）那牧童兒便倒騎著個水牛呀呀的叫。（禾旦云）俺莊家好快活也。（正末唱）一弄兒快活也麼哥，一弄兒快活也麼哥，（禾旦云）俺莊家五穀收成了，甚是安樂。（正末唱）正遇著風調雨順民安樂。

從正末與禾旦的一唱一和中，可知這段「村田樂」以載歌載舞的形式表現了禿二姑、瞎伴姐、小廝兒、小牧童汲水、搗麥、放牛等農活。

　　秧歌是插秧種稻之歌，也以表現農人生活為主要內容，清代道光五年（1825年）編印的《晃州廳志》對當地插秧種稻的風俗有一段描繪：「歲，農人連袂步於田中，以趾代鋤，且行且撥，塍間（田埂上）擊鼓為節，疾徐前卻，頗以為戲」。這裡不只是田埂上擊鼓歌唱的人在唱《秧歌》鼓勁，田中除草的勞動者，也隨著鼓聲、歌聲，以趾除草，邊拔尋雜草，邊往前行，步伐時快時慢，時進時退，頗富於節奏感。從行文的筆調和敘事的語氣判斷，當然也表現的是農人幸福的耕作生活，因此也可以視為村田樂。難怪前引吳錫麒、項榮菜《新年雜詠抄》以肯定的口吻稱「秧歌，南宋燈宵之《村田樂》

〔註99〕〔宋〕范成大：《石湖詩集》卷二十三，四庫全書本。
〔註100〕〔宋〕戴復古：《石屏詩集》卷一，四庫全書本。

也」，當然，這裡說的秧歌已經是社火中的一個藝術形態。

作為農人生產的插秧之歌產生於宋代，但並沒有馬上進入元宵慶典，這之間還存在功能的整合與藝術上的融合問題，還需要在歷史長河中不斷磨合、不斷接觸與不斷探索。我們知道，元宵儀典至少包括兩個方面的核心內容，一是攘災驅邪的宗教功能，這是元宵的原初功能，二是在走向娛人自娛的世俗過程中，它又將迎春儀式的功能納入進來，增加了辭舊迎新、祈求豐收的新內涵。迎春儀式本是一種獨立儀式，而且非常隆重，「京師百官皆衣青衣，郡國縣道官下至斗食令史皆服青幘，立青幡，施土牛、耕人於門外，以示兆民，至立夏。」〔註 101〕在城門外舉行樹立土牛、耕人反映了先人對於未來一年風調雨順、五穀興旺的一種渴望，這說明了農耕民族對土地的依賴與對豐收的嚮往，這一儀式不但有告別冬季抓緊春耕的寓意，還表現出古人樸素的原始信仰。因元宵為一年之始，也是傳統社會最為重視的節日，在發展過程中，它已經接管了迎春儀式的部份功能，所以含有祈求風調雨順、祝願五穀豐登內容的村田樂就能進入到元宵慶典之中，村田樂進入元宵為後世秧歌進入元宵慶典掃清了精神理路上的障礙，因為同是對勞動的歌頌和未來的企望，而其外在的形式又是如此喜聞樂見，充滿著民間歌舞的剛健與質樸，那麼它就很有可能被用於帶有迎春功能的元宵儀典上。元代劉塤《迎春賦》中這樣寫道：「社鼓冬冬，秧歌娓娓，此則農人之樂，自迎春始也。」〔註 102〕劉塤是南宋遺民，他的記載表明宋末元初秧歌就已經與迎春聯繫起來，而不僅僅是單一的勞動歌了。插秧種稻之歌正式出現在元宵，據筆者目力所及，似首見於清代周穆門《武林踏燈詞》：「且看燈前村婦豔，插秧先試踏歌聲。」當這首詞將花燈與秧歌聯繫在一起的時候，秧歌還是民間踏歌的形式，這種形式，應當與前引《晃州廳志》中對秧歌的描繪差不太遠，這也證明，後人常見的元宵秧歌遠不是最初的樣式。但話說出來，不管後來秧歌的形式與內容經過了多大的改變，但人民最初的心願，還是長久地保存在其表現形式中，只要細心尋繹，還是可以發現來自於農業生活的基因，比如，黑龍江、山東、陝西等地秧歌隊的領舞人及舞者，都有執傘、執扇的風俗，可以認為這些都是祈祝風調雨順的物化表現。

〔註 101〕〔宋〕范曄：《後漢書‧祭祀志》，中華書局 2007 年版，第 945 頁。
〔註 102〕〔元〕劉塤：《水雲村稿》卷一，四庫全書本。

綜上所述，筆者認為秧歌不可能是社火與西域的歌舞影響之下的產物，它有自身發展的清晰的線索。秧歌本為農人插秧種稻之歌，由於其演唱的內容與勸農、祈年的主題相關，它具備了被納入到年節期間的表演儀式的條件；另一方面，元宵之所以能吸納秧歌作為儀式性展演的內容，主要在於元宵在儺儀、燈節儀式之外，又融合了迎春儀式，因而它裏面又增加了勸農、祈年的功利性目的，早期的村田樂進入元宵，就是因為它正好處在供需關係的結合點上，同樣的道理，秧歌經過在不斷的磨合和摸索之後，於清代正式成為元宵展演的節目。當然，受到各地曲藝的影響，元宵已對秧歌原初的面目進行了必要的改寫，不復為農人勞動歌的簡單再現。

第三節 戲曲在節日中走向成熟

在戲曲成熟之前，舞臺上活躍著三大伎藝系統：歌舞伎藝、表演伎藝、說唱伎藝。經過長時間的累積，三種伎藝系統不斷融合，於宋代時形成了集詩歌、說唱、舞蹈、武術、音樂、繪畫等眾多藝術門類於一體的南戲。南戲是眾藝彙聚的結果，三大伎藝系統之所以能萬流彙聚，與特定的中介是分不開的，在這個中介裏，眾多藝人取長補短，各種藝術樣式不斷發酵與生長，最後一種全新藝術方能破繭而出。節日無疑是戲曲形成重要的時間媒介。

從漢代開始，統治者確立了眾藝雜陳、百樂俱作的欣賞趣味。「漢人在欣賞娛樂藝術方面有一個突出的特點，就是愛好眾藝雜陳、百樂俱作的場面，尤其是上層階層中，這一欣賞習慣更為突出。」〔註103〕漢代大型娛樂場所京師平樂觀，就是典型的眾藝雜陳的娛樂場，許多節目同時演出，務使觀眾達到窮歡極娛的效果。目前學界常引的材料為張衡《西京賦》，然所論幾不出王國維先生的基調，茲引王先生觀點於下：

> 觀張衡《西京賦》所賦平樂事，殆兼諸技而有之。「烏獲扛鼎，都盧尋橦，衝狹燕濯，胸突銛鋒，跳丸劍之揮霍，走索上而相逢」，則角力角技之本事也。「巨獸之為曼延，舍利之化仙車，吞刀吐火，雲霧杳冥」，所謂加眩者之工而增變者也。「總會仙倡，戲豹舞羆，白虎鼓瑟，蒼龍吹箎」，則假面之戲也。「女媧坐而長歌，聲清暢而委蛇，洪崖立而指揮，被毛羽之襂纚，度曲未終，雲起雪飛」，則歌

〔註103〕錢志熙：《漢樂府與「百戲」眾藝之關係考論》，《文學遺產》1992 年 5 期。

舞之人，又作古人之形象矣。「東海黃公，赤刀粵祝，冀厭白虎，卒
不能救」，則且敷衍故事矣。至李尤《平樂觀賦》(《藝文類聚》六十
三) 亦云:「有仙駕雀，其形蚴虯，騎驢馳射，狐兔驚走，侏儒巨人，
戲謔爲偶」，則明明有俳優在其間矣。〔註104〕

在尚奇尚幻、尚武尚險的藝術精神指導下，無論是扛鼎尋橦之類的角抵奇戲，
還是表現神仙生活的總會仙倡，抑或魚龍曼衍的各種雜戲，其機關布置的精
良，歌舞的曼妙、表演者的投入足以衝擊觀眾的視覺，令人驚歎不已。眾藝
並陳的娛樂風氣，客觀上有利於各藝術門類之間相互刺激、彼此滲透，形成
一個體系龐大的娛樂藝術系統。

作爲鋪陳寫物的大賦，《西京賦》所敘可能會有誇飾的成分，而且這些伎
藝也不一定是在節日間上演，但其追求排場、炫耀物力的精神以及眾藝並呈、
百樂齊作的欣賞趣味被後世繼承下來，在統治者與民眾兩個心理層面都可以
接受。於統治者而言，這可以滿足其奢靡需求，於民眾而言，百日之勞，一
日之樂，他們也要在平淡的生活創造出意義和快樂。

佛教傳入中土後，這種異質文化也不斷地被改造，吸收了中國原始宗教
的一些內容，開始了它的中國化歷程，表現之一就是與本土節日娛樂活動的
結合。

兩宋時期娛樂伎藝更加繁多，節日的世俗化趨勢更加鮮明。孟元老《東
京夢華錄》卷六「元宵」載:「開封府絞縛山棚，立木正對宣德樓。遊人已集
御街兩廊下。奇術異能，歌舞百戲，鱗鱗相切，樂聲嘈雜十餘里。」〔註105〕
吳自牧《夢粱錄》卷一載杭州正月「家家飲食，笑語喧嘩，此杭城風俗，疇
昔奢靡之習，至今不改也。」〔註106〕通過以上材料可以想見兩宋節慶文化是
何等的豐富多彩。下面將分別從官方節慶、民間節慶、官方與民間節慶交
流互動三方面闡述節日對戲曲形成產生的影響。

一、宮廷節慶與雜劇的演化

宋代官方節假日有 76 日之多，包括聖節、政治性節日、宗教節日與傳統

〔註104〕王國維:《宋元戲曲史》，上海古籍出版社 1998 年版，第 5 頁。
〔註105〕〔宋〕孟元老等:《東京夢華錄》(外四種)，中國商業出版社 1982 年版，第
　　　　37～38 頁。
〔註106〕〔宋〕孟元老等:《東京夢華錄》(外四種)，中國商業出版社 1982 年版，第
　　　　1 頁。

歲時節日。在兩宋的官方節慶中，雜劇夾雜在各種伎藝之中演出，通過北宋、南宋官本雜劇的對比，可以看出雜劇體制不斷變化、內容不斷豐富、情節不斷延伸的趨勢。

巴赫金認為：「官方節日，實際上，只是向後看，看過去，並以這個過去使現有制度神聖化。官方節日有時甚至違背節日的觀念，肯定整個現有的世界秩序，即現有的等級、現有的宗教、政治和道德價值、規範、禁令的固定性、不變性和永恒性。節日成了現成的、獲勝的、占統治地位的真理的慶功式，這種真理是以永恒的、不變的和無可爭議的真理的姿態出現的」〔註107〕唐代聖節的確定大體符合這一論述，為了突出皇上生日的神聖性，官方將其生日作為整個國家禮儀制度的一部份，並通過相關的激勵機制或懲罰措施，保證其成為普天同慶的節日。聖節始於唐玄宗開元年間，《舊唐書·玄宗記》載開元十七年（729 年）八月癸亥，「百僚表請以每年八月五日為千秋節，王公已下獻鏡及承露囊，天下諸州咸令宴樂，休假三日，仍編為令，從之。」〔註108〕「惟自唐明皇以八月五日生，始以是日為千秋節。」〔註109〕《唐語林》錄《封氏聞見記》云：「德宗即位，詔公卿議，吏部尚書顏真卿奏：『準《禮經》及歷代帝王無降誕日，唯開元中始為之。」〔註110〕宋人洪邁亦曰：「誕節之制，起於明皇，令下宴集休假三日，肅宗亦然。」〔註111〕據《朝野類要》記載：「國朝故事，帝後生辰皆有聖節名，後免之，只名生辰，惟帝有節名，蓋自唐明皇千秋節始也。」〔註112〕千秋節後改為天長節。玄宗之後的君王也仿而行之，將自己的生日立為節日。聖節的觀念逐步形成。在宋代，帝、后的「聖節」，即是皇帝把自己及皇后的生日定為全國性的節日，並舉行一定的活動加以慶祝。這類節日是根據每個皇帝不同生日、由官方制定的是官定節日，節日由官方發起，儀式活動由官方制定，並有一定的假期。茲將兩宋依帝、后誕辰而產生的節日羅列如下：

〔註107〕 〔俄〕巴赫金著，李兆林、夏忠憲譯：《巴赫金全集》第六卷，河北教育出版
　　　　 社 1998 年版，第 11 頁。
〔註108〕 〔後晉〕劉昫等：《舊唐書》卷八，中華書局 1975 年版，第 193 頁。
〔註109〕 〔宋〕謝維新：《古今合璧事類備要》後集卷一，四庫全書本。
〔註110〕 〔宋〕王讜撰，周勛初校證，《唐語林校證》卷八，中華書局 1987 年版，第
　　　　 704 頁。
〔註111〕 〔宋〕洪邁：《容齋隨筆》，上海古籍出版社 1996 年版，第 78、79 頁。
〔註112〕 〔宋〕趙升：《朝野類要》卷一，四庫全書本。

表一：北宋聖節

節 名	聖節時間	皇帝廟號	建節時間
長春節	2月16日	宋太祖	建隆元年正月十七日
乾明節（壽寧節）	10月7日	宋太宗	太平興國二年五月十四日，淳化元年改爲「壽寧節」
承天節	12月2日	宋眞宗	至道三年八月八日
長寧節	1月8日	皇太后劉氏	仁宗即位初年
乾元節	4月14日	宋仁宗	乾興元年二月二十六日
壽聖節	1月3日	宋英宗	嘉祐八年八月二十三日
同天節	4月10日	宋神宗	治平四年二月十一日
坤成節	7月16日	宣仁太后高氏	哲宗即位初年
興龍節	12月8日	宋哲宗	元豐八年五月五日
天寧節	10月10日	宋徽宗	元符三年四月十一日
乾龍節	4月13日	宋欽宗	靖康元年二月二十六日

表二：南宋聖節

節 名	聖節時間	皇帝廟號	建節時間
天申節	5月2日	宋高宗	建炎元年五月六日
會慶節	10月22日	宋孝宗	紹興三十二年八月二十六日
重明節	9月4日	宋光宗	淳熙十六年二月二十一日
天祐（瑞慶）節	10月19日	宋寧宗	紹熙五年九月十七日
天基節	1月5日	宋理宗	嘉定十七年十一月二十七日
乾會節	4月9日	宋度宗	景定五年十二月四日
天端節	9月28日	宋恭宗	咸淳十年七月十二日

　　再者，傳統節日宮廷之中也要舉行宴會，宴會必有藝人獻技。這些藝人來自教坊。據馬端臨《文獻通考》：「宋朝循舊制，教坊凡四部。其後平荊南得樂工三十二人，平西川得一百三十九人，平江南得一十六人，平太原得一十九人，餘藩臣所貢者八十三人，又太宗藩邸有七十一人。由是四方執藝之精者皆在籍中。」〔註113〕此外，宮廷還擁有「雲韶部」（黃門樂）和「鈞容直」（軍樂），「雲韶部」有「雜劇二十四人」，「鈞容直」有「雜劇四十人」，這些機構也表演雜劇。據《宋史・樂志十七》記載「雲韶部」：「每上元觀燈，上

〔註113〕〔元〕馬端臨：《文獻通考》卷14，商務印書館1936年版，第1283頁。

巳、端午觀水嬉，皆命作樂於宮中。遇南至、元正、清明、春秋分社之節，親王內中宴射，則亦用之。」〔註114〕其表演，除奏「大曲十三」外，也有「雜劇」，「雜劇用傀儡，後不復補。」〔註115〕雲韶部類於漢代黃門倡，規模較小，存在時間也不長。鈞容直雖為皇家軍樂，但也時有演雜劇之舉。

宋代文人撰有大量的致語口號、教坊詞、教坊樂語，舉其大略，則有楊億《壽寧節大燕教坊致語》和《壽寧節致語》；宋祁《正旦大宴教坊致語》和《教坊致語》；蘇頌《坤成節集英殿宴教坊詞》、《興龍節集英殿宴教坊詞》、《紫宸殿正旦宴教坊詞》；蘇軾《紫宸殿正旦教坊詞》、《集英殿春宴教坊詞》、《集英殿秋宴教坊詞》、《興龍節集英殿宴教坊詞》、《坤成節集英殿宴教坊詞》等，我們從中大致可以窺知教坊藝人獻藝的情形。《宋史・樂志》也記載皇帝壽誕宴會的伎藝演出情況：「每春秋聖節三大宴：其第一，皇帝升坐，宰相進酒……第四，百戲皆作……第六，樂工致辭，維以詩一章，謂之口號，皆述德美及中外蹈詠之情……第七，合奏大曲……第九，小兒隊舞，亦致辭以述德美……第十，雜劇罷，皇帝起更衣……第十四，女弟子隊舞，亦致辭如小兒隊……第十五，雜劇……第十七，奏鼓吹曲，或用法曲……第十九，用角觝，宴畢……其御樓賜脯同大宴。崇德殿宴契丹使，惟無後場雜劇及女弟子舞隊。」〔註116〕將正名與教坊詞的記載兩相參照，所言大體吻合，從中我們可以得知整個演出共 19 個節次，具有較強的儀式性，雜劇夾雜在隊舞中進行。教坊獻藝的演出體制一直到宋徽宗政和、宣和年間沒有多少改變，雜劇的演出形式也沒有多大的變化。「北宋雜劇演出是夾雜在隊舞之中。北宋的隊舞分小兒隊舞與女童隊舞，小兒與女童清歌妙舞。小兒隊舞之後，雜劇演出一段，女童隊舞之後，雜劇再演出一段。」〔註117〕其角色體制則直接繼承了唐代參軍戲角色體制，只有副末與副淨兩個主要角色，其內容則為滑稽表演。這些可以由故宮博物院所藏宋絹畫得到證明。

南宋宮廷慶祝聖節似乎與北宋時差別不大。周密在《武林舊事》卷一「聖節」專門記載宮中慶祝皇帝生辰的宴樂活動。以「理宗禁中壽誕樂次」為例：「天聖基節排當樂次（正月五日）上壽第一盞……第二盞……初坐樂奏夷則

〔註114〕〔元〕脫脫等：《宋史》卷一百四十二，中華書局 1985 年版，第 3359 頁。
〔註115〕〔元〕脫脫等：《宋史》卷一百四十二，中華書局 1985 年版，第 3359～3360頁。
〔註116〕〔元〕脫脫等：《宋史》卷一百四十二，中華書局 1985 年版，第 3349 頁。
〔註117〕胡明偉：《中國早期戲劇觀念研究》，學苑出版社 2005 年版，第 72 頁。

宮……第三盞……第四盞……進念致語等，時和……吳師賢已下，上進小雜劇：雜劇，吳師賢已下，做《君聖臣賢翼》，斷送《萬歲聲》。第五盞……雜劇，周朝清已下，做《三京下書》，斷送《繞池遊》……再坐第一盞……第四盞……雜劇，何宴喜已下，做《楊飯》，斷送《四時歡》……第六盞……雜劇，時和已下，做《四偌少年遊》，斷送《賀時豐》……」〔註118〕

　　但如果將《武林舊事》的記載與北宋的教坊詞作一比較，會發現南宋雜劇與北宋雜劇還是有一些不同之處。比如，北宋雜劇每次登場都要有致語口號，但南宋教坊詞只用一次致語口號，不同雜劇可以連續演出；北宋雜劇由參軍色念誦致語口號，南宋雜劇由雜劇色念誦致語口號。最明顯的不同在趣味、結構與角色體制三個方面：北宋雜劇作者追求禪語打諢式的機趣，人們欣賞的也正是雜劇的禪語打諢式的機趣，體現出較強的士大夫趣味，而南宋雜劇開始追求故事性，這種欣賞習慣帶有鮮明的平民色彩；從結構上說，北宋雜劇類於唐參軍戲，只是一個滑稽的生活小片斷，小故事；南宋雜劇卻是通常所稱的四節三段，即豔段、正雜劇、雜扮。〔註119〕由此可見，相比北宋雜劇，南宋雜劇的內容更為豐富。但由於雜劇體制還處於不斷發展變之中，三節的內容還不是一個有機整體，豔段演出的尋常熟事，用在開場以招徠觀眾，正雜劇是主體部份，一般為滑稽調笑，也有不少內容直接批評時政，雜扮是「雜劇之後散段也。頃在汴京時，村落野夫，罕得入城，遂撰此端，多是借裝為山東、河北村叟，以資笑端。」但這恰恰體現了雜劇在節日的媒介中不斷豐富與成熟的態勢。

　　南宋雜劇內容的豐富又與念誦致語口號的角色與方式的改變有一定關係。北宋雜劇念致語口號的角色是持竹竿子的參軍色，康保成、翁敏華等人考證過竹竿子有驅邪祓除的功效，可想見北宋雜劇演出濃厚的宗教意味。南宋雜劇念致語口號的角色為時和，為雜劇色，他沒有持竹竿子這一道具，出現的次數也大為減少。這或者可以證明南宋雜劇演出的儀式性的減弱，儀式性的減弱往往可以視為藝術體制突破的前導。另一方面，演出節次間司儀穿插念致語口號次數的減少，則有可能使原本分離的各段雜劇在形式上連接起來，儘管他們看起來並不是一個有機的整體，但形式上的聯合至少可以使雜

〔註118〕〔宋〕周密：《武林舊事》卷一，西湖書社 1981 年版，第 15 頁。
〔註119〕依據是耐得翁的《都城紀勝》：「雜劇中，末泥為長，第四人或五人為一場，先做尋常熟事一段，名曰豔段；次做正雜劇，通名兩段……雜扮或名雜旺，又名技和，乃雜劇之散段。」《夢梁錄》也繼承了這一說法。

劇內容更加豐富、演出時間持續更長，何況，就算是南戲、元雜劇、傳奇等成熟的戲曲樣式中，仍然可能看到枝蔓硬貼在主幹情節之上的情形，甚至那些完全脫離劇情的雜技或舞蹈也會受到觀眾的歡迎。所以，南宋雜劇這一點貌似細小的變化實則具有深遠的意義。

隨著雜劇內容的豐富，劇中角色也不斷增多。北宋雜劇只有副末、副淨二人，相當於唐參軍戲中的參軍與蒼鶻，而南宋雜劇角色體制變得複雜起來，角色變得更多，分工則更加精細。耐得翁《都城紀勝》「瓦舍伎藝」條記載：「雜劇中，末泥為長，每四人或五人為一場……末泥色主張，引戲色分付，副淨色發喬，副末色打諢，又或添一人裝孤。」《夢粱錄》所載與上同。可見南宋雜劇有五個角色：末泥、引戲、副末、副淨、裝孤。稍後於二書的《武林舊事》卷四「乾淳教坊樂部」記載，雜劇角色又有增加：

和顧：

> 劉慶次劉袞、梁師孟、朱和次貼衙前鰌魚頭、寧貴寧鑊、蔣寧次貼衙前利市頭、司進絲瓜兒、郝成次衙前小鍬、高門興、高門顯羔兒頭、高明燈搭兒、劉貴、段世昌段子貴、司政仙鶴兒、張舜朝、趙民歡、龔安節、嚴父訓、宋朝清、宋昌榮二名守衙前、周旺丈八頭、下疇、宋吉、伊俊、汪泰、王原全次貼衙前王景、鄭喬、王來宣、張顯守闕祇應黑俏、焦喜焦梅頭……

雜劇三甲：

> 劉景長一甲八人：戲頭李泉現、引戲吳興祐、次淨茆山重、侯諒、周泰、副末王喜、裝旦孫子貴蓋門慶進香一甲五人：戲頭孫子貴、引戲吳興祐、次淨侯諒、副末王喜內中祇應一甲五人：戲頭孫子貴、引戲潘浪賢、次淨劉袞、副末劉信潘浪賢一甲五人：戲頭孫子貴、引戲郭名顯、次淨周泰、副末成貴 [註120]

與上二書相比，《武林舊事》又多出了戲頭、次貼、裝旦三個角色。《都城紀勝》成書於宋端平乙未（1235 年），《武林舊事》成書於 1280 年，時間相隔僅 45 年，而角色體制相差較大，正說明南宋雜劇正處於吸收、消化、融合其它伎藝並加速嬗變的重要時期，一種集大成的藝術樣式正在母腹中躁動，已呼之欲出。

〔註120〕〔宋〕周密：《武林舊事》卷四，西湖書社 1981 年版，第 59～64 頁。

二、民間節慶對戲曲成熟的促進作用

　　民間節日包括傳統的歲時節日、全國性的政治性節日與宗教節日以及各地民眾自己創造的神誕節日。宋代官定傳統節日中，民間節日的慶祝活動豐富。節日中家家戶戶都積極準備慶祝活動，「不論貧富，遊玩琳宮梵宇，竟日不絕」。〔註121〕

　　民間歲時節慶、迎神賽會，均可以社火名之。社本是農耕社會對土地依戀與崇拜的產物。《禮記·祭法》云：「王為群姓立社，曰大社；諸侯為百姓立社，曰國社；諸侯自立為社，曰侯社；大夫以下成群立社，曰置社。」〔註122〕不同等級的人均有象徵不同等級的社的存在，這是社的原初意義。社火最初指村社熱熱鬧鬧地進行演出。宋時，社火不只在春祈秋報中出現，各種神誕日也有社火。據《都城紀勝》、《夢粱錄》、《武林舊事》載，當時出現了不同類型的行業社。如雜劇社、蹴球社、唱賺社、耍詞社、相撲社、清樂社、射弩社、花繡社、使棒社、小說社、行院社、影戲社、梳剃社、吟叫社、撮弄社等社會。明人沈自南《藝林彙考·稱號篇》卷九《巫優類》：「今人看街坊雜戲場，曰社夥，蓋南宋遺風也。宋之百戲，皆以社名。如雜劇曰緋綠社、蹴球曰齊雲社、唱賺曰遏雲社、行院曰翠錦社、撮弄曰雲機社之類。（詳見《武林舊事》）夥者，方言，凡物盛而多也。或作社火。」〔註123〕依照沈自南的解釋，社火乃是指在特定的時日（一般為節日或廟會），各種娛樂項目和手段競相呈獻之意。社火傳至明代，其百戲雜陳的特徵依然一如宋代。凌濛初《二刻拍案驚奇》第二卷對「社火」作了這樣的解釋：「你道如何叫得社火？凡一應吹簫、打鼓、踢球、放彈、勾欄、傀儡、五花爨弄諸般戲具，盡皆施呈」。這也與沈自南的說法不謀而合。宋代節日社火對於戲曲成熟的促進作用體現在三個方面：

　　一是節慶促進了講唱藝術的繁榮，為戲曲成熟奠定了基礎。

　　宋代城市迅猛發展、商品經濟的高度繁榮，產生了一個相對獨立的市民階層，為滿足新興市民階層的文化與藝術消費，北宋的勾欄瓦肆裏聚集了大量的優秀藝人。《東京夢華錄》卷五「京瓦伎藝」記錄了宋徽宗崇寧、大觀年間在勾欄瓦肆之中有一技之長的知名藝人：

〔註121〕〔宋〕吳自牧：《夢粱錄》卷一，黑龍江人民出版社2003年版，第13頁。
〔註122〕〔清〕阮元校刻：《十三經注疏》，上海古籍出版社1997年版，第1589頁。
〔註123〕〔明〕沈自南：《藝林彙考·稱號篇》卷九《巫優類》，四庫全書本。

張延叟、孟子書主張。小唱李師師、徐婆惜、封宜奴、孫三四等，誠其角者。嘌唱弟子：張七七、王京奴、左小四、安娘、毛團等。教坊減罷並溫習。張翠蓋、張成、弟子薛子大、薛子小、俏枝兒、楊總惜、周壽奴、稱心等。般雜劇：枝頭傀儡任小三，每日五更頭回小雜劇，差晚看不及矣。懸絲傀儡張金線、李外寧。藥發傀儡張臻妙、溫奴哥、眞箇強、沒勃臍、小掉刀，筋骨、上索、雜手伎、渾身眼。李宗正、張哥，毬杖、踢弄。孫寬、孫十五、曾無黨、高恕、李孝詳，講史。李慥、楊中立、張十一、徐明、趙世亨、賈九，小說。王顏喜、蓋中寶、劉名廣，散樂。張眞奴，舞旋。楊望京，小作相撲。雜劇、掉刀、蠻牌董十五、趙七、曹保義、朱婆兒、沒困駝、風僧哥、俎六姐。影戲丁儀、瘦吉等，弄喬影戲。劉百禽弄蟲蟻。孔三傳耍秀才諸宮調、毛詳、霍百醜商迷。吳八兒合生。張山人說諢話。劉喬、河北子、帛遂、吳牛兒、達眼五重明、喬駱駝兒、李敦等雜㫒外入。孫三神鬼，霍四究說《三分》。尹常賣《五代史》。文八娘叫果子。其餘不可勝數。〔註124〕

在市民文化消費需求的推動下，大戲所需要的藝術因素已經全部具備了。百戲伎藝的三大系統中，均出現了一些新的氣象。從歌舞伎藝看，出現了體制宏大的大型舞蹈：隊舞；從表演伎藝則發展出四節三段、初具綜合能力的南宋雜劇；而說唱伎藝方面，則有唱賺、鼓子詞、陶眞、涯詞、諸宮調等新的說唱藝術。其中最引人注目的，當推諸宮調的出現。因爲其具有敘事與說唱雙重功能，可以靈活組合多種不同宮調的許多樂曲來敘述完整的故事，對戲劇曲牌聯套形式的形成，意義深遠。

王國維論大曲與諸宮調時指出：「宋雜劇中用大曲者幾半。大曲之爲物，遍數雖多，然通前後爲一曲，其次序不容顚倒，而字句不容增減，格律至嚴，故其運用亦頗不便。其用諸宮調者，則不拘於一曲。凡同在一宮調中之曲，皆可用之。顧一宮調中，雖或有聯至十餘曲者」，〔註125〕他對講唱文學的敘事能力也給予很高的重視：「此種說話，以敘事爲主，與滑稽劇之但託故事迴異。其發達之跡，雖略與戲曲平行；而後世戲劇之題目，多取諸此，其結構亦多

〔註124〕〔宋〕孟元老等：《東京夢華錄》（外四種），中國商業出版社1982年版，第31～32頁。

〔註125〕王國維：《宋元戲曲史》，華東師範大學出版社1995年版，第79～80頁。

依仿之,所以資戲劇之發達者,實不少也。」〔註126〕

　　曾永義也曾就大小戲進行立論,特別強調敘事能力的區別為二者的分野之處在:「大、小戲就構成元素多寡而論,只是「講唱文學」的注入及其敘述方式之有無而已。當然,這裡的講唱文學必屬大型的說唱有如諸宮調和覆賺,而非小型的曲藝,因為大型的講唱文學提供戲曲極為豐富的故事和音樂內涵,小型曲藝則在近代頗有一變而為小戲者。」〔註127〕可見,小戲變成大戲,戲曲的形成必須依賴於講唱文學輸入敘事能力。

　　胡忌先生對此也深有同感:「惟其(注,指戲曲)需要故事的發展,不得不藉重於話本的力量;惟其需要加入唱詞以增強美聽的價值,不得不藉重於其它的講唱伎藝;而講唱伎藝之於話本,往往如血肉之不可割離。故南戲和北曲雜劇的成立,主要即是宋金雜劇院本和講唱伎藝的相互結合。」〔註128〕講唱文學的繁榮是一隻有力的推手,使得戲曲在宋代形成成為可能。關於宋代講唱文學的繁榮,只要看看《東坡志林》的記載:「塗巷小兒薄劣,其家所厭苦。輒與錢,令聚坐聽說古話」,〔註129〕就可想見說話在當時的流行程度。

　　這裡面臨著一個問題:講唱的繁榮並非是宋代獨有的現象,以說話而言,中國古代的說話到唐已甚發達,為何卻沒有促使成熟戲曲的出現?元稹《酬翰林白學士代書一百韻》有句云:「翰墨題名盡,光陰聽話移。」句下自注:「又嘗於新昌宅說《一枝花話》,自寅至巳,猶未畢詞也。」〔註130〕這裡點出了說話藝人敘述故事的時間之長。段成式《酉陽雜俎》又載:「大和末,因弟生日觀雜戲,有市人小說……」〔註131〕這些材料都可以說明講唱在唐代已經十分風行,為什麼它們沒有催生出成熟的戲曲,還必須要借助諸宮調這一中間環節呢?這涉及到對唐代說話藝術的屬性的理解,上引材料之中的說話應屬於俗講,俗講變文與諸宮調本身區別並不很大。從形式而言,變文白多於唱,而諸宮調是唱多於白;從語言來看,變文詞較整齊,諸宮調是錯落不一的長短句;以所用音樂而言,變文主要是用本土化的天竺與西域音樂,諸宮調則是民間日益流行的小唱與嘌唱為主,內容為曲子詞。諸宮調來自變文,

---

〔註126〕王國維:《宋元戲曲史》,華東師範大學出版社1995年版,第36頁。
〔註127〕曾永義:《戲曲源流新論》,文化藝術出版社2001年版,第22頁。
〔註128〕胡忌:《宋金雜劇考》,古典文學出版社1957年版,第72頁。
〔註129〕〔宋〕蘇軾:《東坡志林》,中華書局1981年版,第7頁。
〔註130〕〔清〕彭定求編:《全唐詩》第十二冊,中華書局1960年版,第4520頁。
〔註131〕〔唐〕段成式:《酉陽雜俎》,中華書局1981年版,第240頁。

只是對變文作了一些小小的改動而已，兩者之間並沒有本質上的區別，而且變文所用的佛曲本身就具有敘事功能，如《梁州八相》應是用《梁州》曲調演唱佛成道八相（降生、託胎、出胎、出家、降魔、成道、轉法輪、入涅槃）的故事。但是，俗講變文在唐代雖已蔚為壯觀，但囿於各種因素，自始至終沒有得到文士的積極參與，而出自變文，屬於曲子詞系統的諸宮調自北宋中葉出現以來，「士大夫皆能誦之。」〔註132〕文人的廣泛參與提升了諸宮調的文學品格與審美品格。對諸宮調而言，它也尋找到了與其它伎藝綜合、嫁接的創作主體，由諸宮調向戲曲轉變的契機開始顯現出來。

　　二是民間節慶的開放性為各種伎藝的綜合提供了可能。

　　宋代勾欄瓦肆成為兩宋市民娛樂消費的極佳去處，而勾欄表演，則異常興旺。「不以風雨寒暑。諸棚看人，日日如是」。就瓦舍上演的伎藝而言，北宋有小說、講史、嘌唱、諸宮調、唱賺、合生、武藝、雜技、角抵、傀儡戲、影戲、說笑話、猜謎語、舞蹈、滑稽表演等二十多種，南宋則發展到五十多種。這些伎藝給宋元戲曲的審美生成提供了相關的物質表現形態和物質表現能力，使宋代書會才人和藝人「雜」取瓦舍眾伎之長加以融會貫通成為可能，但筆者以為，參與勾欄演出的各色藝人之間的交流或許並不如學者們論述的那麼理想。這首先是由於演出場所的限制，我們知道，宮廷宴樂環境下的供盞獻藝，各種伎藝要嚴格遵守一定的程序，瓦舍上演節目是否也有一定的儀軌因資料不足尚無法下定論，但考慮到舞臺的限制，勾欄的演出可能是有順序的輪流登場，每個節目具有相對的獨立性，他們不可能也不需要與其它門類的藝術嫁接；其次，這些藝人日常的商業演出雖不受天氣條件的限制，但考慮到古代收徒課藝有著嚴格的行規以及不同伎藝的門戶壁壘，再加上藝人為在無情的市場競爭中站穩腳跟，否則被會淪為路歧，所以雖同在幾處〔註133〕勾欄瓦肆演出，也許藝人主觀上也不希望別人學走了自己的絕活。這一點可以元人陶宗儀的記載為證，其《南村輟耕錄》卷二七載：「胡仲彬，乃杭州勾欄中演說野史者，其妹亦能之」。〔註134〕對於一個賣藝為生的家庭，其成員掌

〔註132〕 中國戲曲研究院編：《中國古典戲曲論著集成》第一冊，中國戲劇出版社1959年版，第115頁。

〔註133〕 《東京夢華錄》提到的瓦子有9個。《夢梁錄》、《武林舊事》和《西湖老人繁盛錄》等記載，可以知道杭州有瓦子17處，後來增加到23處。

〔註134〕 〔元〕陶宗儀著，文灝點校：《南村輟耕錄》，文化藝術出版社1998年版，第381頁。

握必備的伎藝本應是正常的事情，但陶宗儀特意強調胡仲彬之妹也能說野史，恰可說明藝人傳授技藝有嚴格的規定，不會輕易將手藝外泄。

但節慶的開放性與公眾性爲眾多藝人提供了交流的平臺，在全民狂歡的廟會上，藝人們走出勾欄瓦肆這一相對封閉的舞臺，走向街衢巷陌，不同門類的技藝互相交流、互相學習成爲可能。如孟元老《東京夢華錄》卷八《六月六日崔府君生日二十四日神保觀神生日》：「天曉……其社火呈於露臺之上。……自早呈拽百戲，如上竿、趯弄、跳索、相撲、鼓板、小唱、鬥雞、說諢話、雜扮、商謎、合笙、喬筋骨、喬相撲、浪子雜劇、叫果子、學像生、倬刀、裝鬼、砑鼓、牌棒、道術之類，色色有之，至暮呈拽不盡。」〔註135〕廟會這座舞臺具有更大的兼容性，不必受到場地的限制，各種伎藝均可盡情展演，這爲藝人之間的相互學習、取長補短提供了難得的機會，也使不同伎藝有機的整合成爲可能。

三是節慶演出的繁榮導致行社的出現，行社分工的日趨精細則導致專業編劇人員的出現，他們在文化產業鏈的頂端供應劇本，爲戲曲成熟提供了智力支持。

參與節慶的藝人最初以個體形式存在，《東京夢華錄》卷六「元宵」專門羅列了參與汴梁上元慶祝各行業中出類拔萃的藝人：「趙野人倒喫冷淘，張九哥吞鐵劍，李外寧藥法傀儡，小健兒吐五色水、旋燒泥丸子，大特落灰藥榾柮兒雜劇，溫大頭，小曹嵇琴，党千簫管，孫四燒煉藥方，王十二作劇術，鄒遇、田地廣雜扮，蘇十、孟宣築毬，尹常賣五代史，劉百禽蟲蟻，楊文秀皷笛。」〔註136〕隨著節日演出的繁榮，從業人員的增多，各個專業門類的伎藝都擁有了一個數量不等的群體，一種藝人的行業性組織就應運而生了。這些行業組織在南宋蔚爲大觀，它們多以「社」名之。如：雜劇——緋綠社，影戲——繪革社，說話——雄辯社，清樂——清樂社，唱賺——遏雲社，耍詞——同文社，吟叫——律華社，撮弄——雲機社，弩——錦標社，使棒——英略社，相撲——角社，傀儡戲——傀儡社，蹴球——圓社，此外還有香藥社、川弩社、同文社、同聲社、翠錦社、古童清音社、錦體社、臺閣社、

〔註135〕〔宋〕孟元老等：《東京夢華錄》（外四種），中國商業出版社1982年版，第53頁。

〔註136〕〔宋〕孟元老等：《東京夢華錄》（外四種），中國商業出版社1982年版，第38頁。

窮富賭錢社、打球社、射水弩社等。當然這些「社」也許並不是嚴格的工商業行會組織。話本《鄭節使立功神臂弓》曾描寫開封府富豪張俊卿等「約十個朋友起社」。「團了社」後，同去東嶽燒香還願。這樣的社，更像是志趣相投朋友的鬆散或臨時的合作關係。

　　嚴格地說，行社出現的目的也只是爲了切磋某種單一伎藝，從而使單個伎藝臻於完善或者得以傳承，行社並不是爲了將各種藝術綜合，或者從藝人員的文化素質也不具備這種能力。按胡忌先生的說法，「古代的演劇多半是藝人『口傳心授』的緣故，他們根本沒有使用劇本文字的水平；更進一層說，在戲劇發展的萌芽時期，也根本無文字記錄的可能。」〔註137〕如果深入思考各種伎藝長期維持在「百戲雜陳」階段，而不能形成戲曲的原因，可以發現因爲宮廷藝人雖有文化，但沒有變革的衝動，而民間藝人的文化水平有限，也不具備將戲曲諸因素融合成戲曲的能力，但行社組織的出現標誌著職業分工的日益精密，在整個娛樂文化產業鏈中吸引了一批職業編劇。職業編劇的出現是爲了滿足市民們求新求奇的文化消費需要，也是行社興起，各項伎藝表演日益精湛的必然結果。

　　一種伎藝達到頂峰後，受眾的審美疲勞亦隨之產生，因此藝術的求新求變是一條永恒的規律。鄭振鐸先生推測變文中出現非佛教故事的原因時對這條藝術規律可謂深有體會：「爲什麼在僧僚裏會講唱非佛教的故事？大約當時宣傳佛教的東西，已爲聽眾所厭倦。開講的僧侶們，爲了增進聽眾的歡喜，爲了要推陳出新，改變群眾的視聽，便開始採取民間所喜愛的故事來講唱。大約，這作風的變更，曾得了很大的成功。」〔註138〕同樣的道理，節慶期間長期以雜耍爲主的百戲伎藝可能再難以滿足受眾的審美需要，於是逐漸向以歌舞演故事的演劇轉型，這是藝術嬗變的內在要求。宋代藝術消費的繁榮導致了曲藝的專業化與規模化。爲了維持文藝市場的人氣，對觀眾形成持續的吸引力，區別於單一伎藝的綜合性藝術開始出現，這種新的藝術樣式必須有一批中下層的文士加盟，在整個藝術產業鏈的頂端源源不斷地供應新的腳本，於是出現了一批獨立於表演之外的腳本創作人員，他們組成專業書會，創作話本、諸宮調、雜劇等，如緋綠社就是南宋著名雜劇組織，《都城紀勝》「社會」稱讚：「豪貴排綠清樂社，此社風流最甚。」《武林舊事》「社會」也

〔註137〕胡忌：《宋金雜劇考》，古典文學出版社1957年版，第14頁。
〔註138〕鄭振鐸：《中國俗文學史》，上海人民出版社2006年版，第200頁。

盛稱「緋綠社雜劇」。一種新藝術樣式的出現，往往離不開傑出文人的天才創造，他們之所以能推陳出新，固與其勤於思考、勇於創新有關，節日期間的耳濡目染也爲他們的琢磨、創新提供了堅實的土壤。這樣，他們的眼光就能超越具體的從業藝人，並破除各種伎藝的門戶之見，以某個敘事故事爲主體，將它們融合爲一個整體，這樣就導致了戲文的誕生，其音樂，則有唐宋大曲、詞調、纏達、纏令、嘌唱、民間俚曲、古詩詞調、佛曲等，其表演特徵，則是融唱、念、坐、打於一體。從藝術發展規律而言，沒有文人的參與，戲文的出現幾乎是不可能的事情。

　　據徐渭《南詞敘錄・宋元舊篇》和《永樂大典》卷一三九六九所載，目前可以確定的宋代南戲劇本有《趙貞女蔡二郎》、《王魁》、《王煥》、《樂昌分鏡》和《張協狀元》五種。《趙貞女》、《王魁》等戲文的形成是否經由文人之手已不可考，但據元代劉一清《錢塘遺事》卷六「戲文誨淫」條：「至戊辰、己巳（1268 年、1269 年）間，王煥戲文甚行於都下，始自太學有黃可道者爲之。」〔註139〕則王煥戲文的作者是有名有姓的文人，而且還是有一定身份的太學生，黃可道在受正統教育之餘，還投身被視爲遊藝小道的戲文創作，其動機雖不可考，但或可說明編劇爲當時文人騁才顯才的一種手段。《永樂大典戲文三種》中的《張協狀元》題爲「九山書會編」；《宦門子弟錯立身》，題署「古杭才人新編」，則明顯地表示文人參與了劇本的創作。而就目前保存的年代最早的劇本《張協狀元》來看，其「開場」有「《狀元張叶傳》，前回曾演，汝輩搬成。這番書會，要奪魁名。占斷東甌盛事，諸宮調唱出來因」的提示，接著又以諸宮調將張協故事說唱一遍，其五支曲分別爲：〔鳳時春〕——〔小重山〕——〔浪淘沙〕——〔犯思園〕——〔繞地遊〕。其後有白「似恁唱說諸宮調，何如把此話文敷演」云云，這裡傳達出兩點信息：一是該劇在演出之前，其故事以諸宮調形式廣泛流傳；二是就藝術表現效果來說，單以說唱爲手段的諸宮調比不上運用了多種藝術手段的戲文，爲吸引觀眾，諸宮調向戲曲的轉變是歷史發展的必然。《張協狀元》也是在包括《狀元張叶傳》在內的許多演出活動以及劇本改編的基礎上形成的。

三、官方節慶、民間節慶的互動與戲曲的成熟

　　戲曲的形成，還要依賴宮廷藝人與民間藝人的交流。在宋代以前，民間

〔註139〕〔元〕劉一清：《錢塘遺事》卷六，上海古籍出版社 1985 年版，第 126 頁。

伎藝只是通過口傳心授，主要在廟會節日中代代延續，而宮廷藝人多被豢養於深宮大院，不僅難以獲得與民間交流的機會，而且其表演風格帶有濃厚的貴族趣味，儘管其伎藝非常精湛，卻缺乏開放包容的姿態，官民的隔絕不可能催生出集眾藝於一身的戲曲，而在宋代，官方與民間的交流渠道被打通了。官方節慶與民間節慶的互動也使藝人能互相交流、取長補短，提高表演水平，這也是戲曲走向成熟的重要原因。官方與民間的交流形式主要有以下幾種：

　　一是教坊藝人與民間藝人在節日期間共同登臺獻藝，促進了交流。宋代教坊並非如唐代那樣深鎖內廷，而是更加開放，尋常百姓亦可一睹皇家樂團風采。薛瑞兆認為：教坊藝人「平時祇應御前；節日慶會，也參加社會演出；此外，還到瓦舍呈藝。」〔註 140〕此論良是。《東京夢華錄》卷五記載：「教坊鈞容直，每遇旬休按樂，亦許人觀看。」〔註 141〕此外，在重大節日如元宵、上巳、中元、聖節、神誕等，經常有教坊藝人與民間藝人的同臺演出。《東京夢華錄》卷八「六月六日崔府君生日二十四日神保觀神生日」載：「（二十三日）於殿前露臺上設樂棚，教坊鈞容直作樂，更互雜劇舞旋。太官局供食，連夜二十四盞，各有節次。」《夢粱錄》卷一「（二月）八日祠山聖誕」亦載：「十一日，廟中有衙前樂，教樂所人員部領諸色樂部，詣殿作樂呈獻。命大官排食果二十四盞，各盞呈藝。」《東京夢華錄》卷八「元宵」就載：「教坊、鈞容直、露臺弟子，更互雜劇。近門亦有內等子班道排立。萬姓皆在露臺下觀看，樂人時引萬姓山呼。」宋葉夢得《石林燕語》卷三言宋代音樂機構：「燕樂教坊外，復有雲韶班、鈞容直二樂。」〔註 142〕據此可知，教坊、鈞容直均為營制。其中鈞容直又為軍樂。而露臺弟子則指在勾欄瓦肆中演出，隨處作場、四處流動的路歧人以及參演地方戲以及廟會演出的民間藝人。「更互雜劇」一詞表明教坊、鈞容直、露臺弟子在輪流進行雜劇表演。

　　教坊、鈞容直表演的無疑為宮廷雜劇，即是所謂的官本雜劇，露臺弟子表演的應為民間雜劇。戴不凡曾斷言：「雜劇而冠以『官本』二字，那必然不同於它的另一類雜劇——『民本』的緣故。這應當就是南宋各地的地方戲。今可知，南宋地方戲至少有五種。一是溫州雜劇……二是紹興雜劇……三是閩南戲……

〔註 140〕薛瑞兆：《宋代勾欄瓦舍》，《戲曲研究》第 12 輯，文化藝術出版社 1984 年版。

〔註 141〕〔宋〕孟元老等：《東京夢華錄》（外四種），中國商業出版社 1982 年版，第 32 頁。

〔註 142〕〔宋〕葉夢得著、李欣校注：《石林燕語》卷三，三秦出版社 2004 年版，第 53 頁。

四是贛東一帶的迓鼓戲……五是川戲。」〔註143〕戴先生所言均爲南宋時期南方的地方戲，而據上引《東京夢華錄》，北方也有民間雜劇的存在，包括藝人在勾欄瓦肆中上演的雜劇、歲時節日中演出的雜劇以及迎神賽會演出的雜劇。對於宮廷雜劇與民間雜劇的區別，吳處厚在《青箱雜記》卷五中寫道：「王安國常語余曰：『文章格調，須是官樣。』豈安國言官樣，亦謂有館閣氣耶？又今世樂藝，亦有兩般格調：若教坊格調，則婉媚風流；外道格調，則粗野嘲晰。至於村歌社舞，則又甚焉。」〔註144〕一般而言，宮廷雜劇的主要內容爲慶賀皇上皇后生辰，或爲歌功頌德，當然，也有繼承前代俳優諷諫傳統，譏刺朝政與社會的作品。其演出方式是「歌舞間雜劇」，在輕歌曼舞中，其整體格調更多地延續了含蓄溫婉的藝術傳統，體現官方所倡導的平和中庸、樂而不淫、怨而不怒的風格，即便是譏刺，也多巧設機關，寓針砭於詼諧之中。《東京夢華錄》云：「內殿雜戲，爲有使人預宴，不敢深作諧謔，惟用群隊裝其似像。市語謂之『拽串』。」〔註145〕宮廷雜戲在使者到訪時，不作諧謔，由此可反推平時演出應有一些不太激烈的諧謔內容。吳自牧《夢梁錄》卷二十載宋代雜劇：「大抵全以故事，務在滑稽唱念，應對通遍。此本是鑒戒，又隱於諫諍，故從便詭露，謂之『無過蟲』耳。若欲駕前承應，亦無責罰。一時取聖顏笑。凡有諫諍，或諫官陳事，上不從，則此輩妝做故事，隱其情而諫之，於上顏亦無怒也。」〔註146〕平民雜劇卻多是民間藝人對傳說故事的再創造，形式多種多樣，內容豐富，許多作品的主人公就是平民百姓，即使不是反映平民的眞實生活，也反映了平民的理想、情趣，遠不同於服務於宮廷廟堂的溫婉風格，它們更多地體現了民間趣味，注意熱鬧與調笑，追求科諢效果，帶有更多的村歌社舞的鄙俗格調。莊綽《雞肋編》記載蜀中雜劇：「成都自上元至四月十八日，遊賞幾無虛辰。使宅後圃名西園，春時縱人行樂。初開園日，酒坊兩戶各求優人之善者，較藝於府。會以般子，置於合子中撼之，視數多者得先，謂之『撼雷』。自旦至暮，唯雜戲一色。坐於閱武場，環庭皆府宅看棚，棚外始作高凳，庶民男左女右，立於其上如山。每渾一笑，須筵中閫堂眾庶嚎者，始以青紅小旗各插於墊上爲記，至晚較旗多者

〔註143〕戴不凡：《兩宋雜劇新說》，《社會科學戰線》，1990年第3期。
〔註144〕〔宋〕吳處厚：《青箱雜記》卷五，中華書局1985年版，第46頁。
〔註145〕〔宋〕孟元老等：《東京夢華錄》（外四種），中國商業出版社1982年版，第60～61頁。
〔註146〕〔宋〕吳自牧：《夢梁錄》，黑龍江人民出版社2003年版，第175頁。

爲勝，若上下不同笑者，不以爲數也。」〔註147〕很明顯，成都百姓就是需要雜劇有令人捧腹大笑的效果。

同臺獻藝後兩類雜劇自然會有一個相互融合、取長補短的過程。學界多以爲永嘉雜劇受到官本雜劇影響較深，但既然是雙向交流，官本雜劇又何嘗未受到民間雜劇的影響？在民間演出的影響下，南宋宮廷雜劇內容及審美趣味已經改變，融入了一些俗氣、熱鬧的內容。以《武林舊事》著錄的 280 個劇目爲例，其中用大曲的 103 個，如《王子高六么》、《崔護六么》、《鶯鶯六么》、《裴少俊伊州》、《柳毅大聖樂》、《霸王劍器》。用法曲的 4 個，即《棋盤法曲》、《孤和法曲》、《藏瓶兒法曲》、《車兒法曲》。用曲破的 1 個，即《五柳菊花新》。用普通詞調的 29 個，如《病鄭逍遙樂》、《三教安公子》、《三姐黃鶯兒》等。大體而言，用大曲與法曲的雜劇應是來自宮廷教坊。但這些劇目中，還有一些受到民間的影響更深，比如，有 2 個劇目用諸宮調，即《諸宮調霸王》、《諸宮調卦兒》；還有 114 個用其它雜曲，如《四小將整乾坤》、《賴房錢啄木兒》、《王魁三鄉題》等。另外還有 127 個不帶曲名的劇目，其中有嘲笑、調侃可笑事情的雜劇，如《思鄉早行孤》、《睡孤》、《論禪孤》等 17 本，「凡此諸本，似皆以『孤』爲主的雜耍。所謂『睡孤』『論禪孤』『諱藥孤』，似皆以『孤』裝作可笑之事，發滑稽之言者」，〔註148〕還有調侃讀書人的《檻哮負酸》、《秀才下酸擂》、《急慢酸》、《眼藥酸》、《食藥酸》、《調笑驢兒》《論淡》、《醫淡》等，從劇目名稱就可以看出，它們多是站在平民的立場，對迂闊而不通時務的知識分子的諷刺和調笑。

二是宮廷節慶演出成員也多有來自民間者，無疑也會使民間雜劇與宮廷雜劇融合。宋人各種筆記都記載了北宋著名的藝人丁仙現。丁仙現早期就曾在勾欄獻藝，「自丁先現、王團子、張七聖輩，後來可有人於此作場」〔註149〕「此」是指汴梁的大小勾欄。但在熙寧二三年間，丁仙現被提拔爲教坊使，可推知他進入教坊是更早以前的事情。丁仙現的個人際遇決不是特例，而是宋代教坊從民間選拔樂工的一種反映。在《東京夢華錄》的記載中，還有一些民間藝人也因伎藝精湛而改變了自己的身份和命運，得以出入宮掖。該書

〔註147〕〔宋〕莊綽：《雞肋編》，中華書局 1983 年版，第 20～21 頁。
〔註148〕鄭振鐸：《中國俗文學史》，東方出版社 1996 年版，第 229 頁。
〔註149〕〔宋〕孟元老等：《東京夢華錄》（外四種），中國商業出版社 1982 年版，第 15 頁。

卷五「京瓦伎藝」載王顏喜爲瓦舍中散樂藝人，劉喬則爲雜班藝人，但據同書卷九「宰執親王宗室百官入內上壽」條，在宮廷壽誕承應藝人隊伍裏，有「教坊雜劇色鼈膨劉喬、侯伯朝、孟景初、王顏喜」，這些原來在勾欄瓦舍娛樂市民的雜劇藝人已經變成了教坊藝人，甚至還有了一定的官職：教坊使、教坊副使。藝人身份、地位的變化如此之快，連陳暘《樂書·雅部·歌·曲調上》也頗有微詞：「聖朝樂府之盛，歌工樂吏，多出市廛畎畝，規避大役，素不知樂者爲之。」〔註150〕陳暘所謂的「素不知樂」當是指民間藝人不知宋教坊法曲、龜茲、鼓笛、雲韶等四部樂，而非指民間散樂。

南宋時對樂官體制進行改革，表現之一是裁撤北宋設置的音樂機關。先是紹興三十年（1160年）有撤鈞容直之舉，後來教坊也難逃此劫，多次被廢置。「高宗建炎初，省教坊，紹興十四年復置。……紹興末復省。」〔註151〕孝宗時期，曾有復教坊之意，可遭到宰相湯慶公等大臣的反對，只好作罷，但樂官體制的「瘦身」卻爲民間戲班的發展和進入宮廷演出提供了機會。試看李心傳《建炎以來朝野雜記》：

> （孝宗）隆興二年天申節，將用樂上壽。上謂宰相湯慶公等曰：「一歲之間，止兩宮誕外，餘無所用，不知作何名色？」大臣皆言：「臨時點集，不必置教坊。」上曰：「善。」乾道後，北使每歲兩至，亦用樂，但呼市人使之。〔註152〕

教坊的廢置讓「市人」可以進入門禁森嚴的宮中。即使在教坊存在的期間裏，南宋教坊的規模也遠遠比不上北宋時期，很難滿足宮廷演出的需要，因此也要召民間藝人臨時承應。對此，南宋趙升《朝野類要》曾記載過：「今雖有教坊之名，隸屬修內司教樂所，然遇大宴等，每差衙前樂充之。不足則又和雇市人。近年衙前樂已無教坊舊人，多是市井歧路之輩，欲責其知音曉樂，恐難必也。」〔註153〕

綜合上引兩則材料，可知在南宋，政府常設的樂人大爲減少，他們所留下的空缺有兩種手段來補充：召衙前樂與和雇制度。衙前樂是指樂籍樂工，是在官府專門的樂籍註冊的民間樂工、官籍註冊的伎女，他們必須義務爲官

〔註150〕〔宋〕陳暘《樂書》卷一百五十七，光緒二年丙子（1876年）菊坡精社藏版。
〔註151〕〔元〕脫脫等：《宋史》，卷一百四十二，中華書局1985年版，第3359頁。
〔註152〕〔宋〕李心傳：《建炎以來朝野雜記》，甲集卷三，中華書局2000年版，第101頁。
〔註153〕〔宋〕趙升：《朝野類要》卷一，四庫全書本。

府服役，隨時聽候宮廷、官府和軍隊的召喚，即俗所謂「喚官身」。宋代「諸州皆有衙前樂」，〔註154〕話本《單符郎全州佳偶》插話云：「原來宋朝有這個規矩，凡在籍娼戶，謂之官妓，官府有公私筵宴，聽憑點名喚來祗應。」這便是衙前樂喚官身形象的表達。和雇制度，則是指朝廷出錢雇募民間藝人、伎人表演。南宋後期，和雇制度非常盛行，不僅官府出錢雇請民間樂工，就是教坊的成員，也大量由臨時請來的民間樂工組成。《武林舊事》卷四「乾淳教坊樂部」中，明確指稱衙前、和雇的藝人，已占教坊樂部的大多數。還有學者將《武林舊事》卷六「諸色伎藝人」中所羅列的雜劇藝人與同書卷一參與慶祝天聖基節的「雜劇色」進行比較，得出結論：

> 吳師賢、趙恩、王太一、朱旺（豬兒頭，與朱太應爲同一人）、時和、金寶、何晏喜、吳國賢在兩表中重見，適合祗應人的命名。又，王侯喜人「衙前」名單，應「副末」色；宋朝清、郝成、宋吉人「和顧」名單；王見喜、王吉又見於《夢梁錄》「伎樂」，與時和、金寶同列，應爲民間諸色藝人。因此，以上諸色伎藝人中的雜劇藝人明顯不屬於教坊，少數從屬於臨安府衙前樂，而大多數人應該是民間雜劇藝人。〔註155〕

民間藝人與教坊藝人的身份界限的打破也意味著民間雜劇與宮廷雜劇開始融合。融合的過程表現爲兩類雜劇可以在不同場合進行演出，消泯了精英與平民的界線。《西湖老人繁勝錄》記臨安北瓦說史書的兩座勾欄的背後，就常演御前雜劇的「蓮花棚」，表明御前雜劇也進入了平民的欣賞視野。《武林舊事》卷十所記280本「官本雜劇段數」，這些官本雜劇本爲教坊所編，主要在御前演出，內容也不離「獻香」、「添壽」之類，但它們也經常在勾欄演出，已不是帝王的專有審美對象，也可以娛樂普通市民的情志。

　　三是教坊藝人流落民間，也參加民間節日慶典活動，提高了民間演出的品位，對戲曲的成熟更是起到了直接的催化作用。因戰亂、年老、或因機構改革，教坊藝人流落民間，他們在婚喪節慶期間參與演出，客觀上將宮廷雜劇帶入了民間。《東京夢華錄》卷五「京瓦伎藝」記：「崇、觀以來，在京瓦肆伎藝……教坊減罷並溫習張翠蓋、張成、弟子薛子大、薛子小、俏枝兒、

〔註154〕〔元〕脫脫等：《宋史》卷一百四十二，中華書局1985年版，第3361頁。
〔註155〕胡明偉：《中國早期戲劇觀念研究》，學苑出版社2005年版，第122頁。

楊總惜、周壽奴、稱心等」，〔註156〕雜劇教師張翠蓋和張成兩人，以及雜劇演員薛子大、薛子小、俏枝兒、楊總惜、周壽奴、稱心等被教坊罷減出去了，依舊回到京城中勾欄瓦肆，演出他們的雜劇。又，同書卷七「駕登寶津樓諸軍呈百戲」記載：「後部樂作，諸軍繳隊雜劇一段，繼而露臺弟子雜劇一段，是時弟子蕭住兒、丁都賽、薛子大、薛子小、楊總惜、崔上壽之輩，後來者不足數。」〔註157〕劉念茲先生曾推測，「《東京夢華錄》寫寶津樓三月清明之盛況，記載翔實，而獨不及何年，誠屬怪事，顯然並非漏記，蓋有其諱『宣和』之隱」。〔註158〕據此，則教坊雜劇演員薛子大、薛子小、楊總惜和蕭住兒、丁都賽、崔上壽等同臺演戲可能也在大觀年間，不過，可以肯定的是，此時他們已經成了「露臺弟子」，混雜在勾欄瓦肆的演出裏去了。

還有的演員流浪到了更遠的地方，周去非《嶺外代答》卷七載：「廣西諸郡，人多能合樂。城郭村落祭祀、婚嫁、喪葬，無一不用樂，雖耕田亦必口樂相之，蓋日聞鼓笛聲也。每歲秋成，從招樂師教習子弟，聽其音韻，鄙野無足聽。唯潯州平南縣，係古龔州，有舊教坊樂甚整，異時有以教坊得官，亂離至平南，教土人合樂，至今能傳其聲。」〔註159〕亂離之世，教坊藝人竟流落至廣西一帶，令人感歎唏噓，但客觀上說，這些藝術修養很高的人群對於長期在民間流傳的村歌社舞具有極大的提升作用。我們知道，在南渡之前，在溫州一帶農村流傳的鶻伶聲嗽，只不過是民間一種與節日社火或敬神儀式有關的季節性活動，與南方源遠流長的淫祀關係密切，無論是表演形態還是作品內容，它們都只能視作戲曲的濫觴或前身。但南渡之後，特別是宋光宗朝，卻逐漸產生了《趙貞女》、《王魁》這樣一些完整的戲曲作品，溫州一帶的迎神賽會之所以在南渡後能發生質變，一躍而成爲集大成的戲曲，與北宋滅亡、時代巨變，教坊藝人留落民間，參與了民間雜戲的改造有關。民間雜戲藝人的表演技能不可能憑空飛躍，兩宋之際，「汴都正音教坊遺曲猶流播江南」〔註160〕，「長期以來在宮廷裏接受了完整而系統的技能訓練的優伶，正是

〔註156〕〔宋〕孟元老等：《東京夢華錄》（外四種），中國商業出版社1982年版，第31～32頁。

〔註157〕〔宋〕孟元老等：《東京夢華錄》（外四種），中國商業出版社1982年版，第48頁。

〔註158〕劉念慈：《戲曲文物叢考》，中國戲劇出版社1986年版，第18頁。

〔註159〕〔宋〕周去非著，楊武泉校注：《嶺外代答》卷七，中華書局1999年版，第251頁。

〔註160〕〔宋〕劉塤：《水雲村稿·吳用章傳》，四庫全書本。

給民間的戲劇表演帶來這些技能的最可能的群體。」〔註161〕現存最早的戲文劇本《張協狀元》也可以證明這一點，其音樂體制中，既有南方民間歌舞小戲的成分，又有北方的諸宮調等說唱伎藝成分，比如，第三齣〔大聖樂〕屬於〔南仙呂過曲〕；〔叨叨令〕則屬於〔北正宮〕，這種現象與其說籠統地說是南北文化的交流即中原文化與東南沿海文化交流碰撞的結果，還不如說北方南下的藝人，特別是水準較高的宮廷藝人直接介入、參與了民間雜戲的重新塑造更爲具體。

綜上所述，北宋與南宋宮廷節日中表演的雜劇形態有著較大差異，南宋雜劇的儀式性更弱，娛樂性與綜合性更強、角色也比北宋雜劇豐富，它逐漸從其它伎藝中突顯出來，形成「以雜劇爲正色」的一枝獨秀局面。民間節慶的繁榮使得眾多伎藝的融合成爲可能，行會的出現導致伎藝更加精湛，也使得一批中下層文士出現在藝術產業鏈中提供腳本的創作。教坊藝人與民間藝人的交流，特別是教坊藝人出現在迎神賽會的場合直接導致了戲曲的誕生。

第三章　節日風俗與戲曲形態

　　既然戲曲是在節日中走向成熟，那麼它的身上就不可避免地帶有年節儀式的遺存。這也爲我們以節日風俗爲視角審視戲曲的形式特徵、角色體制、裝扮方式、審美形態及題材偏好等預留了一定的闡釋空間。事實上，對於一些糾纏不清、眾說紛紜的論題，如果我們不執著於一兩條材料眞僞的討論，摒棄一些先入爲主的見解，而站在更高的理論基點上，就可以解釋一些雖屬常見但屢遭人誤解的現象，也可以澄清一些流傳甚廣但似是而非的結論。

第一節　節日風俗與郭郎的腳色演變

　　關於傀儡郭郎在後世戲曲中的演變，有兩種不同的觀點：多數人依依據郭郎禿頭、舞袖郎當的滑稽樣，將之視爲戲曲丑角的前身。孫楷第《傀儡戲考原》中說：「優戲以郭公居俳兒之首，蓋重其爲本來之傀儡戲，猶近時優伶之重丑腳云爾。以是言之，則郭公者，漢嘉會舞方相之變，是戲劇也。」〔註1〕黎國韜承此說，在《古代樂官與古代戲劇》中，他勾勒出一條變化線索：夒→方相氏→假人一途→提線木偶→郭郎本人→丑。〔註2〕董每戡卻在肯定丑腳的形體和表演特徵與傀儡有著一定的親緣關係的基礎上，曾提出過一個頗有意思的觀點：：「（傀儡子郭公）依據狀貌醜陋，舉止滑稽這一面講，可以說和後世的『丑』有因緣；如果就戲劇演員的發展來講，卻有了區別，據我的未成熟的看法，它是『末』而不是『丑』」。〔註3〕他同時勾勒出一條郭郎的

〔註1〕 孫楷第：《傀儡戲考原》，上雜出版社1952年版，第18頁。
〔註2〕 黎國韜：《古代樂官與古代戲劇》，廣東高等教育出版社2004年版，第375頁。
〔註3〕 董每戡：《說劇》，人民文學出版社1983年版，第62頁。

演變的線索：古巫（舞者）——郭郎——蒼鶻——副末或末泥或稱戲頭。董先生贊同王國維「末泥」自「舞末」出之說，並根據《東京夢華錄》舞蹈演出的記載，判定前舞者（戲頭或末泥）舞至歇拍引出後面舞者的方式是後世戲曲副末開場的歷史根源，實際上將郭郎看成了副末的前身。二說誰是誰非？筆者希望從節日演出風俗入手，具體考察郭郎的宗教意義與職司功能，從而對這一問題提出自己的見解。

一、節日演出的儀式性與郭郎的職司功能

關於郭郎的最早記載，見於段安節《樂府雜錄》之「傀儡子」：「……後樂家翻為戲。其歌舞有『郭郎』者，髮正禿，善憂笑，閭里呼為『郭郎』，凡戲場必在俳兒之首也。」〔註4〕研究傀儡者多重視這則材料，但少有人追問郭郎為什麼「必在俳兒之首」？如果傀儡只是眾多普通的表演伎藝之一，為何總是由傀儡居首引出其它節目，其它節目卻不能引出俳兒？

這涉及到傀儡性質與功能的認識。傀儡一詞，亦作魁壘、魁礨、魁礧、窟礧、窟儡、傀磊，源自於先秦喪葬俑，大桃人與方相氏，它們最初主要是用來替代喪葬儀式的「尸」，有驅邪鎮墓之意。漢代傀儡又與儀式表演聯繫在一起成為傀儡戲。傀儡戲的原初功能為在喪禮中驅除邪煞。梁劉昭注《後漢書・五行志》引東漢應邵《風俗通》：「『時京師賓婚嘉會，皆作魁礨，酒酣之後，續以輓歌』。魁礨，喪家之樂也。輓歌，執紼相偶和之者。」《舊唐書・音樂志》及杜佑《通典》也認為傀儡戲起於喪家樂，其表演迥異於其它伎藝，一直具有濃厚的神秘宗教色彩，蓋其原初驅除邪煞功能一直如影隨形。傀儡在作為喪葬儀式上的喪家樂時是如何表演的我們已無從得知，但我們可以確知的是，漢末時傀儡表演的場合已發生變化。《舊唐書・音樂志》：「窟礧子，亦云魁礧子，作偶人以戲。善歌舞，本喪家樂也。漢末始用之於嘉會。齊後主高緯尤所好。高麗國亦有之。」〔註5〕周貽白先生對喪家樂與婚宴嘉會上傀儡表演型態有過一段推論：「『樂』字實含有『儀式』或『禮節』的意思，不必即為唱歌跳舞之『樂』。在漢末用於賓婚嘉會時，則這種『祭獻』或『飾終』的儀式，已變為一種娛樂，那便是把殉葬之『俑』改變其形象，用來模仿真人所表演的歌舞之類，把執紼時所唱的『輓歌』，改變其聲腔字句，共相偶和

〔註4〕 中國戲曲研究院：《中國古典戲曲論著集成》第一冊，中國戲劇出版社 1982 年版，第 62 頁。

〔註5〕 〔後晉〕劉昫等：《舊唐書》志（四），中華書局 1975 年版，第 1074 頁。

地用來歌唱『祝語』或『頌詞』。」〔註6〕

　　傀儡由喪葬儀式轉而爲嘉會歌舞表演，特別是由「髮正禿，善調笑」的郭郎取代了泛化意義上的「傀儡子」，而且受到參軍戲詼諧戲弄的喜劇性因素影響，其主要以滑稽舞蹈表演爲主，大大增強了世俗娛樂性，其最初驅邪的基因與血脈是否得到了保留呢？這可用德國哲學家伽達默爾的一句話來回答：「節日具有它自己特殊的時間性。它本質上是一種反覆出現，甚至一個獨一無二的慶典也內在地具有重複的可能性。在節日慶典，它所表現出的形式和內容，在歷史的流變中或許會發生這樣或那樣的變化，但其所擁有的本質內核卻基本是一以貫之的。」〔註7〕從元宵節慶舞龍到陽戲演出的流變中得到證明，元宵舞龍，原爲祈年，流風遺俗，於茲不減。當舞龍的表演從巫師手上轉到藝人手上時，二郎神便不僅是巫壇上的川主，更是舞隊祭祀的首領，再進一步就升爲舞隊祭祀的祖師了。在此基礎上，民間產生了種種祭祀戲劇，如貴州的「陽戲」、安徽貴池的儺戲等。通常以請陽神儀式爲戲劇演出的開場，尤以二郎神的地位更爲顯著，所以池州儺戲演出時，開場便是戴二郎神面具的《舞袞燈》。於是二郎神又搖身一變，升格爲統治舞臺的戲神了。舞龍到陽戲，雖然表演形式有了相當大的變動，但節日驅邪的風習卻沒有多大變化。〔註8〕同樣的，雖然傀儡由喪葬節日轉而用於婚宴嘉會，表面上，輕鬆歡快的喜慶色彩逐漸取代了莊嚴肅穆的喪儀氛圍，但其原初驅除邪穢的宗教意義和儀式功能尚潛存其中，其表現就是由傀儡出任「引戲」。宋元以前的文藝演出尚不具備成熟戲曲的條件，一般以散樂或百戲名之。儘管「郭禿」已很出風頭，但遠看不出此時傀儡戲已有搬演故事的迹象，也就是說它尚是百戲之戲，還未進入戲劇的階段。漢代張衡《西京賦》「總會仙倡」對於百戲有形象的描繪，唐代戲場也應該是漢代百戲的進一步發展與提高，因爲缺乏敘事主線的貫穿，呈現在舞臺的各種伎藝單元處於散亂、無序的狀態，彼此的排列應該沒有嚴格的邏輯，這種表演充其量可以看作是雜耍、雜技、歌舞等諸多節目形成的大拼盤，是一場內容龐雜的綜合文藝晚會。按理說，在這種無序的組合中，誰先誰後並沒有嚴格規定，但出於儀式的需

〔註6〕　周貽白：《周貽白戲劇論文選》，湖南人民出版社1982年版，第35頁。

〔註7〕　〔德〕漢斯——格奧爾格·伽達默爾著、鄧安慶等譯：《戲劇的節日特性》，《伽達默爾集》，上海遠東出版社2003年版，第547頁。

〔註8〕　參見王兆乾：《戲曲祖師二郎神考》，《中華戲曲》第二輯，山西人民出版社1986年版，第55頁。

要，郭郎總要最先出來淨場，掃除邪祟，保證接下來的演出的正常進行。郭郎的這種職能，使人聯想到梵劇中的婆羅特耶訶羅，許地山《梵劇體例及其在漢劇上的點點滴滴》：「開場之前打鼓一通，名爲『婆羅特耶訶羅』（Pratayhara），宣佈開場，然後敷毯，樂師試樂器，優師就裝。婆羅特耶訶羅，此云『引避』，或『約束』，大概是要開場的時候，擊鼓使樂工及伶工先行試伎，預務登場的意思。……宣佈開場後，作樂伶工唱贊神頌，然後行剛舞，於是『引線者』舉因陀羅幢出來，散花，淋浴後，然後拜幢，爲觀眾祝福，這些事情舉行以後，乃演楔子，爲戲劇起首。」〔註 9〕婆羅特耶訶羅很顯然是在演出之前進行某種宗教活動的戲劇角色。關於傀儡，董每戡認爲印度的傀儡劇和宗教祭典有血緣關係，「便是在我國，一直到現在還常以傀儡劇酬神謝願，同時以『郭郎爲俳兒之首』的起因也以其接近神之故，所以傀儡劇若和他種戲班在一塊表演，傀儡班必先開鑼」。〔註 10〕郭郎爲「俳兒之首」的宗教意義在現今福建戲曲民俗中還有生動的詮釋。泉州劉浩然曾介紹當地傀儡：「閩中、南風俗，新居落成喬遷之期，或壽慶大典之日，必須先請提線木偶來開場演出，以鎮凶煞而延吉慶。否則新屋之中便不能有任何鼓樂之聲。但是如果一時請不到傀儡戲來開場，則必須延請小梨園來表演『提蘇』，這樣便可以代替傀儡戲開場。」〔註 11〕

因爲郭郎是傀儡戲著名的演員，人們往往將傀儡的一般外在特徵般於郭郎的身上。傀儡當作「魁壘」，本義「壯醜」，因爲起初的木偶人形貌壯醜，所以呼之爲「傀壘」。段玉裁在《說文解字注》中指出，「偶」本爲「禺」，許慎對「禺」的釋義爲「母猴屬，頭侣鬼。」正可以看出偶與鬼的關係，而鬼也是以面貌恐怖猙獰著稱，故後人多認爲郭郎的特徵也爲壯醜。但自北齊出現的作爲傀儡戲代名的「郭公」或「郭禿」卻是個造型病禿而滑稽戲謔的人物，段安節其實已描述其特徵爲「髮正禿，善憂笑」，證之以後人記載，其滑稽幽默的特徵也大體不差。宋初楊億《傀儡》詩云：「鮑老當筵笑郭郎，笑他舞袖太郎當。若叫鮑老當筵舞，轉更郎當舞袖長。」〔註 12〕宋王邁《贈無諍和尚》（四首）之三：「學道參禪空自忙，郭郎鮑老各郎當，不如卸取戲衫子，

〔註 9〕 許地山：《梵劇體例及其在漢劇上的點點滴滴》，《小說月報》十七卷號外。
〔註 10〕董每戡：《說劇》，人民文學出版社 1983 年版，第 58 頁。
〔註 11〕劉浩然：《泉腔南戲概述》，泉州市刺桐文史研究社、泉州菲律賓歸僑聯誼會 1994 年印行，第 44 頁。
〔註 12〕〔清〕屬鶚：《宋詩紀事》卷六，上海古籍出版社 1983 年版，第 139 頁。

甘與人呼作啞羊。」〔註13〕明人瞿祐《看燈詞》:「傀儡裝成出教坊,彩旗前引兩三行,郭郎鮑老休相笑,畢竟何人舞袖長。」〔註14〕段安節言郭郎的「髮禿」「善憂笑」,髮禿可認爲是醜,但也可以認爲是滑稽,善憂笑則明白無誤地指出了郭郎的調笑效果。楊億、王邁在描述郭郎時,都突出了郭郎舞袖郎當,郎當爲長大之意,說的是舞袖的大而無當,舞蹈的效果自然是令人忍俊不禁。瞿祐的詩篇也說明郭郎、鮑老的舞袖長大,詩中只描述了他們引人發笑的形象,倒看不出醜陋、令人恐怖之意。或者我們可以認爲,郭郎、鮑老的主要特點是滑稽調笑,而醜倒居於其次。這就涉及到一個問題的兩個側面,郭郎爲遠古偶人的孑遺,它的身上應有象人、方相、魌頭的特點,而且用他來驅逐邪祟也用的是作爲傀儡的最初功能,另一方面,郭郎又屢屢充當引舞,逐漸構成了文藝演出的固定儀程,而脫胎於歌舞百戲的戲曲又明顯地借鑒了這一儀程,創造出副末開場這一固定的形式。從出場順序和角色定位來說,郭郎顯然與副末對應,故董每戡先生言郭郎變爲末而不是醜,甚是。其實,明人鄭明選就論述過:「歌舞有郭郎者髮正禿善憂笑閭里呼爲郭郎凡戲場必在俳兒之首今梨園開場末是也。」〔註15〕。孫楷第也曾肯定過,戲曲腳色初上場時,「自贊或代贊姓名」、「自道其朝代、年號、姓名、祖貫」,這些形式應最早源於傀儡戲影戲。

　　其實,從南戲開場的臺詞中也可以看出副末是傀儡郭郎演變而來的相關線索。副末開場應兼有「靜場」與「淨場」的功用。對於「靜場」而言,南戲開場儀式肯定與僧講、俗講演播過程中的作梵及押座文存在著淵源關係,因爲作梵與押座文都有淨攝專仰、鎮座靜眾之意,或頌偈闡述一經大意,或以作經題之催聲,以高音使座下聽眾安靜,而南戲開場也多由副末口誦〔水調歌頭〕、〔滿庭芳〕、〔蝶戀花〕等詞發端,且時常出現請求觀眾不得喧嘩的直接提示。孫楷第於此論述已詳,不贅。而「淨場」之功用爲前人所忽視,茲論證如下:眾所周知,傀儡戲開場時會有唱「囉哩嗹」的儀式,「囉哩嗹」本是佛教的咒語,由梵經音譯。和尚誦經或化緣時,不免唱唱佛曲,其中即有囉哩嗹,早期傀儡戲吸收了這種神秘而通俗的囉哩嗹,成爲「淨臺咒」、「戲神咒」,其功能是「淨棚」,兼具迎神與驅邪的雙重目的。〔註16〕而在現存成化

〔註13〕　〔宋〕王邁:《臞軒集》卷十六,四庫全書本。
〔註14〕　〔明〕曹學佺:《石倉歷代詩選》卷三百六十二,四庫全書本。
〔註15〕　〔明〕鄭明選:《鄭侯升集》卷三十七,明萬曆三十一年鄭文震刻本。
〔註16〕　胡忌曾論:而莆仙戲「淨棚」儀式(蘇燈蛾)之通篇「思夫人之辭」中【紅芍藥】也穿插其間,其意亦明。胡忌《莆劇談屑》的:「在這裡唱『囉哩嗹』是

本《白兔記》第一齣中，副末在念了一段「國正天心順」詩之後，又唱〔紅芍藥〕一曲，將囉哩嗹三字顛來倒去地重複了 15 次，接著朗誦秦觀〔滿庭芳〕詞一首，然後是末與後行子弟問答、介紹戲文大意等。美國漢學家白之曾就此立論：「末角開場，用『白舌赤口』這樣的強硬語言把他的警告送上天送下地，以驅崇逐邪。然後，在鼓板喧天中，他唱起迎神曲。這支歌看來是唱給神仙聽的，只有神仙明白這支歌是什麼意思，因為全歌 45 個字全是『哩』、『囉』、『嗹』三個音節，毫無意義地顛來倒去。」〔註17〕開場唱「囉哩嗹」不見於其它戲文，以此證明開場之末乃傀儡郭郎的演變或被譏為孤證。但如果對《白兔記》的版本系統稍加梳理，就會明白成化本特殊的價值與意義。《白兔記》今存四種版本：成化年間北京永順堂刻本《新編劉知遠還鄉白兔記》、嘉靖年間詹氏進賢堂刊行《風月錦囊》所收《新刊摘彙奇妙戲式全家錦囊大全劉智遠》、毛氏汲古閣刻本《繡刻白兔記定本》、萬曆年間金陵富春堂刻本《新刻出像音注增補劉智遠白兔記》。成化本《白兔記》於 1967 年在上海嘉定的一座古墓中出土，為年代較早版本，而且野俗之語充斥文本，錯訛之處亦不少見，表明成化本出自文化水平較低的民間藝人之手，應是根據舞臺演出的實際情形記錄刊刻的，沒有按案頭讀本的編撰要求刪繁就簡，去蕪存精，所以保留著樸拙的本來面目，能真實反映演出的原生態。這樣，成化本對於我們管窺南戲真實的演出狀況就具有活化石的作用。而其它三種均不同程度地經過了文人的加工。副末開場有唱「囉哩嗹」這一程序，還可以湯顯祖《宜黃縣戲神清源師廟記》為證，該文稱海鹽「子弟開呵一醪之，唱囉哩嗹而已。」這也是副末從傀儡轉化而來的又一顯證。

　　福建梨園戲班開演前，為祈求演出成功和合班平安，例有「獻棚」：落棚三下，拍拊板三記，斟酒三杯，上香，請相公爺。用「藍青官話」念道：「寶香，寶香，燒你金爐裏。恭請拜請玉音大王、九天風火院田都元帥府大舍二舍、吹簫童子、引調判官、來富舍人、武燦將軍、再請本院土地。諸位神明各各都在上。」念完三奠酒，燒紙帛，紙灰摻酒中。以無名指蘸酒，在拊板上畫符，然後合板。把酒捧給全體人員點酒唱采。唱〔懶咂〕——由「囉哩嗹」三個音組成的無詞曲，表示 36 天罡，72 地煞，故由 108

『怕舞臺上『不潔淨』『穢瀆』了神『神明』，唱這咒文，便可保臺上大家平安。」見胡忌：《宋金雜劇考》，上海：古典文學出版社，1957 年，第 307 頁。

〔註17〕白之：《一個戲劇題材的演化——〈白兔記〉諸異本比較》，《文藝研究》，1987 年第 4 期。

句組成。〔註 18〕梨園戲開場唱「囉哩嗹」，其功能與最初的副末開場類似，也可以看作是受到傀儡戲的影響。

另外，據明代戲曲典籍插圖來看，副末也很明顯地繼承了郭郎「舞袖郎當」的特點，以高石山房本《目連救母》中的插圖爲例，開場的三位副末面部特徵、穿著服飾雖有不同，但均有一個共同特點：一手甩袖，顯出衣袖十分寬長。明人張寧稱「初看散末起家門，衣袖郎當骨格存」，聯繫上引楊億、王邁、方回、瞿祐諸人之詩，可以認定，副末衣袖郎當的舞姿，應是對「郭郎」、「鮑老」舞姿的再現，而副末也應爲郭郎、鮑老之變。郭郎「舞袖郎當」的特點在東南沿海地方傀儡戲裏還有遺存：福建永安市青水鄉黃景山村萬福堂的大腔傀儡戲，大約爲明中葉由江西傳入閩北地區之弋陽腔傀儡戲之遺韻。其田公信仰也有田公雕像和田公偶身兩種表現事象，而其雕像是隨擔出行的，其神像左手高舉舞袖，右手垂指舞袖，紅面，後腦垂髮，神衣內穿甲冑，外披開襟龍袍，造型爲舞踏之像，與和地戲神面面頗不一致。〔註 19〕再如，泉州地區田公爲三尊雕像，中爲坐像，「左右兩尊一臂彎曲上舉，一臂斜垂，作舞蹈狀，兩相對稱。」〔註 20〕

二、郭郎在宋金雜劇、院本中的演變

伽達默爾說：「戲劇表演喚起了在我們每個人心中活動的、甚至不爲我們覺察的某種東西。甚至今天最熟悉的戲劇場面也保留了宗教風格時代的某種現實，當時戲劇的節日性還是整個社團的節日慶典的一部份。」〔註 21〕雖然戲曲藝術在此後發展歷程中慢慢地從節日慶典中脫離，但「淨場」的宗教意蘊一直保留在戲曲演出裏，只不過以改頭換面的形式。除了直接分析傀儡與副末的職司功能的相似處外，還可以歷史爲線縱向考索郭郎在後世戲曲演出中的演變，具體勾勒其演變軌跡。

北宋宮廷雜劇與傀儡關係密切，《宋史・樂志十七》載雲韶部於上元、上巳、端午、元正、清明、春秋等節日，除了演奏大曲外，也演出「雜劇」，並

〔註 18〕 李豔：《明清道教與戲劇研究》，巴蜀書社 2006 年版，第 198 頁。
〔註 19〕 葉明生：《福建南北兩路田公戲神信仰述考》，《宗教與戲劇研究叢稿》，國家出版社 2009 版，第 424 頁。
〔註 20〕 黃錫鈞《泉州提線木偶戲神相公爺》，泉州地方戲曲研究社編《泉州地方戲曲》第一期，1986 年內部版，第 134 頁。
〔註 21〕 〔德〕漢斯——格奧爾格・伽達默爾著，鄧安慶等譯：《戲劇的節日特性》，《伽達默爾集》，上海遠東出版社 2003 年版，第 546 頁。

說「雜劇用傀儡，後不復補。」〔註22〕這是一條珍貴的資料，雲韶部類於漢代黃門倡，雖然規模較小，存在時間也不長，但它在北宋初期演出雜劇，而且「用傀儡」，實則表明其所演雜劇爲傀儡戲。另外，雲韶部演出的時間爲上元、上巳、端午等節日，不免使人想起用傀儡原初的節日驅邪功能。

而在勾欄瓦舍又別是一番景象。勾欄瓦舍中的歌舞昇平點綴著繁華的太平盛世，成爲了新興的市民階層主要的娛樂方式，其演出也不僅僅局限於傳統節日裏，但演出過程還是殘留著節日儀式的痕跡。據《東京夢華錄》載：「般雜劇杖頭傀儡，任小三。每日五更，頭回小雜劇，差晚看不及矣」。〔註23〕「頭回小雜劇」的表演是勾欄瓦舍裏天亮時的開場演出，在其它節目登場之前率先演出，據上下文，小雜劇實指傀儡。這裡我們可以導出一條結論：每天在勾欄瓦舍裏進行的演出明顯就是「郭郎爲俳兒之首」的另一個版本。

小雜劇在宋代還有另外一個名稱：爨弄。依此，則宋代官本雜劇段數中爨字者爲小雜劇。這裡就令人產生了聯想，是不是宮廷雜劇的演出程序也像勾欄演出一樣，先要由傀儡扮演的小雜劇在場上淨一下臺呢？因材料有限，尚不能武斷地肯定。但以下兩則材料或可說明部份問題：其一，宋孟元老《東京夢華錄》卷九《宰執親王宗室百官入內上壽》「第五盞」：「小兒班首入進致語，勾雜劇入場，一場兩段。是時教坊雜劇色鼇膨、劉喬、侯伯朝、孟景初、王彥喜而下，皆使副也。內殿雜戲，爲有使人預宴，不敢深作諧謔，惟用群隊裝其似像市語，謂之拽串。」串與爨音同，學界多認爲這應該是爨的簡寫或是筆誤，此字亦可作攛，即所謂「搬演雜劇，裝孤打攛。」拽，指搬演，當時流行的市語，有所謂「呈拽百戲」之稱。那麼，則可證明北宋聖節大宴中的雜劇演出與爨有關。此外，沒有外國使節在場，就可「深作諧謔」，當有外國使者預宴，就「惟用群隊，裝其似像」，又可說明，「拽串」即「爨」的表演尚不是雜劇的有機組成部份，可根據需要進行增減。另外，「深作諧謔」一語則表明其風格與郭郎的滑稽逗笑相近。其二，南宋時爨弄則已正式見於聖節大宴：「吳師賢已下做《君聖臣賢爨》，斷送《萬歲聲》」。〔註24〕聖節樂次相當繁雜，在漫長的供盞儀式中有四段雜劇表演，它們分別排在「初坐」

〔註22〕〔元〕脫脫等：《宋史》卷一百四十二，中華書局 1985 年版，第 3359～3360 頁。

〔註23〕〔宋〕孟元老等：《東京夢華錄》（外四種），中華商業出版社 1982 年版，第 32 頁。

〔註24〕〔宋〕周密：《武林舊事》卷一，西湖書社 1981 年版，第 15 頁。

四、五盞和「再坐」四、六盞，則「爨」即小雜劇是在正式的雜劇演出之前，或者與勾欄的演出儀式性是相通的吧。

另據王國維先生的研究，爨踏由傳踏發展而來，「其中用詞調及曲調者，只有一曲，當以此曲循環敷演。」〔註 25〕一般而言，爨常常與踏、蹈等足下動作聯用，表明爨與舞蹈的關係密切。另外，爨還與當時流行的詞牌相關，金院本「諸雜院爨」之《新水爨》、《宴瑤池爨》、《醉花陰爨》、《夜半樂爨》、《木蘭花爨》等，均以詞牌命名，表明是用不同曲調配合各自的「踏」與「歌」。而南戲《張協狀元》的副末開場中也保留有來自爨踏的明顯印記。《張協狀元》第一齣「後行腳色，力齊鼓兒，饒個攛掇，末泥色饒個踏場。」根據戲文一般的演出體制，「副末開場」之後應該可以直接演出戲文了，但是《張協狀元》卻來個「末泥色踏場」，而且在第二齣戲文裏，「生踏場數調」，這一番與戲文內容關聯度極低的活動後，戲文演出才正式開始。〔註 26〕

傀儡引舞、引戲在北宋宮廷裏後來發生了一些變化。宮廷演出擔任引戲的是參軍色。董錫玖《宋代的舞隊、隊舞及其它》：「宋代隊舞體制方面逐漸完善，形成了一種表演的新程序，一般前面有引舞的竹竿子念致語。」〔註 27〕王國維《宋元戲曲考》說：「引戲實出於古舞中之舞頭、引舞。……《樂府雜錄》傀儡條有引歌舞者郭郎，則引舞亦始於唐也。」〔註 28〕胡忌《宋金雜劇考》：「明白了引舞（參軍色）和舞頭的意義之後，就可推知引戲和戲頭是從大樂（舞蹈）中模仿而得的產物了。」〔註 29〕兩位學者都揭示出了郭郎與參

〔註 25〕王國維：《宋元戲曲史》，上海古籍出版社 1998 年版，第 34 頁。
〔註 26〕么書儀對此有相關論述，他認為：《張協狀元》中，在正式開演之前，有很複雜的一段「開幕式」，包括由「副末」上場，念【水調歌頭】【滿庭芳】作為開場白，然後「生」先以演員身份出現，領導「後行子弟，饒個【燭影搖紅】斷送」，自己又「踏場數調」，完成了「副末」「後行腳色，末泥色饒個踏場」的指示，然後變成劇中人，開始正式演出。這裡的「饒」是贈送，「攛掇」是演奏，「踏場」是隨著音樂舞蹈，「斷送」是贈品的意思，浙語叫作「饒頭戲」。實際上，在正戲開演前的這些表演，包括「生」的舞蹈，樂隊的演奏，乃至於「副末」的說唱諸宮調，都屬演出的有機組成部份，起到靜場和簡介的作用，……這種顯然是沿用了宋雜劇演出習俗（見《武林舊事》）的格式的確立，應當屬於商業動作的內容之一。見么書儀：《漫談跳加官》，《中國京劇》2000 年第 3 期。
〔註 27〕董錫玖：《宋代的舞隊、隊舞及其它》《舞蹈》，1979 年第 5 期，第 55 頁。
〔註 28〕王國維：《王國維遺書》第九冊，上海書店 1983 年版，第 588 頁。
〔註 29〕胡忌：《宋金雜劇考》，中華書局 1959 年版，第 129 頁。

軍色的血緣關係。參軍色從引舞發展而來，他總是手持一個著名的道具：竹竿子，因此參軍色也被稱爲竹竿子。通過致語，他可以勾放舞隊、負責演出的組織編排，當然也可以勾放雜劇，所以參軍色也被解釋爲引舞人，如果從能勾放雜劇這一點來說，他也具有引戲的職能。參軍色之所以能代替傀儡行使引戲職能，與所持的道具竹竿子有關，王兆乾、翁敏華、康保成等均論證過竹竿子有巫祝、驅邪的功能，這樣，參軍色在行使宣贊引導的時候，其實也是在「淨臺」。景李虎《鑼鼓雜戲、賽戲》一文中通過對民間賽祭儀式的分析，對竹竿子功能闡述得頗爲詳細：「在賽戲活動中還能夠找到宋代雜劇、百戲、歌舞表演中起指揮、調度、引導作用的『參軍色』形象。在賽戲的常用砌末中有一把竹掃帚，民間稱『獨帚』，它是用一條紅色綢帶將幾根竹子紮在一起，將其一端打裂使之紛散如掃帚形狀，它的作用首先是作爲賽戲戲班的一個標誌，舉辦賽戲活動時，賽班的班主舉著它走在隊伍的最前面做開賽儀式的先導。」〔註30〕

　　參軍色已經與戲劇腳色發生了關係。參軍色執竹竿子勾入、勾出，應該就是雜劇中「引戲」的作用。王國維認爲「引歌舞」實際就是「引戲色」，宋代勾出、勾入的「參軍色」既引歌舞又引雜劇，自然也屬引戲的性質，只是名稱不同而已。王先生這一觀點在學界得到廣泛認可，學者們比較一致地認爲參軍色是宋雜劇腳色「引戲」的前身。孫楷第《也是園古今雜劇考》：「則院本雜劇之有引戲、贊導，亦猶大曲隊舞諸伎之有參軍色贊導也。〔註31〕董每戡《說劇・說郭郎爲俳兒之首》說：我極贊成孫先生這樣解釋引戲，引戲確是色吩咐的，引舞也確是管勾隊放隊的。〔註32〕參軍色的職能爲引戲，但引戲依據是否參加扮演，腳色也隨之變化，情況也稍爲複雜。胡忌先生《宋金雜劇考》：「（引戲）本身屬『末』色，參加宋雜劇前段（豔段）演出則名曰『戲頭』。參加贊導而與劇事表演無關者名曰『引戲』，故對戲劇言，其實即劇外人，故稱『外』，惟其爲『外』，除司贊導禮除外，可以空餘時間參加戲劇中的次要演出人物，其裝扮男角者則可稱『外末』，裝扮女角者則可稱『外旦』」。〔註33〕

〔註30〕景李虎：《宋金雜劇概論》，廣東高等教育出版社1996年版，第196頁。
〔註31〕孫楷第：《也是園古今雜劇考・六品題》，上雜出版社1953年版，第240頁。
〔註32〕董每戡：《說劇》，人民文學出版社1983年版，第57頁。
〔註33〕胡忌：《宋金雜劇考》，中華書局1959年版，第132頁。

　　據史浩《鄮峰眞隱大曲》，竹竿子在南宋依然廣泛用於勾放舞隊。但在南宋雜劇的演出中，卻出現了一絲微小的變化，有宗教意蘊的參軍色不再用於勾雜劇，普通的雜劇色也可以勾雜劇出場。《武林舊事》卷一「聖節‧天聖基節排當樂次」記載，時和進念致語，時和是雜劇色，因爲在坐第六盞時，「雜劇，時和已下，做《四偌少年遊》」，可見雜劇色已經代替參軍色念誦致語口號。另外，北宋雜劇的演出夾雜在小兒隊舞與女童隊舞之中，一段小兒隊舞後是一段雜劇，再是一段女童隊舞，再是一段雜劇。如《東京夢華錄》卷九載：「參軍色作語，問小兒班首近前。……小兒班首入進致語，勾雜劇入場，一場兩段……雜戲畢，參軍色作語，放小兒隊。」則爲參軍色勾放小兒班首，小兒班首再勾雜劇的儀程。成書於北宋建中靖國元年（1101 年）陳暘的《樂書》中也提到雜劇的演出方式爲「引小兒舞伎，間以雜劇」，「引」的施動者爲竹竿子。但南宋的雜劇演出，大約不需竹竿子的勾放，小兒班首或女童也可以自行勾雜劇了。竹竿子的引戲功能，則交由小兒或女童去執行。《宋史‧樂志》載：「孝宗隆興二年（1164）天申節，將用樂上壽。」〔註34〕孝宗與大臣相商，決定「臨時點集，不必置教坊」。又命「罷小兒及女童隊」。這樣，雜劇不需要勾喚，就可以作爲一個表演單元在宮廷中獨立演出。以南宋周密《武林舊事》卷一「聖節」記載宋理宗時的雜劇演出爲例：

　　　　第一盞，觱篥起《萬歲梁州》曲破，齊汝賢。舞頭豪俊邁。舞尾范宗茂。

　　　　第二盞，觱篥起《聖壽永》歌曲子，陸恩顯。琵琶起《捧瑤巵慢》，王榮祖。

　　　　第三盞，唱《延壽長》歌曲子，李文慶。嵇琴起《花梢月慢》，李松。

　　　　……

　　　　再坐第一盞，觱篥起《慶芳春慢》，楊茂。笛起《延壽曲慢》宋刻無「曲」字，潘俊。

　　　　……

　　　　第四盞，琵琶獨彈，高雙調《會群仙》。方響起《玉京春慢》，餘勝。雜劇，何晏喜已下，做《楊飯》，斷送《四時歡》。

　　　　第五盞，諸部合，《老人星降黃龍》曲破。

〔註34〕　〔元〕脫脫等：《宋史‧樂志》，中華書局 1985 年版，第 3359 頁。

第六盞，觱篥獨吹，商角調「筵前保壽樂」。雜劇，時和已下，
做《四偌少年遊》，斷送《賀時豐》。

這則記載說明，南宋雜劇演出已經獨立，第四盞與第六盞雜劇演出已沒有了
致語口號。這就出現了一個問題，為什麼南宋雜劇不需要竹竿子勾放了呢？
筆者推測，南宋雜劇具有了一定程度的綜合性，表演所需的淨場要素已經融
入其結構與內容之中，它不復與其它伎藝處於同一水平線上。南宋雜劇的結
構通常被稱為四節三段：豔段、正雜劇（二節）、散段。其中能兼有靜場和淨
場功能的，只能是豔段。據《樂府詩集》卷26《相和歌辭》題解，「豔在曲前，
趨與亂在曲之後」，而在杭州一帶，「豔」用來形容人物的舉止言談滑稽可笑，
這又可以見出郭郎的影響，所謂「豔段」，是正戲演出前的一段歌舞表演或表
演一段「尋常熟事」，這肯定受到起靜場作用的押座文或「得勝頭回」的影響，
另一方面，從「正雜劇」一詞看，四節之中的主體是中間兩節，豔段與正雜
劇並非並列關係而是從屬關係，也就是說豔段實部份代替了參軍色的引戲功
能。「豔段」亦作「焰段」，取其如火焰易明而易滅之意，極短小，又極熱烈，
短小，則為引戲的職能；熱烈，正如天都外臣《水滸傳序》所云：「以妖異之
語，引子其首以為豔」，或如趙翼所云「焰段流傳本不經」，妖異之語、無經
之談，或可說明豔段雖為「尋常熟事」，然亦多神鬼靈異之談，若考慮到古人
以鬼驅鬼、以神驅鬼等巫教心理，以豔段代替竹竿子則非為無因了。

宋金「雜劇、院本，其實一也」。院本中有一名目「衝撞引首」。「引首」
二字連續即類於「豔」，「衝撞引首」類節目相當於宋雜劇「正雜劇」表演之
前的「豔段」，即如胡忌所云：「『衝撞引首』即是以衝撞來引作開場的含義。」
〔註 35〕對於陶宗儀《輟耕錄》中「衝撞引首」類別下的 110 個名目，胡忌認
為它們有些與語言技巧有關，有的是武術、雜技的名稱，還有一些與傀儡舞
隊有關。〔註 36〕康保成除了推斷《輟耕錄》中「拴搐豔段」、「打略拴搐」兩
類院本的主體為「縛繫索引」、「牽制」傀儡外，還通過「衝撞引首」下的「憨
郭郎」、「蔡伯喈」兩例著力論證「衝撞引首」也應是傀儡表演。〔註 37〕儘管
僅通過兩個例子，尚不能遽然斷定「衝撞引首」全部與傀儡相關，但退一步
講，也恰可印證胡忌先生的觀點。用傀儡作引首，正是郭郎為俳兒之首的遺
緒。「衝撞引首」、「拴搐豔段」、「打略拴搐」等形式的出現，表明「豔段」形

〔註 35〕 胡忌：《宋金雜劇考》，古典文學出版社 1957 年版，第 246 頁。
〔註 36〕 胡忌：《宋金雜劇考》，古典文學出版社 1957 年版，第 242～244 頁。
〔註 37〕 康保成：《儺戲藝術源流》，廣東高等教育出版社 2005 年版，第 137 頁。

式的豐富。「拴搐」是拴束、捆綁之意,「拴搐豔段」是指那些能和某些主體聯繫起來的豔段,即如「說話」中的「入話」一般,表明這些形式的產生使得院本的結構更加統一,更有內在的聯繫。這應該是其儀式性減弱而內容與戲劇融合的必然階段,就像後來傳奇中的「副末開場」,還可以稱為「家門大意」一樣。副末開場著眼於形式體制,家門大意強調內容上的聯繫。蔣星煜《南戲、傳奇的演出與「副末開場」》中就指出:「『副末開場』究竟有什麼作用呢?應該說,那是一份包括『劇作者的說』和『故事提要』在內的說明書。不過不是單張印發的,而是由班社派專人在演出之前為觀眾念誦的」;「『副末開場』另一主要內容便是宣佈演出劇目之名稱。」〔註 38〕這表明開場的宗教意味逐漸減弱而與主體的融合不斷緊密。從《六十種曲》本《琵琶記》的「副末開場」中的幾句對話就可明白:

> 問內科:且問後房子弟,今日教演誰家故事?那本傳奇?
>
> 內應科:《三不從琵琶記》。
>
> 末:原來這個傳奇。待小子略道幾句家門,便見戲文大意。

　金元院本中也可以由小兒或女童充任引戲。眾所熟知的杜人傑散套《莊家不識勾欄》就描寫了農人觀看勾欄上演的院本:

> 〔四煞〕一個女孩兒轉了幾遭,不多時引出一夥。中間裏一個央人貨,裹著枚皂頭巾頂門上插一管筆,滿臉石灰更著些黑道兒抹。知他待是如何過?渾身上下,則穿領花布直裰。
>
> 〔三煞〕念了會詩共詞,說了會賦與歌,無差錯。唇天口地無高下,巧語花言記許多。臨絕末。道了低頭撮腳,爨罷將麼撥。
>
> 〔二煞〕一個妝做張太公,他改作二小哥,行、行、行,說向城中過。見個年少的婦女向簾兒下立,那老子用意鋪謀待取做老婆。
>
> 教小二哥相說合,但要的豆穀米麥,問甚布絹紗羅。

　這裡轉了幾遭的「女孩兒」應該就是引戲色,因為她「不多時引出一夥」,也引導出正式的雜劇演出。小兒或女童為什麼能代替傀儡或竹竿子的職能呢?康保成先生為我們提供了一條線索,他根據陸宗達先生的研究,訓「禿」為「童」,進行認定郭禿即為郭童,乃是一個年未弱冠的少年童子形象。〔註39〕這就不難理解小兒或女童充任引戲的合理性了。

〔註38〕蔣星煜:《南戲、傳奇的演出與「副末開場」》,《杭州師範學院學報》1996 年第 4 期。

〔註39〕康保成:《儺戲藝術源流》,廣東高等教育出版社 2005 年版,第 275 頁。

三、郭郎在元雜劇、南戲與傳奇中的演變

受宋金雜劇、院本的影響，成熟戲劇的演出，依然少不了淨臺之俗。

北雜劇的開場受「衝撞引首」的影響，一般用「沖末」先上來「沖場」，『沖末』從『引戲』而來，正如黃天驥所說：「『沖』很可能是人們吸取了宋金雜劇『衝撞引首』的套路，用於開場表演，使之成為特定程序。」〔註 40〕而且雜劇作家寫作時並無沖末考慮，沖末只是在演出時才臨時設置的，這正說明多出現在雜劇之首的沖末並非是一些學者所認為的「外」或「外末」，而是實際演出時具有淨臺功效的儀式符號，而他的這種功能在雜劇劇本中當然難以得到反映。對此，楊鶴年的觀點無疑極有見地：「『沖末』不是行當，也不是角色。而是當時元雜劇演出時所習用的術語和行當的稱謂。」〔註 41〕

王實甫《西廂記》的文本體制在元雜劇中是一個例外，《西廂記》的一個版本系統——屬於「音釋題評本」的徐士範刊本、熊龍峰刊本、劉龍田刊本的開場體制也頗為特殊，這個版本系統中的所有刊本的卷首，即在《佛殿奇逢》之前均有《末上首引》，茲錄其對話如下：

> 問內科：且問後堂子弟，今日教演誰家故事？那本傳奇？
>
> 內應科：《崔張旅寓西廂風月姻緣記》。
>
> 末：原來是這本傳奇，待小子略道幾句家問……

這是元雜劇中的一個特例，可能是北雜劇在體制上受南曲影響的一個特例，且存而不論。

南曲系統的南戲、傳奇與北曲系統的元明雜劇在腳色名稱、文本體式、演出體制諸方面差異甚大，由於兩者分別誕生於相對隔絕的南北兩地，它們基本上不存在多少承續關係。但與北雜劇一樣，南戲的形成離不開宋雜劇的滋養，因此，其演出體制尚不同程度地遺存有宋雜劇體制的痕跡。而副末開場實際上直接繼承了竹竿子引舞、引戲的功能。不妨將宋代竹竿子勾隊舞與傳奇副末開場的形式進行比較：

在隊舞演出之前，「竹竿子」一般會以致語、問答、誦詩等方式，敘說隊舞情節，敷衍大義。

據史浩《鄮峰真隱大曲》，《採蓮舞》（第二場）竹竿子又念數語，花心出隊念致語，並有和竹竿子的問答：

〔註40〕黃天驥：《黃天驥自選集》，廣東高等教育出版社 2003 年版，第 82 頁。

〔註41〕《中華文史論叢》第二輯，上海古籍出版社 1981 年版，第 298 頁。

竹竿子問念：「既有清歌妙舞，何不顯呈？」

花心：「舊樂何在？」

竹竿子再問念：「一部儼然」。

花心答念：「再韻前來」。

……

　　在南戲演出時，「副末開場」僅僅是南戲及傳奇演出時的具體操作規程之一，是類乎今天節目主持人或報幕者的即興發揮，而不是戲劇文學文本的組成部份。這一規程的具體所指爲：在演出開始，先由末上場，不扮演劇中人物，而念詩誦詞，交代劇情大意，再引出後面的正戲和主要腳色上場。以《張協狀元》的開場爲例，末念誦兩首詞調〔水調歌頭〕、〔滿庭芳〕後，又用諸宮調將《狀元張協傳》說唱一番，這種開場形式，實是承自宋雜劇先作尋常熟事一段、以豔段引出正雜劇的演出模式。所不同的是，相比郭郎與其它伎藝的並列關係，豔段與正雜劇的主次關係，副末開場相對於鴻篇巨製的劇本所佔比重更小，僅具有一定的象徵性的儀式功能。而在後出的南戲與傳奇中，副末開場愈加簡潔短小，以《六十種曲》爲例，有三十三劇的開場用的是一詞一曲一首下場詩，其它劇作則更爲簡潔，僅有介紹劇情大意的一首詞曲和一首下場詩，以致於學者們將這些「家門大意」一般看作僅受到說唱藝術的影響，而忽略了其宗教儀式因素。

　　如果說唐代的歌舞演出是一個大拼盤的話，傀儡與其它伎藝還處於群芳爭豔的階段，傀儡表演是作爲一個獨立的節目呈現在觀眾面前的，那麼在宋雜劇中的豔段已游離於正雜劇之外，成爲雜劇主體之外的附著物，只是由於演出習俗的要求與正雜劇聯合在一起。在南戲中，開場表演進一步壓縮，開場的副末完全游離於全劇之外，他只是以一個報幕員或主持人的身份介紹劇情，引出即將進行的演出。明乎此，就可解釋爲什麼鄭之珍《目連救母》上中下三卷之首都會有副末開場，因爲作爲演三天的連臺大戲，每天副末都要作爲演出開始的符號出現，這正說明副末並非文本意義的角色。因爲對文本而言，作者只需在開篇用一處副末開場就足夠了。作爲主持人，副末與宋代宮廷內持竹竿子的參軍色作用相同，儘管副末已不需要持竹竿宣贊引導，安排節目，因爲劇本早已安排妥當，但還是需要副末起到靜場的作用與淨場的儀式效果。

　　以上梳理，是以開場的儀式功能與淨臺習俗爲切入點，對郭郎爲俳兒之

首向副末開場演變軌跡的描繪。寫到這裡，還有兩個問題要作一下補充說明：

首先，引戲到底變成了哪一種角色？之所以有這樣的追問，是因為學術界有一種流傳很廣的觀點認為引戲就是裝旦。最先持此說者為明代朱權。他在《太和正音譜》裏認為引戲色就是「裝旦」，「引戲，院本中『狚』也」，「當場之妓曰『狚』」。〔註42〕現代戲曲史家周貽白也持此說：「引戲色，則為職司，其腳色實為裝旦。」又說：「裝旦實即引戲。」〔註43〕張庚、郭漢城在分析《莊家不識構欄》套曲描寫演出「院本」中的三個人物時，認為：「這段小戲一共三個人演：張太公——副末，小二哥——副淨，年少婦女——裝旦（引戲）」〔註44〕張庚、郭漢城先生顯然認為開場的女孩兒與小戲中的年少婦女為一人扮演，然證據並不充足。黃天驥對朱權的說法也深信不疑：「明初，宋院本仍有上演，朱權的話當然是可信的。」〔註45〕這些前輩先賢之所以認為引戲為裝旦，可能與女童充任引戲的材料較常見有關，然前文已有論證，小兒或女童引戲，只是郭郎引舞、引戲的一個支流、一種變體而已。此外，他們可能對引戲出自古舞中的引舞也缺乏認識。所以，此種觀點逐漸為學人所修正，許金榜在《中國戲曲文學史》裏也認為引戲不是裝旦，「引戲是雜劇豔段中之首先出場者」，〔註46〕廖奔、劉彥君也認為「宋雜劇的開場，大概一定是先由引戲色出場舞蹈一回，然後『分付』眾角色上場。」〔註47〕

引戲既然不是裝旦，他們到底變成了南戲中的那一種角色。明代胡應麟對此有一段解釋：「每一甲有八人者，有五人者。八人者，有戲頭，有引戲，有次淨，有副末，有裝旦。五人者，第有前四色，而無裝旦。蓋旦之色目，自宋已有之而未盛。至元雜劇多用妓樂。而變態紛紛矣。以今億之，所謂戲頭即生也，引戲即末也，副末即外也，副淨裝旦即與今淨旦同。」〔註48〕胡

〔註42〕中國戲曲研究院：《中國古典戲曲論著集成》第三冊，中國戲劇出版社 1982 年版，第 54 頁。

〔註43〕周貽白：《中國戲曲發展史綱要》，上海古籍出版社 1979 年版，第 105～106 頁。

〔註44〕張庚、郭漢城主編《中國戲曲通史》，中國戲劇出版社 1980 年版，第 62 頁。

〔註45〕黃天驥：《「旦」、「末」與外來文化》，《黃天驥自選集》，廣東高等教育出版社 2003 年版，第 97 頁。

〔註46〕許金榜：《中國戲曲文學史》，中國文學出版社 1994 年版，第 43 頁。

〔註47〕廖奔、劉彥君：《中國戲曲發展史》第一卷，山西教育出版社 2001 年版，第 305 頁。

〔註48〕〔明〕胡應麟：《少室山房筆叢‧莊嶽委談》下，中華書局 1958 年版，第 557 頁。

氏這一論述的價值除了明確指出「引戲」與「裝旦」並非同一回事外，更重要的是，他提出了宋金雜劇中的「引戲」就是南戲、傳奇中的「末」。如果回顧一下早期的南戲，其實是末開場而非副末開場，就不得不佩服胡應麟這一結論的準確性。今存《永樂大典・戲文三種》的《張協狀元》、《宦門子弟錯立身》和《小孫屠》，還有比較接近原來面貌的明陸貽典抄本《琵琶記》，在劇本的開端只有「末上」或「末齣」，而沒有標出「副末開場」。上文提及的《西廂記》「音釋題評本」系統，第一折也標的是《末上首引》，而非《副末上首引》。從嚴格意義上講，早期南戲就是「末開場」而非「副末開場」，當然，爲了討論方便，本文襲用了約定俗成的說法。所謂「副末開場」這一提法，其實是出於對南戲腳色的誤解，但人們以訛傳訛，在明代傳奇中就成了約定俗成的概念了。近年學界多有人指出這一點，不贅。

南戲開場的末由引戲而來，就可以爲爭論不休的開場的末（或副末）是否參加戲曲演出開啓一種思路：當他出現在開場儀式中時，很顯然跳出了劇情，游離於劇情和角色之外，當他作爲劇中扮戲者存在時，自然參與戲曲的演出。但這一結論也同時留下了疑惑：南戲的末爲什麼要從「引戲」中來而不是「末泥」來？末與末泥所指的是不是同一種腳色？因爲王國維《古劇腳色考》中有這樣的論述：「則末泥之名，亦當自舞末齣，長言之則爲末泥，短言之則爲末。」〔註49〕他這裡將末與末泥等同視之。但在同書中他又說：「末之名，始見於《武林舊事》（卷四）所記『雜劇三甲』，每甲各有戲頭、引戲、次淨、副末，或加裝旦。又有單稱末者。同卷乾淳教坊樂部雜劇色，德壽宮有蓋國慶，下注云：末是也」。〔註50〕比較《都城紀勝》、《夢梁錄》與《武林舊事》關於宋雜劇腳色的記載，可以肯定地認爲戲頭就是末泥，王先生特意拈出「又有單稱末者」這一材料，意在說明「末」角在雜劇五角色——五花爨弄之外，這豈不是無形中否定了末與末泥同一的結論？

「末泥色主張」、「引戲色吩咐」，他們之間的界限是否眞的涇渭分明，嚴格地區分了雙方的責、權、利呢？其實，主張、吩咐，皆編排命令之事，並無嚴格界限，因而二者之間可以通用，胡忌先生《宋金雜劇考》就深刻地指出了這一點：「（引戲）本身屬『末』色，參加宋雜劇前段（豔段）演出則名

〔註49〕王國維：《古劇腳色考》，《王國維遺書》第十冊，上海書店 1983 年版，第 4 頁。

〔註50〕王國維：《古劇腳色考》，《王國維遺書》第十冊，上海書店 1983 年版，第 4 頁。

日『戲頭』。參加贊導而與劇事表演無關者名曰『引戲』，故對戲劇言，其實即劇外人，故稱『外』。〔註51〕黃天驥也持相同觀點：「在宋雜劇演出時，末（末泥）和引戲一起，組織主持，這是它的第一個職能」。〔註52〕由此可見，引戲變成末是完全可能的。何況，依任半塘先生的研究，「末所扮之人格，既係少男，當有其第一任務在，乃歌舞戲中與旦配合，是爲生角；更可能有其第二任務在，乃科白戲中爲參軍配角，權代蒼鶻」〔註53〕無論爲少男，還是蒼鶻，都符合淨臺的宗教儀式的要求。

其次，關於副末開場儀式功能的隱藏、遮蔽與新型淨臺儀式的興起。明末清初，傳奇的副末開場更多的變成了文本意義，最初的儀式功能幾乎喪失殆盡。而且開場不外先說幾句奉承、應酬觀眾的話，而且已形成了「套語」。清初著名戲劇作家、理論家李漁在總結劇本創作結構時曾說：「開場數語，謂之家門……未說家門，先有一上場小曲，如〔西江月〕、〔蝶戀花〕之類，總無成格，聽人拈取。此曲向來不切本題，止是勸人對酒忘憂、逢場作戲諸套語。」〔註54〕「不切本題」，是說開場的這些話與演出內容全無關涉，既不是概括劇情也不是宣揚作者創作旨意，主要任務就是討好觀眾，作些自我推銷。在副末開場功能發生嬗變的同時，其淨臺職能交由一種新興起的演劇風俗——正式演出前的「八仙慶壽」、「天官賜福」、「加官」等開場小節目去主管。錢德蒼的《綴白裘》，根據實際演出記錄下了大量的載歌載舞的開場小節目。它是補救副末開場的不足、或有時替代副末開場的一種表演。試看同期的康熙舊本《勸善金科》「開宗·靈官掃臺」：

> （內云）借問臺上的，今日搬演誰家故事？（末云）搬演《目連救母勸善金科》。（內云）這本《勸善記》流傳已久，怎麼又叫《勸善金科》？

這裡直接標明了靈官掃臺的宗教職能，但其開場儀式還是問答帶出劇情介紹的方式。靈官兼有了副末的職能，雖無直接出現「加官」和「天官賜福」等字眼，但清初著名劇作家孔尚任曾寫過一套《博古閒情》曲子，他在附記中

〔註51〕 胡忌：《宋金雜劇考》，中華書局 1959 年版，132 頁。
〔註52〕 黃天驥：《「旦」、「末」與外來文化》，《黃天驥自選集》，廣東高等教育出版社 2003 年版，第 101 頁。
〔註53〕 任半塘：《唐戲弄》，上海古籍出版社 2006 年版，第 812 頁。
〔註54〕 〔清〕李漁：《閒情偶寄》詞曲部、格局第六，中國社會出版社 2005 年版，第 403 頁。

寫到：「此齣敘作傳塡詞之由，雖冠冕全本，而不必登優孟之場。倘能譜入笙歌，以易加官惡套，亦覺大雅不群矣。」孔尙任生活在清初康熙年間，他在此時已將加官視爲「惡套」，可見至少在清初，開場之前演「加官」已經非常普遍，基本成爲常用格式，決不是偶一爲之的現象了。《綴白裘》劇本集載錄所反映的，已是「加官」、「慶壽」之類開場戲漸漸多於「副末開場」的現象。

跳加官是跳魁星、跳財神、跳加官的統稱。後來，只跳加官。演出的內容是：由一演員扮成天官，臉帶面具，身穿蟒袍，手執笏板，身藏紅巾條數幅，分書「天官賜福」、「一品當朝」、「加官進祿」「五穀豐登」等吉利文字。演員在鑼鼓聲中舞上，作各種舞蹈身容，一邊跳著，一邊抽出紅巾條幅，逐一向觀眾展示。最後展示出「天下太平」的字樣。神仙登場，雖表面上是爲納福，但也含有驅除不祥的意味，其精神源頭仍來自於驅崇淨臺。今天雲南「梓潼戲」演出，還有類似的舉動，開場時先唱百花詩，其後由點臺仙官和靈官出場，完成點臺儀式後方開始演出正戲。可見節日習俗的流傳之廣，生命力之強。

綜上所述，郭郎的發展有兩條明顯的線索：其一是郭郎→竹竿子→豔段→衝撞引首→沖末；其二是郭郎→竹竿子→豔段→末開場或副末開場→跳加官。或有人會質疑傀儡乃木偶而副末爲人，兩者相差甚遠，其實早在上個世紀之初，王國維就曾有一個被人忽視的觀點。他根據《樂府雜錄》中「後樂家翻爲戲」而考證其爲人演傀儡。並說，「則唐以人演傀儡，宋以傀儡演人，二者適相反。」王先生的說法或者有可以商榷之處，但卻指出了一個事實，人擬偶與偶擬人是一個雙向交流與互動的過程，即便郭郎是木偶，經過中間環節，如鮑老、參軍色，依然能對副末產生影響。

第二節　節日風俗與反性別扮演

提起反性別扮演，人們會想起魯迅言辭激烈的言論：「我們中國最偉大最永久，而且最普遍的『藝術』是男人扮女人。」〔註55〕男旦藝術業已成爲近百年中國文化史上眾說不休的話題，學者們多站在社會學而非藝術學的立場，將此作爲病態化社會現象而進行社會文化和心理的解讀，其批判矛頭對準了產生這一病態化社會現象的歷史土壤和文化基因，表達了文化先驅們對

〔註55〕魯迅：《最藝術的國家》，《魯迅全集》第 5 冊，人民文學出版社 2005 年版，
　　　第 91 頁。

數千年禁錮人性尤其是女性的封建禮教的痛恨。還有學者將中外戲劇史上共同存在的易性化妝作簡單的對比，其立足點還是在社會學的批評：「『男旦』的實質也就是舞臺上男子反串女角，此非我中華獨有，其在世界上不少國家的傳統表演中都能見到。這種非常態的『男扮女』反串現象，就性別心理而言，又往往跟『菲勒斯』強權社會對女演員的禁絕有關。在歐洲，莎士比亞劇作中的女角色通常都是讓年輕的男孩來扮演，便是因爲伊麗莎白時期英國禁止女演員上臺表演而造成的。既然如此，從發生學角度看，說『男扮女』或『男旦』這表演藝術自誕生起就跟性別歧視的社會觀念有著不解之結，想必無人提出異議。」〔註56〕縱觀世界戲劇中廣泛存在的反性別扮演的原因，確非性別歧視一端所能盡釋。例如西方歌劇中的閹人——以閹割的男子扮演女人，其原因在於女演員的肺活量不及男性，一些高音唱不上去。很顯然，此處的以男扮女並非社會歧視的社會問題而是一個單純的藝術問題。此外，論者們的立論範疇往往多限定在晚明以降的崑曲及花部的表演，但男扮女裝不僅僅是晚明以降獨有的藝術形式，其歷史淵源甚爲久遠，如果不能全面考察歷史上的反性別扮演現象很有可能陷入以偏概全的常見誤區，而錯把部份當作全體，立論自然會有偏頗。

相反，我們若對早期戲曲中的反性別扮演能作出合理的闡釋也許會多一些寬容的態度，更接近於心平氣和的學術討論。蔡家琪將反性別扮演的研究與薩滿教的儀式聯繫起來，他認爲：「巫以女性爲多，神靈爲女性的也不少。即使是男子充任巫職，也往往要男扮女裝、男作女態、男言女聲。這並非偶然，說明巫師與薩滿的出現和母系氏族社會有密切聯繫。」〔註57〕但這種說法受到葉舒憲的質疑：「用母系社會來解釋似論證不足，不然的話，中國歷史上源遠流傳的宦寺傳統豈不也成了母系制的遺產？」葉先生進而以爲，男扮女裝的「實質不在於性別的逆轉，而在於兩性差異的抹殺消解，亦即達到中性化的『中人』」。〔註58〕實際情況是否眞的如此？如果眞是這樣，爲什麼要抹殺兩性差異？如果事實不全如此，是否說明男扮女裝現象還有不爲人知的更深層次的原因？

〔註56〕 李祥林：《性別文化學視野中的東方戲曲》，香港天馬圖書有限公司 2001 年版，第 75 頁。

〔註57〕 科浦主編：《薩滿教研究》第 7 章，上海人民出版社 1985 年版，第 141 頁。

〔註58〕 葉舒憲：《詩經的文化闡釋》，湖北人民出版社 1994 年版，第 349 頁。

　　啓發筆者重新思考這一命題的原因是節日泛戲劇形態中大量存在的反性別扮演現象。誠如康保成所言，元宵社火（此指廣義社火，包括後出之秧歌、採茶、花鼓）的基本特徵是童子化妝、男扮女裝。〔註59〕那麼，元宵社火的裝扮形式與早期南戲中普遍存在的男扮女裝會是一種怎樣的關係？另外，北宋之前雖有扮假婦人的現象，但女性的本色扮演也不少見。唐末宋初，生、旦作爲語彙已見諸文獻。至南宋中後期，旦色業已形成，元代女旦已成戲曲主流。然歷宋、元、明、清，直至民國，相關文獻記載顯示，元宵社火表演仍主要是男扮女裝。明代中葉以降，戲曲几成爲全社會的主要娛樂方式，它也全面介入了大眾的精神生活。以常理揆之，戲曲的腳色體制定會對社火表演產生影響。但元宵社火爲何固執地「因循守舊」，仍堅持著男扮女裝的形式？

一、節慶中的男扮女裝

　　以男扮女裝慶祝元宵的較早記載是《隋書·音樂志》：

> 每歲正月，萬國來朝，留至十五日，於端門外，建國門內，綿亙八里，列爲戲場。……其歌舞者，多爲婦人服，鳴環佩，飾以花毦者，殆三萬人。初課京兆、河南製此衣服，而兩京繒錦，爲之中虛。〔註60〕

> 都邑百姓每至正月十五日，作角抵之戲，遞相誇競，至於靡費財力，上奏請禁絕之……人戴獸面，男爲女服，倡優雜技，詭狀異形。〔註61〕

唐人多載燃燈之俗，不見反性別扮演的記載。南宋吳自牧《夢梁錄》卷一載元宵風俗云：「官巷口、蘇家巷二十家傀儡，衣裝鮮麗，細旦戴花朵肩、珠翠冠兒，腰肢纖嫋，宛若婦人。」對於此則材料中提到的「細旦」，學界大致有四種看法：周貽白《中國戲劇與傀儡戲影戲》認爲：「細爲『細膩』之意，與『粗蠢』爲對比，故另有『粗旦』，藉以別其妍媸。」〔註62〕劉曉明則認爲：「『細旦』之『細』主要指『細幼』，『粗』爲『粗壯』之意。因爲『細旦戴花朵肩』即『細旦』被架在大人肩膀上，可見當爲女童。」〔註63〕而黃天驥與

〔註59〕康保成：《儺戲藝術源流》，廣東高等教育出版社2005年版，第64頁。

〔註60〕〔唐〕魏徵等：《隋書》志第十，中華書局1973年版，第381頁。

〔註61〕〔唐〕魏徵等：《隋書》列傳第二十七，中華書局1973年版，第1483頁。

〔註62〕周貽白：《中國戲曲論集》，中國戲劇出版社1960年版，第69頁。

〔註63〕劉曉明：《雜劇形成史》，中華書局2007年版，第272頁。

康保成卻不這樣以爲。黃天驥在引述了這則材料後說：「妲是扮演女性人物的演員，即所謂『弄假婦人』之屬。」〔註64〕康保成採取的是一種聯想式的解釋：「此處言以傀儡裝扮婦人，令我們想起秧歌舞隊中的童子化妝、男扮女裝。秧歌的這種形式，當與傀儡戲有傳承關係。《武林舊事》卷二在『元宵』條後載有『舞隊、大小全棚傀儡』，其名目有：「粗旦、細旦、夾棒、男女竹馬、男女杵歌、河東子、瞎判官、劃旱船、抱鑼裝鬼、村田樂、鼓板、耍和尚、貨郎等。這與盛大的秧歌舞隊，幾乎沒有什麼不同。」〔註65〕

上述四種說法，周說與劉說雖異，但基本上認可細旦乃女性，只是對「細」具體何解存在分歧。劉曉明之所以認爲是細旦是女童，乃是基於將婦人當作成年婦女來解釋，女童經過一番打扮，「珠翠冠兒，腰肢纖嫋」，像一個成年婦女一樣。據《都城紀勝》之《瓦舍眾伎》篇，可知宋時傀儡名目有藥發傀儡、懸絲傀儡、杖頭傀儡、水傀儡和肉傀儡。此處言傀儡當爲肉傀儡。所謂肉傀儡，據耐得翁自注，乃「以小兒後生輩爲之」。目前，肉傀儡表演形式儘管有一些爭論，但大體是以大人托舉小孩，模仿木偶動作。

稱細旦爲女童的說法似受到孫楷第先生的影響，孫楷第先生引證《夢粱錄》諸書，推斷肉傀儡爲街市樂人三五成隊，「擎一兒女童舞旋、唱小詞的荒鼓板」，其形態爲「方女童之舞，擎者當隨其勢，自下助之」。然孫先生亦未遽斷肉傀儡定爲女童，而只是稱「所謂肉傀儡以小兒後生輩爲之」、「大人擎小兒歌舞」。〔註66〕另外，就南宋所見的材料看，旦角均爲男旦，即男扮女裝。如，南宋周密《武林舊事》卷四在記「雜劇三甲」有「劉景長一甲八人」的角色及職能分配時最先提到了旦腳：「戲頭李泉現，引戲吳興祐，次淨茆山重、侯諒、周泰，副末王喜，裝旦孫子貴。」孫子貴顯係男優之名，搬演「裝旦」，則爲男扮女裝無疑。同書卷十記有「雜扮（紐元子）」的演出伶人：「鐵刷湯、江魚頭、兔兒頭、菖蒲頭、眼裏喬……鄭小俏、魚得水（旦）、王道泰，王壽香（旦）、厲太、顧小喬、陳橘皮、小橘皮、茱市喬、自來俏（旦）。」其中「魚得水」、「王壽香」、「自來俏」三人名下注「旦」，說明他們同屬男扮女裝的男藝人，否則用不著單獨標出。現存最早的劇本《張協狀元》第三十五齣有王貧女與淨、末的一段插科打諢中透露出旦色爲男扮女裝：（旦）：萬福！

〔註64〕黃天驥：《「旦」、「末」與外來文化》，《黃天驥自選集》，廣東高等教育出版社2003年版，第96頁。

〔註65〕康保成：《儺戲藝術源流》，廣東高等教育出版社2005年版，第65頁。

〔註66〕孫楷第：《傀儡戲考原》，上雜出版社1952年版，第52～55頁。

（淨）且是假夫人……（旦）奴家是婦人。（淨）婦人如何不紮腳？（末）你須看他上面。（淨）又看上頭上面。（末）養熟狗兒。可見，南宋宮廷雜劇與民間戲文演出時女演員不扮演女角色，卻由男演員來裝演。再者，肉傀儡出現在萬眾巡遊、喧囂嘈雜的元宵節，不可能僅以精細的聲腔從聽覺上打動觀眾，而更可能會以出人意料的裝扮從視覺上吸引觀眾眼球。很明顯，「以男扮女」比「以小扮大」更符合當時的實際情況。再者，從「宛若婦人」一語來看，若言女童則顯係畫蛇添足，據上下文，與其將「婦人」解釋為與女童相對應的成年女子，不如將其視作性別意義上與男性相對應的女性。那麼，此條記錄可解為，細旦為男童所扮，經過一番打扮之後，表演者不再以自身本來的面目出現，而是以「宛若婦人」的形象呈現在觀眾面前。此說即童子化妝、男扮女裝。由此可見，黃天驥、康保成的理解是正確的。

同理，後來周密《武林舊事》卷二「元宵」「舞隊、大小全棚傀儡」所列粗旦、細旦也是男扮女裝的形式。與上述三則材料中的反性別扮演一脈相承，明、清、民國的史料與方志中關於元宵習俗中男扮女裝的記載比比皆是。清代李斗《揚州畫舫錄》裏曾提到揚州上元花鼓，「扮昭君，漁婆之類，皆男子為之」。〔註67〕楊賓《柳邊紀略》：「上元夜……以童子扮三四婦女，又三四人扮參軍」。〔註68〕道光年間的《修仁縣志》載：「自初十至既望，民間競尚龍燈，或令童子改扮女裝」。〔註69〕光緒五年《新寧州志》言廣西寧州風俗：「自初十至十六日，村人或以童男數人演扮女裝，乘夜到鄉等處，提燈鳴唱採茶歌。」據光緒廿七年（1901）《申報》報導，浙江寧波每年元宵賽燈遊行，特別遴選五位俊男子，「裝束如美女，高騎駿馬」。民國二十二年《同正縣志》載：「採茶則用五六人，男扮女裝……花鼓，則用男扮女裝四人……」又，1925年《安塞縣志》：「元宵……男裝女，扮如雜劇，鳴鑼擊鼓，兼唱春詞。」民國四川《雲陽縣志》載：「（上元），復有車燈，飾童子為女妝立紙車中……」民國四川《合江縣志》載：「上元最令人軒渠者為花燈，昔稱『車車燈』。以男扮女，項黃腰大……」在湖北東湖，「元宵張燈，……有少年數十輩飾女裝，攜籃負簍作採茶狀，且唱且採，歷親友家」。今天北方流行的秧歌小戲《箍漏

〔註67〕〔清〕李斗：《揚州畫舫錄》，山東友誼出版社2001年版，第233頁。
〔註68〕〔清〕楊賓：《柳邊紀略》，《叢書集成初編》第3115冊，中華書局1985年版，第68頁。
〔註69〕丁世良、趙放：《中國地方志民俗資料彙編·中南卷》，書目文獻出版社1991年版，第1022頁。本節所引地方志資料，除特別注明外，均出自《中國地方志民俗資料彙編》。

和王大娘》也採取男扮女裝的形式。

二、男扮女裝與童陽驅儺習俗

　　男扮女裝可以追溯到西周末年。韋昭說：「侏儒、戚施、皆憂笑之人」，〔註70〕這些男性優人，如需模仿女性，就要用男扮女裝的方式。三國時期，則有男優郭懷、袁信扮《遼東妖婦》，《隋書》卷十四《音樂志中》載：「及宣帝即位，而廣召雜伎，增修百戲。……好令城市少年有容貌者，婦人服而歌舞相隨，引入後庭，與宮人觀聽。」〔註71〕唐時，社會上出現了一批「弄假婦人」的著名藝人，段安節《樂府雜錄·俳優》云：「武宗朝有曹叔度、劉泉水，鹹淡最妙；咸通以來，即有范傳康、上官唐卿、呂敬遷等三人弄假婦人；大中以來有孫乾、劉璃瓶，近有郭外春、孫有熊。僖宗幸蜀時，戲中有劉眞者，尤能。」〔註72〕唐無名氏《玉泉子眞錄》載：「崔公鉉之在淮南，嘗俾樂工集其家童，教以諸戲。一日，其樂工告以成就，且請試焉。鉉命閱於堂下，與妻李氏坐觀之。童以李氏妒忌，即以數童衣婦人衣，曰妻曰妾，列於旁側。」〔註73〕可見，唐代社會上曾盛行男扮女裝之風。

　　但歷史上也不乏女優的本位表演。《禮記·樂記》云「今夫新樂，進俯退俯，姦聲以亂，溺而不止；及憂侏儒，獶雜子女。」孔《疏》：「獶雜，謂獼猴也，言舞戲之時，狀若獼猴，間雜男子婦人。言似獼猴，男女無別也。」〔註74〕女樂在春秋戰國時代開始就已經出現了，而且成為古代樂官制度的一個重要組成部份，史上耽於女樂的諸侯與皇帝也不少見，女樂之所以盛於宮廷，可以在於她們既有較高的音樂歌舞表演水平，也與女樂能以色相娛悅人主不無關係，秦代以後，不僅宮中蓄有女樂，而且貴族與富戶也將欣賞女性歌舞視為人生一大享受，就連一代大儒馬融授徒之時也「後列女樂」，甚至連景樂寺這些清修之地也是「常設女樂」。唐時，除了歌舞表演的女樂外，俳優雜戲中也有女性扮演。《教坊記》載唐代演《踏謠娘》：「今則婦人為之，遂不呼郎

〔註70〕左丘明：《國語》，上海古籍出版社1988年版，第533頁。
〔註71〕〔唐〕魏徵等：《隋書·音樂志》，中華書局1973年版，第230頁。
〔註72〕中國戲曲研究院：《中國古典戲曲論著集成》第一冊，中國戲劇出版社1959年版，第49頁。
〔註73〕〔元〕陶宗儀：《說郛三種》第五冊，上海古籍出版社1988年版，第2142～2143頁。
〔註74〕〔清〕阮元校刻：《十三經注疏》，上海古籍出版社1997年版，第1540頁。

中，但云阿叔子，調弄又加典庫，全失舊旨，或呼爲談容娘，又非。」〔註75〕
女演員以本位表演奪回了爲男扮女裝所侵佔的領地，而且還能擴大自己的地
盤，本該是男性演員自己扮演的角色，也被她們部份地「掠奪」過來了。「女
樂至唐代規模較備」，「大中女樂可以上擬開天，而高冠方履，褒衣博帶，必
使女飾男裝者，開後世女伶雜扮生、淨腳色之例」。〔註76〕《舊唐書·高宗紀》
載：「龍朔元年，皇后請禁天下婦人爲俳優之戲，詔從之。」〔註77〕這則材料
反映當時婦人演俳優戲的盛況，以至於需要國家干預才行。唐代范攄《雲溪
友議》中也有女優劉採春與男優周季崇、周季南同臺演出的記載。唐代女樂
的大盛北宋勾欄瓦舍的興盛與發展使得大量女性湧入雜劇表演的行當中，就
弟子雜劇、路岐雜劇而言，弟子即妓女代稱，自然爲女性演員；路岐雜劇是
以家庭爲單位的樂戶進行搬演，也不乏女性演員。甚至可以說，宋金院本、
雜劇的演員，主要是女優。董每戡《說劇·說女演員》中明確指出，女優是
宋金雜劇的主要扮演者。從文物資料看，《宋雜劇丁都賽雕磚》的丁都賽，南
宋絹畫《眼藥酸》的兩個演員和《洪洞明應王殿元雜劇壁畫》的忠都秀，都
是女演員。而元代，女演員更是風靡舞臺，彼時女旦藝術已經成熟並日趨精
妙。元代夏庭芝《青樓集》所載的有名有性的女優就有 120 人，這些人可以
稱爲當時演藝界的明星。

　　儘管男扮女、女扮女、女扮男等現象異常複雜，其原因也非三言兩語可
以說清。但我們可以發現兩條帶有規律性的現象：一是就目前所見材料，南
宋雜劇均爲男扮女裝，這種現象如何解釋？二是社火與戲曲本來就有千絲萬
縷的聯繫，兩者之間的交流與借鑒也並不罕見，但爲何元宵社火在女旦藝術
成熟後的元明清仍以男扮女裝爲主？

　　對於前一問題，徐筱汀《釋末與淨（續）》如此解說：「南宋曾經紹興、
乾道間兩次蠲省教坊樂部以及罷去小兒隊、女童隊，因此宮廷表演雜劇的時
候，凡遇女性腳色不得不改由男扮女裝的『旦兒』們去承乏了。」〔註78〕這
種說法至少有兩方面值得懷疑：首先，雖然南宋有撤鈞容直、廢置教坊之舉，
但並不表明南宋宮廷已經完全沒有藝人的表演，只不過是精簡了機構，減少

〔註75〕中國戲曲研究院：《中國古典戲曲論著集成》第一冊，中國戲劇出版社 1959
　　　年版，第 18 頁。
〔註76〕邵茗生：《續女樂源流記》，《劇學月刊》，1934 年 3 卷 3 期。
〔註77〕〔後晉〕劉昫等：《舊唐書·本紀第四》，中華書局 1975 年版，第 82 頁。
〔註78〕徐筱汀：《釋末與淨（續）》，《新中華》，復刊第三卷 11 期，第 98 頁。

了從業人員而已。這些被優化組合掉的從業人員，難道就一定都是女性，以至出現宮中無女性演員的狀況？再者，誰又能保證宮廷從外面臨時雇傭的藝人一定都是男性，所以在演雜劇時不得不男扮女裝呢？其它所謂受宦者演戲影響、胡人風習影響同樣不足以令人信服。

筆者以為，這一問題若從節日風俗的角度加以考察則能提供滿意的答案。恰如王寧所論：「宋代以前所謂裝旦，有相當一部份是由男性來承當的。具體的扮演場合，又大致可別為兩類：一是出於規範化需要而周期性發生，如祭祀和節令演出等。這類扮演因為其活動背景的民俗性質而較穩定、持續。漢代的祭祀和隋朝節令中的『男為女服』，均屬此列。」〔註79〕南宋宮廷的演劇不同於前朝的地方在於，由於只剩下半壁河山，南宋君臣似乎對於前朝大興的音樂歌舞有著本能的恐懼，在他們裁撤音樂機關的背後是用樂頻率的大大減少。李心傳《建炎以來朝野雜記》提到高宗生日天申節，孝宗問計於宰相湯鵬舉是否需要重新設置教坊這一機構：「一歲之間，止兩宮誕外，餘無所用，不知作何名色？」「止兩宮誕，餘無所用」卻不經意地透露出一個信息，南宋只是在非常重要的節日才有演出雜劇之舉，因此，其演出就可歸入王寧所論的「祭祀」與「節令」場合。那麼，只要弄清楚祭祀與節令場合為什麼要採用男扮女裝的形式，南宋宮廷採用男扮女裝的問題就可以一併解釋。

懂得了起源便懂得了本質，原型批評理論啟發我們：欲弄清節令期間的男扮女裝這一文化現象必須在深廣的歷史背景中首先對元宵作溯本求源的探查，通過知識考古，看看元宵最初的功能到底何指，以及這一節日到底凝聚和沉澱了何種文化心理。

元宵的起源，流傳最廣的說法為漢代祭祀太乙神，現已為學界所否認。日本學者森鹿三、中村喬以大量材料證明元宵起源於遠古人類過節時以火驅邪，而此後的元宵燈俗不僅有照明的功用，還具有宗教上的意義，即用燈光被災禳邪。〔註80〕這就將元宵的起源推向更為久遠的年代並與原始宗教觀念結合起來，也使我們想到中原大地曾廣泛存在過的驅鬼儀式：儺。因為儺的核心功能就是驅鬼逐疫。王秋桂也認為元宵最初為袚除不祥，他在考察唐代以前的元宵節風俗後得出結論：「在這一節日的早期演變過程中，它吸收了新年前後從大儺

〔註79〕 王寧：《宋元樂妓與戲劇》，中國戲劇出版社 2003 年版，第 84～85 頁。
〔註80〕 參見日本森鹿三《正月十五的習俗》《東方學報》京都二二，中村喬《十五日的風習與燃燈之俗》載《中國歲時史研究》，朋友書店，1993 年。

到立春的一些求吉祈福、袪災袚邪、迎新去舊的習俗。」〔註81〕此說有理，理由有三：首先，從精神源頭看，相比於祭祀，儺無疑是一種更爲古老的原始宗教文化習俗，更接近我們所要探求的源頭，儺可變爲祭，可變爲禮，可變爲戲，相較而言，儺是源，而祭是流。可以認爲，祭祀太乙神遠在驅祟逐疫儀式之後。其次，元宵驅邪禳災觀念已作爲集體無意識，作爲民族的記憶與一種精神原型在後世保留下來，從明清方志的記載，我們還可以清晰地尋找到人類早期社會生活的遺跡，儺的觀念依然是深入人心。略舉數例：明嘉靖《池州府志》云：「逐疫（凡鄉落自十三至十六夜，同社者輪迎社神於家，或踏竹馬，或肖獅象，或滾球燈，妝神像，扮雜戲，震以鑼鼓，和以喧號，群飲畢，返社神於廟。蓋《周禮》逐疫遺意。」乾隆十八年《博山縣志》云：「十五日，放燈三夕，各街路起綵棚，扮演鄉儺」清同治十年《樂昌縣志》：「扮魑魅侏儒之像，以衣飾相麗，沿市婆娑，類古之儺者。」清光緒三十年《峰縣志》：「上元燈火，唐代尤盛，至今沿而爲之。鄉村亦多竹馬，秧歌諸戲，金鼓喧鬧，蓋有鄉儺之微意焉。」再有，元宵節的驅邪逐疫內容在一些地方現在仍可看到。江蘇興化地區元宵時要點上火把，到田間場院歡歌跳舞，這明顯帶有以火打鬼之意。

明白了元宵儀式最初功能，就可知道爲什麼元宵社火舞隊中多以童子爲主，童子在整個儀式擔當著何種角色，他們與驅儺的侲子是怎樣的關係，宋代元宵舞隊爲什麼會是傀儡的形式等諸多問題。

先看驅儺中的一類人群：侲子。《後漢書・禮儀志》云：「先臘一日，大儺，謂之逐疫。其儀：選中黃門子弟年十歲以上、十二以下，百二十人爲侲子」。〔註82〕《隋書・禮儀志》記載的北齊大儺，侲子數達二百四十人。唐五代宮中驅儺，亦用侲童。段安節《樂府雜錄・驅儺》云：「侲子五百，小兒爲之。衣朱褶、素襦，戴面具。以晦日於紫宸殿前儺，張宮懸樂。」〔註83〕洎乎宋代，侲子雖從宮廷儺儀消失，但卻活躍在民間巫風儺俗中。宋蘇軾《荊州》詩就有「爆竹驚鄰鬼，驅儺逐小兒」〔註84〕之句。

〔註81〕 苑利：《二十世紀經典文存・民俗卷》，社會科學文獻出版社 2002 年版，第 258 頁。

〔註82〕 〔宋〕范曄：《後漢書》，中華書局 2007 年版，第 931 頁。

〔註83〕 中國戲曲研究院：《中國古典戲曲論著集成》第一冊，中國戲劇出版社 1959 年版，第 44 頁。

〔註84〕 北京大學古文獻研究所：《全宋詩》卷七八五，北京大學出版社 1993 年版，第 9097 頁。

　　再看元宵中的童子扮演狀況：吳震方《嶺南雜記》載潮州燈節「《採茶歌》尤妙，麗飾姣童爲採茶女，每隊十二人或八人，手挈花籃，進退而歌。」〔註85〕《平越直隸州志》載河北風俗：「正月十三日前，城市弱男童崽飾爲女子，裝雙鬟，低射翠，服鮮衣，半臂拖繡裙，手提花籃燈，聯袂緩步，委蛇而行，蓋假爲採茶女，以燈作茶筐也。」民國山東《萊陽縣志》：「（上元）小兒陳百戲，演雜劇，鳴簫鼓，謂之『秧歌』」。清道光二年《大竹縣志‧歲時風俗》載：正月十五「童子扮演歌舞，慶祝太平，又放花筒爆竹，謂之鬧元宵」。

　　爲什麼元宵社火中總是會出現童子？很明顯，他們只是侲子的變異，即侲童的另一種形態。清嘉慶《壽光縣志》對此說得明白：「或子弟戴鬼面，舞彩棒相戲於庭，蓋古儺之遺意，即《漢書》所謂逐疫用侲子也。」

　　我們知道，商周儺儀中驅鬼逐疫的主角是「蒙熊皮、黃金四目、玄衣朱裳、執戈揚盾」的方相氏，也知道早期儺儀中的方相氏實爲巫覡所扮。但爲什麼漢時又變成侲子了呢？

　　借用《國語》的觀點，男覡女巫，應是「民之精爽不貳者」，並且「又能齊肅衷正，其智慧上下比義，其聖能光遠宣朗，其明能光照之，其聰能聽徹之。」〔註86〕對神職人員的要求非常高。孔子對「鄉人儺」的態度是「朝服而立於阼階」，態度相當恭敬，可以想見從事逐除的神職人員的崇高地位。但隨著史官文化對巫官文化的取代，巫覡地位下降，他們淪落民間，成爲半農半巫、半醫半巫、半優半巫的社會角色，其身份不再神聖、品類愈加駁雜。《論語‧子路》篇中孔子曾引南人話語：「人而無恒，不可以作巫醫。」雖爲一句俗語，但亦可推知當時可能已有無恒之人充當巫醫了，巫醫群體已變得不太純粹。王書奴先生也力證殷、楚女巫已有巫娼。〔註87〕顯然，巫娼很難以適應神聖宮廷儺儀的需要，必待新的群體出現取而代之。而作爲貴族後裔的黃門子弟顯然更符合「民之精爽不貳者」的要求。此外，選擇童子驅儺，還與陰陽觀念興起有關。驅鬼辟邪其實只是一種象徵儀式，展示的是觀念形態的正義對邪祟的戰勝。按照陰陽觀念，鬼屬陰，童子屬陽。王充云：「陰氣逆物而歸，故謂之鬼」，又云「世謂童子爲陽，故妖言出於小童。童、巫含陽，故

〔註85〕〔清〕王錫祺：《小方壺輿地叢鈔》第九帙，西泠印社 1985 年版，第 191 頁。

〔註86〕左丘明：《國語》，上海古籍出版社 1988 年版，第 559 頁。

〔註87〕王書奴：《中國娼伎史》，生活‧讀書‧新知三聯書店上海分店 1988 年版，第 21～22 頁。

大雩之祭，舞童暴巫。」〔註88〕這句話啓示我們：童子之所以能取代巫，是因爲他們身上含有令鬼魅懼怕的陽氣。直到今天，中南、西南一些地方的儺戲還被人們稱爲「陽戲」，也可見出以陽驅陰的觀念深入人心。

　　宋代元宵舞隊多以傀儡的形式展演也與驅鬼相關。傀儡本義，孫楷第先生已作過詳考，說明傀儡有奇崛壯盛義。眾藝並呈時，傀儡戲總是首先演出。《樂府雜錄》載傀儡「凡戲場必在俳兒之首也」。聯想到後世的淨臺之俗，傀儡居前乃因爲其有驅祟功能。回到前文所提到的《夢梁錄》、《武林舊事》的相關記載，對於《夢梁錄》卷一提到的「官巷口，蘇家巷二十四家傀儡」，何昌林先生曾大膽推測：「看來此巷原不姓『蘇』，而是成了『傀儡巷』才姓『蘇』的。」「扶蘇，又爲太古之神木，象徵童男，爲男性生殖之神，以之雕爲木偶，視之爲戲神，名之曰蘇相公，實有深意。」〔註89〕如此解讀蘇姓並非無因：古人認爲，男根具有驅鬼辟邪的功能，神木代童男正是男根崇拜的反映，這是用童陽驅鬼的深層原因，也正可應證筆者「細旦實爲男性而非女子」的推斷。因爲依陰陽觀念，禽獸之雄（牡）者屬陽，雌（牝）者屬陰；男人屬陽，女人屬陰。此外，傀儡戲來自喪俗，其功能本與驅逐不祥、禳災納吉的儺儀、儺舞相同，雖然在東漢末時用於賓婚嘉會，加進了滑稽調笑內容，但其宗教功能卻一直潛隨其中。著名的泉州提線木偶戲至今還保留著《目連救母》劇目，該劇多在中元節和喪葬儀式上演，有著明顯的驅祟功能。江西《宜春縣志》稱：「保六畜，驅瘟疫，多演傀儡戲。」江西《高安縣志》：「陽戲，即傀儡戲也，用以酬神賽願。」既然儺戲在一些地方被稱爲陽戲，傀儡戲也可以稱爲陽戲，兩者的功能應相差無幾，傀儡出現在元宵節令也就不足爲怪了。

　　傀儡戲發展到宋代，不僅以木偶爲之，還出現了人偶。《武林舊事》記元夕舞隊名七十種，冠以「大小諸棚傀儡」總題，胡忌先生認爲「此七十種都是傀儡所演的」，「這些名目以傀儡形式或眞人扮演形式演出是不成大問題的，因爲有了眞人的扮演，傀儡（肉傀儡也好）模仿，其理極自然。」〔註90〕證之西湖老人《繁勝錄》，該書言禁中慶賞元賞，「每須有數火，或有千餘人者」，接著又列舉「全棚傀儡」名目，可知這些傀儡乃由眞人表演，即肉傀儡或雜傀儡。傀儡本有驅邪本意，又以童男爲之，加入了童陽因素，其驅邪逐

〔註88〕〔漢〕王充：《論衡》，中華書局1979年版，第1288頁。
〔註89〕何昌林：《中華戲曲》第15輯，山西人民出版社1993年版，第62～63頁。
〔註90〕胡忌：《宋金雜劇考》，古典文學出版社1957年版，第296～298頁。

崇之意也很明白。

三、男扮女裝在戲曲與節慶中的融合與分化

雖說童陽驅儺乃普遍的觀念，但漢代記載中，童女確實出現在祭儀和儺儀中了。如西漢祀太乙神，「使童男童女七十人俱歌」，李善也認爲漢代驅儺的「侲子」爲「童男童女」。〔註91〕且沒有證據表明這些童女是男童扮演。況且，神聖的祭典與放縱的娛樂本交織在一起是民間巫儺文化的顯著特點。元宵慶典總體上也是沿著驅鬼——娛神——娛人的線路發展。隨著社會發展、文明漸進，元宵儀式的巫術及宗教氣氛越來越淡，而娛樂性越來越強，女伎的歌舞也成爲元宵必不可少的活動。在此種語境中，社火爲何要男扮女裝？爲何還不斷堅持男扮女裝？

筆者以爲，雖然從歷時角度看，巫儺活動確實是不斷與百戲交融而漸失舊旨，（表現在元宵慶典上，則爲慶祝形式不斷豐富）但基於男根崇拜的童陽驅邪逐疫觀念卻沉澱下來，成爲多姿多彩的節日背後的精神內核。這恰恰體現了巫儺文化的二重性，恰如朱熹《論語集注》中所云「儺雖古禮而近於戲」。一方面，宗教活動有純粹與神聖的一面。就像明楊愼對漢代僞飾女妓的憤憤不平：「漢《郊祀志》祭郊時宗廟用僞飾女妓，今之裝旦也，其褻神甚矣。」〔註92〕楊愼的不滿自有其道理，戲曲演出時即使男女同臺，也被認爲有傷風化，宮廷民間不時搬演的帶有娛人性的酬神戲、廟會戲、慶祝戲，都不容身份賤而又賤的小女子隨意登臺衝撞、冒犯、褻瀆「神靈」，那麼女妓出現在嚴肅的祭祀場合著實有失體統，即便這不是眞女妓，而只是男子的僞扮。另一方面，宗教活動又往往以娛樂方式來呈現，而節日社火作爲一種廣場文化，不可避免地要加入了一些世俗趣味。這樣，就可以理解隋代元宵的一方面是「人戴獸面」，以儺面裝飾來驅鬼，一面又是「男爲女服」，出現了世俗的淫鄙調笑的內容。同理，我們再來看孟元老《東京夢華錄》「十二月」的記載：「自入此月，即有貧者三數爲一火（夥），裝婦人神鬼，敲鑼擊鼓，巡門乞錢，俗呼爲『打夜胡』，亦驅祟之道也。」裝神鬼驅祟不難理解，但裝婦人也可以驅除邪祟就有費解之處了，這應該是巫術因素與娛樂因素紐接在一起而尋找的巧妙的平衡。

〔註91〕 〔梁〕蕭統：《文選》，中華書局1977年版，第63頁。
〔註92〕 〔明〕楊愼：《丹鉛餘錄》卷十二，四庫全書本。

　　明乎此，就可以解釋早期民間戲劇和社火中的男扮女裝現象，它們應該同出一源。曾永義先生在分析戲曲劇種時，也曾指出「（小戲）劇種初起時女腳大抵皆由『男扮』」的事實，〔註93〕其原因大約也與社火男扮女裝的原因一樣。前舉《張協狀元》中旦為男扮，次要女性角色如張協之母，李大婆、店婆、張協之妹也由淨、丑男扮女裝。聯想到湖南新晃縣貢溪鄉的儺戲也是男扮女裝，雲南彝族保保人在每年 4 月跳儺時，也是由戴各種面具的男人裝男扮女，加之南戲發源於巫風儺俗極盛的江南，可以推測，《張協狀元》中的男扮女裝極可能與早期南戲的宗教功能相關。前已通過「囉哩嗹」證明南戲演出實含有驅邪逐祟之意，那麼其男扮女裝的表演形式就應該與儺戲中的男扮女裝在功能是應該是相同的。

　　周密《癸辛雜識》「禁男娼」條載，宋代男扮女妝者，「吳俗此風萬盛。」〔註 94〕古江浙一帶，風俗相近，其男扮女裝的功能，應與南戲相類。再來看同治《酉陽州志》的記載：「案州多男巫，其女巫則謂之師娘子，凡咒舞求祐，只用男巫一二人或三四人，病癒還願，謂之陽戲，則多至十餘人，生旦淨丑，靴帽冠服無所不具，僞飾女旦，亦居然梨園弟子。」男巫「扮生旦淨丑，僞飾女旦」，這與《張協狀元》中的做法相類，與《琵琶記》中的淨角兼飾蔡伯喈之母、牛姥姥、媒婆，丑角除扮演惜春外，也兼飾媒婆的扮演方式也何其相似。因此，可以說，早期南戲的特殊扮演方式在一些民間儀式劇中尚得以保留。

　　不過，本來同出一源的南戲與社火中的男扮女裝後來走上了不同的道路，出現了不同命運。經統治者的認可與提倡，文人們紛紛加入戲曲的創作，南戲逐漸脫離了社火香煙，踏上高門宅弟的紅氍毹，加之宮廷女樂、士大夫家樂繁盛，女旦的精緻的扮相與唱腔更令文人士夫的流連忘返，最初具有巫儺基因的男扮女裝幾乎蕩然無存，直至晚明男旦又重新興起，不過彼時已含有別樣的社會文化原因。不過，在沒有被文人化的原生態南戲中，仍然帶著頗具宗教意味的男扮女裝形式。都穆《都公譚纂》曾載東南民間南戲進京演出時的遭遇：「吳優有為南戲於京師者，錦衣衛門達奏其男裝女，惑亂風俗。英宗親逮問之。優具陳勸化風俗狀，上令解縛，面令演

〔註93〕曾永義：《戲曲源流新論》，文化藝術出版社 2001 年版，第 20 頁。
〔註94〕〔宋〕周密撰、吳企明點校：《癸辛雜識》，中華書局 1988 年版，第 109 頁。

之。」〔註 95〕可見，在明代中葉，都市中的上層貴族就已經對男扮女裝的意蘊不甚瞭解，進而產生了誤會。明代陸容《菽園雜記》卷十也說到了漸江民間戲曲：海鹽、餘姚、慈谿、黃岩、永嘉等地戲文子弟，「其扮演傳奇，無一事無婦人，無一事不哭，令人聞之，易生淒慘。此蓋南宋亡國之音也。其贋爲婦人者名妝旦，柔聲緩步，作夾拜態，往往逼眞。」〔註 96〕這也是文人沒有充分參與時南戲的質樸狀態，它的身上帶有更多的迎神賽會的宗教痕跡。而元宵社火的男扮女裝作爲一種泛戲劇形態，作爲民衆的娛樂方式，更不可能吸引文人的參與和改造，所以能在娛人的同時，能更穩定地傳承童陽驅儺的民俗內容。

其次，看看女優與旦在現實中的眞實身份，就會明白爲什麼宋之前有女優表演，宋之後戲曲旦色成熟，元宵社火卻不太理會，而仍堅持以男扮女裝爲主。

前引唐代范攄《雲溪友議》中女優劉采春本爲娼妓、北宋弟子雜劇的「弟子」亦指娼妓。至於從事流動演出的路歧，前人多以「賤者」「賤態」呼之，明顯爲下賤職業，有時路歧就是妓女的代名詞，蓋娼女雖賣笑風塵，而音樂歌舞亦是必備技藝之一。再看宋代的旦色，其最初所指爲聲伎，至南宋，又包括歌舞妓。大體看來，旦終歸不脫色藝事人。元代旦色的情況，據明代惠康野叟《識餘》卷二云：「元雜劇旦有數色，所謂裝旦，即今正旦也。小旦，即今副旦也。以墨點破其面謂之花旦，今惟淨丑爲之。而元時名妓，咸以是取稱。又妓李嬌兒爲溫柔旦，張奔兒爲風流旦。蓋盛國雜劇，裝旦多婦人爲之也，宋時雜劇名號，惟《武林舊事》足徵，每一甲有八人者，有五人者，有戲頭，有引戲，有次淨，有副末，有裝旦，五人者，第有前四色而無裝旦，蓋旦之色目，自宋已有之而未盛，至元雜劇多用妓樂，而變態紛紛矣。」〔註 97〕取主要記載藝人情況的《青樓集》對照，可知旦色主要、甚至專門由樂妓來扮演。有明一代，以娼爲旦的風氣也盛行不輟。這是戲曲女旦演員的發展狀況。

作爲儺儀之變的社火，應該傳承了一些約定俗成的規定，對於儀式的參

〔註95〕〔明〕都穆：《都公譚纂》卷下，《叢書集成初編》第 2899 冊，中華書局 1985 年版，第 49 頁。

〔註96〕〔明〕陸容：《菽園雜記》卷十，中華書局 1985 年版，第 124 頁。

〔註97〕《筆記小說大觀》第十二冊，江蘇廣陵古籍刻印社 1983 年版，第 288 頁。

與人員當有一定要求。雖乏直接材料支撐，但不妨以雩祭儀式作一類比，秦漢時雩祭是由六十四個童子歌舞，至北齊，條件略為放寬——「選伎工端潔善謳詠者」〔註98〕參加。祭祀人物身份雖發生了變化，但也提出了「端」、「潔」、「善謳詠」三點要求。其中「潔」這一點值得玩味，考慮到伶工並非禮法之士，此「潔」應針對道德品性及生活作風而言。這正好與前文引《國語》觀點相應證。還可以舉一個反面例證，明沈德符《萬曆野獲編》卷十四載嘉靖二十七年，「增設伶官左右司樂，以及俳長色長，鑄給顯陵供祀教坊司印。」〔註99〕作者載此，意在說明優伶俳官竟與陵祀接稱，這一做法太離經叛道，也足以令正統人士瞠目結舌。

女旦的實際身份決定了她們不可能出現在有驅祟除邪功能的元宵儀式上。因為作為民俗形態的元宵社火具有相對穩定性，即便是其外在形態由神聖整肅變為輕鬆調笑，但以陽氣驅除陰氣的核心的觀念卻歷代相沿不輟。儘管早期女巫「或偃蹇以象神，或婆娑以樂神」，在祭儀上能起到娛神的效果，後世作為巫之變的女優也曾在元宵節演唱戲曲娛人，那已近乎純商業演出和娛樂表演。而社火由民間發起，在滑稽調笑的背後，它更全面地保存了最初的原始宗教形態，其中所包含的驅儺觀念已成為一種集體無意識，根植於大眾心靈，故儘管旦角興盛，不潔的樂妓不太會被視作陽氣的代表而出現在社火隊舞中。即使要出現女性，各地多以女童代之——這大概也是漢代祀太乙神，儺儀中亦有女童的原因。

此外，作為年節期間儀式性表演活動的社火，除了具有儺儀功能外，後來又加進了勸農、祈年的迎春儀式功能。在東漢的迎春儀式中，就由童男充任主角，因為童男本身象徵著春天，春天為陽，男子也為陽。而且童男與春天都為少陽。春天與少男都與少陽相對應，所以在迎春儀禮中以童男作為春天的象徵。一個女子不會作為春天的象徵出現在迎春禮儀之中。〔註100〕秧歌社火中的令男童著女裝，很明顯地也是童陽迎春觀念與節日娛樂需求博弈後的一種妥協。

小結：本節主要討論節日社火與南宋宮廷雜劇、早期民間南戲中的男扮

〔註98〕 〔清〕張英、王士禎、王惔等：《淵鑒類函》卷一百七十二《禮儀部・請雨一》，中國書店 1985 年版，第 322 頁。

〔註99〕 〔明〕沈德符：《萬曆野獲編》卷十四，文化藝術出版 1998 年版，第 385 頁。

〔註100〕參見簡濤：《略論迎春禮俗的起源》，《民俗研究》1995 年第 4 期。

女裝現象，因爲南宋宮廷雜劇、早期民間南戲與節慶環境密切相關，它們採用男扮女裝的扮演形式在功能上與節日社火是一致的，都與陽氣驅邪的觀念相關。但是隨著戲曲之中娛樂要素的增加，以及文人介入的程度加深，逐漸背離了最初的宗教儀式，女性演員的本色表演得以確立，也迎合了欣賞者的審美習慣。而元宵社火主要作爲一種民俗形態，更穩定地傳承了童陽驅儺的原始觀念。

第三節　節日風俗與淫鄙表演

　　自戲曲誕生之日起，對其持否定性態度甚至主張禁絕的聲音就一直不曾斷絕過。最著名者，當爲朱熹的弟子陳淳。在《上傅寺丞論淫戲》中，陳淳痛陳迎神戲樂的危害，將社火戲樂活動視爲誨淫誨盜的洪水猛獸，主張一律禁止。他列舉了民間「淫戲」的八大罪狀，抨擊其「誘惑深閨婦女出外，動邪僻之思」、「曠夫怨女，邂逅爲淫奔之醜」。〔註101〕王利器輯錄的《元明清三代禁燬小說史料》中眾多禁戲提議與做法的心理動因大致也不出陳淳所論——戲曲本爲淫藝之物。

　　從戲曲作品內容看，道學家的指責也並非全無道理。劉壎《水雲村稿》中就曾對永嘉戲曲的特色以「淫哇」來概括。很多戲曲中也的確有一些或明或暗的不堪入目的內容，這些內容主要集中於淨丑的插科打諢中。茲舉數例：

　　《南詞敘錄》「宋元舊篇」有《朱文太平錢》戲文，久佚不傳，但仍保留在福建梨園戲「上路」傳統劇目中，有道光年間抄本，名曰《朱文走鬼》，其中有一段末丑在暗娼性質的茶店中打諢：

　　　　（丑）我卜共你做一記號。（末）卜再樣做記號？（丑）今那有上等人客來店，我來摸舌。（末）爾無因摸舌做也？（丑）爾未討二個摸舌茶，來請上客。（末）正是崔舌茶。（丑）呵，是崔舌？啥。（末）中等人客呢？（丑）中等人客，我來摸乳齊。（末）老姐，爾無因摸乳做也？（丑）爾去討兩個摸乳茶，來請人客。（末）正是乳茶。（丑）方，是乳茶，啥。（末）下等人客來上店呢？（丑）下等人客來上店，我來扐改邊（原注：扐改邊——抓私處）。（末）老姐，爾不管人客在處，爾亦敢扐改邊？（丑）爾未去討二個之（原注：之——女陰）

〔註101〕〔宋〕陳淳：《北溪大全集》卷四十七，四庫全書本。

毛茶來請人客。(末)正是紫毫茶。(丑)爾都不識見上路人說。(末)可怎說？(丑)說是支貌茶，支貌茶。(末)正是紫毫茶。(丑)方，是紫毫茶。(末)音同字不同。〔註102〕

《張協狀元》第十一齣，李大公要兒子小二送些豆腐、酒、米與貧女：

> 丑扮小二：「我一番見他在廟前立地，我便問他：貧女姐姐，你又怎地孤孤單單，我恁地白白淨淨底……。」第十二齣，(丑)我有些好事向你說。(笑)(旦)小二哥，有甚事？(丑)我有……。(笑)(旦笑)且說。(丑有介)(旦)有甚事？如何不說？(丑笑)我要說，又怕你打我。(旦)我不打你，你自說。(丑)我便說。(旦)你說。(丑)我爹和娘要教你與我做老婆。……(旦唾)打脊……(丑叫)好也！保甲，打老公！老婆打老公！

《宦門子弟錯立身》第二齣：

> (淨白)自家是老都管，吃飯便要滿。要我做皮條，酒肉要你管。舍人使喚我，請甚王金榜。相公若知道，打你娘個本。婦人剜了別，舍人割了卵。(末收介)(生)你且急去莫遲疑，我每等候在書幃。(淨)小姐若還不來後，你在床上弄僚兒。

《李太白匹配金錢記》第三折：

> (丑)便是這等，我與師父做了幾句口號。(淨云)你念與我聽。
> (丑云)我念你聽：這個先生實不中，九經三史幾曾通。自從到你書房內，字又不寫書懶攻。日日要了束脩禮，我看他獨言獨語似魔風。每日看著你家後廳哭，他敢要入你姐姐黑窟籠。

即便是湯顯祖的不朽巨著《牡丹亭》，其中的科諢運用，也屢見情色暗示，如第34《詗藥》，陳最良與石道姑一段對話：

> (石)：這兩塊土中甚用？〔末〕是寡婦床頭土。男子漢有鬼怪之疾，清水調服良。〔淨〕這布片兒何用？〔末〕是壯男子的褲襠。婦人有鬼怪之病，燒灰吃了效。〔淨〕這等，俺貧道床頭三尺土，敢換先生五寸襠？〔末〕怕你不十分寡。〔淨〕啐，你敢也不十分壯。

而第17齣《道覡》，石道姑更是以長達1700餘字的《千字文》敘說了一段夫妻之道、自嘲生理缺陷，多用猥褻之語。

　　諸如以上的內容在中國古典戲曲中不勝枚舉，這些內容在整個戲曲結構中

〔註102〕吳捷秋校注：《朱文走鬼》，《南戲遺響》，中國戲劇出版社1991年版，第65頁。

處於什麼地位？很顯然，上述內容多為副末、副淨或丑引人發笑的插科打諢、滑稽諧謔的場次並不是全劇情節的有機組成部份，將他們從劇本中刪去或者加以改動，根本不會影響到劇情的完整，也對全劇的主旨不會產生任何影響。事實上，臧晉叔因無法忍受石道姑拿兩性關係說事來博取觀眾廉價掌聲的做法，在《牡丹亭》改本中將這段自白盡數刪去。再如，明嘉靖姑蘇葉氏刻本《影鈔新刻元本王狀元荊釵記》第十七齣《春試》講士子應試，試官為丑角扮演，考試內容為對對子。試官出的試題為：「秤直鈎彎星朗朗，知輕識重。」淨對：「磨圓臍小齒楞楞，吞粗出細。」「雙人枕上行雲雨，夫和妻柔。」「一床被底多風月，弄出兒孫。」這段對話也充滿著情色的暗示，但在《荊釵記》後出的版本中，試官改由外腳扮演，考試內容則改為四書五經中的篇目，也沒有影響到劇情的完整。既然如此，我們要繼續追問劇作家為什麼要編進這些游離於主幹劇情之外的淫褻之語？我們知道，《荊釵記》影鈔本的情節可能承自宋元舊本，它更接近於宋元時代演出的原貌，可以視作探究宋元民間趣味的活標本，而湯顯祖《牡丹亭》也出於對民間趣味的尊重，在以情抗禮的嚴肅主題下，也以遊戲之筆雜糅了大量令士大夫無法接受的民間戲劇的內容，〔註103〕而臧氏對第十七齣所作的修改，恰恰反映了文人趣味與民間趣味的對立。

民間戲曲往往依託於迎神賽會的宗教環境，如，作為南戲發源地的永嘉縣，俗好鬼神，「迎神賽社，其來尚矣」，「每歲元夕後，戲劇盛行。雖延過酷暑，弗為少輟。如府縣有禁，則詫為禳災賽禱，率眾呈舉。」〔註104〕既然迎神賽會是中國戲曲生成和生存的主要方式，若想對這種民間趣味作出合理的闡釋，也應將其放在迎神賽會的節慶背景中去考察。事實上，淫鄙特色總是與民間的娛神樂神緊密結合在一起。宋代，江南一帶常「以傀儡樂神，用禳官事，呼為弄戲。遇有係者，則許戲幾棚，至賽時張樂弄傀儡……至弄戲則

〔註103〕一般以為，湯顯祖的劇作有很重的文化貴族氣息，表現的是文人特殊的審美趣味以及對大眾文化的拒斥態度。這一廣為大家所接受的觀點卻解釋不了為何《牡丹亭》中有大量情色描寫的事實。近來，已有學者認識到過去絕對化論述的不可靠，而採取了比較通融的言說方式，如徐朔方《湯顯祖與崑曲》一文指出湯顯祖是為宜黃腔寫作，該劇實乃供場上演出之本。（《文藝研究》2000年第3期）另，程芸在對湯氏寫作「四夢」的時間與地點進行深入考察後也指出：「不能否定湯顯祖寫作戲曲文本時，有意識地適應乃至迎合『宜伶』舞臺習慣的可能。」參見程芸：《湯顯祖與晚明戲曲的嬗變》，中華書局2006年版，第190頁。

〔註104〕〔明〕姜準：《歧海瑣談》卷七，民國25年鉛印本。

穢談群笑，無所不至，鄉人聚觀。」〔註105〕而在晉東南明清迎神賽社祭儀中的院本中，淫藝的表演也赫然在目：院本《鬧五更》有兩個人物，一個叫付牧（副末），一個叫老張。副牧向老張講述了這樣一個故事：一個老秀才與一個老媽子相好，後來老媽子不想接老秀才了，就把他拒之門外。老秀才從一更天到五更天，鬧了一夜，每更唱一支曲子，依次表現了敲門、撥門、上炕、擁抱、結合的經過。副牧歌唱時，老張手執檀板不時插科打諢。最後，兩人猜了幾段謎語，謎面聽起來很「葷」，但謎底卻很「素」，叫做「葷謎素猜」。在今天的山西潞城縣、長子縣一帶的民間賽社，到了晚上有演所謂「諢戲」。演「諢戲」時，不讓女人在場，廟門緊閉。為了不褻瀆神靈，還得送走二仙奶奶的神牌，男神的神牌也得背轉過去，直到演完才將其復原。如有一齣《放牛》的諢戲，內容是兒子向父親要媳婦。〔註106〕

　　民間社會的組織結構、風俗習慣、宗教信仰、經濟基礎等因素共同構成的物質文化環境，是戲曲得以誕生和生存的土壤。這些要素中，節日又是戲曲賴以形成的重要時間載體，它本身也沉澱著一定社會歷史時期特定的意識形態與審美倫理，在節日期間上演的戲曲是否體現了這些意識形態與審美倫理？民間戲曲的這類表演既然與迎神賽會的節日關係如此密切，對於節日內涵的揭示就有助於我們深入認識民間戲曲乃至文人戲曲中為什麼會有這些內容的存在。涂爾幹歷史分析理論告訴我們：「每當我們從某個特定的歷史時期中選取與人類有關的某些事物，如宗教信仰、道德戒律、法律準則、美學風格或經濟體系並著手解釋的時候，必須追溯其最原始和最簡單的形式，盡力說明在那個時代標誌它的各種特徵，再進一步展示它是如何發展起來，如何逐步變得複雜起來，如何變成我們所討論的那個樣子的。」〔註107〕本文選擇以元宵為切入點，希望以民俗角度而不是先入為主的道德視角對這一現象作出新的解釋。〔註108〕前文已述，元宵社火的一大特徵是鄙俗穢嫚，作為社火

〔註105〕〔宋〕朱彧：《萍州可談》卷三，《守山閣叢書》，光緒十五年上海鴻文書局影印本。

〔註106〕李天生：《賽社實況採訪記》，《中華戲曲》第13輯，123頁。

〔註107〕〔法〕涂爾幹：《宗教生活的基本形式》，上海人民出版社1999年版，第3頁。

〔註108〕學者劉禎認為：與諧諢性相聯繫的是民間戲劇的猥褻性，所謂「戲子弄破鼓，老戲褻查某」，這是泉州民間的一種俚諺。「戲仔」媽小梨園七子班，「老戲」指大梨園，「查某」即女人。這不是一地一個劇種的情況，而是具有普遍性的。表現「性」與「女人」不只是趣味如何的問題，也是人的生理心理的本能需要，更應從文化意義上理解、疏導。包括古典名劇《西廂記》、《牡丹亭》等

高級形態的秧歌的一大特徵也是演出青年男女調情的內容,「詞甚鄙俚,備極淫褻」。〔註109〕元宵社火中的節目大膽出格、淫褻不堪,幾乎是公開的色情表演,在情慾二字諱莫如深的古代,這些足以使道德之士目爲傷風敗俗,然而不僅元宵的色情表演幾乎爲全社會所默許,社會甚至認可元宵是中國社會約定俗成的兩性交往和兩性開放的日子。社會上爲何允許此種淫鄙文化的存在?回答了這一問題或者也就可以理解脫胎於節慶儀式的戲曲中爲什麽會有大量的淫鄙內容。

一、也說郭郎、鮑老與大頭和尙

我們不妨從郭禿、鮑老與大頭和尙爲視角切入這一論題。

在宋代元宵慶典中,舞鮑老十分流行,它是社火中的一個常備節目。西湖老人《繁勝錄》記「親王慶賞元宵」,其中全場傀儡中就有「交袞鮑老」。周密《武林舊事》中舞隊「大小全棚傀儡」欄有「大小斫刀鮑老、交袞鮑老」。舞鮑老不僅是常規節目,而且參與人數眾多,《繁勝錄》載「福建鮑老一社有三百餘人」,「川鮑老亦有一百餘人」;據此我們推斷,其它地方的舞隊中舞鮑老也不會少。越明、清直至民國,元宵慶典裏仍可見到扮鮑老、舞鮑老的記載。明朱有燉《誠齋散套》有:「天棚樂,響雲霄,鮑老街前舞,鬼神見驚人。」「一壁廂舞鮑老,仕女每(們)打扮的清標。」寧波天一閣藏明正德刻本《瓊臺志》:「裝僧道、獅鶴、鮑老等劇。」〔註110〕清陳康祺《郎潛紀聞》卷十二:「元宵節前門燈市,琉璃廠燈市,正陽門摸釘,五龍亭看燈火,唱秧歌,跳鮑老,買粉團。」〔註111〕民國八年《聞喜縣志》:「舊曆元宵前一日至二十三,各村競鬧社火,所扮有「鮑老張翁,魚龍柳翠諸戲」。

從《繁勝錄》與《武林舊事》的記載可以得出如下結論:一、舞鮑老屬

都在所難免。這裡,「色情」構成整個戲劇的組成部份。新中國成立後,許多列入「糟粕」被禁演的民間即屬此類。對此,思想的批判、揚棄是必然的,但批判、揚棄不應取代文化歷史的詮釋,否則,歷史還有可能重現。見《目連與戲中國民間戲劇特徵論》,《民間戲劇與戲曲史學論》,國家出版社 2005年版,第 202~203 頁。

〔註109〕〔清〕徐珂:《清稗類鈔》第十一冊,中華書局 1984 年版,第 5067 頁。

〔註110〕丁世良、趙放:《中國地方志民俗資料彙編·中南卷》,書目文獻出版社 1991年版,第 1097 頁。本節所引地方志資料,如無特殊說明,均來自此書。

〔註111〕〔清〕陳康祺著、晉石點校:《郎潛紀聞》卷十二,中華書局 1984 年版,第253 頁。

於傀儡戲，傀儡戲是元宵社火舞隊中不可缺少的組成部份；二、舞鮑老雖爲傀儡戲，但並不是以木偶擬人，而是以人扮偶。人扮傀儡在古代並不罕見，如傳奇《鸚鵡洲》第六齣中戲班子表演了一段傀儡戲即由人演傀儡、摹擬傀儡動作，明代雜劇《眞傀儡》中也有「人妝的傀儡」。如《盛明雜劇》本《眞傀儡》：（社長上）……聞得近日新到一班偶戲作，且是有趣。往常間都是傀儡裝人，如今卻是人裝的傀儡，不免喚他來耍一回……」

　　說起傀儡，就會令人想到傀儡子的另一名稱：郭秃。郭秃是傳統傀儡戲（木偶戲）中常見的人物。現見最早記載爲北朝士大夫顏之推在《顏氏家訓・書證》中載：「或問：『俗名傀儡子爲郭秃，有故實科？』答曰：《風俗通》云：『諸郭皆諱秃。當是前代人有姓郭而病秃者，滑稽戲調，故後人爲其像呼爲郭秃，猶《文康》像庚亮耳。』」〔註112〕王國維、孫楷第、董每戡等都將《顏氏家訓》中這一文字記載奉爲可靠的考據，「後人爲其像」表明傀儡早期摹仿的是「郭秃」，也應是秃子的形象。康保成認定該材料中的秃當作童、郭秃當爲郭童，乃是一個年未弱冠的少年童子形象。〔註113〕翁敏華考察朝鮮郭秃閣氏劇，發現郭秃是個有一頭黑髮的女性，其病不在病秃，而在貌醜，且其丈夫本姓朴。翁敏華據此以爲「郭秃」兩字不能分開，而應讀作一個單詞。並以蒙古語、藏語、匈奴語的相關詞彙來證明郭秃可能爲阿爾泰語翻成漢語的音譯寫法。〔註114〕

　　產生分歧的原因在《風俗通》中的「當是」一語爲臆測語氣，也表明這只是口耳相傳的說法。細推之下，翁說爲以外證中，以今證古，考慮到朝鮮半島的傀儡戲是7～8世紀從中國傳入，而「郭秃閣氏劇」爲更晚的李朝時代作品，地域與時間的變化，郭秃髮生變異的可能性應該是有的，故以朝鮮郭秃爲黑髮女性來反駁前人似嫌牽強。而且，《風俗通》雖對郭秃來源不敢肯定，但「後人爲其像爲郭秃」爲眞實情況，說明至少北齊時郭秃是無髮的秃頭形象。

　　既然郭秃爲無髮的秃頭，而《風俗通》中「前代人有姓郭而病秃者」只是一推測之語，並不敢肯定，那麼，郭秃的秃頭形象是否還可能有其它原因呢？我們知道，儘管先秦時期已經有了土傀儡和木傀儡，山東萊西的西漢墓中還出現了懸絲傀儡，這些都表明傀儡及其操傀儡表演在我國由來已久，但

〔註112〕王利器：《顏氏家訓集解》，中華書局1993年版，第504～505頁。
〔註113〕康保成：《儺戲藝術源流》，廣東高等教育出版社2001年版，第275頁。
〔註114〕翁敏華：《中日韓戲劇文化因緣研究》，學林出版社2004年版，第203頁。

我國宋以前傀儡無固定寫法（又寫做窟礨、魁礨）且似一個複輔音，因此有些學者懷疑它是西域的譯名。此外，古印度也有傀儡表演（梵文 Sutraprota），其演出一般是在宗教活動中進行。許地山、董每戡據此認為傀儡戲來自印度。翁敏華根據《列子·湯問》與《生經·傀儡戲》內容的相關性及兩書成書時間均為漢至晉宋這一佛教大量東輸之時段，在綜合各種因素後指出，雖然不能肯定中國的傀儡戲就是來自印度，但接受過印度傀儡的影響是可以肯定的。康保成亦持相似態度。「我國的傀儡戲、影戲，原本也有自己的根──巫術。然而古天竺製造機關木偶的技術之精良、傀儡戲之繁盛，足可以成為我們的老師。以往盛傳的我國木偶戲之源──《列子》中的偃師製木人事，是從《生經》、《本起經》中抄來的。魏晉至唐，許多製造機關木人的能工巧匠是佛僧；要麼，被製造的本人是佛祖、僧人形象。」〔註 115〕

　　魁頭、方相、傀儡三者都是鬼物，方相、魁頭是木偶戲的前身，傀儡本意在驅邪，其形象是令人恐怖的。但段安節《樂府雜錄·傀儡子》卻突出的是郭郎「髮正禿，善憂笑」的特點，後世楊億《傀儡》詩、王邁《贈無諍和尚》、方回《悲歌五首》、瞿祐《看燈詞》等描寫郭郎的詩篇也突出的是郭郎的舞袖郎當具有令人忍俊不禁的調笑效果。就血緣關係論，郭禿與早期的傀儡形象區別較大，而與宋時的鮑老更為接近：從楊億《傀儡詩》可知，鮑老與郭郎同為傀儡戲中的人物，二者一起作滑稽性表演。再比如，《水滸傳》第 33 回通過宋江之眼所見「社火隊裏那舞鮑老的，身軀扭得村村勢勢的」，可知「鮑老」是舞蹈中的帶有滑稽與調笑成分的角色，其目的是通過表演逗人笑樂。宋元人釋圓至《牧潛集》卷七《元宵舞會化緣疏》也有相關記載：「鮑老袖長，已是郎當好笑；祿兒腹大，更能旋轉如飛。」鮑老無疑當為傀儡戲中的滑稽人物。這在南戲《張協狀元》中亦可得到印證，《張協狀元》第 53 齣有：

　　　　（丑唱）〔鬥雙雞〕襆頭兒，襆頭兒，甚般價好。花兒鬧，花兒
　　鬧，佐得恁巧。傘兒簇得絕妙，剌起恁地高，風兒又飄。（末）好似
　　傀儡棚前，一個鮑老。

劇中末稱其裝扮舉動「好似傀儡棚前，一個鮑老」，足見鮑老正類似於戲曲中滑稽性人物的小丑。

　　郭禿、鮑老的形象以滑稽為主要特徵。問題是，傀儡的形象為何從令人恐怖的方相變成了無髮的郭禿呢？原因可能有兩方面：一是演出的場合的變

──────────

〔註 115〕廖明君、康保成：《宗教、民俗與戲劇形態研究》，《民族藝術》2004 年第 2 期。

化。本用於鎮墓逐崇的傀儡用於嘉會，隨著場所由莊嚴肅穆的喪儀變爲輕鬆歡快的宴會，其形象自然也隨之改變，以烘託宴飲喜慶的氛圍。其二，正如翁敏華指出的，郭禿一語出現之時，正值佛教大量東輸之際，傀儡可能攝取了異於中土人士之佛教徒髡首形象，加之佛教徒行爲語言爲中土人士目爲另類，所以將之作爲調笑對象。這一推想若成立，可以解釋學術史上一些懸而未決的問題。郭郎是偶擬人，鮑老是人擬偶，是對「郭郎」的模仿，是人學傀儡的舞蹈表演，他們都是傀儡戲中的重要角色，那麼，「鮑老」與「郭郎」又有什麼關係，鮑老之名與郭郎是否有關係？另外，後世元宵舞隊常出現的大頭和尙與郭郎、鮑老是否有關係？

王國維先生在《古劇腳色考》中曾有一個傑出的論斷：「鮑老」是「婆羅」，也就是「婆羅門」轉化而來：「《雜錄》有云：弄婆羅，大中初有康乃、李百魁、石寶山。婆羅，疑婆羅門之略。至宋初轉爲鮑老。」〔註116〕王先生的論斷爲田野資料所證實，現在安徽安慶、貴池一帶，人們仍稱傀儡戲和儺戲爲「菩老戲」或「袍老戲」，「菩佬」泛指釋、道神像，巫儺假面、大頭娃娃等，「鮑」、「袍」、「菩」語音相近，「菩佬」促讀即爲「鮑老」，那麼，「鮑」很可能是「袍」、「菩」音轉的結果。之所以稱傀儡戲和儺戲爲「菩老戲」或「袍老戲」，這顯然與佛教信仰有關，佛教推崇偶像崇拜，民間供奉各種各樣的神像和菩薩像，這些神像與菩薩像被人們稱爲「菩老」或「袍老」。另一方面，鮑老「善調笑」而「舞袖郎當」的外形和表演情態接近於民間的菩薩塑像。因此，人們稱人擬傀儡的表演爲「鮑老」，實際上應是「菩老」或「袍老」。

既然鮑老與佛教有一定的淵源，而郭郎與鮑老同爲傀儡戲中的形象，且往往同時並稱，那郭禿、郭郎是否也與弄婆羅門有關呢？

在唐代，傀儡戲與大面、撥頭、踏謠娘同屬於「散樂雜戲」，《通典·樂論》云：「歌舞戲，有《大面》、《拔頭》、《踏謠娘》、《窟礧子》等戲，玄宗以其非正聲，置教坊於禁中以處之。」〔註117〕幻術乃傳自胡人，大面、撥頭（鉢頭）等也爲胡人樂舞，同屬於散樂雜戲一類的傀儡戲也應該爲來自胡人的綜合了幻術與樂舞等多種技藝的藝術樣式。既然傀儡戲來自印度，那麼其傀儡子的形象特徵也應該從印度文化中去探尋。

我們知道，古代中印文化交流，尤其是唐宋以前兩國的文化交流，主要

〔註116〕王國維：《王國維戲曲論文集》，中國戲劇出版社 1957 年版，第 238～239 頁。
〔註117〕〔唐〕杜佑：《通典》卷一百四十六，嶽麓書社 1995 年版，第 1966 頁。

是通過佛教東漸而得以實現的。印度的傀儡戲，也主要是通過觀念的傳播、佛教僧人的流動、儀式的演出等途徑對我國產生影響的。我們不妨先從唐代的資料看郭秃的外型特徵與弄婆羅門演員的相似性。弄婆羅門是一種介於散樂歌舞戲與雜戲之間的戲劇形式。其演員，據任半塘考察，「所謂婆羅門者，指胡僧言也。」〔註118〕婆羅門指唐及唐以前的一切西域胡僧。胡僧進行的弄婆羅門表演，大致而言，有三種類型：和尚扮和尚、俗家扮和尚、和尚扮演俗家。〔註119〕三種類型中，和尚扮和尚自不用說，俗家扮和尚至少也應擁有和尚的典型特徵：秃頭。至於和尚扮俗家會不會弄個假髮之類則不得而知，但演員為和尚，也是無髮的。弄婆羅門雖為唐代記載，但佛教傳入中土遠遠早於這一時期。而郭郎也並不是唐代才突然出現的，那麼在理論上應存在這樣一種可能，郭郎與弄婆羅門在唐人記載之前就已出現了融合。唐代戲弄如弄參軍、弄假官（假吏）、弄孔子、弄假婦人、弄婆羅門都有一個共同的特點，滑稽，郭秃也是「善憂笑」。從傀儡戲與弄婆羅門都是滑稽調笑為特色這一點來說，兩者已經融合在一起也是可能的。

前已述及，王國維先生認為唐時已有人演傀儡，〔註120〕葉明生《古代肉傀儡形態及與福建南戲關係探討》亦特別推重王先生唐己有「人演傀儡」的觀點，並進一步認定其為我國最早出現的「肉傀儡」，又因為表演主體「髮正秃」，似乎應是成年人，與宋代「以小兒後生輩為之」的肉傀儡表演主體之情況不同。葉明生進一步推測，「髮正秃」的另一種解釋是歌舞者戴著秃頭的面具而作傀儡表演。

這一推測若成立，無疑又將節慶期間戴面具大頭和尚串連在一起了。南宋杭州元宵節的「舞隊」中有一個流傳甚廣的舞蹈《耍和尚》。《耍和尚》在後世也在不斷流傳、變化，甚至成為元宵節的必備節目。對於耍和尚的淵源，任半塘指出過：「宋曰『耍和尚』，等於唐曰『弄婆羅門』」，還說「金院本中的『和尚家門』，來自唐代『弄婆羅門』」。〔註121〕也指出了二者的源生關係，這一說法很有見地。

後世，耍和尚又發生了些許演變，它變為月明和尚與大頭和尚。《宛平縣

〔註118〕任半塘：《唐戲弄》，上海古籍出版社1984年版，第314頁。
〔註119〕康保成：《儺戲藝術源流》，廣東高等教育出版2001年版，第194頁。
〔註120〕王國維：《錄曲雜談》，《王國維戲曲論文集》，中國戲劇出版社1984年版，第221頁。
〔註121〕任半塘：《唐戲弄》，上海古籍出版社1984年版，第313頁。

志》載：「（元宵）……民間擊太平鼓，跳百索，耍月明和尚。」《眞州風土記
（二）》載：「龍燈外，俗尚花喜鼓燈，其前八人塗面，粲抹額，手兩短棒曰
『大頭和尚』，與戴方巾、穿紅綠衣曰『呆公子』者互相跳舞」。〔註122〕張岱
《陶庵夢憶》中也記載了當時燈節的盛況：「大街曲巷有空地，則跳大頭和尚。」
〔註123〕清光緒二十二年刻本《錫金識小錄》「元宵」條載當地風俗：「以紙爲
大頭，演月明柳翠故事，俗稱「跳大頭」，厥狀至醜惡。」

　　月明和尚當是受月明柳翠故事影響，《大頭和尚》乃是從《耍和尚》演變
而來，清代翟灝《通俗編》可資佐證，《通俗編》載清代杭州元宵之夜也表演
《大頭和尚》，並說「今所演，蓋《武林舊事》所載，元夕舞隊《耍和尚》也」。
〔註124〕

　　郭禿、鮑老、大頭和尚均出自弄婆羅門，這一切均與印度僧人相關，其
形體特徵，除了滑稽調笑之外，都還有禿頭這一特點。鮑老也爲禿頭，可參
徐嘉瑞《金元戲曲方言考補遺》：「鮑老，滑稽腳色。曲牌有《鮑老催》、《耍
鮑老》。農村演《大頭和尚戲柳翠》，大頭和尚臃腫郎當即鮑老也……昆明之
語謂臃腫郎當之人曰鮑老。」〔註125〕這則材料將大頭和尚與鮑老等同，說明
了二者的血緣關係。

　　綜上所述，我們可以勾勒出一條傀儡發展的路徑：由佛教的傳播者胡僧
而分爲郭禿與弄婆羅門兩途，這兩者又不斷融合併派生出鮑老與耍和尚，而
大頭和尚、月明和尚則由耍和尚而出。

二、耍和尚與節日淫鄙表演

　　明確了郭郎、鮑老與大頭和尚的血緣關係，再來看看古代記載傀儡起源
的兩部典籍：《列子》與《樂府雜錄》。學界早已證明這兩部書中所言傀儡起
源於偃師、陳平的創造不足採信。但這兩則材料都將傀儡與女色及人欲聯繫
起來了——前一則說「倡者瞬其目而招王之左右待妾」，導致「王大怒，立欲
誅偃師。」〔註126〕，後一則說高祖爲冒頓所圍，陳平訪知閼氏生性妒悍，「即
造木偶人，運機關，舞於陴間。閼氏望見，謂是生人，慮下其城，冒頓必納

〔註122〕〔清〕厲秀芳：《眞州風土記》，《小方壺齋輿地叢鈔》第六帙，西泠印社1985
　　　　年版，第122頁。
〔註123〕〔明〕張岱：《陶庵夢憶》，西湖書社1982年版，第76頁。
〔註124〕〔清〕翟灝：《通俗編》卷二十，無不宜齋雕本。
〔註125〕徐嘉瑞：《金元戲曲方言考・補遺》，商務印書館1948年版，第26頁。
〔註126〕楊伯峻：《列子集釋》，中華書局1985年重印本，第179～180頁。

妓女，遂退軍。」〔註127〕

　　將傀儡與女色聯繫也並不是中國的專利，其實在漢譯佛典中也多有記載相似內容。如西晉竺法護譯《生經》中大船國故事，吳支謙譯《太子瑞應本起經》卷上載釋迦與諸妻伎事，東漢支婁迦讖譯的《雜譬喻經》中天竺的「木師」與南天竺的「畫師」相互誆騙的故事等。但這些材料大抵是通過傀儡宣講佛法，表明人生不過虛幻，應當透過紛繁的世相看到人生的本質。其題材與思想內蘊都是嚴肅的——在於勸人戒色。

　　但中國人將傀儡與女色相聯繫，恰恰是對印度傀儡戲神聖內容與神聖主題的解構，恰如我們將印度佛教用中國智慧加以改造使其不復爲本來面目一樣，傀儡戲來到中土便被賦予了世俗主題和現世意義，褪去了其身上的神聖光環和禁欲色彩。這種主題的改寫和意義的改變與中國人根深蒂固的現世觀念和骨子深處的即時行樂有關。漢靈帝時，本是喪家樂的傀儡用作賓婚嘉會，關於生死的嚴肅主題被放在一邊，「齊後主高緯尤所好」，「不過賞其滑稽耳」，也是看中傀儡戲的娛樂性。傀儡戲在唐代走進普通大眾的生活，《唐語林》卷七「補遺」載：「崔待郎安潛，……鎮西川三年……而頻於使宅堂前弄傀儡子，軍人、百姓、穿宅觀看，一無禁止。」〔註128〕這裡提到官府與普通軍民共同觀看傀儡戲，傀儡所演內容雖不得而知，但唐代傀儡爲郭郎，其風格爲舞袖郎當，這些都表明傀儡戲具有強烈的俗世色彩和逗人笑樂的喜劇效果。

　　宋代傀儡戲已完全由「喪家樂」的性質轉變爲大眾性的娛樂表演。宋代娛樂大盛，傀儡戲不僅內容豐富，能「敷衍煙粉、靈怪、鐵騎、公案、史書、歷代君臣將相故事話本」，更重要的是，傀儡被引進遊藝節日中，出現在充街塞陌的聚遊群眾裏，混雜於撼天動地的金鼓喧聲裏，其最初的鎮墓驅邪的功能徒剩外殼，而印度佛教的戒女色的嚴肅主題更是被纂改得面目全非。周密《武林舊事》記載元宵舞隊「大小全棚傀儡」，在列舉了「大小斫刀鮑老、交衮鮑老」等眾多傀儡戲名目後，作者指出：「其品甚夥，不可悉數。……以資一笑者尤多也。」「以資一笑」就是爲了增添元宵的喜慶氣氛。而元宵普天同慶，對廣大民眾而言，是忙碌的一年中難得的放鬆與休憩。爲生存和生活重壓的人們，在節日裏

〔註127〕中國戲曲研究院：《中國古典戲曲論論著集成》第一冊，中國戲劇出版社 1959 年版，第 62 頁。

〔註128〕〔宋〕王讜著、周勳初校：《唐語林》卷七「補遺」，中華書局 1987 年版，第 652 頁。

可以拋掉一切的煩惱與顧慮，盡情狂歡。在這個萬眾歡騰的節日裏，包括傀儡在內的一切遊藝節目大抵以喜樂爲唯一價值尺度，就如范成大所云「民間鼓樂謂之社火，大抵以滑稽取笑」。南宋朱玉《燈戲圖》屛風上也書寫有「按京師格範舞院體詼諧」幾個大字，詼諧二字也點出了節日演出的特定風格。

出現在元宵舞隊上使傀儡戲愈加遠離其本來面目。因爲元宵節本來就具有虛擬的顚覆性，具有消解意識形態控制，顚覆各種預設規則的色彩。元宵舞隊體系裏的節日是詼諧和嘈雜無序的，是對於社會控制與思維習慣的有意忤逆。在這種氛圍裏，傀儡戲的表演充斥著鄙俗穢嫚、笑鬧諧謔的內容。從源自於弄婆羅門的元宵舞隊《耍和尚》、《大頭和尚》及其相關節目中可以清晰地看到佛教教義如何被改成一個世俗主題。

《耍和尚》，見於《武林舊事》元夕舞隊。《耍和尚》又稱《耍大頭》，在後世也在不斷流傳、變化，成爲元宵的必備節目。文學作品、筆記、方志中關於「耍和尚」、「耍大頭」、「月明柳翠」故事的描述與記載不勝枚舉，我們甚至可以從明清人記載的花燈圖像中經常出現「月明柳翠」來揣度這一故事在群眾中的知名度，其出現的頻率之高可以見出此題材在歷代元宵慶典活動中佔據著何等重要地位。

「耍和尚」、「耍大頭」也許開始只是簡單的舞蹈，隨著《古今詩話》中月明柳翠故事的出現，後世遂定格於這一故事上。據《古今詩話》、徐渭《四聲猿》之《玉禪師》、馮夢龍《喻世明言·月明和尚度柳翠》，情節大略如下：玉通禪師受妓女紅蓮誘惑破了色戒，羞憤而死，後轉世投胎爲柳翠，專門敗壞門風以報復柳府尹，後在月明和尚點度下坐化。在佛教故事中，色欲考驗、因果報應與普渡眾生是永恒的主題。月明柳翠故事的後半部份當然含有因果報應與普渡眾生的意味。但這一故事從《古今詩話》開始，就褪下了佛教的禁欲色彩和宗教的神聖光芒。如《古今詩話》就將禪師「自以爲戒行具足，無所誘掖也」的主觀意念和他「一瞬而動遂與合歡」的不堪一擊的現實行爲形成對照，對佛教禁欲教條下的高僧充滿了嘲諷，同時也指出禁欲思想的荒謬性。而且和尚好色在文人作品與民間故事中一直是人們津津樂道的話題，如《西廂記》第一本第四折描寫正在做佛事的和尚們見到鶯鶯的醜態：「大師年紀老，法座上也凝眺；擧名的班首眞呆佬，覷著法聰頭做金磬敲。老的小的，村的俏的，沒顚沒倒，勝似鬧元宵……」故月明柳翠故事也隱含著對禁欲修行這一違背自然規律的行爲的嘲諷和對世俗人欲的肯定。

　　元宵舞隊上《耍和尚》的主題應該是後者。因爲據《武林舊事》記載，元宵社火表演《耍和尚》時，將本來聖潔的月明禪師改成了被耍弄的滑稽人物。在一陣鼓鈸的打擊聲中，這個「月明和尚」戴著笑容可掬的「大頭」面具，禿頂，穿袈裟，馱著柳翠出場，而柳翠，也頭戴面具，右手執蒲扇，左手持手帕。兩人一上一下相互呼應，表演各種逗笑、嬉鬧的滑稽舞蹈動作。和尚馱少女，確實含有明確的性指向。它向招搖過市的翩翩美少年和爭妍鬥豔的士女村婦進行性的隱喻和暗示：人欲是合理的，修行是徒勞的，行樂須年少，莫負好春光。再以近代古北口花會爲例，花會共有十八檔節目，主要爲四月十八娘娘廟朝頂進香而設，也用於正月十五龍燈會等。其中第十檔爲「大頭和尚逗柳翠」。用套頭模型扮兩個和尚和兩名少女，互相挑逗。傳說：一縣官之女，因頭長得特大，未出嫁。一次，小姐無意往樓下看，巧與一和尚雙目相視，二人一見鍾情。數日後兩人私逃。〔註129〕故事雖發生了一些變異，但張揚人性、反對禁欲的主題與宋時一脈相承。今江蘇宜興有戴大頭和尚面具演出的儺舞，名曰「男歡女喜」，〔註130〕蕭兵曾分析說：「這種舞蹈『原來所表演的男歡女愛，不會跟《馱柳舞》的『跳舞宣淫』相去太遠』」。〔註131〕可謂一語中的。可以說，出現元宵節上「月明柳翠」系列表演，將本來嚴肅地、一本正經地宣揚因緣與度脫的部份捨棄了，而將目光集中在久被壓抑的衝動、人類本能的情愛與性愛方面，這正是適合大多數人的思想水準，民眾也在這百無禁忌的節日裏，把日常社會的規戒和約束力暫時置於腦後，在戲謔和放縱中尋找到了久違的心理慰藉。

　　再來看看這一故事的相關變體。《耍和尚》中的月明和尚馱柳翠，可演化爲大頭和尚少妻，如京郊石匣鎮正月十五社火中就有「大頭和尚少妻」的節目。〔註132〕受目連戲《啞子背瘋》、《僧尼下山》的影響，《耍和尚》又演化成老漢背少妻、和尚背尼姑。民國二十四年《青城縣志》記載當地元宵的裝扮雜要中有「姜老背妻婆」一劇。據山曼等《山東民俗》：海陽大秧歌表演的故

〔註129〕蒙冠賢、陳海蘭述，李善文整理，參見北京市政協密雲縣委員會《文史資料選編》第一輯，1985 年 12 月版。

〔註130〕繆亞奇：《宜興民間假面舞「男歡女喜」漫論》，《民間文學論壇》，1986 年第 3 期。

〔註131〕蕭兵：《儺蠟之風》，江蘇人民出版社 1992 年版，343 頁。

〔註132〕鍾冠翔：《京薄名鎮——石匣》，參見北京市政協密雲縣委員會《文史資料選編》第一輯，1985 年 12 月版。

事也有姜老背姜婆。〔註133〕大頭和尚少妻、姜老背妻婆都屬於老漢少妻類型，法國人類學家列維・斯特勞斯將之列入不對稱婚煙範疇，不對稱婚煙是指的是婚姻雙方在年齡、財產、婚史等到方面存在著巨大的懸殊，這是種應受譴責的結合。聯繫到人們所稱讚的婚姻模式如郎才女貌、琴瑟和諧等等，老夫少妻展示的是男女雙方年齡、精力方面的不協調，也隱含著性的不對稱。而和尚背尼姑的主旨，《僧尼共犯》、《思凡》說得明白，《僧尼共犯》末尾兩句唱詞非常乾脆：「惟願取普天下庵裏寺裏，都似俺成雙作對是便宜」！《思凡》寫尼姑色空年方二八，情竇初開，豁然醒悟「佛前燈，做不得洞房花燭；香積廚，做不得玳筵東閣；鐘鼓樓，做不得望夫臺；草蒲團，做不得芙蓉軟褥」，她再無心禮佛誦經，惟想趁此年少大好時光覓一如意郎君歡度今生，於是決意扯破袈裟棄了木魚掙脫羈絆逃下山去「成就姻緣」。此時此刻，什麼佛門規戒，什麼來世報應，統統都顧不得了，「死在閻王殿前由他把碓來舂、鋸來解，把磨來挨，放在油鍋裏去炸。」世俗情慾否定了佛門修行，今世幸福否定了永恒彼岸，活生生的現實人性戰勝了冷冰冰的宗教主題，劇作張揚了與身體真實欲望密切相關的情性、人性，而否定了以禁欲主義為特徵的意識形態。

民國李駿亞《湟中元宵社火》記錄青海東南部元宵社火演出，龐大的化妝舞隊中，有「花和尚」的角色，這一角色也應來自「耍和尚」。花和尚是指不守佛教清規戒律，沾有酒色財氣的修行之人，應該也包含著性的主題。還有一地方的耍和尚通過道具來進行性的暗示，形式雖有變化，但精神實質與月明柳翠一樣。「在江蘇儀徵的花鼓燈中，『大頭和尚』手持兩短棒。湖北《房縣志》所載的秧歌燈，有：兩手執木梆於陣間倒行者，曰『跳和尚』。……我們相信，這棒，是男根的象徵。」〔註134〕

三、節日淫鄙表演的原因探析

查閱方志，可以發現元宵期間的淫鄙表演為數眾多。如湖南醴陵的蚌口殼燈「飾童子演漁翁戲蚌狀，頗狎，用淫靡之樂佐之。今有以女子充蚌殼精者，俗益靡矣，曰花鼓戲。」〔註135〕民國四川《雲陽縣志》：「（上元），復有車燈，飾童子為女妝立紙車中，前施偽足，類乘坐狀，與一御者為懊依歡子

〔註133〕山曼等：《山東民俗》，山東友誼書社1988年版，第434～438頁。

〔註134〕康保成：《儺戲藝術源流》，廣東高等教育出版社2001年版，第67頁。

〔註135〕丁世良、趙放：《中國地方志民俗資料彙編・中南卷》，書目文獻出版社1991年版，第503頁。

之詞，頗狎褻」。民國《平壩縣志》：「男扮之男一、女一，衣新衣，女手持扇……男呼女爲「乾妹」，女呼男爲「情哥」。週旋動作，往復唱和，皆男女相悅之表示。大類舞臺上演《小放牛》等戲劇。殊欠雅觀」。今天所見元宵上演的採茶戲與秧歌裏很多也是以顚覆傳統倫理，張揚男女情慾爲主要內容，如北方流行秧歌小戲《箍漏和王大娘》就由男扮女裝的演員，依靠曖昧的眼神和模仿男女親密性的動作，肆無忌憚地進行色情挑逗。今天晉中《賣柴記》、《做摟肚肚》、《做煙口袋》、《挑簾》等劇目也是如此。我們不禁要問：作爲一個嚴男女之大防且恥於談性的民族，這類幾可謂公開宣淫的表演爲什麼不被禁止反而得以廣泛流傳，且被下層市民也被上流階層所津津樂道呢？

　　李豐楙認爲，「所有的音樂、舞蹈所組成的小戲，在非常時間內演出是具有儀式意義的，由丑角來扮演狎藝的動作、對話是隱含著性的生命力，也是庶民在新春節慶中較被容許的公開表演，而不甚與官方的正經的道德信條相牴觸。」〔註136〕所謂非常時間，即指物理時間之外的節日（心理）時間，在這些神聖時間裏，通常會出現巴赫金所言狂歡化圖景。孔子觀蠟祭，對舉國若狂的慶典持贊許和肯定態度，顯示出孔子通達的態度和睿智的眼光，更顯出孔子對日常時間與節日（神聖時間）不同功能的精準把握。同樣，醜怪滑稽、逗人笑樂的傀儡扮相也好，狎藝謔浪，充滿性暗示的動作和道具也好，要是日常生活中展演肯定會有傷風敗俗之嫌，但在節日期間上演卻能令人們接受。

　　美國研究女性文化模式的學者理安・艾斯勒指出：「史前最重要的宗教典禮上很可能有色情儀式」，她從三個角度作了論證：「其一，性和春季萬物再生在舊石器時代的宗教形象中非常突出，而宗教符號和神話，我們知道，則經常通過宗教儀式來表達；其二，學者們稱爲聖婚的色情儀式是稍後新石器時代和青銅時代宗教藝術的主題，甚至在更晚期的神秘傳統中還有殘留；其三，歐洲許多著名的節日中也有這種傳統的遺跡（有些地方一直延續到 19 世紀，甚至 20世紀）比如五月節年輕男女一起到野外做愛，慶祝一年一度的春歸。」〔註137〕蘇珊・朗格也認爲史前時代的宗教節日裏，圍繞著祭壇跳舞的是兩個模仿神的祭司跳著性愛舞，「整個儀式的中心可能曾是一個充滿情愛的雙人舞。」〔註138〕

〔註136〕李豐楙：《由常入非常：中國節日慶典中的狂文化》，《中外文學》第 22 卷，第 1993 年第 3 期，第 139 頁。

〔註137〕〔美〕理安・艾斯勒著，黃覺，黃棣光譯：《神聖的歡愛》，社會科學文獻出版社 2004 年版，第 66 頁。

〔註138〕〔美〕蘇珊・朗格著，劉大基等譯：《情感與形式》，中國社會科學出版社 1986

這些論述用來考量中國古代宗教節日，也大體相符。比如關於周代的始祖后稷的出生神話，其母姜嫄是在郊禖會祭祀儀式中，與代表上帝之神的祭司共舞，「蓋舞畢而相攜止息於幽閒之處，因而有孕也。」〔註139〕《左傳・襄公十年》中晉侯觀看《桑林》表演而退入房中大概也是因為舞師用鳥羽化裝而表演玄鳥交媾的故事。這些記載正應證了普列漢諾夫《論藝術》中的話語：「原始民族的戀愛舞，在我們看來好像是極其猥藝的。」〔註140〕

　　節日祭祀對於性的展演非常大膽，而且祀典過後真有自由擇偶的行為。《禮記・夏小正》說二月「綏多女士」。綏，《詩經・衛風・有狐》毛傳云：「綏綏，匹行貌。」二月中成雙結對的男女特別多，所以也有「懷春」一詞。這不僅僅反映出與季節變化相應的生理本能；更有意義的是，也反映出這個時節自由擇偶的文化習俗。據《史記・孔子世家》，孔子之父叔梁紇與顏氏女就是在參觀了神的婚配後野合而生下孔子的。漢畫像中有一幅《社日野合》圖，內容為：野外一棵茂密的大樹下，一男一女正在交合，旁邊還有人觀看。

　　此外，節日中還有一些比較含蓄的象徵兩性交合的做法。如，《禮記・月令》載：「仲春之月……是月也，玄鳥至，以太牢祀於郊禖。天子親往，后妃帥九嬪御，乃禮天子所御。帶以弓韣，授以弓矢於高禖之前。」天子將代表男性生殖符號的弓矢放在高禖之前，其象徵男女交合的意味非常明顯。這些儀式的表現手法與表現內容自然會影響依附於節日的泛戲劇形態。任半塘推測唐代「歌言淺穢」的合生：「乃由兩人合演，一生一旦，一扮王公，一扮妃主，有悲歡離合之情節，以歌舞科白為表現，實為歌舞戲也」，並稱「初唐已有『猥戲』、『藝戲』、『悅耳目、移情靈、不可以御』種種」。〔註141〕後世那些散佈在田間地頭、保留著更多原始樸素氣息的民間小戲或有著戲劇因子的民間演藝活動儘管名稱千差萬別，但無論「二人轉」還是早期評劇、黃梅戲，採茶戲，其基本特徵便是以一女一男的表演為核心，或是「對子戲」，或是「兩小戲」，其內容則或隱或顯地涉及男女情事。徐珂《清稗類鈔》中記載民間戲劇中有一種穢劇，「內分四種，一專尚情致，一專尚淫凶，一以口白見長，一以身段取勝。甲種如《閨房樂》、《得意緣》，尚不涉於淫穢。

　　　　年版，第219頁。
〔註139〕聞一多：《姜嫄履大人跡考》，《聞一多全集》第1卷，三聯書店1983年版，第73頁。
〔註140〕〔俄〕普列漢諾夫：《論藝術》，人民出版社1979年版，第103頁。
〔註141〕任半塘：《唐戲弄・辨體》，上海古籍出版社2006年版，第271～273頁。

其次則《賣胭脂》、《拾玉鐲》，斯近蕩矣。乙種如《殺皮》、《十二紅》、《雙釘計》、《南通州》，皆淫凶不可向邇，在所宜禁。丙種如《坐樓》、《翠屏山》、《鬧山》、《查關》等劇，皆以說白取勝，此種品格略高，稍加改良，固可人意者也。丁種如《馬上緣》、《小上墳》，皆看身段步法，在頑笑戲中別為一類，此亦無傷大雅者。惟《馬上緣》之臉兒相偎，《小上墳》之其欲逐逐，則宜略留分寸耳。」〔註142〕雖表現方式各異，品格也略有高下有別，但內容卻都是以淫褻為主。

　　節日中與色情相關的儀式其實反映了上古時期人們心目中的樸素的生殖崇拜觀念。在惡劣的自然條件面前，人們認識到生命的脆弱，而出於現實的生產和戰爭需要，人們又意識到人口增長的重要性，於是，在中國，人們創造出了主司生殖的神祇——高禖。每年燕子翩翩、春暖花開之際，帝王們要祭祀生殖之神——高禖（玄鳥）至之日，以太牢祠於高禖，其間還要表演男女交合儀式。高禖是古代仲春二月祭祀的唯一神祇。宋代羅泌《路史·後紀二》云：「以其（指女媧）載媒，是以後世有國，是祀為皋禖之神。」注引《風俗通》云：「女媧禱祠神，祈而為女媒，因置昏姻。」〔註143〕可見，高禖就是傳說中能摶土造人的女媧，也就是婚姻神、生殖神。除了通過儀式表明政府的主導觀念外，政府還不遺餘力地促進人口的繁衍：「中春之月，令會男女。於是時也，奔者不禁，若無故不用令者，罰之，司男女之無夫家者而會之。」這頗有點強制繁衍的味道。在這種文化氛圍下，青年男女的春嬉冶遊、男女交歡也自然為社會所認可。溱洧、漢水、淇水等河邊曠野都是與上述祭祀狂歡相關的地方。歷史上，燕之祖、齊之社稷、宋之桑木、楚之雲夢是遠比「南方之原」是更為著名的祭祀狂歡地。在這裡，男女可以自由擇偶。這種的節日，正如恩格斯《家庭、私有制和國家的起源》所說，是「在一個短時期內重新恢復舊時的自由的性交關係」。這在當時是一種制度，與道德觀念並沒有多少關係，誰要是違反了這項制度，還要受到國家的懲罰。《詩經》《陳風》、《鄭風》、《衛風》、《王風》中的很多詩歌，描寫的就是描寫「穀旦」時男女的歡歌狂舞，詩中充滿著男女的挑逗、相愛，信誓，分離、幽會內容，朱熹《詩集傳》認為是「淫女之辭」，殊不知在「淫」的背後，卻暗藏著祭祀生殖神以乞求繁衍旺盛的心理渴求。

〔註142〕〔清〕徐珂：《清稗類鈔》第十一冊，中華書局1984年版，第5024頁。
〔註143〕〔宋〕羅泌：《路史·後紀二》，四庫全書本。

　　秦漢之後，一些地方也保留著上古時代原始而熱烈的風習。上古生殖崇拜的觀念作爲一種習俗在後世也有所體現。宋人沈遼《踏盤曲》描繪楚湘一帶社祭戀愛風俗：「湘水東西踏盤去，青煙白霧將軍樹。社中飲酒不要錢，樂神打起長腰鼓。女兒帶環著縵巾，歡笑捉郎神作主。明年二月近社時，載酒牽牛看父母。」楚地社祭之時男女自由戀愛與「仲春之月，令男女會。於是時也，奔者不禁」的道理是一樣的。

　　隨著儒家倫理主導地位的確立，節日風俗變得文明起來，一些大膽而直露的做法或者被遺棄，或者改頭換面，變得含蓄而隱晦。社日的男女交往，在唐朝仍被允許，婦女能夠參加社祭活動。宋代社日婦女一般不參加社日祭祀，但出現了婦女「歸寧」的習俗，《東京夢華錄》卷八「社日」記載「人家婦女皆歸外家，晚歸即外公、姨、舅，皆以新葫蘆兒、棗兒爲遺，俗云，『宜良外甥』」，〔註144〕這是對男女直接交往的有意限制，但已婚婦女借社假回娘家看望，外翁、姨舅送以「新葫蘆兒、棗兒」，卻也包含著祈求生子的心理，只不過這種方式變得更加文明、含蓄而已。

　　由於春節至元宵這一時段成爲一年中最輕鬆、最隆重的日子，元宵逐漸取代了其它節日——如迎春、社日（春社）——的功能，在功能擴充的同時它也吸納了其它節日特有的儀式與風俗，社日甚至上巳節所包含的生殖崇拜觀念都逐漸爲元宵節所吸納。明正德年間冼塵《雙調新水令‧賞燈》套曲〔得勝令〕中有「鬼怪猙獰，鮑老兒將嬰孩送」之句，〔註145〕鮑老充當起了送子娘娘的角色，可見元宵對社日生殖功能的移植。正因爲元宵節含有生殖崇拜的內容，所以它又被稱作中國的情人節。節日期間，處處觀燈，家家取樂，平日鎖在深閨的婦女也得以進城入鄉，上廟逛街而不被禁止，不知引出多少風流韻事出來。南宋洪皓《松漠紀聞》云：「金國治盜甚嚴……唯正月十六日則縱偷一日以爲戲，妻女寶貨車馬爲人所竊，皆不加刑。」「亦有先與室女私約，至期而竊去者，女願留則聽之。自契丹以來皆然，今燕亦如此。」〔註146〕南宋文惟簡《虜廷事實》也載：「虜中每至正月十六夜謂之『放偷』……至有室女隨其家出遊，或家在僻靜處，爲男子劫持去，候月餘日方告其父母，以

〔註144〕〔宋〕孟元老等：《東京夢華錄》（外四種），中國商業出版社1982年版，第56頁。
〔註145〕〔明〕無名氏編：《北曲拾遺》，商務印書館民國24年排印本，第38頁。
〔註146〕〔宋〕洪皓：《松漠紀聞》，陶宗儀：《說郛三種》第五冊，上海古籍出版社1986年版，2556頁。

財禮聘之。」〔註147〕劉侗、於奕正《帝京景物略》也提及過金元風俗，元夕「三日放偷，偷至，笑遣之，雖竊至妻女不加罪。」〔註148〕《帝京景物略》成書於崇禎八年（1635 年），他追述金元風俗雖非新眼所見，但也並非風穴來風，而默許人倫妻竊女應該就是上古社日男女歡會的遺存，也是恩格斯「短時期內重新恢復舊時的自由的性交關係」的絕佳寫照。一些地方還有元夕「偷青」的習俗，儘管只是象徵式的竊取他人蔬園裏的少許青荣，但卻是日常生活中被倫理道德嚴格禁止的「偷情」的折射。風俗、信仰是約定俗成的，相當於不成文法，身處其中的人們只會默默地遵守這特殊、奇怪的規則。所以，大頭和尚的跳舞宣淫也好，各種道具的性象徵也好，秧歌小戲的鄙俗穢嫚、謔浪淫邪也好，一旦與生殖崇拜聯繫起來就會明白它們的特殊功能：在類於酒神狂歡的醉態中，它們充當著在日常生活人們羞於啓齒的性教育或性啓蒙，也包含著種群對於人丁興旺的渴望。希臘儺俗中青年男女唱色情歌曲，作出表示性行爲的動作，中國土家族「毛谷斯」腰間拴著「粗魯棍」，象徵男性生殖器，可以隨便頂觸女性，而女性也樂於接受。功族「芒蒿」中甚至以甩泥漿象徵著男性精液。青海土族「跳於菟」中的「哇啦」、雲南哈尼族「九獻祭」的巫師都有手持木刻男女裸偶當眾交配的動作。

除了生殖崇拜的因素外，節日期間的淫鄙表演還與祈求風調雨順、盼望豐收的心理有關。中國是一個傳統的農業社會，農作物的收成很大程度上取決於一年中的氣象狀況，因此祈求豐收也就是寄希望於一年的風調雨順。這在民間信仰裏十分常見。黃錫鈞《泉州提線木偶戲神相公爺》：「相傳於唐明皇時，浙江杭州鐵板橋頭有一蘇家小姐同女婢出門遊玩，路過稻田，適值稻穗灌漿，蘇小姐信手拈了一粒放入口中咀嚼，覺穀漿味甘，遂咽下。頓時忽覺腹中奇異，數日後，腹漸隆起。其父疑之，小姐乃告緣由。至期，蘇小姐產一男孩，蘇父密令女婢抱屈出棄之。婢抱屈至原來所過之稻田，放之田中而返。數日後，小姐不忍，復遣女婢前往近視。婢至稻田，見毛蟹爬在嬰兒口上，吐出唾沫讓其吮吸。嬰兒活潑可愛，蘇家聞訊大異，乃抱返蘇家撫養，以田爲姓，又從母姓蘇。……」〔註149〕再如，潮州關戲童演時先同主事者赴田間奉田土一枚歸，安

〔註147〕〔宋〕文惟簡：《虜廷事實》，陶宗儀：《説郛三種》第五冊，上海古籍出版社1986 年版，第 2563 頁。

〔註148〕〔明〕劉侗、於奕正：《帝京景物略》卷二，北京出版社 1963 年版，第 57頁。

〔註149〕泉州地方戲曲研究社編印：《泉州地方戲曲》第一期，第 130～135 頁。

置得爐中，陳瓜果香燭膜拜之，以表示對農業神的崇拜與豐收的渴望。

　　祈求豐收爲什麼要借助於性的儀式呢？這涉及到原始思維方式的認識，弗雷澤對原始人舉行巫術與宗教的心理動機進行研究後，得出兩條原理：「相似律」和「接觸律」。相似律是「同類相生」或「果必同因」。原始人相信「他們能夠僅僅通過模仿就實現任何他們想做的事」，接觸律是「物體一經互相接觸，在中斷實體接觸後還繼續遠距離地互相作用」。他相信節日期間的男女結合是世界各地早期歷史中普遍存在的現象：「神與女神的婚配是古代世界許多地方作爲莊嚴的宗教儀式流傳下來的」，「我們東西方宗教之間在這方面可以找到的相似的東西只不過是我們習慣上所謂的偶然的巧合，是相似的原因同樣地作用於地區不同國度不同但結構相似的人類頭腦的產物。」〔註150〕他所說的結構相似，指的是東西方民族早期所共同遵循的原始思維方式，而對於男女交合儀式的採用，東西方人所遵循的思維方式是都是基於相似律的巫術思維。

　　《易·繫辭》說：「天地絪縕，萬物華醇。男女構精，萬物化生。」〔註151〕既然天地均是由陰陽二氣交融而產生，那麼男女的交合也能促使萬物化生。原始節日也被賦予了祝禱豐收的儀式功能，農業的豐收離不開雨水，所以社祭也作臨時祭雨之用。在殷商時期，求雨祈年是社祭的一個重要內容，而社祭中的「尸女」有通淫之意，與男女性活動有關，因爲古人認爲男歡女愛的「雲雨」之事也會誘發天公興雲布雨，普降甘霖。這是一種典型的巫術思維。陰山岩畫中有一幅祈雨圖，畫面的左下方是兩個巫覡進行交媾，畫面上方是兩片祥雲，表明的是他們祈雨的結果。岩畫的發現者蓋山林認爲：「這幅可能是巫覡祈雨的情景：兩個巫覡，起舞求雨，結果神靈降福，天際出現了兩片祥雲，大雨即將降下。」〔註152〕北宋僧人文瑩《湘山野錄》卷中曾記載「李退夫撒園荽」之事：「沖晦處士李退夫者，事矯怪……一日，老圃請撒園荽，即《博物志》張騫西域所得胡荽是也。俗傳撒此物，須主人口誦猥語播之則茂。退夫者固矜純節，執荽子於手撒之，但低聲密誦曰：『夫婦之道，人倫之性』云云，不絕於口。」〔註153〕在種莊稼的過程中密誦的淫詞猥語，也當與巫術中的「咒語」同類，其原理，也是建立在男女交合可以引發自然

〔註150〕〔英〕詹·喬·弗雷澤著，徐育新、汪培基、張澤石譯：《金枝》上冊，中國民間文藝出版社，1987年版，第213頁，第560頁。
〔註151〕周振甫：《周易譯注》，中華書局1991年版，第265頁。
〔註152〕蓋山林：《陰山岩畫》，文物出版社1986年版，第203頁。
〔註153〕〔宋〕文瑩：《湘山野錄》卷中，中華書局1984年版，第30頁。

的雲雨、女子的懷孕可以引發土地的豐收的觀念上。《明史・樂志・一》載：「弘治之初，孝宗親耕籍田，教坊司以雜劇承應，間出狎語。」教坊司作雜劇爲什麼敢冒天下之大不韙而作「狎語」？如果知道籍田禮是皇帝爲勸農而舉行的象徵儀式，似乎就可以得出答案，這些狎語說不定還得到了皇帝的默許。現在一些少數民族對於農業收成的期盼也是通過男女性事的模擬來進行的。貴州彝族儺戲的「撮泰吉」，表演者爲「阿布摩」（男性）與「阿達姆」（女性），爲了祈祝一年農業的好收成，「阿布摩」與「阿達姆」在山地上進行交媾表演。江西儺舞中，也有「年已八十」的儺公儺婆擁抱、生子的表演，這比「撮泰吉」要含蓄得多。在他們觀念中，男女交合可以產子，同樣，陰陽的調和必將會有一個好收成。郭沫若《甲骨文字研究》曾提到揚州奇怪的迎春習俗：「揚州某君爲余言，往歲於仲春二月上巳之日，揚州之習以紙爲巨大之牝牡器各一，男女群荷之而趨，以焚化於純陽觀之前，號曰『迎春』。」〔註154〕按說，焚化牝、牡器於純陽觀前，與迎春何干？但牝、牡對應著陰陽，焚化象徵著陰陽合一，這只是將原始的男女交合進行了文明包裝而已，而這種行動出現在祈求風調雨順的「迎春」儀式上，也是因爲基於相似律的巫術思維的主導。同樣的，按中國人的習俗，在老人去世的喪事道場，應是一派肅穆、悲哀的氣氛，以表示對死者的尊重和哀思。可是，在道場演《目連救母》的一些場面中，不但沒有上述氣氛，而且還與常情相違背，出現許多穿插於戲劇中的有關性內容或色情之類的戲弄、調侃的對白，引起觀者一陣陣的哄堂大笑……這種有違常情、有悖常理的現象，觀眾接受之，道師師公願意表演之，和爲喪家孝子的主東更爲有這種道場效果而愜意。此情形是通常所不能理解的。……師公無奈之下才道出其中奧秘。其言喪事功德道場主要目的是超度亡靈上西天和保祐亡人子碧海興發、代代相傳兩方面。最重要的是祈求子孫興發……其中唯獨一件師公無法手「傳」的，就是人的「種子」。因此，要借道場中說唱對白引起人們的「興」（讀音 XING），這個「興」即含性（兩性）之勃興意涵，而通過「興」引起子孫興發、生育興旺。所有喪事道壇中的唱「邪歌」和戲弄調侃都是爲了這個目的。〔註155〕

作爲民間宗教節日，迎神賽會的心理模式也仍爲巫術思維主導。清道光

〔註154〕郭沫若：《甲骨文字研究》，科學出版社 1962 年版，第 53 頁。

〔註155〕葉明生：《儀式與戲劇——民俗學的考察》，《宗教與戲劇研究叢稿》，國家出版社 2009 年版，第 492 頁。

八年刻本《永州府志》有一段奇特的記載：「而淫祭尤多（鄉村立廟奉神），以主一方之禍福。祠宇相望，祈禱之事咸詣焉。有奉前代帝王者，如盤古、伏羲、神農、黃帝、大禹、光武、昭烈之類；有奉前代名臣者，如留侯、淮陰、伏波、武侯、包孝蕭、岳武穆之類；有奉眞仙者，如呂純陽、許旌陽，孫眞人之類，此猶正神也。此外，如五通神、孫悟空、三伯公之類，不可枚舉，三伯公之神，往往奉之於家，尤爲靈驗。祭神之日，用豕及雞鵝等牲對神宰殺，巫祝做法事，刻本爲人面，空其中，巫人戴之，鼓鑼跳躍，其語皆穢淫不可聞。俗云，樂伯公謂必如是而神樂也……」〔註156〕用淫穢不堪的語言對待神明，以現代人眼光看是大不敬的行爲，但在當地民眾看來，卻是樂神之舉，人們也因此求得神靈的庇祐以保證一年的風調雨順，安樂詳和。前已說明，民間演劇主要還是樂神之舉，既然如此，那麼遠古性事模擬及其變體進入民間戲曲就不值得大驚小怪。顧起元《客座贅語・俚曲》稱：「里弄童孺婦嫗之所喜聞者，舊惟有〔傍妝臺〕、〔駐雲飛〕、〔耍孩兒〕、〔皂羅袍〕、〔醉太平〕、〔西江月〕諸小令，其後益以〔河西六娘子〕、〔鬧五更〕、〔羅江怨〕、〔山坡羊〕。〔山坡羊〕有沈水調，有數落，已爲淫靡矣；後又有〔桐城歌〕、〔掛枝兒〕、〔乾荷葉〕、〔打棗竿〕等，雖音節皆仿前譜，而其語益爲淫靡，其音亦如之，視桑間濮上之音，又不啻相去千里，誨淫導欲，亦非盛世所宜有也。」〔註157〕顧氏雖是以士大夫眼光從有關風教的道德角度反面著筆，卻也指出了民間俚曲堪比淫靡的鄭衛之音的事實。而當戲曲由民間的充滿情色暗示的兩小戲或三小戲走向成熟時，它們中間還殘存著原初的胎記、甚至文人劇作家出於民眾接受與作品傳播的需要，有意加入淫藝內容也是再自然不過的事情。

　　小結：本節主要勾勒了傀儡在佛教文化的影響下，變成無髮的郭郎，宋代時又變成鮑老和帶有跳舞宣淫意味的耍和尚、大頭和尚、月明和尚的線索，而年節期間的富於性暗示的節目既與遠古生殖崇拜有關，也與人們頭腦中存在的基於相似律的巫術思維密不可分。民間戲曲誕生於節日環境，因此也帶有了濃厚的淫鄙特色，成熟的戲曲中常見的逸出主幹情節之外的插科打諢正是其脫胎於民間戲曲的特有標記。

〔註156〕丁世良、趙放：《中國地方志民俗資料彙編・中南卷》，書目文獻出版社1991
　　　　年版，第572頁。本節所引地方志資料，如無特殊說明，均出自此書。
〔註157〕〔明〕顧起元：《客座贅語》，中華書局1997年版，第302頁。

第四節　節日風俗與戲曲題材

　　中國戲曲的一個顯著特點是熱衷於歷史典籍從選取素材，所謂「唐三千，宋八百，數不清的三、列國」，本文所言歷史典籍包括正史，也包括小說、雜記等具有補史乘之闕的野史。在現存的 162 個元雜劇劇目中，取材於歷史的劇目有 109 種，占總數量的 67%；據莊一拂《古典戲曲存目彙考》統計，在收錄的 4750 餘種劇目中，歷史題材的劇目占一半以上。曾白融主編的《京劇劇目辭典》所收的 5000 多個劇目中，歷史題材劇目更占到了九成以上。

　　但劇作取材於歷史並不表明這些作品會嚴格地按史實進行寫作，據吳晗先生的統計，只有 5%的劇作嚴格地根據史實進行寫作，其餘 95%以上都只能算作歷史故事劇。這就是歷史題材劇目最引人注目也為後人詬病最多之處，其實即便是吳晗先生所認定的 5%的劇目中，仍免不了有虛構與剪貼、過濾等藝術手法，更多的劇作在描述歷史人物和歷史事件時，會不時突破史料的限制，還有一類劇作更具反叛性，它們似乎走向了另一極端——主人公雖是歷史人物，但事件卻並非其人所經歷，或為子虛烏有，或為生捏硬造，作者用附會挪移之法強加於主人公之上，實有張冠李戴之嫌。對於歷史題材劇作特點的解讀，前賢時俊多站在精英文化立場進行探討，或認為此種特點與劇作者的立意、取向以及藝術精神有關。這一點自然不錯，但對於廣大受眾，研究者卻以「愚夫愚婦」一言以蔽之，彷彿在整個藝術過程中，觀眾只是一個被動的任由作家愚弄的接受者，實際情況是否真的如此，歷史題材的虛構甚至荒誕是劇作者的獨特的書寫權力還是作家與觀眾彼此心照不宣的共謀？按照接受美學創始人 H・R・堯斯的說法，「必須把作品與作品的關係放進作品和人的相互作用之中，把作品自身中含有的歷史連續性放在生產與接受的相互關係中來看。換言之，只有當作品的連續性不僅通過生產主體，而且通過消費主體，即通過作者與讀者之間的相互作用來調節時，文學藝術才能獲得具有過程性特徵的歷史。」〔註158〕若我們認可這一說法，受眾到底又是怎樣參與歷史題材劇的塑造的？本節希望從節日民俗的角度切入這一問題，以期獲得新的解說與闡釋。

一、題材選擇：徘徊在歷史與傳說之間

　　《全元戲曲》中收錄了一齣有意思的劇目：《關雲長大戰蚩尤》。若以今

〔註158〕〔德〕H・R・堯斯著，周寧、金元浦譯：《接受美學與接受理論》，遼寧人民出版社 1987 年版，第 19 頁。

天的眼光觀之，僅就標題而言，只恐被評論家們貼上戲說歷史的後現代主義標籤，關雲長和蚩尤根本不在同一年代，他們之間的大戰豈不如關公戰秦瓊一般滑稽可笑？時代的錯位實際上已將兩個英雄人物分置於不同的歷史時空，如果支配宇宙與世界的法則還在繼續起作用，他們完全不可能有相逢的一天，更談不上彼此之間的大戰了。

但這個荒誕的故事的本事卻被收錄在關羽故鄉解縣的地方志《蒲州府志》（清乾隆三年（1738）本卷二十四）裏：

> （唐）李晟鎮河東日，夜夢偉人來謁，自言：「漢前將軍關某也。蚩尤爲亂，上帝使某徵之，顧力弱不能勝，乞公陽兵助我。來日午時約與彼戰，我軍東向，彼西向。」語訖而去。晟早起，心異所夢，令軍士列陣東向如所戒。是日天氣晶朗，至午，忽陰雲四合，大風驟作，沙石飛起。晟曰：「是矣。」即令鳴鼓發矢，如戰鬥狀。久之，風止雲霽，視士卒似多有傷者。其夜復夢來謝云：「已勝蚩尤。」

我們知道，古人認爲《三國志》這樣的書中所記載的事件是真實的，地方志所記之事，雖多數不能入正史，但也以真實存在過作爲取材的標尺，也就是說，《蒲州府志》在記錄關公戰蚩尤這件事時，關羽雖未直接出場，只是兩次進入李晟的夢境託夢，但從文中對戰鬥場面的描寫來看，作者對其真實性是並沒有懷疑的。這一故事流傳甚廣，在宋代《三教源流搜神大會》卷三中，關羽甚至不需要士兵的協助就可戰勝蚩尤，宋代《宣和遺事》中也記載這一故事。元雜劇《關雲長大戰蚩尤》即是從上述故事敷衍而成。直至清代，關公戰蚩尤一直在當地流傳並深深地根植於民衆的記憶之中。王季思主編的《全元戲曲》於此劇前有提要稱，「此劇當據宋元間解州地區之民間傳說寫成，事見《宣和遺事》前集。明人朱國楨《湧潼小品》亦有記載」，「劇中提及『斬四寇』一事，又列舉刺顏良、誅文丑、斬蔡陽諸事，可見劇作者有意把本劇納入三國戲系統之中。」〔註159〕根據地方志對此事有嚴肅記載來看，稱此劇是民間傳說或需斟酌，但劇作者是想將此事併入到三國戲之列倒是實有其事。這樣，對這同一件事的認識就已經有了兩個視角，一個是今人的視角，一個是古人的視角，今人所認爲的荒誕不經在古人眼中是否也是如此？或者說，清代以前解州當地的民衆是否也將此事當作付之一笑的談資來看待呢？

〔註159〕王季思主編：《全元戲曲》第七冊，人民文學出版社 1999 年版，第 768 頁。

　　以今人的眼光看，這屬於歷史傳奇化或神話化的過程。但這個故事又反映了歷史上民眾們的一種心理真實，即事件不見得是真的，但創作者和受眾願意相信它是真的，且態度十分虔誠，絲毫不會懷疑事件的可靠性。我們可以從兩方面進行分析：

　　首先，該劇產生於關羽被極度神化並進入正祠的宋代之後，關羽在宋代被佛教尊爲伽藍而進入神靈系統，而該劇第三折中有「則把個佛家的弟子，生扭做了殺邪的惡魔君」之句，依此可以判斷此劇爲宋後作品。據《宋會要輯稿》載：「蜀漢壽亭侯祠，一在當陽，哲宗紹聖二年（1095）五月賜額『顯烈』，徽宗崇寧元年（1102）十二月封武惠公，大觀二年（1108）進封武安王。」〔註160〕經過這三次加封，壽亭侯關羽邁出了由人到神的關鍵一步，成爲國家崇祀的正神。至南宋，關羽於建炎三年（1129）、淳熙十四年（1187）又得到兩次加封。後來，元世祖、元文宗又兩度封贈，關羽的爵號已達「壯繆義勇武安顯靈英濟」十字，關羽成爲宮廷敬供的神祇之一。據《元史・祭祀志六》「國俗舊禮」條記載：「世祖至元七年……歲正月十五日，宣政院同中書省奏，請先期中書奉旨移文樞密院，八衛撥傘鼓手一百二十人，殿後軍甲馬五百人，抬舁監壇漢關羽神輿軍及雜用五百人。」〔註161〕而雜劇第三折中也有相對應的描寫：

　　　〔么篇〕則說五月十三日早晨，至少呵有一千個罪人。我是這
　　大祠堂玉泉山一個土地神。他每唱罷三聲諾，鬧吵吵眾黎民，不一
　　時將我來攛出這廟門。

這種熱鬧的場面，可以證明民眾對於關羽祭祀的虔誠與狂熱，也說明民眾對其神力的崇拜，他們是如此希望得到關羽的庇祐，自然不會存有絲毫的褻瀆的心理。

　　其次，就這個故事主幹情節來說，它明顯來自於傳統的節日驅儺的習俗。本劇的演出應該有明確的目的：即驅除在解州作亂的邪祟，解決當地的實際困難——有效處理解州鹽池乾涸的問題。在這裡，關羽充當了遠古的方相氏之類的神靈，或者說是戴著面具、黃金四目的方相氏讓位於神化了的歷史人物。這在本劇中有兩處可以作證，除了上引「則把個佛家的弟子，生扭做了殺邪的惡魔君」外，第三折中有長老和正末的一段對話：

〔註160〕〔清〕徐松：《宋會要輯稿》禮二十二之二十九，上海大東書局1935年影印本。
〔註161〕〔明〕宋濂：《元史・祭祀志六》，中華書局1976年版，第1926頁。

　　（長老云）……想將軍在生時，生的容貌端然；今日正直爲神，
可塑的如此惡像，可是爲何也？

　　（正末云）長老不知。不干別人事。都是這塑的待詔功德主，
他的不是了也。（唱）

　　〔倘秀才〕頗恨那愚濁下民，他塑畫的我不依本分。我在生時
誰曾道每日朝朝無是狠。塑的我披著副黃金鎧，可帶著一頂參青巾。
他將咱來祭敬。

將一個容貌端然的將軍塑得兇神惡煞，凶，正是方相氏的特徵。關羽的形
象是按照儺神來塑造的，而這個故事更早的原型就是春節前後的驅儺，它
展示的內容也符合驅儺的一般情節邪祟作亂──神靈登場與邪祟作戰──
戰勝邪祟，恢復太平。因此，這個故事更像是個儀式，儘管其情節比儀式
劇更爲豐富。在整個戲曲中，觀眾貫穿著一個理念或一種訴求，他們相信
無所不能的關羽能戰勝無惡不作的蚩尤，這是他們心中眞誠的祈禱和並不
過份的願望，他們並不在乎劇中人物是否在同一時代，有無碰面的可能。
出於心理的需要，他們嚴肅地創造了二人的會面並安排了一場大戰。出於
同樣的理由，明代《禮節傳簿》中的最常見的劇目《過五關》也出現了跨
越時空的情況。此戲現在在晉東南農村仍有上演，演出時，關羽、甘、麋
夫人以及部將等劇中人物要騎眞馬坐眞輦，從一地演到另外一地，通過在
五個舞臺上的對壘開打，表現「過五關斬六將」的具體情節。表演過程中，
百姓民眾隨行觀看，關羽還可隨意與觀眾談笑，甚至取吃沿街小販食物，
氣氛異常熱烈。這種演出非常特殊，戲中人物既在表演歷史故事，但又消
泯了演員與觀眾的界限，帶有了某種諧謔的成分，之所以采用隨處遊走的
演出方式，可能是繼承了上古方相氏依次到四個城門驅邪除祟的傳統。可
以說，在這個劇目裏，民眾關注的焦點是關羽能驅走晦氣，保證此地的安
寧，至於採取何種形式，觀眾與關羽能否交流不在考慮之列。這是一種心
理眞實。

　　如果再去探繹民間的一些節日，會發現一些不合情理但又可以理解的心
理眞實。試想，民間既然如此崇奉關羽，祀關的日子應該嚴格選在其誕生之
日吧？可實際情況是，祀關的日子相當混亂，且對關羽生日的說法也是五花
八門。雜劇第三折中有一句話：

　　（長老云）……別的神祇，一年享祭一遍，惟尊神一年享祭三

遍。是四月八日、五月十三日，九月十三日。……

四月八日是佛誕日，浴佛節，與關羽誕辰無關。五月十三，九月十三祀關有
文獻可證。郝經《漢義勇武安王廟記》曾描繪金朝祭祀關羽的盛況：「夏五月
十有三日、秋九月十有三日，則大爲祈賽。」〔註162〕金元時期除個別地方於
五月二十三日祭祀關羽外，其它州縣均在五月十三日祭祀關羽。到明清時這
個祭日得到了國家的認可，人們將五月十三日定爲關羽生日。梁章鉅《歸田
瑣記》明確說：「今時以五月十三日爲關帝生日。」〔註163〕我們可以選取一部
份方志的記載爲例證：

時 間	內 容	出 處
五月十三日	祀漢壽亭侯，家祀戶禱，廟宇以數百計，演戲不絕。	《錢塘縣志》（清康熙五十七年刻本）
五月十三日	爲武帝誕，紳士至碑亭，武聖宮祝獻，屠戶斂錢演戲。	《雙林鎮志》（民國六年上海商務印書館鉛印本）
五月十三日	漢壽亭侯誕辰，遞同。鋪出會……	《安吉縣志》（清同治十三年刻本）
五月十三日	關帝生辰，里社亦多拈午賽戲。	《餘姚縣志》（清光緒二十五年刻本）
五月十三	城鄉俱祝關聖誕辰，演劇誦經	《含山縣志》（清乾隆十三年刻本）
五月十三	爲「關聖誕」，會館多優戲以敬神。	《蘇州府志》（清光緒八年江蘇書局刻本）
五月十三	「關帝誕辰」。各坊拜祝，演劇於廟。	《平望志》（清光緒十三年吳江黃兆輕重刻本）
五月十三	關帝廟爲「單刀會」；演劇祀神，城鄉皆然	《咸寧縣志》（清光緒八年刻本）

但這只是民間對關羽誕辰占主流的一種說法，它並沒有一統天下，在主流
說法之外，各地還會選擇其它的日子祀關。如《長寧縣志》（清光緒二十七年活
字印本）云：「五月十一日，賽會關帝廟。」《漢口小志》（民國四年鉛印本）載：
「舊時每歲六月有『關王會』，里中各演劇迎賽最盛，近則時作時輟矣。『爭將
故事演新妝，枷鎖高蹺亦太狂，赤日燒空人泛蟲豈，年年六月賽關王』」。儘管
這些記載中並沒有直接文字如「關羽誕辰」之類的提示。但迎神賽會多與神誕
相關，也不可排除上述廟會的組織就安排在當地民眾認可的關公誕辰之日。且
拋開這些非主流的說法不論，單以全國各地普遍承認的五月十三日爲關羽生日
的說法而言，它是來自史籍中嚴格的記載還是來自某種約定俗成的認定，抑或

〔註162〕〔元〕郝經：《郝文忠公陵川文集》卷三十三，清乾隆三年本。
〔註163〕〔清〕梁章鉅撰、於亦時點校：《歸田瑣記》卷七，中華書局1981年版，第
133頁。

是不經意的以訛傳訛？《三國志》和各種典籍時並沒有關於關羽生辰的詳細記載。山西運城市常平村關帝家廟內有立於清康熙十九年（1680）的《前將軍關壯穆侯祖墓碑銘》，記關羽生於「桓帝延熹三年（160）六月二十四日」，而明崇禎二年（1629）立於石磐溝關羽祖塋的《祀田碑記》和清乾隆二十一年（1756）編修的《關帝志》，均言關羽生於桓帝延熹三年六月二十二日。比較、考證幾種資料，史學界認為可信且成定論的是：關羽生於延熹三年六月二十二日。那麼，即便是流傳最廣的說法，也經不起事實的推敲。

但民間為什麼要以五月十三日為關羽生日呢？其實這有著很明顯的功利目的。據民國二十三年《奉天通志》記載：「五月十三日，俗傳為關公單刀赴會日。又以是日為『雨節』，諺云：『大旱不過五月十三』，歷驗不爽。」五月十三日本是求雨之時，為古老的雩祭的遺存，關羽被安排來從事祈雨，因為其力量被民間不斷神化，以至能呼風喚雨，保祐一年的作物能有好的收成。關羽本是被附會進祈雨儀式中，後來民眾卻將錯就錯，乾脆宣稱此日為其誕辰，還被與正史有同樣功效的地方志堂而皇之地記錄在案。這一「假作真時真亦假」的記載，雖與以真實為唯一旨歸的史學形成了反諷，但它又有著自己的行動邏輯：它表達了民眾內心真實的求雨的渴望。

同樣的矛盾還出現在佛誕日、觀音誕辰與社日的認定上，法顯西遊印度，在摩揭提國巴連弗邑目睹了當地的行像儀式：「年年常以建卯月八日行像……當此日，境內道俗皆集，作倡伎樂。」〔註164〕建卯月，據唐不空譯《文殊師得菩薩及諸仙所說吉凶時日善惡宿曜經》卷上楊景風注，即是「唐之二月。」〔註165〕但佛誕日在中國各朝並不相同，北朝多認為是四月八日，南朝隋唐到遼多用二月八日，敦煌遺書 S.5957 號《二月八日文》有慶祝佛誕行像儀式的記載：「梵唄盈空而沸騰，鳴鐘鼓而龍吟，奏笙歌而風舞，群僚並集，緇素咸臻」，即是將二月八日當作佛誕的生動記載，但宋代北方認為佛誕為臘八，南方認為是四月八日，後世也一直延用四月八日這一說法，以致明代陸容對此還要辨正一番：「釋迦生周昭王二十四年四月八日……周正建子，四月即今之二月，今以夏正四月八日為佛生日，非也。……然今朝中以四月八日為佛節……莫有覺其非者。」〔註166〕李斗《揚州畫舫錄》載：在清代揚州，「土俗

〔註164〕章巽：《法顯傳校注》，上海古籍出版社1985年版，第103頁。

〔註165〕章巽：《法顯傳校注》，上海古籍出版社1985年版，第105頁。

〔註166〕〔明〕陸容：《菽園雜記》卷五，中華書局1985年版，第55～56頁。

以二月、六月、九月之十九日爲觀音聖誕」，[註167] 令人不解的是，本該是唯一答案的生日卻有三種不同說法，且三種說法還能並行不悖。同樣，對社日的確定，歷史上也並不統一。據《禮記·郊特性》:「社祭土而主陰氣也。……日用甲，用日之始也。」可知周代是在甲日祭祀「國中之貴神」——社神，後世之社日，一般又以立春和立秋後的第五個戊日，原因在於干支中「戊」代指土，而社祭爲祭土之故。但後世對此也並沒有嚴格遵守，晉稽含《社賦序》云:「社之在於世尚矣。自天子至於庶人，莫不咸用。有漢卜日丙午，魏氏擇用丁未。至於大晉，則社孟月之酉日。各因其行運。」[註168] 社日的選擇也是五花八門，對於祭祀國之貴神，古代也並沒有統一的時間。

以上所列尚是舉國祭祀的節日，至於淫祠所祀之神，其誕日就更經不起歷史的推敲和追問，有些甚至違背了基本常識。所謂淫祠，是指在官方祀典之外民間自創自尋的各種人格神、祖先神與行業神。對神靈的由來及誕辰，民間並沒有官方的統一口徑可供遵循，於是創造了自己的解釋系統。比如:六月二十四日雷祖生日，七月二十一日財神生日、六月二十七日火神生日等。不僅淫祠供奉諸神的誕辰於史無考，而且民間淫祀還出現了張冠李戴、祭他方之神的混亂現象。陳淳在嘉定四年（1211 年）給趙寺丞的題爲《上趙寺丞論淫祀書》中聲討民間混亂不堪的祭祀體系:「非所祭而祭之曰淫祀……況其它所謂聖妃者，莆鬼也。於此邦乎何關？所謂廣利者，廣祠也，於此邦乎何與？至於廟嶽一會，又將次第而起，復鄙俚可笑。嶽泰山魯鎮也。」[註169] 在他看來，聖妃是福建莆田縣林氏夫人化身的作爲航海守護神的天后聖母，廣利是唐代廣州刺史洪熙化身的深受漁民崇信的洪聖天王，東嶽神是深得商人崇信的冥府神，這些都是他鄉之神，於此邦何關？明代正德年間江西廣昌出現了一種新的祭祀演劇現象，引起一些正統人士的極大不滿，官府爲此還專門頒佈了《諭民榜略》:照得本府所屬廣昌縣，雖是偏方小邑，實爲詩禮明邦。不知近年以來，係是何人作俑，每歲七月二十二日，稱是唐忠臣張巡生日。至朝，本處居民互相糾斂錢財，宰殺豬羊，扮裝各樣戲文，名曰迎神賽會。鳴鑼擊鼓，震動鄉村。每當賽會之前，近而撫贛饒信，遠而閩浙等處軍

〔註167〕〔清〕李斗:《揚州畫舫錄》，山東友誼出版社 2001 年版，第 416 頁。
〔註168〕《古今圖書集成·歲功典》卷三二，中華書局 1934 年影印本。
〔註169〕〔宋〕陳淳:《北溪先生大全集》卷四十三，四庫全書本。

民商賈，莫不集會，動至數百千人。如此者，半月方罷。〔註170〕張巡的生日顯然係民間的說法，並沒有經過士大夫的嚴格考證，難怪會激起他們的憤怒。

　　一般而言，迎神賽會在神誕日進行，俗稱「依壇起會」，而神誕慶祝儀式構成後世戲曲題材來源之一。據史料記載，祭祀祖先神、英雄神、行業神的儀式往往會採用相關的歷史故事與傳說。在迎神賽會的鑼鼓聲中，這些英雄或神靈的光輝事跡會被神職人員再現於神廟或祭壇之上，這成為歷史題材劇發展的一條途徑。可是，當神誕日只是按照心理需求而設置的一種神聖時間時，歷史題材劇會以歷史學家所要求的真實觀去進行創作嗎？

二、話語錯位：以今衡古所遭遇的尷尬

　　歷史題材劇的最初原型可以追溯到三代祭禮中。三代祭禮中的裝扮表演體現了戲劇故事的大體結構。如，方相氏驅儺表現了圖騰神靈與為害人間的妖魔之間的搏殺、最終驅走邪祟的故事，其情節構成的核心是驅趕與被驅趕。再如，尸扮表現的是祝所扮演的神職人員與尸所扮演的神靈進行有效溝通，祝一方面要將祭主的要求達於尸，而尸也要通過祝傳達其旨意，這一溝通過程即構成了戲劇的情節架構。而史詩性樂舞旨在演述先王生前的豐功偉績，儘管由於樂舞的特點以及祭禮本身的規範所限，先王事跡不可能全面鋪陳開來，只會是輪廓性的象徵表演，但其情節是以歷史事件為主幹。這些演出部份在《詩經》中的雅、頌類中留存下來。如《夏龠》表演的是大禹治水的故事，《大濩》表演的是湯王伐桀之功，《長發》表演的是商代先祖建功立業的歷史，《大武》表現的是武王伐紂之功。只是，對歷史的追溯往往會進入神話的畛域，當祭禮表現商代始祖的歷史——「玄鳥生商」，並期望以此達到求子目的或祈禱天公降雨時，它又會遭遇到現代人質疑的眼光，這事是真實的嗎？

　　如果回到歷史語境中，在當時那些虔誠的祭祀者的心中，就如前舉的民眾祭關一樣，這應當是無可置疑的，否則人們怎麼會藉此表達求子和祈雨這一類嚴肅的主題？如此說來，社會上其實存在著兩種歷史：書面的歷史與心理（或口頭）的歷史，或者說官方的歷史與民間的歷史。官方的書面的歷史以有無文字記載和文物資料為衡量尺度，民間的心理的歷史表現為真誠的信仰、期望與願景，表達了民眾理解中的歷史、他們內心塑造的歷史。梁啟超

〔註170〕《正德建昌府志》卷十，上海古籍書店 1964 年影印天一閣本。

曾說過：「中國於各種學問中，惟史學爲最發達。史學在世界各國中，惟中國爲最發達。」〔註171〕這句話是就官方或精英階層立論，史料的考證和歷史的還原往往會佔用傳統學者大量的時間，他們希望能正本清源，對不按官方口徑發言的種種說法進行清理，對沒有文字依據的訛傳作出疏證。《宋史‧岳飛傳》中曾明確說過：「史稱關雲長通春秋左氏學，然未嘗見其文章。」〔註172〕其依據是各部正史的《藝文志》或《經籍志》以及官、私藏書目錄均無著錄，因爲按照謹嚴的史學家的眼光，如果關羽眞的通春秋左氏學，就應該有文字著述傳諸後代。既然無文字可稽，就只好存疑。

其實，如果我們再向前一步，就會發出疑問：有文字記載就一定都可靠嗎？被奉爲信史的正史的記載就一定都是眞實的嗎？日本學者小川環樹指出：「漢初以前傳記的性質，與其說是 biography（史實傳記），毋寧說與 legend（歷史傳說）相近。」〔註173〕他認爲：「《戰國策》提供給讀者的，確實可以說是戰國歷史 shadowy image（虛幻的印象），儘管我們目前還不能接受諸如《戰國策》中的蘇秦、張儀純屬子虛烏有的說法，但必須注意到，有關論辯的部份並非事實（至少常與史實發生矛盾）」。〔註174〕同樣的問題也發生在歷史巨著《史記》中，《項羽本紀》中項羽垓下之敗後，逃至烏江時，搖船老人對項羽的勸說作者何以得知？因爲當時並沒有第三人在場，司馬遷寫作《史記》時也不能起船夫於地下，這一段話是如何流傳下來的呢？對於這一細節產生疑問是再正常不過了，顯然，這一細節源自司馬遷傑出的虛構與想像力，史書雖以眞實爲最高原則，但往往不知不覺用上了小說的手法。正因爲此，歷史有時候與其說是書中所描述的那樣，還不如說是書寫者認爲歷史應該像書中所描述的那樣。基於此，標榜以眞實爲唯一尺度的官方歷史與民間的心理歷史有了某些共同之處，它們都或隱或顯地體現了講訴者的心理動機和敘述企圖，講述者都希望受眾認爲他們所講述的故事是眞實不虛的，可事實上兩者在某種程度上都只能看作心靈的歷史。魯迅《中國小說史略》在評述六朝文人寫作鬼神志怪書的心態時說：「蓋當時以爲幽明雖殊途，而人鬼乃皆實

〔註171〕梁啓超：《中國歷史研究法》，上海古籍出版社 1988 年版，第 10 頁。
〔註172〕〔元〕脫脫等：《宋史》，中華書局 1985 年版，第 11398 頁。
〔註173〕〔日〕小川環樹著，周先民譯：《風與雲——中國詩文論集》，中華書局 2005年版，第 276 頁。
〔註174〕〔日〕小川環樹著，周先民譯：《風與雲——中國詩文論集》，中華書局 2005年版，第 278 頁。

有，故其敘述異事，與記載人間常事，自視固無誠妄之別矣。」〔註175〕志怪書的作者們在這些作品裏屢次苦口婆心地告誡讀者「神道之不誣」，他們力圖向讀者表明其所述都是眞實存在過的事件，「自視」云云則表明志怪書的作者們並不認爲自己是在遊戲辭章、譁眾取寵。但對於稍有科學素養的讀者來說，作者們的言辭僅僅只能看作敘述者觀念中的眞實，或者可以說是心理歷史、觀念歷史。回到關羽誕辰的認定上來，如果信眾對於五月十三日這一并非關羽誕辰的日子心存疑慮的話，他們又何須勞神費力地浩浩蕩蕩地异神巡遊，大興祭禮？同理，出於不同的心理需要，民眾也可以將歷史上的一介武夫關羽的造像塑得儒雅可親或者兇神惡煞。

　　既然歷史在一定意義上只是心理史或觀念史，那麼我們也應該對活躍於勾欄目瓦肆的京師老郎多一些寬容，他們對當時新興的市民階層進行廣泛的歷史啓蒙。更早一些的歷史故事消費發生於唐代俗講變文的講唱聲中，在今存敦煌卷子裏，除了釋家講經文外，還有大量講唱民間故事、歷史故事的世俗變文。羅振玉《敦煌零拾》整理出敦煌詞文現存三種，《季布罵陣詞文》詞文敘述楚軍不動一將一卒，而僅憑季布陣前罵退劉邦漢軍，比《史記・季布欒布列傳》更具傳奇色彩。宋代瓦舍有講史一門，《都城紀勝・瓦舍眾伎》載：「講史書，講說前代書史文傳、興廢爭戰之事。」《夢粱錄》卷二十《小說講經史》條云：「講史書者，謂講說通鑒、漢唐歷代書史文傳、興廢爭戰之事。」《東京夢華錄・京瓦伎藝》載北宋汴梁出現孫寬、孫十五、曾無黨、高恕、李孝詳、霍四究、尹常賣等著名講史藝人；南宋講史藝人、《夢粱錄》載有戴書生、周進士、張小娘子、宋小娘子、丘機山、徐宣教、王六大夫等，《武林舊事》載有喬萬卷、周八官等23人，形成了一個龐大的講史的團體。據孟元老《東京夢華錄・京瓦伎藝》：「霍四究說三分，尹常賣五代史。」這些講史藝人之中還出現了專業化的分工。說書藝人講述的歷史更是對正史進行了大膽的誇飾與想像，其審美趣味與關注興奮點已不在於復述事件，而是要以藝術的手段打動聽眾，對歷史進行藝術加工也在所難免。江少虞《宋朝事實類苑》曾載：「党進……過市，見縛欄爲戲者，駐馬問：『汝所誦何言？』優者曰：『說韓信。』進大怒，曰：『汝對我說韓信，見韓即當說我，此三面兩頭之人。』即令杖之。」〔註176〕這雖是一個極端的例

〔註175〕魯迅：《中國小說史略》，上海古籍出版社1998年版，第24頁。
〔註176〕〔宋〕江少虞：《宋朝事實類苑》下冊，上海古籍出版社1981年版，第850
　　　～851頁。

子，但恰恰說明說書藝人具有翻手為雲覆手為雨的本領，他們巧舌如簧，歷史在他們口中成了可以任意發揮的題材。

王國維、胡忌等前輩學者曾指出宋金戲曲直接取材於說話的事實。民間對於歷史的認識雖有悖官方史實，但說話既已在民間廣為傳播，便成為民間百姓心目中不可改變的另類「史實」。筆者以為，歷史題材劇的研究一直原地打轉、滯步不前的原因之一在於對這種民間史實缺乏應有的尊重，也不能認識到歷史的真實在某種程度上只是一種想像和心理願景，所以研究者往往糾纏於所謂真實與虛構問題之上，明代湯顯祖的《玉茗堂集》、呂天成的《曲品》、王驥德的《曲律》、馮夢龍的《太霞曲語》、張琦的《衡曲塵談》、凌蒙初的《譚曲雜箚》、清代李漁的《閒情偶寄》、孔尚任的《桃花扇小引》、李調元的《雨村曲話》等著作中都對歷史真實與藝術真實進行過思考，他們或強調歷史真實、或突出藝術真實、或是採取折中之見，認為歷史真實與藝術真實應當統一。當西方戲劇觀念引入中國後，郭沫若、茅盾、王瑤、吳晗等學者也對歷史真實與藝術真實進行了廣泛的探討。受到傳統學術訓練的學者則將大量的精力用於疏證戲曲與官方史實的出入之處，焦循《花部農譚》、楊恩壽《詞餘叢話》、王季烈《孤本元明雜劇提要》、董康《曲海總目提要》、杜穎陶《曲海總目提要補編》、莊一拂《古典戲曲存目彙考》就是這方面的代表性著作。這些研究幾乎將論題都集中在虛實關係方面。對於虛實的認定又以是否符合官修的歷史為評判標準。茲舉《孤本元明雜劇提要》中數例：

《立功勳慶賞端陽》條：「按柴紹討吐谷渾、黨項有功，事載《唐書》。惟李道宗亦屢立戰功之人，而劇中詆之甚至，與史大異。」

《魏徵改詔風雲會》條：「按魏徵、秦瓊、程知節俱曾事李密，然其時太宗並無窺金墉城為密所囚諸事，改詔則更無其事矣。」

《徐懋公智降秦叔寶》條：「此劇所記皆有所本，惟謂秦瓊之降由於懋公所創，則無其事。」

釐清了題材的虛實後，學者們對於名公才人筆下的歷史題材劇尚可以用借史抒情、陶寫性靈為前人開脫。但對於位卑言微的民間藝人編演的歷史題材劇，文人們難免帶著知識階層特有的傲慢與偏見橫加指斥，以致喪失了基本的批評立場。清末平步青《小棲霞說稗·觀劇詩》云：「伶人演劇扮用古事，然多顛倒賢奸，蓋皆不識字者所為」。並引《持雅堂詩集》卷一《觀劇》五古詩一

首：「莊列愛荒唐，寓言著十九。傳奇祖其意，顛到賢與否。蔡邕孝廉人，《琵琶》遭擊掊；藉以諷王四，於義猶有取。俗人不知書，呈月乙造烏有。桓桓張士貴，勸出仁貴右，無端目爲奸，毅魄遂合垢；楊業雖健將，潘美亦其偶，不制王佽兵，天馬變家狗；勸懲義何在？妖言惑黔首！」〔註177〕平氏站在精英文化，將戲曲不合官方史實的原因歸結爲藝人文化素質低下：「皆不識字者」。可是，在沒有對龐大的藝人群體進行認眞的調查分析之前，以「不識字」來爲藝人群貼上集體標籤恐怕是很草率的行爲。如果我們看看下面幾則事例，就可知道平步青的結論下得過早了：

> 東坡嘗宴客，俳優者作技萬方，坡終不笑。一優突出，用棒痛打作技者曰：「內翰不笑，汝猶稱良優乎！」對曰：「非不笑也，不笑者所以深笑之也。」坡遂大笑。蓋優人用坡《王者不治夷狄論》云「非不治也，不治者，所以深治之也」。見子由五世孫奉縣尉愚説。」〔註178〕

優人對東坡文章如數家珍，恐非不識字者。在南戲《錯立身》中，完顏壽馬能「做《朱砂擔浮漚記》；《關大王單刀會》；做《管寧割席》破體兒；《相府院》扮張飛；《三奪槊》扮尉遲敬德；做《陳驢兒風雪包待制》；吃推勘《柳成錯背妻》；要扮宰相做《伊尹扶湯》；學子弟做《螺螄末泥》」，而在他成爲演員之前，「翰苑文章，萬斛珠璣停腕下；詞林風月，一叢花錦聚胸中」，「詠月嘲風，文賦敢欺杜陵老」，難道說這個衢州撞府的藝人不識字？此外，清人金埴《不下帶編》卷六曾載：「興化李相君春芳爲母太夫人張壽宴，奏《琵琶記》。曲有『母死王陵歸漢朝』語，而伶人易爲『母在高堂子在朝』」，這一改動不僅文理可通，又與生日喜慶氛圍相合，顯示出藝人較高的素養和機敏的口才，故演出使「闔座慶賞。相君大悅，以百金爲纏頭勞之」，達到了良好的效果，金埴也反問道，「誰謂優伶不能弄墨掉文耶！」〔註179〕

　　其實，當學者站在精英文化立場，以官修歷史的眞實觀爲理論預設考量歷史題材劇的時候，在邏輯起點已經陷入了某種誤區。〔註180〕從上文的分析

〔註177〕中國戲曲研究院：《中國古典戲曲論著集成》第九冊，中國戲劇出版社 1959年版，第 185 頁。
〔註178〕〔宋〕楊萬里：《誠齋集》卷一百四十，四庫全書本。
〔註179〕〔清〕金埴著、王湜華點校：《不下帶編》卷六，中華書局 1982年版，第 122頁。
〔註180〕這是不瞭解戲曲民俗創編演的隨意性。中國古代戲曲長期在民間創作演出流

中我們得知，關羽能否與蚩尤同場競技、其誕辰是否真為五月十三日對於迎神賽會的民眾並不成為問題，他們關注的是自己情感的表達與寄託。如果回到歷史語境，雖然呂天成、祁彪佳、徐復祚、沈德符、李漁、洪昇、孔尚任、孫郁、金聖歎、焦循、毛奇齡、袁于令、楊恩壽、姚華等諸多學者都對歷史題材劇的虛實問題進行過探討，但我們不要忽略了一個事實：中國古代並無「歷史劇」的概念。無論是夏庭芝《青樓集》將雜劇分為駕頭、閨怨、鴇兒、花旦、披秉、破衫兒、綠林、公吏、神仙道化、家長里短之類的做法，還是朱權《太和正音譜》中的雜劇十二科，他們都沒有將歷史劇當作一個獨立的門類。這說明取材於歷史在古人眼中是天經地義的事情，借歷史人物任意附會、嫁接故事乃至神話處理等也並不值得大驚小怪。

學界對於歷史題材劇的集體誤解始自上個世紀三、四十年代，當本是一個西方語彙的「歷史劇」概念泊來本土後，學者們認真地提出了歷史真實與藝術真實的問題，這樣的追問不是沒有道理，但評論者自一開口，就與創作實際發生了錯位。因為創作者本無意於什麼歷史法則，可評論者卻偏要以歷史的真實對作品進行關照，種種強求與誤會因此而產生。倒是任半塘說過：「唐戲取材及情節，與近代戲劇無殊，重在滿足戲劇之需要，並不拘守史實。」〔註181〕畢生致力於民族戲劇研究的張庚也指出：「新舊歷史劇也有所不同。舊歷史劇……不管反不反歷史。」〔註182〕可謂深得古劇要義。可惜這些說法並未引起學界的足夠重視。其實，相比那些固執的士大夫，清代徐珂《清稗類鈔》早就說過類似的話：「大抵今劇之興，本由鄉鄙。山歌樵唱，偶借事傳謳；婦解孺知，本無心於考古……積久相沿，遂成定例矣」，「徽劇情節，凡所注重者在歷史，而惜非真歷史也。其原本全出《列國演義》、《三國演義》、《水滸

佈，大多是歷史題材的傳統劇目，取材於歷史的真偽全憑民間觀眾的好惡興趣，並不局囿於歷史原貌和真人真事，表現了古代民間戲曲選取內容的隨意性。南戲中的《趙貞女》《王魁》等被徐渭稱為「里俗妄作也」。雖有輕蔑之意，但道出了戲曲在民間隨意創作的情況。「大抵今劇之興，本由鄉鄙。山歌樵唱，偶借事傳謳；婦解孺知，本無心於考古……積久相沿，遂成定例矣。」（徐珂《清稗類鈔》第三十七冊），中國古代戲劇對歷史題材處理的隨意性，主要是因為中國戲曲屬於「民間物」（魯迅語），是民間創作演出和廣為流佈的結果，與其它文藝民俗的特點是相通的，是文藝民俗的共性特徵。
〔註181〕任半塘：《唐戲弄》，上海古籍出版社2006年版，第1107頁。
〔註182〕張庚：《古為今用——歷史劇的靈魂》，《戲劇報》1963年第11期。

傳》、《西遊記》、《封神演義》諸書」，〔註183〕這也是眞正尊重事實的言論。在
繞了一個大圈子之後，學界逐漸找到了一些適合本土語境的批評話語，對於
戲曲的取材也就更多了一層同情的理解：「用民間的價值觀念來看，眞實的歷
史根本比不上虛構的傳說那樣眞實可信。……符合人們內心期待的傳說，總
是更容易取得人們的信賴，因之也就更有可能流傳，至於它的歷史眞實性，
反而經常被人們有意無意地忽視。」〔註184〕理解了這一點，我們對歷史題材
劇的特色也會有更深的認識——大多數歷史題材劇選取隨意，其歷史的眞僞
全憑民間觀眾的好惡興趣，並不囿於歷史原貌和眞人眞事。

　　還是以關羽爲例，關公戲中多有稱其爲「崇寧眞君」者，還稱這一封號
爲宋徽宗所賜予，但《宋會要輯稿》中只留下了宋徽宋加封關羽爲武惠公、
武安王的原始記載，卻無「崇寧眞君」之封。這一封號的眞正來源是雜劇《關
雲長大破蚩尤》，儘管出於雜劇，民眾對這一封號用起來還是心安理得。再
如，民間還有以關羽爲門神的。山東濰坊市至今還收藏有清代的一幅「大刀
門神」；三國中的關公和《水滸》中的關勝，這是又一個「關公戰秦瓊」。

三、集體抒情：歷史題材作品的情感意蘊

　　以上分析了影響歷史題材劇材料處理的創作者及觀眾的思維特點，這一
特點深植於中華民族的記憶傳統，是作者與受眾事先就已達成的普遍共識。
這種對材料的處理原則——表現而非再現——不僅表現在戲曲中，也表現在
中國文人的幾乎一切作品裏。海外漢學家高友工曾深刻地指出中國文學的根
本特徵：「抒情詩的美學在中國傳統中，確曾被普遍視爲文學的最高價值所
在。司馬遷的傳記及莊子寓言毫無疑問的是歷史和哲學的作品，但若有人試
圖證實司馬遷所用史料的對錯或莊子議論的眞假，必然會錯過這些作品的眞
正價值和旨趣。此二文學巨匠，其偉大全在於具現了抒情境界的精髓部份，
而不在其它功利之用上。」〔註185〕對於戲曲本質的體認，劉彥君也有十分
精當的概括：「東方戲劇是『表現性』的戲劇，它依靠敘述性手段與帶有強
烈裝飾性的程序化動作，得以對對象進行隨心所欲的變形處理，效果上直趨

〔註183〕〔清〕徐珂：《清稗類鈔》第十一冊，中華書局 1984 年版，第 5012 頁，第
　　　　5029 頁。
〔註184〕傅謹：《中國戲劇藝術論》，山西教育出版社 2003 年版，第 83 頁。
〔註185〕高友工：《中國敘述傳統中的抒情境界》，《中國敘事學·附錄》，浦安迪著，
　　　　北京大學出版社 1998 年版，第 207 頁。

其神，獲得了手法的寫意自由。東方人的藝術觀念偏重於對藝術形式及其所體現境界的理解，而不在對藝術與對象之間距離的測度。東方人從戲劇本質爲表現藝術的認識出發，對戲劇的審美期待不是它能提供合理的內容，而是它對內容的特殊表現方式及其效果——感情抒發的把握的恰到好處，這也是由表現性戲劇具備更大觀賞性的實質所決定的。」〔註186〕劉說是對張庚先生論述的繼承與提升，這也糾正了因認識偏頗、對戲曲體制與創作原則缺乏同情之理解，自覺不自覺地以今衡古或用西方的理論框架硬套古典戲曲的拙劣做法。

　　戲曲情感的發抒可以分爲兩類，一類是作者本人的情感，另一類是集體情感。如果僅將戲曲視爲案頭之曲，就不會否認作者借戲曲以澆心中塊壘之意。這一點已爲前人所觸及。梁廷枏評清代金兆燕《旗亭記》云：「作王之渙狀元及第，語雖荒唐，亦快人心之論也」，「唐之狀元，於之渙何關輕重？作是曲者，亦如尤西堂之扮李白登科，徒爲多事矣。顧青蓮不必登科，而以玉環考試，則不妨作第一人想：若『黃河遠上』之詞，雙鬟久具隻眼，又何論之渙之狀元不狀元乎？」〔註187〕但戲曲又不僅僅是「案頭之曲」、他同時也是「場上之戲」，如果不能搬之場上，它的存在只具有文獻意義，而不具備鮮活的藝術生命，觀眾的缺席將會使戲曲的當下實踐無法進行，它的意義也沒有在觀眾那裏獲得確證，其最終價值也無法實現。伽達默爾指出：「（戲劇）好像敞開一樣指向觀賞者方面，在觀賞者那裏它們才贏得它們的完全意義。」〔註188〕若承認戲曲的生命除了誕生在案頭也活躍在場上的話，那麼，戲曲中的情感抒發就不僅僅包括作者本人的，也應包括身處劇場之中的觀眾的普遍情感，而戲曲也成爲既由作家的藝術創造，又受到觀眾情感加工的藝術樣式，這是一種具有自我協調和創新功能的、由觀眾精神需求與藝術生產、傳播、消費組成的系統工程，也是在歷史的動態選擇過程中生成的。法國十九世紀戲劇評論家弗郎西斯科‧薩賽說：「我們曾給戲劇藝術下過這樣一個定義，說它是一些約定俗成的東西的整體。」〔註189〕用這句話來描述中國戲曲的歷史

〔註186〕劉彥君：《東西方戲劇進程》，文化藝術出版社1997年版，第98頁。
〔註187〕中國戲曲研究院：《中國古典戲曲論著集成》第八冊，中國戲劇出版社 1960年版，第268頁。
〔註188〕〔德〕漢斯‧伽達默爾著，洪漢鼎譯：《眞理與方法》上卷，上海譯文出版社1999年版，第140頁。
〔註189〕〔法〕弗郎西斯科‧薩賽：《戲劇美學初探》，《古典文藝理論譯叢》11 集，

生成也大體不差。事實上，「以詩爲目的的歷史劇，其虛構的限度在於觀眾的認可，這種認可是觀眾基於歷史知識的挑剔和出於審美素養的寬容兩條相反原理共同作用的結果」。〔註190〕從接受的角度看，觀眾接受後的集體反應也反作用於作者與表演者，他們與作者、表演者一起共同參與了歷史題材劇內容與形態的塑造。對於戲曲體現的個人情感，學界並無多大異議，但對於戲曲也體現著觀眾的集體情感，卻沒有被學者們納入研究視野。王驥德總結元人雜劇時曾說：「元人作劇，曲中用事，每不拘時代先後。馬東籬《三醉岳陽樓》，賦呂純陽事也。〔寄生草〕曲：『這的是燒豬佛印待東坡，抵多少騎驢魏野逢潘閬。』俗子見之，有不訾以爲傳唐人用宋事耶？畫家謂王摩詰以牡丹、芙蓉、蓮花同畫一景，畫《袁安高臥圖》有雪裏芭蕉，此不可易與人道也。」〔註191〕對元劇藝術精神把握得十分準確，然而他對民眾喜聞樂見的民間戲曲卻不無指責之意：「邇始有捏造無影響之事以欺婦人、小兒看，然類皆優人及里巷，亦不論理之有無可否，於古人事多損益緣飾爲之，然尚存梗概。後稍就實，多本古史傳雜說略施丹堊，小人所爲，大雅之士亦不屑也。」〔註192〕王氏一方面爲文人劇作的不合史實辯護，另一方面又對民間劇作不合邏輯的批評毫不含糊，體現出其態度的雙重性。殊不知，戲劇永遠是一種在心理場域中實現著的集體儀式活動，其中也體現著觀眾的集體情感。

　　若追溯觀眾集體情感的形成過程，或應從演劇之前身——節日儀式中去尋繹。最初的儀式與原始宗教觀念聯繫密切，總是體現著祈福與禳災兩方面實用目的。儀式的舉行傾注了行祭群體的共同希望與嚮往，當行祭對象逐漸由無形無質的自然神變爲人格神與英雄神，但儀式的內在理念並沒有多大改變，民眾仍希望以各種手段娛神，並獲得其恩澤與庇祐。清黃漢《甌乘補》引《孚惠王靈分祐廟記》：「今甌俗每歲上巳忠靖王迎會……俚俗以娛神爲戲事。」〔註193〕清《海寧州志稿》卷四十：「二月春社……至有競爲優戲以樂神者，名平安戲。」清董含《蓴鄉贅筆》記載：楓涇鎮爲江浙連界，商賈叢積。

人民文學出版社 1965 年版，第 259 頁。

〔註190〕陸煒：《虛構的限度》，《文藝理論研究》1999 年第 6 期。
〔註191〕中國戲曲研究院：《中國古典戲曲論著集成》第四冊，中國戲劇出版社 1960 年版，第 147～148 頁。
〔註192〕中國戲曲研究院：《中國古典戲曲論著集成》第四冊，中國戲劇出版社 1960 年版，第 147 頁。
〔註193〕〔清〕黃漢：《甌乘補》，《中國地方志集成》浙江省專輯58，上海書店 1993 年影印本，第 677 頁。

每上巳，賽神最盛。築高臺，邀梨園數部，歌舞達旦。曰：『神非是不樂也』。
〔註194〕節慶期間的戲曲演出仍帶有濃厚的宗教氣氛，以娛神為目的的演劇一方面要誇耀神靈的英武氣概、豐功偉績，而對於其不光彩的一面則做了隱藏，比如祭祀關帝可以演《單刀會》、《關神捉妖》等，但不能演《走麥城》，這是民眾心中約定俗成的規則與禁忌，它體現了祭祀過程中的集體情感，也對歷史進行了選擇與過濾。

民間演劇以娛神的口號相號召，其評價卻以世俗之人的歡快程度為標準。世人覺得高興與娛悅之事神也必定有同感，因此，喧鬧與狂歡成為節日演劇的第一個顯著特徵。劉克莊晚年長詩《觀社行用實之韻再和》詳盡地描繪了福建莆田鄉村社祭之中的戲劇演出活動：「陌頭俠少行歌呼，方演東晉談西都。淫哇奇響蕩眾志，瀾翻辯吻矜群愚。狙公加之章甫飾，鳩盤謬以脂粉塗。荒唐夸父走棄杖，恍惚像罔行索珠。效牽酷肖渥窪馬，獻寶遠致崑崙奴……」在他所見到的社祭場面中，戲劇的演出給人印象頗深，從詩中描給看，這些戲劇既有歷史劇，又有神話劇，演員的化妝表演非常誇張，儘管有很多歷史人物登場，但整個演出並不是要真實地再現他們的英雄形象，而是以錯位的裝扮和幽默的調侃達到喜劇的效果。

既然民間節慶演劇追求調笑娛樂，其演劇就類似於百日之勞、一日之樂的情感宣泄，在娛神的表像之下觀劇就成為民眾難得的遊戲時間，劇場也構成了民眾參與遊戲、釋放激情的絕佳空間。這一點在民間戲劇，尤其是像目連戲這樣的民間大戲中表現得特別明顯，各地的目連戲是民眾集體創作、集體參與的藝術，其藝術價值與藝術精神也是在熱烈喧鬧的集體表演中實現與昇華的，當成千上萬人聚集在同一時空中，共同沉浸在一方舞臺所設定的情景中，如醉如癡地分享著某種人生經歷時，實際上也進行了一次情感的洗禮，此時物理時間被神聖時間所取代，觀眾們彼此的情感形成共鳴，共同體驗著宗教儀式與世俗審美所鍛造的情感磁場。

清代李調元說：「劇者何，戲也。」〔註195〕既然演劇只是一種遊戲，只是表演者和觀賞者但求解頤、共同體驗身心愉悅的方式，既然戲曲的演出是

〔註194〕中國戲曲研究院：《中國古典戲曲論著集成》第八冊，中國戲劇出版社 1959 年版，第 205 頁。

〔註195〕中國戲曲研究院：《中國古典戲曲論著集成》第八冊，中國戲劇出版社 1959 年版，第 32 頁。

出於心理調劑與安慰的實用目的，爲何一定要尊重歷史，展現那些令人鼻酸或令人不快的歷史眞實？於是，在此種集體情感的介入下，民間對戲曲的內容也進行了修改。我們可以通過早期南戲主題的變遷分析集體情感的介入而對戲曲題材的「塑造」與「修改」的過程。徐渭《南詞敘錄・宋元舊篇》中載《趙貞女蔡二郎》：「即舊伯喈棄親背婦，爲暴雷震死，里俗妄作也。」〔註196〕「里俗妄作」說明了該劇故事並無所本，只是虛構的產物，劇中蔡伯喈並非漢末蔡邕其人。既然原無所本，後來的修改也在情理之中。南戲歷史上曾流行過《陳叔文三負心》、《張協狀元》、《李勉負心》、《王魁》、《歡喜冤家》等負心戲，同樣，《趙貞女》也是一部負心戲。但自元代中期起，負心婚變的劇目逐漸向歌頌性主題轉化，譴責負心漢變成了歌頌子孝妻賢，《趙貞女》變成了《琵琶記》，而《王魁》變成了《王俊民休書記》、《王魁不負心》。學界過去以爲，蔡伯喈故事主題的改變出自元末文士高明的手筆，但據孫書磊的研究，這一改變實乃民間所爲。孫先生發現清代鈕少雅、徐於室合撰的《九宮正始》中輯錄有《蔡伯喈》劇曲九首，它們取自《大元天曆間九宮十三調譜》，而這九首劇曲與明代《琵琶記》的情節基本相近，他因此認爲在高明之前，民間藝人就已經將蔡伯喈的形象進行了重塑，伯喈再也不是不忠不孝、無情無義的薄情郎，而變成了一個全忠全孝、重情重義的眞君子。〔註197〕這樣的改動也可以理解，前文已指出，最初的南戲演出往往依附於節日、廟會等公眾性慶典，演劇也成爲整個儀式的一部份，其形式本身所具有的隱喻與象徵超過了提供教育與認識意義的外在目的，它更需要的是民眾的快樂，基於快樂原則，民間將一個十惡不赦、甚至要將其五雷轟頂的蔡伯喈寫成全忠全孝、顧全大局的偉丈夫。而人的快樂可以同樣使神快樂，在這過程中民眾也悄悄地完成了迎神納福的心理祈禱。

　　小結：本節以《關雲長大戰蚩尤》爲切入點，分析了文人與民間對於歷史人物、歷史事件的態度以及民間的歷史觀。在民眾眼中，眞實不是歷史題材劇的首要價值標準，情感的發抒才是他們眞正關心的事，此種情感爲一種集體情感或儀式情感。

〔註196〕中國戲曲研究院：《中國古典戲曲論著集成》第三冊，中國戲劇出版社 1959
　　　　年版，第 250 頁。
〔註197〕孫書磊：《中國古代歷史劇究》，南京師範大學出版社 2004 年版，第 205 頁。

第四章　節日風俗與戲曲傳播

　　戲曲在節日中走向成熟，節日又是戲曲傳播的主要通道。從某種意義上說，節日演劇可以稱作遠古宗教儀式的遺存。因此，演劇的內容不可避免地帶有濃厚的宗教色彩。本章選取了元宵節、中元節、生日與死亡四個節日來探討節日演劇的傳播模式、題材偏好、劇目內容與特點等諸方面的內容。

第一節　元宵演劇與戲曲文化的傳播

　　元宵節是重要的歲時節日之一，它是整個春節慶祝活動的高潮。各地對於元宵的慶祝方式不一，但基本上都將其視為狂歡節，演劇也是節慶必不可少的內容之一。元宵演劇究竟遵循著怎樣的藝術邏輯發展，其傳播模式有哪些，又有著怎樣的劇目偏好？

一、元宵演劇的線索梳理

　　元宵演劇，實際上循著兩條線索向前發展。一類是根植於民間源遠流長的迎神賽社傳統。前文已述，賽社獻藝是中國古代戲曲生成與生存的基本方式，賽社最初是指報祈土地神，後又有泛社神祭祀，最後賽社逐漸涵蓋了宗教中所有的民間祭祀活動，而且，節日慶祝活動包括演劇也被納入賽社行列，因此，演劇也成為了節日宗教活動的組成部份。

　　透過後世元宵男女遊藝、縱情狂歡、酣歌宴飲、簫鼓笙歌的紛繁的表象，探求形成這種風俗的深層原因，可知這些自娛的活動有更為久遠的娛神傳統。民間元宵演劇本質上是一種宗教活動。徐渭《南詞敘錄》中列《宋元舊

篇》中有《鬼元宵》一劇，從題名推測，元宵在宋元戲文中與神鬼關繫緊密，惜全劇已失傳，這是較早能表明元宵與泛宗教的鬼神發生勾聯的例子。即便在後世，這種演劇活動也帶著非常強烈的宗教色彩。其表現有以下幾個方面：

其一，上元的演戲從屬於祭賽活動，爲繁多的賽社項目中的一種。田汝成《西湖遊覽志餘》（成書於明嘉靖二十六年）載杭州上元風俗，上元節有「祭賽神廟」活動，表演節目有「社火、鰲山、臺閣、戲劇、滾燈、煙火」。〔註1〕

其二，元宵上演的全本大戲，更是直接複製了民間祀神演劇持續數日演全本大戲的做法。如浙江奉化過去演燈頭戲，正月十三日開始放燈，稱爲上燈日，正月十六畢會收燈，稱爲下燈日，時間長達四天，這四天中每天都要連演大戲數場，日夜相繼。

其三、某些地方的儀式劇明顯帶有宗教目的，表達著某種宗教訴求。清宣統元年《新河縣志》載：「十二日，城市觀燈，好事者以粉墨塗面，一扮鼠婿，一扮鼠婦，備鼓吹行親迎禮，謂之『鼠娶婦』。」〔註2〕這只是一齣簡短的儀式劇，但有明確的意義指向。鍾敬文先生已詳論之，此不贅。同類的儀式還包括河北武安市固義「捉黃虎」等。

其四，「祭中有戲，戲中有祭」，一部份民間演劇依附在上元所舉行的儺儀之上，其宗教色彩更是不言而喻。如山西任莊「扇鼓儺戲」中演出《坐后土》、《打倉》等劇目，安徽池州儺戲中的正戲《劉文龍趕考》、《孟姜女尋夫》等，河北武安市固義賽戲劇本《點鬼兵》、《弔掠馬》、《十棒鼓》、《弔黑虎》、《祭鹿臺》、《開八仙》、《奪狀元》、《討荊州》、《伯王戲本》、《幽州都本》、《戰船》、《妃城大總會》、《衣帶詔》等。另外，一些驅儺活動將儺儀與戲劇緊密融爲一體。明人徐復祚《儺》載：「今此禮尚存，但不於除夕而於新歲，元旦起而元宵止。丐戶爲之，帶面具，衣紅衣，挈黨連群，通宵達曉，家至門至，遍索酒食，醜態百出，名曰『跳宵』。如同兒戲，恐夫子當此，亦當少馳朝服阼階之敬矣。最可笑者，古儺有二老人，謂之儺翁儺母，今則更而爲竃公竃婆演其迎妻結婚之狀，百端侮狎，東廚君見之，當不值一捧腹。然亦有可取者，作群鬼猙獰跳梁，各居一隅，以呈其兇悍。而張眞人即世所稱張天師出，登壇做法，步罡書符捏訣，冀以攝之。而群鬼愈肆，眞人計窮，旋爲所憑附，

〔註1〕〔明〕田汝成：《西湖遊覽志餘》卷二十，上海古籍出版社1998年版，第288頁。

〔註2〕丁世良、趙放：《中國地方志民俗資料彙編·華北卷》，書目文獻出版社1991年版，第497頁。本節所引方志資料，如無另注，均出自此書。

昏昏若酒夢欲死。須臾，鍾馗出，群鬼一辟易，報頭四竄，乞死不暇，馗一一收之，而眞人始蘇。」徐復祚展現的是常熟驅儺活動的場面，此戲雖屬儀式層面的儺戲，但其故事情節已非常生動，既有竈公竈婆的「迎妻結婚之狀」，又有群鬼附體於張眞人，使其迷糊欲死，還有鍾馗捉鬼的情節。這表明這一儺戲正在走向世俗戲劇。另外，儺的扮演者是「丐戶」，他們的扮演行爲並不純出於宗教目的，而是有著「遍索酒食」的現實經濟目的。

另外，一些方志在記載元宵地方戲演出時也明確點明了這些戲曲的宗教功能。如清宣統元年《從化縣新志》：「小民喜演土戲賽禱，歲以爲常。」民國二十八年石印本《新安縣志》記載了當地元宵上演的「蠟花戲」，並確定蠟花戲的歸屬──「此系儺劇」。

元宵演劇的第二條發展線索發端於宮廷宴饗用樂的傳統，宮廷教坊藝人吸收了優秀作者的曲作，於唱詞之外發展爲唱曲。這一習俗由宮廷逐漸影響到藩府後來又影響縉紳階層，元宵曲唱遂成一時風氣。宮廷中以樂饗宴，其風在先秦時即已存在。其後歷代相沿不輟。唐代宮廷設立內外教坊，並在重要節令召優人表演各種伎藝，使節日的娛樂氣氛逐漸壓倒了宗教氣氛。上元爲重要節日，表演自是不可或缺。於上元演劇風俗的形成而言，兩個時段尤爲關鍵：

其一，北宋宮廷的上元慶典中，雜劇成爲表演項目，且內廷、外廷均有供奉。北宋供奉內廷的音樂機構爲雲韶部，雲韶部有雜劇二十四人，在上元觀燈之際常有作樂演劇之舉。在遠離中原的蜀地，宴樂演劇亦很發達。宋人莊綽《雞肋編》記載蜀中雜劇：「成都自上元至四月十八日，遊賞幾無虛辰。使宅後圃名西園，春時縱人行樂。出開園日，酒坊兩戶各求優人之善者較藝於府會。」〔註3〕這是川雜劇的狀況，其演出長達幾月，演出時間的起始點是上元。正因爲此，學界多認爲元宵風俗由觀燈向觀戲變化的契機爲北宋。

隋樹森《全元散曲》共輯錄元宵題材的散曲 10 首。但這些散曲是否爲場上之曲，是否就在元宵節上演、傳唱難以遽下定論。

對元宵演劇風俗的確立起重要作用的另一時段爲明初至明中葉。明代洪武初年即已制定明確的宴饗儀制，大宴儀以九爵爲限，遵守奏一段樂曲夾雜一段隊舞、百戲或院本的形制。此後，統治者出於教化百姓、點綴昇平的需要，加大了制禮作樂的力度。文人的創作與元宵演劇出現合流，並呈互動關

〔註3〕　〔宋〕莊綽：《雞肋編》，中華書局 1983 年版，第 20 頁。

係。於創作而言，大量附著在宮廷內宴的元宵散曲開始出現。追憶明初至中葉教坊遺聲的《盛世新聲》、《詞林摘豔》、《雍熙樂府》中有大量題作「元宵內宴」、「元日祝賀」、「元宵應制」、「燈詞」、「春日」（即元日）、「賞元宵」、「元夜」的作品。明代還出現了專為元宵而編寫的劇目。《脈望館鈔校本古今雜劇》中錄有明教坊編演鈔本《眾神聖慶賀元宵節》一卷，內容是：皇帝萬壽，恰逢元宵佳節，皇帝下令建鰲山，放花燈，與民同樂。元始天尊命三界神仙同下凡為皇上祝壽，慶賀元宵。王季烈《孤本元明雜劇》評此劇為「排場至為熱鬧」，據內容和風格判斷，該劇乃專為元宵演出所編劇本。於演出而言，上引二例既為創作，也為演出。另外，明「前七子」之一李夢陽《汴中元宵》絕句云：「中山孺子倚新妝，趙女燕姬總擅場，齊唱憲王新樂府，金梁橋外月如霜。」憲王即朱有燉，新樂府指朱有燉創作的戲曲作品。

宮廷演劇隱約可見迎神賽社之遺風，如《眾神聖慶賀元宵節》中之鬼神雜出。但其與民間演劇的分野也是突出的：就功用而言，娛神的成分減少而娛人自娛的成分不斷增多；就形式體制而言，由於受宴饗時間所限，多以散唱或折子戲形式進行傳播。此後，明代樂官制度發生了一些變更，宣德官妓之禁後，兩京教坊迅速衰落，王公貴族、縉紳士夫紛紛置辦家班，他們酬酢往來，無樂不歡，只不過以優童代女樂，其精神特質仍承宮廷曲唱之餘續。

上之所化為風，下之所成為俗。在皇族、縉紳與士大夫的提倡下，元宵活動的內容從最初的驅儺儀式經由儺儀之變的社火競呈最終變為戲曲演出。筆者判斷：演劇作為上元風俗被確立下來可能在晚明，原因有二：其一，這一時期，除了筆記小說的零星記載外，〔註4〕方志中開始大量記載上元演劇的信息，而在《宋元方志叢刊》中，基本上看不到相關記載。茲舉數例：《明代孤本方志選》中收有明崇禎年間《永年縣志》：「（上元）或有於祠廟前建鰲山扮戲者。」萬曆十五年《紹興府志》載上元「間鬧以戲劇」，崇禎十五年《太倉州志》也載元宵「集優人演劇」清乾隆十二年《海鹽縣圖經》：「初，城北天妃祠衛揮使戶候有鰲山燈甚盛。山前立一臺，先期結錦綺為行棚，貯倡女姣童歌舞其上。從西關外設祭禮，花燈火樹導之，赴祠下登臺演傳奇。」其二，方志中還為元宵演劇設立了一個專有名詞：燈戲。新詞的創造往往會稍稍滯後於新出現的事物與現象。燈戲一詞，見於清代方志中，如：

〔註4〕 如明劉侗、於奕正《帝京景物略》記載的正月初八至十七燈市期間，「教坊教的新雜劇，新箱特地圍新年。」

清道光元年《辰溪縣志》：「燈節」後，聚錢演戲，日「燈戲」。

清光緒二十八年《沅陵縣志》：觀燈之後，又各聚資唱梨園，名日『燈戲』。

清光緒五年《通州志》：自十三至十六，各廟鼓樓懸燈，放花炮，其演戲者，日「燈戲」。

通過以上分析，大體可以判斷元宵演劇為晚明之後形成的風俗。

二、元宵演劇的傳播模式

上文已討論元宵演劇的兩條發展路徑，對其傳播模式的探討將建立在此基礎之上。

先看屬於祈報系列的民間演劇。與迎神賽社一樣，富於宗教色彩的元宵演劇活動地點一般在神廟與宗祠。祭儀劇的演出雖有一定的演出場所，根據劇情需要，有時可以把整個村莊作為表演空間，而不局限於一方舞臺。如山西任莊的「扇鼓儺戲」中的遊村、收災、送娘娘，即是把整個任村作為演出場地。關於神廟劇場的結構、效用與地域分佈諸方面，學界成果已相當突出，不贅。民間演劇，神廟確為一重要傳播基地。聊舉數例為證。張岱《陶庵夢憶》中有專門的篇章描寫嚴助廟的元宵演劇活動，演員與觀眾就在這一場域進行著戲曲文化的交流。河北固義村元宵賽戲劇目《弔綠臉小鬼》、《弔四尉》等也是在玉皇大帝神棚前演出的。方志中記載元宵期間在神廟演戲的例子比比皆是。如：

清光緒二十五年《餘姚縣志》云：「今『燈節』邑廟演戲」。

清光緒二十八年《寧海縣志》云：「市廟里社結綵張燈，演劇敬神，至二十乃止」。

清康熙十年《上虞縣志》云：「各社廟賽神，以鼓樂戲劇為供，陳設古器，奇巧相角。」

清同治六年《寧鄉縣志》云：「各寺廟醵金演劇，觀者如堵。」

除神廟之外，宗祠也是一個相對集中的傳播地點。明清宗祠戲臺遍佈大江南北，形成「有宗必有祠，有祠必有臺」之勢，這些宗族往往在宗祠內或宗祠旁建立戲臺，戲臺一般正對神殿或祖宗牌位。元宵在宗祠演劇亦不鮮見。如：清同治九年刻本《上高縣志》載當地上元風俗：「各祠廟有演戲者」。宗祠演劇乃是基於兩個前提，其一是「事死如生」的孝道，其二是由我及人的考慮，我之所喜，神鬼亦將喜之，於是將祀神與祀祖結合在一起，把最好的

禮物——戲劇給祖先神靈享用。這體現了人們內心深處的鬼神崇拜與祖先崇拜觀念。

清代，隨著各種地方戲曲的興盛，戲曲成為民間最主要的娛樂方式，元宵演劇並不拘於神廟、宗祠，而呈現出遍地開花的態勢。如：康熙三十年增刻本《任縣志》載：「東西北三門大街，俱各張燈，施放煙火，花炮及醵錢扮戲，以為娛樂。」乾隆十二年刻本《赤城縣志》云：「……隨處演戲……」清康熙五十一年刻本《龍門縣志》載：「又隨處演戲……」光緒二年刻本《懷安縣志》云：「又隨處演戲……」清嘉慶二十二年刻本《密縣志》云：「『元宵』，四街演劇祀神，文廟張燈，放花炮。」清乾隆二十年刻本《汲縣志》載：「各處演戲。」清光緒十六年刻本《化州志》云：「『元宵』，各神廟、街市俱張燈結綵……將餘費於覲光門外沙洲搭廠為宴集之所，略如京都戲園式，張燈演戲，紙醉金迷。」

民間演劇的傳播者大致可分為兩類：

一是從事酬神祭祀的神職人員。祭儀劇與其說是演給人看，還不如說是自己演著玩兒。這種戲劇藝人並沒有完全職業化，也不以營利為目的，而是下層民眾借著祭祀鬼神、驅凶納福的儀式進行自娛的一種方式。他們平時耕種漁獵，到了演出之時便成了演員。如山西曲沃任莊「扇鼓儺戲」中演出《坐后土》、《打倉》等劇目的十二神家。「扇鼓儺戲」在演出時，需要在祭祀壇場「八卦壇」中進行。第一天舉行遊村、入壇、請神、收災活動，第二天演唱《下神》《添神》《吹風》《打倉》和《攀道》，第三天演唱《猜迷》、《採桑》、《坐后土》。這些小戲的演出內容與當地的民情風俗關係密切，而且與祭祀儀式融為一體，均在一種民俗的氣氛中熱鬧地進行著。再如，安徽池州儺戲中的小戲與正戲《劉文龍趕考》、《孟姜女尋夫》、《陳州放糧》、《張文鮮趕考》等等劇目的扮演者也是當地農民。

另一類是社火扮演者。社火一方面遺留著鄉人儺沿門逐疫的特點，同時社火也是宗教儀式和成熟戲劇的過渡地帶，當流動隊舞駐留在某個固定地點進行演出時，它就具有了戲劇的四個要素：扮演、演員、觀眾、劇場。最早的元宵戲劇表演者應該兼有著雙重身份：既是社火扮演者，同時又是戲劇演員。周華斌先生推測，社火之中的「大頭和尚逗柳翠、老漢背少妻、和尚背尼姑、竹馬、旱船等略具戲劇因素，或可演出於戲臺。」〔註5〕北京郊區《延

〔註5〕 周華斌：《中國戲曲史論考》，北京廣播學院出版社 2002 年版，第 336 頁。

慶縣戲曲調查》文稿（存北京市戲曲研究所）：「老藝人認爲老秧歌是戲曲的前輩，任何劇團都要敬上三分。假如臺上正在唱戲，而老秧歌會走到臺下，戲必須馬上剎臺，由班主出面請老秧歌會上臺表演一番。待他們離去，戲方可續演。」〔註6〕這則材料可以說明社火與戲曲的淵源關係，老秧歌會既可以流動表演，也可以登臺演出。各戲班都要禮讓他們三分，可能暗示著老秧歌會也經常從事舞臺演出，因此他們會認爲「老秧歌是戲曲的前輩」。民國《萬全縣志》的記載更爲明確：「則有社火，晝則遊行各處，夜則登臺演劇。每班約百餘人，化裝古今男女老少，應有盡有，不倫不類，狀至滑稽，使人噴飯。」童男童女一直在元宵社火中扮演著特殊的角色，比如他們一直是抬閣中的主角，抬閣只是一種啞劇表演，只妝成某種造型，或進行簡單演出，並不展開劇情。啞劇表演一旦啓動唱腔，也成了名符其實的戲曲表演。清代花部的興起使童男童女由先前的啞劇造型轉化爲開口歌唱成爲可能。

道光六年《昆新兩縣志》載：「雇幼童扮演戲出」。

民國《羅定志》云：「連夜舞獅龍，演技擊，或飾爲童男女演古人故事，百十爲群，鐃鼓喧天，彩燈、火球照耀衢巷。」清同治十二年刻本《鉛山縣志》載：「初六、七日後，城鄉各處慶賀『元宵』……河口鎮更有採茶燈，以秀麗童男女扮成戲出，飾以豔服，唱『採茶歌』，亦足娛耳悅目。」

清嘉慶二十四年刻本《瀏陽縣志》載：「又以童子裝丑旦劇唱，金鼓喧闐，自初旬起，至是夜止。」

清光緒二十五年刻本《德慶州志》載：「『上元』夜，坊社各燃鰲山、企角、人物、花草諸燈，幼童辦戲劇爲樂，以花筒、煙火角勝，簫鼓喧闐。」

除了社火扮演者之外，民間元宵演劇中也有職業劇班與職業演員。據張岱《陶庵夢憶》之《嚴助廟》所載：天啓三年，紹興陶堰嚴助廟元宵廟會，「任事者，聚族謀之終歲」，廟會演劇五夜，請演的戲班一般是「越中上三班」，或「顧之武林者」的專業戲班，演劇的報酬達「日數萬錢」。〔註7〕有些地方每年的古曆正月十四（元宵）開始演戲，一直演到二月春殘。清代詩人王夢賚《竹枝詞》云：「元宵演劇到春殘，乘興何妨日日看，共道經年辛苦甚，三時工作一時歡。」描寫的就是其觀劇感受。當時請的戲班大多是本縣或鄰近幾個縣的地方劇種，有徽班、的篤班、平調和新昌高腔等。

〔註6〕　轉引自周華斌《中國戲曲史論考》，北京廣播學院出版社 2002 年版，第 337 頁。
〔註7〕　〔明〕張岱：《陶庵夢憶》，西湖書社 1982 年版，第 47 頁。

再看皇室、貴族、文人演劇的傳播模式，大致可分為三種：

一是宮廷演劇。前文已述，元宵宮廷演劇可追溯至北宋。元代宮中亦如宋代教坊，設有隊舞專門進行歌舞表演。隊舞由四隊組成，用以承應宮中元日等盛大節日的演出。高啓《聽教坊舊妓郭芳卿弟子陳氏歌》一詩詠當時宮中最為有名的教坊女妓順時秀，對其高超技藝讚不絕口：「仗中樂部五千人，能歌新聲誰第一？燕國佳人順時秀，姿容歌舞總能奇。……龍笙奏罷鳳弦停，共聽嬌喉一鶯囀。遏雲妙響發朱唇，不讓開元許永新。」明李昌祺《剪燈餘話》卷四《至正妓人行並序》敘元代至正年間宮廷教坊樂舞演出：「神州形盛真佳麗，郁郁蔥蔥蟠王氣。五穀豐登免稅糧，九重娛樂耽聲伎。……茜闐縫袍竺國師，霞綃蹙帔天魔隊。齊姜宋女總尋常，惟詫奴家壓教坊。樂府競歌新北令，勾欄慵做舊《西廂》」。「競歌新北令」，「慵做舊《西廂》」，表明隊舞之中已經有了曲唱之風，元曲的繁榮已影響到宮廷雅樂。

明清元宵宮廷演劇之發達，可從雜劇演出與散曲清唱兩方面來討論。宋懋登《九籥集》載明代內廷節日，「則教坊作曲四摺，送史官校定，當御前致詞呈伎。」〔註8〕前已述及，明代鐘鼓司保留的內府本雜劇有大量的節日承應戲，曾永義也曾對這些教坊編演本雜劇的功用進行過份類，其中便有祝元宵之劇。事實上，明代鐘鼓司（御戲監）、教坊司、萬曆時玉熙宮、清代南府、景山、昇平署每逢月令均承應演戲，元宵演劇也是必不可少的。其次，僅就反映明代中前期傳世的三家曲選內容而言，其中均選錄了大量的燈詞，這是當時的清唱之曲，也是宮廷元宵流行清唱的直接記錄。楊恩壽《詞餘叢話》載：「明神宗時，選近侍二百名，在玉熙宮學習官戲，歲時升座，則承應之。各有院本，如《盛世新聲》、《雍熙樂府》、《詞林摘豔》等。」〔註9〕這表明明代後期元宵期間也有用於御前承應的清唱曲文。

二是勾欄與酒樓演劇。明初統治者雖對戲曲藝人一再貶抑，但官吏士夫也不一定嚴格執行官方禁令。祝允明《野記》載：「諸司每朝退，相率飲於鼓樓，群婢歌侑，暢飲逾時。」〔註10〕至明代中葉，「世運昇平，物力豐裕，故文人學士得以跌蕩於詞場酒海之間」，〔註11〕春闈之前，元宵之際，國家放假

〔註8〕 〔明〕宋懋登：《九籥集》卷二十一，清刻本。
〔註9〕 中國戲曲研究院：《中國古典戲曲論著集成》第九冊，中國戲劇出版社 1960年版，第 283 頁。
〔註10〕 〔明〕祝允明：《野記》卷三，民國原版手寫體影印本 1937 年版。
〔註11〕 〔清〕趙翼著，王樹民校證：《廿二史箚記》卷三四，中華書局 1984 年版，

長達十天甚至二十天，以縱民宴樂。赴試的舉子們縱情樂院與酒樓之中，與歌妓彼此往來，這一情形在兩京教坊中日益興盛，上引第二、第三類曲唱內容正是在這一環境中產生的。顧起元《客座贅語》卷九《戲劇》條：「南都萬曆以前，公侯與縉紳及富豪家，凡有燕會小集，多用散樂。」〔註12〕可以推知元宵期間浪漫多情的文人與歌妓間的填曲與唱曲也成為一道不可或缺的風景。

　　三是堂會演劇。堂會演劇是明代士大夫欣賞戲曲演出的重要方式，它與迎神賽會的民間廟會演劇有極大不同，《月露音》、《吳歈萃雅》為專供堂會清唱的選本，清余居士在為《月露音》所作的序中坦承此乃「妙選佳詞，彙而成冊」，他還認為這些歌詠太平的散曲「又奚必梨園傀儡，播弄白日耶！」〔註13〕《吳歈萃雅》自敘也強調所選的戲曲專供清唱之用：「無急於急管繁絃，專美夫徒歌逸調」，〔註14〕表現出文人階層將自己高雅的娛樂方式與民間粗鄙的舞臺演出相對立的清高心態。貴族士紳、文人士大夫素常親友宴集也常有戲曲表演助興，有清唱（單一唱曲）和戲唱（戲曲演出）兩種形式，即所謂「坐花醉月，買笑追歡」。清唱（又稱清曲唱）的表演方式在古代淵源甚早，洛地認為：「……它可以說是宋嗓唱、唱賺、元明樂府曲唱的一種延續，只是到傳奇時期，清曲唱所唱的曲漸以劇曲為主了。」〔註15〕其實在比傳奇更早的雜劇、南戲時期，清唱就已經與劇曲有了不解之緣。魏良輔的《南詞引正》完成於嘉靖早期，在這本著作裏，作者一再區分「清唱」和「戲唱」，稱「清唱謂之『冷唱』，不比戲曲，戲曲藉鑼鼓之勢，有躲閃省力，知者辨之」，又指出學唱者應「將《伯喈》與《秋碧樂府》從頭至尾熟玩，一字不可放過……」，從這裡可以得知，清唱已成為了明中期的一種風氣。今所見《盛世新聲》、《詞林摘豔》、《雍熙樂府》都是以宮調曲牌為分類標準，只錄曲文，不收賓白，因此，可以認為選本中所收錄乃是供清唱之用。至於舞臺演出，《客座贅語》在描述與「小集」相對的官紳人家「大席」時說：「……若大席，則用教坊打院本，乃北曲大四套者，中間雜以撮墊圈、舞觀音、或

第784頁。
〔註12〕〔明〕顧起元著、譚棣華、陳稼禾點校：《客座贅語》卷九，中華書局 1987年版，第303頁。
〔註13〕蔡毅：《中國古典戲曲序跋彙編》，齊魯書社，1989年版，第428頁。
〔註14〕蔡毅：《中國古典戲曲序跋彙編》，齊魯書社，1989年版，第432頁。
〔註15〕洛地：《我國古典戲曲的傳遞方式和編演方式》，《戲劇藝術》1989年第2期。

百丈旗、或跳隊子。」〔註16〕

　　元宵演劇的職業演員可分為三類：一類是純粹進行商業演出的演員，其特點是每進行一場演出必須獲得相應的報酬。這些演員中包括演藝水平較低的村野草臺班演員和通常所指的優人與丐戶。「丐戶」是指明代生活於州邑的「樂戶」，瀛若氏《三風十愆記・記色荒》說：「明滅元，凡蒙古部落子孫流竄中國者，令所在編入戶籍。其在京、省者謂之『樂戶』，在州邑者謂之『丐戶』。」〔註17〕其言中不無鄙夷之意。崇禎十五年《太倉州志》記元宵風俗有「集優人演劇」，宣統二年《臨安縣志》也稱元宵有「召優戲」之舉。另一類職業演員是宮廷供奉的伶人與官僚、士大夫所豢養的家班藝人，其演出可能也會得到一些賞賜，但不是商業演出。官僚、士大夫的家班演戲因為是隨時隨地都可以舉行的，故並不拘泥於特殊的節日時令。以祁彪佳《祁忠敏公日記》為例，家班演戲的記載多達數百條，可見欣賞家班演出已成為文人生活的一部份，也正因為此，元宵演劇並沒有得到特別的強調。張岱家班也是用於家宴，每月演戲不過一二次，但平時清曲演唱「無日不洋洋盈耳」。《祁忠敏公日記》中除《甲申日曆》記載正月十五「有村中人來演雜劇為樂」，崇禎十七年正月十五日記「午後，延王雲岫、潘鳴歧小酌，錢克一同翁艾弟亦與焉，清唱罷，令止祥兄演劇乃別」，再有《役南瑣記》載「癸酉年」正月十六、十七、十八連續三天觀《吳珠樓記》、傀儡、《花筵賺記》，這裡姑且視作元宵演劇。張岱《陶庵夢憶》之《嚴助廟》載，元宵廟會，張岱兄弟有意與「越中上三班」爭勝，帶了王岑、楊四、徐孟雅、張大來、馬小卿，等到全本戲演到一半休息時，「玉岑扮李三娘，楊四扮火工竇老，徐孟雅扮洪一嫂，馬小卿十二歲扮咬臍，串《磨房》、《撇池》、《送子》、《出獵》四出。演出『科諢曲白，妙入筋髓』，使得『戲場氣奪，鑼不響，燈不亮』。」〔註18〕展示了張岱家班的高超的演藝水準。另外，晚明之後，元宵演唱者又多了一類優僮。沈德符《萬曆野獲編》：「自禁官妓之後，縉紳無以為娛，於是小唱（優僮）盛行，至萬曆間猶盛——大抵縉紳間酬酢往來，無樂不歡，不允許女樂隨宴，則代之以優童。」〔註19〕

〔註16〕〔明〕顧起元著、譚棣華、陳稼禾點校：《客座贅語》卷九《戲劇》，中華書局 1987 年版，第 303 頁。

〔註17〕〔清〕瀛若氏：《三風十愆記・記色荒》，國學扶輪社 1914 年版。

〔註18〕〔明〕張岱：《陶庵夢憶》，西湖書社 1982 年版，第 47 頁。

〔註19〕〔明〕沈德符：《萬曆野獲編》，文化藝術出版社 1998 年版，第 663 頁。

三、元宵演劇的內容及特點

元宵演劇內容大致可以分為三類：

第一類劇作保持了源遠流長的迎神賽社傳統，即便以成熟的戲劇形態出現，仍然保留著儺戲的一些特點，其表現如下：

（一）明清兩代的宮庭，出現了專為元宵而編寫的劇目，這些內府編演本都有一些共同的特點：情節較簡單，通常只有一折；往往將神仙水怪搬上舞臺，使神仙水怪布滿場中，具有較強的儀式性。前述明教坊編演鈔本《眾神聖慶賀元宵節》就體現出這些特色。

清代宮庭「承應燈戲」本七齣，有《萬福萬壽燈》、《萬年如意燈》、《上元承應大舞燈》等。燈戲是一種只有簡單劇情，由許多角色扮演持燈的歌舞，這應該是繼承以火逐疫的傳統，只不過是以娛樂的外殼表現出來的。故宮博物院藏有乾隆二十五年內廷演戲的《穿戴題綱》。第一冊封面橫寫「節令開場、弋腔、目連大戲。」這一冊裏記有六十三齣「節令開場」，其中，上元承應之戲為：《懸燈預慶》、《捧爵娛親》、《東皇節令》、《敛福錫民》、《紫姑占福》。清昇平署鈔本《月令承應》中，上元演劇三天——上元前一日承應，演出劇目為《懸燈頂慶》一卷、《捧爵娛親》一卷、《景星協慶》一卷、《燈月交輝》一卷；上元承應，演出劇目為《萬花向榮》一卷、《御苑獻瑞》一卷、《紫姑占福》一卷，上元後承應，演出劇目為《海不揚波》一卷、《太平王會》一卷。根據光緒十八年《月戲檔》記載：正月十三日乾清宮承應，演出《景星協慶》、《燈月交輝》、《壽山呈瑞》等 10 齣戲，十五日頤年殿承應，演出《東皇布令》等 7 齣，十六日乾清宮承應，有《海不揚波》、《太平王會》2 齣。這些劇目體制短小，而且絕大多數出現了神仙的形象，故事性也不強，它們是借一種戲劇化的機制和故事化的表演來達成驅凶納福的目的，從本質上說，應屬於儀式戲劇中的祭儀劇。

另有一些戲劇似與儺關係不大，然細究之，仍可見其影響。昭槤《嘯亭續錄》卷一《大戲節戲》說：「演唐玄奘西域取經事，謂之《昇平寶筏》，於上元前後日奏之。其曲文皆文敏親製，詞藻奇麗，引用內典經卷，大為超妙。」〔註 20〕取經故事本就充斥著種種神怪，於此時上演當然也是別有用意，可以認為，這些神頭鬼面、神仙道化題材中包含著以禳解、驅鬼降妖的主要內容的儺。

〔註20〕　〔清〕昭槤：《嘯亭續錄》卷一《大戲節戲》，中華書局 1980 年版，第 377 頁。

　　（二）在官僚與士大夫階層，元宵上演的一些劇目很明顯地受到民間酬神演劇和上元節日狂歡氛圍的影響，其表現為排場上追求熱鬧，滿足一般觀眾的耳目之娛。值得說明的是，一般人以為宮廷、上層文人與民間趣味截然對立，實則不然。如祁彪佳日記所記其弟祁豸佳「有鬼戲癖，有梨園癖」，還親眼見他燈下作鬼戲，而且「眉面生動」，令他嘖嘖稱奇。再看清代頤和園內演劇，「率為《西遊記》、《封神傳》等小說中神仙鬼怪之屬，取其荒幻不經，無所觸忌，且可憑空點綴，排引多人，離奇變詭，誠大觀也。」〔註21〕官宦之家元宵演劇也有以鬼神扮演來滿足人們獵奇心理的，如《紅樓夢》第十九回寫賈寶玉正月十六到了寧府：

　　　　誰想賈珍這邊唱的是《丁郎認父》，《黃伯央大擺陰魂陣》，更
　　有《孫行者大鬧天宮》，《姜子牙斬將封神》等類的戲文，倏爾神鬼
　　亂出，忽又妖魔畢露，甚至於揚幡過會，號佛行香，鑼鼓喊叫之聲
　　遠聞巷外。滿街之人個個都贊：「好熱鬧戲，別人家斷不能有的。」
　　寶玉見繁華熱鬧到如此不堪的田地，只略坐了一坐，便走開各處閒
　　耍。

　　（三）官宦之家在元宵期間的演劇尚且如此，那民間演劇就更能體現受到驅儺習俗的影響了。金院本「諸雜大小院本」中，有一院本名《鬧元宵》，元宵題材的作品是否就在元宵上演，今人已不得而知。但一個鬧字，已烘託出節日的氣氛，驅邪也罷、花燈也罷，都是用熱烈的場面、眾多的人群來祓除不祥。元明間無名氏《王矮虎大鬧東平府》雜劇三折社頭的一段賓白比較詳細地介紹了賽社演出的藝術種類：

　　　　自家東平府在城社頭，時逢稔歲，節遇上元，在城鼓樓下作一
　　個元宵社會。數日前出了花招告示。俺這社會，端的有馳名的散樂、
　　善舞的的歌工，做幾段笑樂院本，搬演些節義戲文。更有那魚躍於
　　淵的筋斗，驚眼驚心的百戲。〔註22〕

　　節義的戲文夾雜在百戲、散樂、歌舞、院本之中，也是以熱鬧的場景烘託節日的氣氛。清人劉獻廷《廣陽雜記》就記錄了自己在康熙三十年在郴陽期間，一個朋友於元宵節前一天的陰雨潮冷中去看野臺戲的情景：「噫，優人如鬼，村歌如哭，衣服如乞兒之破絮，科諢如潑婦之罵街。猶有人焉，沖寒

〔註21〕〔清〕徐珂：《清稗類鈔》第十一冊，中華書局1984年版，第5042頁。
〔註22〕《脈望館鈔校本古今雜劇》，《古本戲曲叢刊》四集。

久立以觀之。」〔註23〕劉繼莊雖是在嘲笑鄉村戲班低劣的表演水平，但「優人如鬼」、「村歌如哭」卻正說明民間演劇帶有濃厚的宗教意味。

第二類是元宵散唱。

文人聚同年，結詩會，宴樂之風一直很盛。宴樂有歌妓陪奉，自宋以來此風一向盛行，元宵間文人譜曲、歌妓歌唱也成為文人詩酒風流的佳話。元明清文人散曲之中就有大量以元宵為題材的作品。如張可久〔雙調・折桂令〕《元夜宴集》：

> 綠窗紗銀燭梅花，有美人兮，不禦鉛華。妝鏡羞鸞，嬌眉斂翠，巧髻盤鴉。可喜娘春纖過茶，風流煞真字續麻。共飲流霞，月轉西樓，不記還家。

在〔越調・寨兒令〕《元夜即事》，張可久這樣描述：

> 胡洞窄，弟兄猜，十朝半旬不上街。燈火樓臺，羅綺裙釵，誰想見多才？倚朱簾紅映香腮，步金蓮塵污弓鞋。眉尖上空受用，心事裏巧安排。來，同話小書齋。

問題在於：張氏描寫元夜的曲作會不會在元宵演唱呢？其〔雙調・水仙子〕《元夜小集》提供了答案：

> 停杯獻曲紫雲娘，走筆成章白面郎。移宮換羽青樓上，招邀入醉鄉，彩雲深燈月交光。琉璃界笙歌鬧，水晶宮羅綺香，一曲《霓裳》。

根據「移宮換羽青樓上」一語，可以推測曲中所言的紫雲娘是一位青樓妓女，那麼白面郎就應該是風流多情的書生。該曲的三四五句寫在元宵月圓之夜書生與紫雲娘在音樂伴奏下飲酒作樂，極寫他們沉醉溫柔鄉，既然紫雲娘能作樂，作者寫成之後交由其演唱似亦不為過。

明代元宵散唱內容又可分為兩類。

（一）唱北曲

明代上元張燈十日，文臣士夫放假二十日，宣德八年，更是將假期延長至二十五日，元宵宴飲唱劇更是一時風氣。其所唱內容，可從正德十二年（1517）梨園中人輯《盛世新聲》、嘉靖四年（1525）吳江張祿《詞林摘豔》、以及稍後的《雍熙樂府》三家曲選中找到相關線索，三家曲選的內容可分為

〔註23〕〔清〕劉獻廷：《廣陽雜記》，中華書局1957年版，第108頁。

四類：一爲男女思憶、二爲喜慶昇平、三爲四時賞玩、四爲仕隱詠歎。就數量而言，以前二類最爲突出，次爲第三類。喜慶升昇平類包括元宵、中秋、冬至、七夕等節慶祝詞，並鐵騎、故事、結席、添壽、朝儀等，尤以燈詞的數量最爲龐大。

三家曲選的燈詞究竟反映的是哪一時段的演出內容，這些內容究竟是北曲還是南唱？可以從兩方面尋找答案：一、三家曲選的編撰目的，正如《詞林摘豔》序中所聲稱的「四方之人，於風前月下，侑以絲竹，唱詠之餘，或有所考。」也即吳子明在該書跋中所稱的「金樽檀板之佐」，它們的目的在於指導場上曲唱。就曲選收錄作品內容來看，主要爲元代及明初名家作品，其中也有明中期陳鐸等人之作。二、《雍熙樂府》的編撰者郭勳就曾直接聲稱自己對曲目的搜輯來源於內禁，「予生長中州，蚤入內禁中和大樂。時得見聞，又嘗接鴻儒，承論說，似若彷彿其影響者。……乃於直待之餘，禮文政務之暇，或觀諸窗幾，或命諸歌，臨風對月，把酒賞音，洋洋陶陶，久而忘倦。自惟際世雍熙，仰受隆恩，和平安東，其能樂此，爰錄諸梓，用廣其傳，仍其舊名曰《雍熙樂府》。」〔註24〕郭勳可能是一個朝廷樂司中典樂之人。既然三家曲選所收主要爲明初戲曲，而當時宮廷的演出情況誠如朱有燉所聲稱「予居於中土，不習南方音調，詩餘亦多製北曲以寄傲於情興，遊戲於音律耳」，〔註25〕加之此時的南曲戲文尚處於未經文人潤色的俚俗階段，可以判定書中所選燈詞均以北曲演唱。

《金瓶梅詞話》雖爲一部小說，但對於嘉、隆間戲曲風習描述甚多，富甲一方的西門慶家中元宵唱曲內容也爲元曲，這也可以作爲明代中前期社會上流行北曲的一個旁證。在該書第四十三回，作者寫了四個伶人齊唱套曲：

〔金索掛梧桐〕繁花滿目開，錦被空閒在。劣性冤家悮得我忒毒害，我前生少欠他今世裏相思債。廢寢忘餐，倚定門兒待，房櫳靜悄如何捱？

〔罵玉郎〕冷清清房櫳靜悄如何捱？獨自把圍屏倚，知他是甚情懷。想當初同行同坐同歡愛，到如今孤另另怎百叮劃，愁戚戚酒倦釅，羞慘慘花慵戴。

〔東甌令〕花慵戴，酒慵釅，如今曾約前期不見來，都應是他在那裏那裏貪歡愛。物在人何在？空勞魂夢到陽臺，只落得淚盈腮。

〔註24〕〔明〕郭勳：《〈雍熙樂府〉序》，四部從刊本。

〔註25〕〔明〕朱有燉：《誠齋樂府》，明宣德間刊本。

〔感皇恩〕呀，只落得雨淚盈腮，多應是命裏合該。莫不是你緣薄，咱分淺，都應是一般運拙時乖。怎禁那攪閒人是非，施巧計栽排。撕撏碎合歡帶，破分開鸞鳳釵，水淹浸楚陽臺。

〔針線箱〕把一床絃索塵埋，兩眉峰不展開，香肌瘦損愁無奈。懶刺繡，傍妝臺，舊恨新愁教我如何捱？我則怕蝶使蜂媒不再來，臨鸞鏡也問道朱顏未改，他又早先改。

〔採茶歌〕改朱顏瘦了形骸，冷清清怎生捱？我則怕梁山伯不戀祝英臺。他若是背義忘恩尋罪責，我將那盟山誓海說的明白。

〔解三酲〕頓忘了盟山誓海，頓忘了音書不寄來，頓忘了枕邊許多恩和愛，頓忘了素體相挨，頓忘了神前兩下千千拜，頓忘了表記香羅紅繡鞋。說將起，旁人見了珠淚盈腮。

〔烏夜啼〕俺如今相離三月，如隔數載，要相逢甚日何年再？則我這瘦伶仃形體如柴，甚時節還徹了相思債。又不見青鳥書來，黃犬音乖。每日家病懨懨懶去傍妝臺，得團圓便把神羊賽。意廝投，心相愛，早成了鸞交鳳友，省的著蝶笑蜂猜。

〔尾聲〕把局兒牢鋪罷，情人終久再歸來，美滿夫妻百歲諧。

這一套曲名爲《繁花滿目開》，作者爲元人王德信，音樂體制爲南北合套。接著，作者又描寫了爲李瓶兒賀壽的場景，而這一天適逢元宵佳節，故也可將此材料看作元宵演劇的證據：

> 階下戲子鼓樂響罷，喬太太與眾親戚又親與李瓶兒把盞祝壽。李桂姐、吳銀兒、韓玉釧兒、董嬌兒四個唱的，在席前錦瑟銀箏，玉面琵琶，紅牙象板，彈唱起來，唱了一套「壽比南山」。下邊鼓樂響動，戲子呈上戲文手本，喬五太太分付下來，教做《王月英元夜留鞋記》。廚役上來獻小割燒鵝，賞了五錢銀子。比及割凡五道，湯陳三獻，戲文四折下來，天色已晚，堂一畫燭流光者如山疊，各樣花燭都點起來。（略）。來興媳婦惠秀與來保媳婦惠祥，每人拿著一方盤果餡元宵，走到上邊，春梅、迎春，玉簫、蘭香四人分頭照席捧遞，甚是禮數周詳，舉止沈穩。階下動樂，琵琶箏阮，笙簫笛管，吹打了一套燈詞〔畫眉序〕「花月滿春城」。唱畢，喬太太和喬大戶娘子叫上戲子，賞了兩包一兩銀子；四個唱的，每人二錢。

其實，教坊編演本中，也有慶生與元宵重合的劇目：《眾神聖慶賀元宵節》，

兩節重合，喜上加喜，在當時可能是特定的風俗。《金瓶梅》描寫的此次演出，正戲是元雜劇《王月英元夜留鞋記》，北雜劇體制一般爲一本四折，戲比較短，演出需要一個下午。所以，演《王月英元夜留鞋記》「四折下來，天色已晚」。在它之前，有彈唱；在它之後，又有彈唱，唱的是祝壽、元宵應節之詞。正戲前後的彈唱可能都爲北曲。

（二）唱南曲

隨著明代文人傳奇的興起和盛行，北曲逐漸從演出舞臺消失，明代上層社會元宵宴樂也逐步由演北曲向南唱過渡。北曲的衰落，起自明中後期。何良俊《四友齋叢說》云：「余家小鬟記五十餘曲，而散套不過四五段，其餘皆金元人雜劇詞也，南京教坊人所不能知，老頓言：『頓仁在正德爺爺時隨駕至北京，在教坊學得，懷之五十餘年，供筵所唱，皆是時曲，此等詞並無人問及，今之教坊所唱，半多時曲，此等雜劇古詞，皆不傳習。』」〔註26〕顧起元《客座贅語》則說：「南都萬曆以前，公侯與縉紳及富家，凡有燕會小集，多用散樂。或三四人，或多人，唱大套北曲……若大席，則用教坊打院本，乃北曲大四套者……後乃變而盡用南唱……大會則用南戲，其始止二腔，一爲弋陽，一爲海鹽，……後則又有四平，……今又有崑山，……至院本北曲，不啻吹箎擊缶，甚且厭而唾之矣。」〔註27〕此條記載反映的是明代上層社會宴會演戲的變遷及北曲、南戲地位的轉化。士大夫元宵曲唱內容的變化亦復如此。明代黃佐在其嘉靖九年所著《泰泉鄉禮》中，曾規定：「爲父兄者有宴會，如元宵俗節，皆不許用淫樂琵琶、三弦、喉管、番笛等音，以導引子弟未萌之欲，致乖正教，違者拿送上司治罪。其習琴、瑟、笙、簫古樂器者聽。」〔註28〕北曲重絃索，南曲重簫笛，分析「不許用淫樂琵琶、三弦、喉管、番笛等音」一語，三弦爲元曲主要樂器，禁三弦當爲針對北曲而言，但崑曲主要伴奏樂器爲笛，也在宜禁之列，玩其文義，似覺得一切戲曲當禁，但另一方面，作者所提倡的琴、瑟、笙、簫聲音清越、悠遠、蒼涼，音質柔和高雅，也在崑曲中得以運用，似又有倡演崑曲之意。此外，作者就雅俗立論，自然，更傾向於元宵演唱不帶煙火氣息的崑曲了。

〔註26〕 〔明〕何良俊：《四友齋叢說》卷三十七，中華書局 1959 年版，第 340 頁。

〔註27〕 〔明〕顧起元著，譚棣華、陳稼禾點校：《客座贅語》卷九《戲劇》，中華書局 1987 年版，第 303 頁。

〔註28〕 〔明〕黃佐：《泰泉鄉禮》，四庫全書本。

第三類為折子戲演出

　　演出折子戲也是明清上層社會慶祝元宵的一種方式。《紅樓夢》十八回元宵節元妃省親就描寫了唱戲的情形，優人所唱劇目共有四種：《一捧雪》中的《豪宴》，《長生殿》的《密誓》，《邯鄲夢》的《仙圓》，《牡丹亭》中的《離魂》、《遊園‧驚夢》，《釵釧記》中的《相約‧相罵》，後來又要齡官補唱了《相約》、《相罵》兩齣。《紅樓夢》五十三回同樣也寫道：「至十五這一晚上，賈母便在大花廳上命擺几席酒，定一班小戲。」可見，演出折子戲於仕宦人家已成一項不可或缺的內容。

　　綜上所述，元宵最初的功能是以火驅邪，在後世的發展中，它成為普天同慶的狂歡節，其演劇沿著迎神賽會、宮廷宴饗兩條線索在向前發展，而元宵驅逐邪穢的功能對於元宵演劇劇目的選擇具有明顯的影響。另一方面，文人士大夫的堂會演劇，則追求藝術上的雅化和娛情娛人，不以熱鬧為唯一旨歸。

第二節　中元演劇與目連文化的傳播

　　目連戲是中國民俗宗教文化中的一個典型代表，它被認為是研究戲曲發生學、歷史學、哲學、宗教學、人類學、民俗學、戲劇美學的「百科全書」，《安徽通志》甚至將其提升到「支配三百年來中下社會之人心」的高度。專門研究目連戲的代表性論著有朱恒夫《目連戲研究》）、劉禎《中國民間目連文化》、凌翼雲《目連戲與佛教》、石生朝和黎建明《目連戲南戲源流與聲腔形態研究》等。可以說，目連戲的研究業已成為今日之顯學，對於規模過於龐大、內容上充滿著各種矛盾、情節十分龐雜的目連文化的研究，學界已產生了相當豐碩的成果。本節主要討論以下幾方面問題：從《盂蘭盆經》向雜劇《目連救母》的演化過程中，各種戲劇要素如何不斷的積纍並最終發生質變的？置身於中元節的宋代《目連救母》雜劇究竟會是怎樣的演出形態？宋代之後紛繁的目連演出又遵循著怎樣的傳播規律？

一、從《盂蘭盆經》到《目連救母》

　　今所見最早關於目連救母故事的記載，是著錄於南朝梁僧祐《出三藏紀集》中傳為晉竺法護翻譯的《佛說盂蘭盆經》。經說：

> 一時佛在舍衛國祇樹給孤獨園，大目犍連始得六通，欲度父母，

報乳哺之恩，即以首眼觀視世間，見其亡母生餓鬼中，不見飲食，皮骨連立。目連悲哀，即鉢盛飯往餉其母。線得鉢飯，便以左手障飯，右手揣飯，食未入口，化成火炭，遂不得食。目連大叫，悲號涕泣，馳還白佛，具陳如此。佛言：「汝母罪根深結，非汝一人力所奈何，汝雖孝順聲動天地，天神地祇邪魔外道‧道士四天王神，亦不能奈何，當須十方眾僧威神之力，乃得解脫……」〔註29〕

該經本意是用這個故事來講述供養諸佛的重要功德，尤其是為舉行盂蘭盆會提供理論上的合理性。大約在西晉武帝（265～190）年間，隨著佛教的發展，這個救母的故事便廣為傳播。盂蘭盆會是由崇信佛教的梁武帝首先倡導的，大同四年（538年），梁武帝駕幸同泰壽，設盂蘭盆齋，其後舉國奉行，成為一種新興的節俗，中元節也成為老百姓積極參與的重大節日。至唐代時，長安西明、慈恩等寺每至七月十五，必定舉行盂蘭盆會，唐代宗時，還曾在宮中造盂蘭會。同時，普通民眾仍然積極參與其中，《太平廣記》卷三五曾記載武宗會昌年間，進士顏濬在中元日出遊建業瓦官閣，那裏「士女填咽」，十分熱鬧。

七月十五中元節成為宗教節日的同時，與之相伴的目連文化也不斷地豐富，其故事也逐漸深入人心。目連救母題材在唐代中期已經大為流行。唐代孟棨《本事詩》載：

> 詩人張祜，未嘗識白公。白公刺蘇州，祜始來謁。才見白，白曰：「久欽籍，嘗記得君欸頭詩。」祜愕然曰：「舍人何所謂？」白曰：「鴛鴦鈿帶拋何處，孔雀羅衫付阿誰。非欸頭何邪？」張頓首微笑，仰而答曰：「祜亦嘗記得舍人目連變。」白曰：「何也？」祜曰：「上窮碧落下黃泉，兩處茫茫皆不見。非目連變何邪？」遂與歡宴竟日。〔註30〕

宋代俞文豹《吹劍錄》亦云：「長恨歌『上窮碧落下黃泉，兩處茫茫都不見』，人謂是目連救母。」〔註31〕

在目連文化漫長的傳播與發展過程中，目連戲的誕生的條件正在逐漸醞釀，至宋代，終於有了雜劇《目連救母》的大型演出。概括而言，目連文化的傳播為北宋目連雜劇的登場準備了三個方面的積極因素：

〔註29〕〔梁〕釋僧祐：《出三藏紀集》，續修四庫全書本。
〔註30〕《唐人說薈》卷九，周愚峰訂，陳蓮塘輯，清同治三年刻本。
〔註31〕〔宋〕俞文豹著、張宗祥校訂：《吹劍錄全編》，古典文學出版社1958年版，第34頁。

　　首先，竺法護將目連變成了一個中國化的故事，而後世的佛教學者不斷地補充、疏證，完善了各個細節，使故事更加生動，也爲雜劇提供了豐富的素材。

　　古印度佛門確有目連其人，但不是孝子，孝是中國的倫理準則，在印度佛教中並沒有孝行的提倡。爲了迎合中國人「百行孝爲先」的理念，竺法護借印度目連之名編造了一個下地獄救母的偉大故事。這無疑契合了中國人深層次的文化心理，也使得這個故事能在信眾與俗眾間獲得普遍的認同。但《盂蘭盆經》只有區區 800 餘字，對目連孝行的描述過於簡單，缺乏各種生動的細節描述。後世的佛門弟子則不斷對目連故事加以補充、豐富。以《盂蘭盆經》爲基礎，佛門弟子繼續編寫了以宣傳孝道爲目的的《地藏王菩薩本願經》、《目連問經》、《目連經》、《血盤經》等，目連故事變得充實起來。佛門學者又不斷地對《盂蘭盆經》進行注疏與闡釋，也豐富了目連救母的情節體系。比如《盂蘭盆經》中佛祖只說了一句「汝母罪根深結」，具體罪孽何指卻沒有深入描繪，但在唐圭峰《盂蘭盆經疏》中，就將抽象的罪根深結具體化了：青提不遵輔相遺囑，趁目連外出之際，偷偷開葷，而且對僧道缺乏應有的尊重。這些補充，包括羅青提、輔相等名字在內，均被變文作者吸收了，稍加修改、補充、潤色、就成了《大目乾連冥間救母變文》前面的序言。而在後世的目連戲中，這些細節則變成了《打僧罵道》、《優尼復煉》、《犬饅齋僧》、《議逐燒橋》等關目。可以說，如果沒有佛門弟子的補充、豐富、創新，北宋汴梁的《目連救母》雜劇就不可能粉墨登場、橫空出世。

　　其次，在目連文化的傳播過程中，佛門已經培育了不少目連戲胚芽，這些前期的戲劇實踐也爲北宋《目連救母》雜劇的登場提供了必不可少的營養。

　　任半塘《唐戲弄》認爲，舍利弗與目連的戲，在唐朝以前已有，「原劇本殆由西域傳入中土，翻譯或改編爲漢劇，即以故事中二主角之名名曲調。其事必早在初唐或其以前；其劇必在盛唐而猶演」。〔註32〕漢唐以來，敦煌不僅是貫通中原腹地的重鎮，又是中西商貿彙聚之地。歷史上西域諸國的梵劇、佛戲、吐火羅戲、回鶻戲、吐蕃戲、儺戲、傀儡戲與歌舞戲，曾一度活躍在西域地區。上世紀 20 年代，法國人呂德在新疆吐魯番地區考古獲得梵語戲曲殘卷三部，三部殘卷都是古印度劇作家馬鳴的作品，其中兩部與目連相關：一部《舍利弗所行》的卷末題名「金眼之子馬鳴舍利弗世俗劇」，該劇共九幕，描寫舍利

〔註32〕任半塘：《唐戲弄》，上海古籍出版社 2006 年版，第 651 頁。

弗與目健連改信佛教故事；另一部爲《彌勒會見記》，其中涉及到目連皈依佛教、佛門子弟幫助拯救其母親的故事。這些劇作雖未被譯成漢文，但隨著西域經師與商人頻繁來往於中原腹地，通過口耳相傳，對中原地帶的雜劇演出產生影響也並非不可能。所以，在唐代就有了關於目連救母故事的簡單表演。李慈銘《越漫堂文集》載：「夫猶伶爨演，實始自唐目連救母之起，見於白傅、劉賓客之相嘲消，故小道可觀，賢者不廢。」〔註33〕除了可能受到西域文化的影響外，佛門文化自身的發展也培育了目連戲的胚芽。佛門常常會利用音樂、歌舞、說唱、繪畫、雕塑紙紮等藝術形式宣揚教義；在傳播目連文化時，同樣也使用這種手段。法顯西遊天竺時，曾見寺廟「使伎樂人作舍利弗」，意即指將舍利弗皈依佛門的故事用藝術的形式表現出來。同理，在傳播目連文化時，中原寺廟裏同樣也可以利用伎樂人說唱、表演目連救母的故事。

再者，敦煌《大目乾連冥間救母變文》、《目連緣起》、《目連變文》是學術界公認的目連戲的藍本。王慶菽、向達整理校錄敦煌出土變文，得到目連救母故事三種，《目連緣起》、《大目乾連冥間救母變文並圖一卷並序》、《目連變文》，輯入《敦煌變文集》中。目連故事見於《盂蘭盆經》，篇幅不足 900字，《目連緣起》，全文有 3500 字左右，其中散文 2000 字左右，韻文 260 行，而《大目乾連冥間救母變文》全文超過一萬字，其中散文 6600 多字，韻文 760餘行。《目連變文》是殘卷，創作時間當比前二種更早。《目連緣起》、《大目乾連冥間救母變文》的故事主幹來自《盂蘭盆經》，但一些細節卻借用了其它佛經故事，還有一些來自日常生活。

變文對於宋代《目連救母》雜劇的貢獻表現在三方面：一、變文作者以奇特的想像力，將目連刻畫得有血有肉、情感豐富，將故事編排得跌宕起伏、曲折動人，將地獄境描繪得有聲有色、引人入勝，將枯燥的宗教理念改成了鮮活生動的藝術形象；二、變文有說有唱，是聽覺藝術，又有掛圖配合、借助視覺形象詮釋說唱的內容；三、說唱者還有少量幅度不大的動作，形體表演。可見，變文中的已經聚集了豐富的戲劇因素，它已經與雜劇的表演形態比較接近了。事實上，古代、近代都有藝人將講唱文本直接搬上舞臺當作戲劇表演，甚至出現了連敘述體的唱詞、說白都被原封不動地移進戲中的現象。

目連變文向雜劇演變還需要一點點歷史機緣，「當變文在宋初被禁令所消滅時，供佛的廟宇再不能夠講唱故事了。但民間是喜愛這種講唱故事的⋯⋯

〔註33〕轉引自任半塘：《唐戲弄》，上海古籍出版社 2006 年版，第 74 頁。

於是和尚也便出現於瓦子的講唱場中了。這時有所謂『說經』的，有所謂『說渾經』的，有所謂『說參請』的……周密《武林舊事》諸色伎藝人條裏，也記錄著：「說經渾經，長嘯和尚以下十七人。彈唱因緣，童道以下十一人。」〔註34〕和尚、變文、彈唱、說經進入構欄瓦舍，就好比將胚芽移植進肥沃的土壤裏，這爲胚芽破土而出、長成枝繁葉茂的大樹創造了極爲有利的條件。這也是促進北宋《目連救母》雜劇誕生的重要因素之一。

二、北宋《目連救母》雜劇演出形態蠡測

　　眞正的目連戲演出是從北宋的《目連救母》雜劇開始的，宋代孟元老《東京夢華錄》卷八記載：

> 七月十五中元節，先數日，市井賣冥器靴鞋，襆頭帽子、金犀假帶、五彩衣服，以紙糊架子盤遊出賣，潘樓并州東西瓦子亦如七夕。要鬧處亦賣果食種生花果之類，及印賣《尊勝目連經》。又以竹竿斫成三腳，高三五尺，上織燈窩之狀，謂之盂蘭盆，掛搭衣服冥錢在上焚之。色肆樂人，自過七夕，便搬《目連救母》雜劇，直至十五日止，觀者增倍。

這段話留下了目連戲演出的重要資料，一些學者甚至認爲北宋時誕生的《目連救母》雜劇是中國戲曲的鼻祖。但由於沒有更多的文獻記載，也沒有留下宋代目連戲的演出本，北宋時期東京汴梁的目連戲到底是如何演出的也是眾說紛紜。究其大致，有三種代表性說法：

　　一是周貽白、朱恒夫、廖奔的觀點，周貽白認爲的《目連救母》雜劇「或者爲三四天一次，而以七、八天作爲兩次，甚至每天情節相同而連演七八次」。〔註35〕朱恒夫認爲「宋雜劇《目連救母》的演出時間應是一天」，在七天內「每天演出相同的內容」。〔註36〕廖奔認爲連續演出的可能性小，他提出了兩點理由，「首先，因爲表演結構與音樂結構的限制，北宋雜劇的表現力還沒有那麼強。其次，從明代萬曆年間出現的第一部完整目連戲劇本《勸善記》一百出也只能夠連演三天，反證了這種看法的超歷史性。」他進而以爲：「宋雜劇《目連救母》更有可能是像金院本名目裏的《打青提》那樣，挑選目連故事裏便於舞臺表現的一些段子來分別演出，每次演一段，散了戲再重新開場演另外

〔註34〕鄭振鐸：《中國俗文學史》，上海人民出版社 2006 年版，第 446 頁。
〔註35〕周貽白：《中國戲曲發展史綱要》，上海古籍出版社 1979 年版，第 89 頁。
〔註36〕朱恒夫：《目連戲研究》，南京大學出版社 1993 年版，第 32、36 頁。

一段，七八天內可能會有重複演出的部份。」〔註37〕

二是淩翼雲、劉禎等學者的觀點，他們認爲《目連救母》應該可以持續演出的七八天，所謂七夕至中元節，應是指連臺演出，而不是一個短小劇目的簡單重複。

三是康保成的觀點。根據康保成先生的分析，在北宋《目連救母》雜劇的七天演出中，除了搬演以「救母」爲內容的「雜劇」外，還要舉行以誦經、講經爲中心的佛教儀式活動，所謂連演七天的目連戲，其實不過是在盂蘭盆會期間佛教儀式和民間娛樂活動的總稱。〔註38〕

三說孰是孰非，因缺乏文獻資料的直接支撐，所以很難下一個確切的結論，但我們可以根據相關資料，從邏輯上論證到底哪一種演出方式更貼近北宋的實際。

首先，必須承認，《目連救母》雜劇異於宋代的官本雜劇。這一點不難理解，北宋末年的汴梁已有《目連救母》雜劇的演出，但南宋筆記小說中沒有關於杭州演《目連救母》雜劇的文字記述，《武林舊事》羅列的官本雜劇段數中，也不見《目連救母》。那麼只有一種可能，即《目連救母》的體制與官本雜劇不同。淩翼雲的解釋是有道理的：「這也許是《目連救母》不屬『官本』……《武林舊事》列的官本雜劇，多是短小的段子。當時，《目連救母》雜劇還剛剛出現。這個興師動眾的連臺大戲還很粗糙，既不像變文或說經，又不像講史或諸宮調，故事是俗講的發展，又是百戲大會串，也不好把它列入『官本』中。」〔註39〕當然，言《目連救母》雜劇太雜亂還稍顯武斷。其次，雖然《目連救母》雜劇沒有劇本問世，或者當時根本就沒有劇本，只是藝人們的口頭創作，但這種即興發揮也應當有一個基本的框架，否則豈不是天馬行空？在筆者看來，這個框架就是傳唱已久、在民間產生深遠影響的目連變文。目連雜劇的最初演出形式，應是從以說唱爲主的變文的基礎上變化出來的。一般而言，變文中的韻文部份爲唱，散文部份爲說。變文的說唱者，最初是僧人，後來民間藝人也加入其中，變文也由寺院走向民間並最終與民間講唱藝術融爲一體。以變文爲劇情基礎的《目連救母》雜劇即便不能連演七、八天，但也迥異於胎脫於唐參軍戲的北宋雜劇與四節三段的南宋雜劇，它的情節豐

〔註37〕廖奔、劉彥君：《中國戲曲發展史》，山西教育出版社2001年版，第424頁。

〔註38〕康保成：《中國古代戲劇形態與佛教》，東方出版中心2004年版，第246頁。

〔註39〕淩翼雲：《目連戲與佛教》，廣東高等教育出版社，1998年版，第16～17頁。

富，反映內容包羅萬象，既有人世、冥界、還有西方極樂世界，其出場人物眾多，決非粗陳梗概的雛型戲曲所能比。即便該劇不是調動龐大的演員群體進行角色扮演，而是以一人說唱為主，其它演員只是變相的替代物，其體式格局也異於一般意義上的宋雜劇，它反映生活的廣度與深度與官本雜劇不可同日而語。

試以變文為例來分析目連故事的情節發展：

《目連緣起》的主要情節為：目連母親青提夫人因不修善而入阿鼻地獄，目連出家修行，得神通第一。他向佛求得 12 環錫杖、七寶缽盂等寶物，進入地獄見到母親，施飯而母親不得食。目連又哀求於佛，佛指示他辦盂蘭盆會，這樣，目連母親就脫離了阿鼻地獄，但卻在王舍城化身為狗。目連只好再求於佛，佛教他請 49 名僧人鋪設七日道場，其母終於脫離狗身升入天堂。

而在洋洋萬餘言的《大目乾連冥間救母變文》中，故事情節變得更加豐富，除了沿襲《目連緣起》中處處流露出的勸人改惡從善的意圖外，作品還把佛、道二教的各種詭異傳聞和民間有關的天堂地獄的種種神異傳說，編織成人生善惡對應的兩個世界，極大地增強了故事的感染力。相比《目連緣起》，《大目乾連冥間救母變文》故事編造更為縝密，各種鋪墊、照應更加完善——該文敘目連母親青提含齒欺誑，死墮阿鼻地獄。目連修佛證果，得號神通。他上天見父親在天堂享福，得知母親在地獄受苦，遂入冥，過閻羅大王處、奈河、五道將軍處，繼而參觀刀山劍樹、銅柱鐵床等地獄種種情狀，打聽到青提在阿鼻地獄，自己威力不夠，聽從夜叉勸告，到如來處求救。獲得如來錫杖寶物，得以進入阿鼻地獄，見到正在受刑的母親，目連傷心得死去活來，又向如來求救。如來親自帶領天龍八部、四方諸神下到地獄，一切酷刑化為生機，救得青提夫人出地獄。但是青提仍在餓鬼之道，目連討來飯水，青提食之則化為猛火。目連再求於佛，佛告以舉行盂蘭盆會，青提終於可以吃飯，但又化為王舍城中的黑狗。目連只好帶著它在佛塔前做七日七夜經懺，黑狗終於轉為了人身。目連又帶母親觀看其罪孽，方知其母諸罪脫盡，青提遂升入忉利天極樂世界。

可以以一個細節來說明變文對於細節經營的逐漸重視，在《佛說盂蘭盆經》裏，只是抽象地敘述目連母親「罪根深結」，〔註40〕到了《目連緣起》裏，就增添了目連外出經營，母親在家殺生慳貪、侮辱三寶之類的罪行，還有賭

〔註40〕朱恒夫：《目連戲研究》，南京大學出版社 1993 年版，第 1 頁。

咒報應的具體情節。而在《大目乾連冥間救母變文》裏，除了與《目連緣起》相似的細節描寫外，還增加了目連修禪得道以及上天界看望父親的情節。而且，在這個篇幅驟增的變文裏，還添加了一大段目連會見母親之前遍遊地獄的情節，這個旁支情節雖然只是「入冥」的一次重複再現，但這段文字卻佔用了全文很大的篇幅。

與情節的豐富相適應，從《佛說盂蘭盆經》到後來的三種目連變文，出場的人物也漸次增多。在《盂蘭盆經》中，出現的人物十分簡單，只有目連、目連之母和佛，而在《目連緣起》中，目連有了俗家的名字蘿蔔，目連之母號「青提夫人」，她「本是西方長者妻」，這位「西方長者」已經亡故；《大目乾連冥間救母變文》中則不但提到青提夫人，還首次提到目連之父；阿耶名輔相，輔相在中國古代典籍中指宰相，中國古代官職名變成了目連父親的名字，表明該題材中國化的程度進一步加深。此外，該變文中還增添了閻羅大王、獄主、夜叉王、地藏菩薩、八部天龍等佛教諸神，非但如此，還插入了漢民族固有的宗教道教中的神祇，諸如泰山都尉、五道將軍等。

由此可見，目連故事的生長過程也是一個情節不斷豐富與完善、人物不斷增多的過程，當然，其基本的情節架構還是傅家向佛——劉氏開葷墮地獄——目連西行求佛——目連地獄尋母救母，但在這個主幹情節之外，又衍生出了很多旁支（次要）情節。這些旁支情節的存在一方面增強了故事的敘事容量，另一方面也可以起到調節敘事節奏的作用。一些非主幹情節甚至膨脹到喧賓奪主的地步，似乎也為目連救母故事後來的生長創造開闢了法門。當然，我們強調目連故事已經有一個總體構架，並不是說它已經達到了等同於後世南戲和傳奇的敘事高度，最大的可能是，儘管有一個構架的存在，但各個部份並不是有機地結合在一起，而是處於一種相對鬆散自由的狀態。

當北宋汴梁要上演《目連救母》雜劇時，它實際上背靠著這樣一座擁著相當豐富的題材資源的大山，這是變文發展留給雜劇的遺產。按道理，雜劇應該完全可以將變文所述內容搬諸舞臺。況且另一廣為人知的事實是，變文不僅奠定了戲文的基礎，而且通過與寺廟遊樂中各種伎藝的遷移融合，形成了熔歌唱、舞蹈、雜技等表演技藝為一爐的藝術格局，因此，《目連救母》雜劇的演出持續七天，在表演技術上是並不存在困難的。誠如劉禎所言：「在《目連救母》雜劇中，已經有一個貫串的故事和幾個貫串首尾的人物，『滑稽』、『諫淨』、『跳露』都不會是這個《目連救母》的意旨所在，七、八天的演出規模

也不是只有豔段與正雜劇二部份所能容納的，這是由目連救母故事題材和祭祀民俗禮儀決定的。」〔註41〕

接下來可以考察一下北宋《目連救母》的演出環境和其演出的性質。根據孟元老的記載，《目連救母》雜劇的演出與中元節的祭祀禮儀和民俗活動緊密相聯。這些民俗活動包括火焚盂蘭盆、賣《尊勝目連經》等。而演出《目連救母》雜劇，在當時是中元節的重要活動之一。因此，可以認爲，演出《目連救母》從本質上說是一種儀式。也只有從儀式戲劇的角度來分析，才有可能揭開《目連救母》雜劇連演七天的秘密。其實王兆乾早就指出過，北宋所搬演的《目連雜劇》「是與儀式同時進行的，以儀式貫穿始終」，從《武林舊事》「中元節」條可以看出，在《目連雜劇》演出前後，盛會的參與者有鋪陳棟葉祭祖、拜掃新墳、焚錢山、祭軍陣亡歿、設孤魂道場之種種儀式，目連戲很顯然只是其中的一環。〔註42〕人們爲了酬神驅鬼、袪邪禳災、祭奠先祖，同時也爲了祈求風調雨順、平安興旺，運用當時已經出現的戲劇技術，將目連救母故事的內容以表演的形式再現出來，從而形成了一種影響甚廣的法事戲。

認識到目連戲的儀式性質，就可以進一步回答其演出長達七、八天何以成爲可能及爲什麼會有「觀者倍增」的戲劇效果。既然是儀式戲劇，那麼，可以推斷，儘管其演出者不是俗講僧人，也非宮廷教坊藝人，而是進行商業演出的勾欄瓦肆藝人，但其演出形制與一般的商業戲劇演出應該有很大區別。最大的不同可能是其演出空間不會局限於通常意義上的戲劇舞臺，而擴展到了更大的儀式空間。在這樣的儀式空間裏，不僅目連救母的主幹情節在此上演，而且還會熔歌舞、百戲、雜要、小雜劇、啞雜劇以及祭祀儀禮、法事於一爐，使整個演出變爲天堂地獄交相輝映、武術雜技競相登場、科諢調笑融於其中的龐雜體系。這是由儀式戲劇「戲中有儀、儀中裏戲」的特點決定的——它們往往在主幹情節中插演大量相關或不相關劇目，將整個演出變成主要服從於儀式需要的、在情節上具有很大伸縮性的特殊劇目，這可以從後世民間目連戲的演出獲得確證。

需要申明一點，即使是戲曲已經完全成熟的明清時代，民間目連戲仍帶

〔註41〕劉禎：《中國民間目連文化》，巴蜀書社1997年版，第34頁。
〔註42〕王兆乾：《儀式性戲劇與觀賞性戲劇》，見胡忌：《戲史辨》，中國戲劇出版社2001年版，第46～47頁。

有明顯的儀式色彩，我們或可以認爲它們較好地繼承了北宋目連的演出原貌，因此，從後世民間目連戲演出形態反推宋代《目連救母》的舞臺表演狀況也就具有了一定的合理性。在後世民間搬演目連戲的過程中，會伴有大量的各色小戲、儀式、特技、巫術及魔術，小戲包括《啞背瘋》、《雙下山》、《三匠爭席》、《王婆罵雞》等，儀式包括《舞三官》、《跳判官》、《捉傀儡》、《堆羅漢》等。在雲南傳統滇戲《劉氏四娘》裏面，還有「劉全進瓜」、「李翠蓮上弔」、「唐僧出世」、「斬金角老龍」、「過通天河」、「瘋僧掃秦」、「觀音傳」等與劇情不相關的關目。這些劇目雖然不一定也在宋雜劇中進行表演——如《瘋僧掃秦》明顯爲南宋發生的事情——但其原理是相同的，各種小戲的加入可以大大拉長雜劇《目連救母》的演出時間。事實上，從後世民間目連戲的演出實際看，它本是一種節慶文化、廣場文化、狂歡節文化、民間詼諧文化，沒有多少嚴格的藝術規範要遵循，在舞臺演出中，目連戲總是會不顧結構上的整一性，硬將一些不相干的小戲塞進演出當中。況且，秦漢以來就有百戲競呈的傳統，所以，在明清以後的目連戲演出中，劇中除人物演唱劇情外，還穿插了疊羅漢、跳金剛、爬杆、結網、技擊以及拳術等大量民間雜耍、武術表演，至於紙紮的牛頭馬面、葵花旗幡等更是豐富多彩。後世尚且如此，宋代目連戲穿插這些表演也是完全可能的，故其連續上演七、八天也並非難事。

此外，儀式中一些本該淡化處理的情節卻被濃墨重彩地渲染，也可以延長演劇的時間。如四川演《捉劉氏》一劇，「其劇從劉青提初生演起，家人瑣事，節節畢具」，當演至劉氏議媒議嫁時，「已逾十日」。〔註43〕再以劉氏四娘出嫁一節爲例，這一情節與全劇表現的主題關係不大，本該淡化處理，如在成熟的文人戲曲之中，可能會採用象徵性的裝扮一帶而過，或者用敘事性的語言加以交待，但在滇劇目連戲中，卻要大擺宴席，還以傅相和劉氏四娘的名義向地方官紳發出喜帖，前來作客的官紳（他們往往是演出的資助者）不僅盛裝而來，還要送上厚禮。在迎親拜堂時，扮演劉氏的演員要在距戲臺較遠的一個廟裏或在街上的某一人家中打扮成新娘，等候迎娶。演傅相的演員則扮成新郎，騎著馬，由司儀帶著樂隊，抬著轎子，吹吹打打，前呼後擁，走街過巷，引來看熱鬧的人不計其數。迎娶到新娘後，又組織一些迎親和送新的人結伴而行。一路上鑼鼓喧天，非常熱鬧。到了喜堂，便舉行拜堂儀式，

〔註43〕〔清〕徐珂：《清稗類鈔》第十一冊，中華書局 1984 年版，第 5025 頁。

而後開席吃飯。一對「新人」要到每桌前向來作客的官紳敬酒。飯後還要送客，一切都不能馬虎。〔註 44〕這些本該一筆帶過的劇情被不計時間成本地展現出來，可見民間目連戲的演出在一個宏大的敘事框架下，可以隨心所欲地表演，並沒有詳略、主幹情節與非主幹情節等方面的規範，由此反觀宋代雜劇，則連續上演七、八天也是可能的。還可看一例：

> 徐珂《清稗類鈔》載：此劇（目連）雖亦有唱有做，而大斗以肖真爲主，若與臺下人往還酬酢。嫁時有宴，生子有宴，即死有弔，看戲與作人合而爲一，不知孰作孰看。業裝亦與時無別，此與新戲略同，惟迷信之旨不類耳。可見俗本尚此，事皆從俗，裝又隨時，故入人益深，感人益切，視平詞鼓唱，但記言而不記動者，又進一層，具老嫗能解之功，有現身說法之妙也。

由於民間不以戲劇有機整合爲最高追求，而熱衷於喜悅熱鬧及烘託出的場面氣氛，有鮮明的非藝術化傾向，他們才不會以文人的眼光去看待情節的完整，藝術技巧之類的東西。再如，江蘇陽腔目連戲不時穿插的「武場」，完全是游離於情節之外的雜技、武術表演。除了驚險、熱鬧，還有調劑場子的作用。又如「肖真」、「從俗」的劉氏出嫁、傅相喪祭儀式，以及「王婆罵雞」喜用的《曲牌名》、《生藥名》、《古人名》等，不是不可以整合得更爲有機，更顯成熟，更趨精緻，而是它的藝術觀、戲劇觀確立了它的這種追求。

目連戲的演出之所以觀者倍增，其原因也在於其演出乃介於戲劇與儀式之間，作爲一種與民間節日祭祀禮儀緊密結合的戲劇，它不可能完全排除宗教祭祀的成分，因此其性質可以歸於後世的祭祀戲劇。祭祀戲劇與觀賞性戲劇的表演是有區別的，觀賞性戲劇有固定的舞臺，演員與觀眾有著明顯的分界線，但作爲儀式性戲劇的目連戲的演出有「臺上臺下」之說，演員們往往與觀眾打成一片，而不拘促於丈方舞臺。觀眾不僅觀看演出，也是參與儀式，成爲其中的一分子。據《中國戲曲志雲南卷》，光緒年間，劉超績掌維西協署稿房期間，在縣城組織護衛兵丁搭臺演出《目連救母》。劉本人亦在其中扮演角色。後世川劇演《耿氏上弔》時，鬼目和幾個小鬼從場外跑進戲場，爬至屋梁屋脊的高處，顯露出兇惡之相，並用竹竿撐起死人懸尸，整個場面非常陰森可怖。每每此時，全場觀眾則紛紛擲米打鬼，以驅逐害禍。這裡，觀眾

〔註 44〕王勝華：《目連戲：儀式戲劇的特殊品種》，《雲南藝術學院學報》，2002 年第 2 期。

兼有觀賞者與參與者雙重身份，戲劇也由演員和觀眾共同完成。再如滇劇中，劉氏出嫁時，演員們吹吹打打、招搖過市，當地的富戶還要送上贈禮，以求福祿；劉氏在後花園中切蘿蔔以祈求生子時，當地婚後不育的婦女即上臺，購買蘿蔔條以求生育；當演到《劉氏逃棚》時，劉氏的鬼魂趁著眾人抬棺下臺的機會，逃離了出喪隊伍，混入了普通觀眾之中。觀眾們專心看戲，誰也沒有查覺身邊多了一個人。當鬼差來捉拿時，觀眾才發現半人半鬼的劉氏四娘，不由得滿場駭然、大驚失色，噪聲四起。另據《中華全國風俗志·紹縣做平安戲之風俗》載，紹興民眾因為認為五、六月為凶月，所以每年在這兩月就來演戲，以保平安，戲目多演目連救母故事：「惟戲劇之外，還要扮許多惡鬼之形狀，在戲臺之下舞跑。迨至明天，將惡鬼趕到臺下，雲是將鄉村中惡鬼一律趕去之意。近村婦女，呼朋喚友，前來看戲，非常熱鬧。惟必須看至天明，始可回去。蓋若不終局而散，必有真惡鬼隨之而去也。當晚作戲之時，又有很多人以冥鏹紙錢等，沿路向有墳墓之處焚化，俗稱燒孤墳。」〔註45〕這裡記載的就是紹興目連戲中的起殤、趕弔、掃臺等場景，其演員與觀眾實為儀式的共同參與者。同樣，當我們把目光回溯至晚明，張岱《陶庵夢憶》中記載目連戲的演出，「萬餘人齊聲吶喊」，以至「熊太守謂是海寇卒至，驚起，差衙官偵問」。〔註46〕之所以會有此種效果，也因為演員與觀眾都沉浸在宗教儀式所營造的濃烈氛圍之中。我們同樣也可以反推宋代目連戲的演出，之所以觀者倍增，可能也由於演員與觀眾的交流與互動，這一點與勾欄瓦舍中的商業戲劇演出有很大的區別。

目連救母雜劇不僅可以演出七天，宋代特殊的演劇環境，也決定了它需要演七天。我們知道，目連戲的演出時間可長可短，最短的是「兩頭紅」，從頭一天日落演到第二天日出，短的劇本可演三天三夜，一般都可以演七天，雲南滇戲的目連是論「本」，凡演四十八本，謂之《大目連》，每天演一本，四十八天方能演完。三十本以下則謂之《花目連》。但宋代目連戲是在特定節日——中元節中進行演出的，其主要職能在於酬神驅鬼、祭奠先祖與亡靈。唐代佛教大興，其特定的儀式也滲進漢族的喪葬與祭奠儀式中，七天的演出也是受佛教影響的一種表現。按佛教中的規定，祭祀亡靈應以「七天」為一個單位，人死後做道場需要七七四十九天。俗稱為「七七」。而盂蘭盆會，所

〔註45〕 胡樸安：《中華全國風俗志》（下編），河北人民出版社1986年版，第248頁。
〔註46〕 〔明〕張岱：《陶庵夢憶》，西湖書社1982年版，第74頁。

要超度的是那些早已死去的亡靈，時間同樣是七天。《大目乾連冥間救母變文》也說，目連引得已經作犬的阿娘住於王舍城中佛塔之前，「七日七夜，轉誦大乘經典，懺悔念戒」。可見，宋雜劇《目連救母》時間定爲七天，應該受到了佛教儀式的影響。

三、目連戲在宋代後的傳播

北宋政權南渡後，目連戲隨之流播南方並盛演不衰，對南方各地地方戲產生了極爲深遠的影響，以至於在許多地方，目連戲被稱爲「戲祖」、「戲娘」。張庚先生更是斷言：與中國早期戲曲「眞正有關係的是目連」。〔註 47〕

隨著北宋爲金國所滅，南宋遷都臨安，北宋搬演的目連雜劇也傳到南方。宋元南戲中，雖無目連戲的劇目記載，但據劉念茲先生考證，明末清初楊夢鯉《意山堂集》中所記的三十六種莆仙戲，「其中除《劉瑾》、《嚴嵩》兩種，其餘均是宋元及明中葉以前的南戲劇目」。在這三十六種莆仙戲劇目中，也有《目連尊者》一劇。〔註 48〕我們今天已經無法還原其具體的演出形式，但依南戲一般的特徵來看，該劇可能延續了北宋目連救母雜劇依附於中元節演出的傳統，北宋汴梁目連雜劇具有祭祀祖先的功能，宋元時期的目連戲也應該具有這一功能，那麼其演劇之中可能也帶有相當程度的儀式性，具有較強的驅邪與納吉的功利目的，演劇持續的時間也可能爲幾天幾夜。

與中元節及其它節日緊密地結合在一起的連臺大戲構成了目連戲傳播的第一種形態。作爲民間演出的一種與宗教祭祀緊密結合的戲劇，目連戲長期潛藏民間，不爲文人所熟悉。因爲它只是一種質樸藝術，不像文人那樣重視戲劇文本，文本的存在只是爲演出提供一個基礎，也可能沒有文本，或僅具條綱，比如許音遂所藏川劇《「目連傳」江湖本演唱條綱》就是如此。但不見於文人的記載並不表示民間沒有目連戲的演出。有明一代，目連戲在民間風行不輟，這既可以在文學作品中找到一些線索，又可以在文人筆記、方志中得到應證。西周生《醒世姻緣傳》第五回描寫明朝正統年間（1436～1449）一班蘇州戲子在華亭縣演唱《目連救母記》，「連唱了半個月，方才唱完」。因爲民間與文人所持立場不同，民間的俗野與文人的典雅有別，民間俗野的目連戲遭到了強調曲詞才情、格律音韻的文人的批評，呂天成稱：「俗演《目連》、

〔註 47〕張庚：《中國戲曲在農村的發展以及它與宗教的關係——在戲曲研究所的講話》，《戲曲研究》第 46 輯。
〔註 48〕劉念茲：《南戲新證》，中華書局 1986 年版，第 89～91 頁。

《妙相》二記，詞陋惡不堪觀。」〔註49〕祁彪佳《遠山堂曲品・勸善》中也說：「全不知音調，第效乞食瞽兒沿門叫唱耳。無奈愚民佞佛，凡百有九折，以三日夜演之，轟動村社。」〔註50〕二人雖語含偏見，帶著文人士大夫的優越心態來以看待目連戲，其態度雖不可取，但也留下了民間盛演目連戲的寶貴資料。據《南陵縣志》載，明代中葉前兵部尚書、著名學者王陽明評目連戲曲曰：「詞華不及《西廂》豔，更比《西廂》孝義全，亦神道教意也。」說明明代中葉目連戲的演出十分流行。《祁忠敏公日記・棄錄》還記述了崇禎己卯（1639）五月三十日的演出：「是晚柯村又演目連戲，竟夜不能寐。」〔註51〕據此，明代的目連戲之搬演並非只在中元節慶上才有，它實際上也可以在其它節日中行使驅邪的功能。

明代民間目連戲的具體形態已難確考，但南方民間一些仍在上演目連戲具有活化石般的史料價值，從它們身上或可窺知明代民間目連戲的一些特點：一是內容的蕪雜與結構的散亂，只要與目連救母故事有聯繫的種種由頭，往往會被綴串、吸納進目連戲中來，其結構也非常自由、開放，並沒有有意地設置戲劇衝突與戲劇矛盾。比如湖南辰河目連戲中間還包括了《梁傳》、《香山》、《封神》和《金牌》等高腔連臺戲。川劇李樹成老本四十八本目連戲則包括《大伐（發）猖》、《佛兒卷》各一本，《西遊記》四本，《觀音》、《臺城》各三本，《封神》、《東窗》、《目連》各十二本。二是目連戲的演出會插入大量的超度祭祀儀式。根據對安徽貴池目連戲的考察，貴池目連戲的演出和民間的「打醮」、「賽會」、「請菩薩」、「祭煉」等雜糅在一起，具有傳統宗教迷信、巫術和神仙方術的成分。祁劇目連戲的演出同樣加入了「鎖拿寒林」、「請巫祈福」、「無常引路」、「五瘟賜福」、「雷打拐子」等祭祀儀式。江西贛劇團印弋陽腔連臺戲本《目蓮救母》第一本第二十五齣「救度郗氏」、第三本第四齣「和尚拜懺」、第五齣「本場普陀懺」、第六齣「本場司命懺」、第七齣「救母上香」、第八齣「破獄度孤」及第七本第二十五齣「盂蘭大會」，都是穿插在戲劇演出中的超度儀式。三是民間目連戲的演出本質上仍具有禳災驅邪、祭奠亡靈的宗教功能。徐珂《清稗類鈔》記載目連戲的演出：「川人恃此以被不

〔註49〕〔明〕呂天成撰、吳書蔭校注：《曲品校注》，中華書局1990年版，第385頁。

〔註50〕中國戲曲研究院：《中國古典戲曲論著集成》第六冊，中國戲劇出版社1959年版，第114頁。

〔註51〕〔明〕祁彪佳著、黃裳校錄：《遠山堂明曲品劇品校錄》，古典文學出版社1957年版，第332頁。

祥，與京師黃寺喇嘛每年打鬼者同意。」〔註 52〕他也認為川目連與打鬼的喇嘛具有同樣的職能。

因不滿於民間目連戲的冗長蕪雜，徽州宿儒鄭之珍以其「獲麟之筆」刪繁就簡，整理、編寫了目連戲史上的第一個文學劇本《新編目連救母勸善戲文》，並於萬曆十年（1582 年）出版，鄭之珍將作品括為 3 卷，確立了演三天三夜的規模。經過鄭氏的加工，目連戲題材更加集中，內容則更為精鍊，曲牌更加豐富。但我們注意到，鄭本標題中聲稱其作為新編，那麼他可能是以他所見到的某個民間演出底本為基礎開展工作的，由於文獻資料的散佚，鄭之珍所據何本今已不得而知，但是，明萬曆間徐𤊹所編《徐氏紅雨樓書目》，其卷三「傳奇類」著錄有《目連記》，由於作者著錄得相當簡單，我們只知這本《目連記》是傳奇劇本。明代戲曲選本中選錄了《目連記》中的散出：《歌林拾翠》第二集收有《花園發誓》與《訴三大苦》，《樂府菁華》收有《尼姑下山》、《僧尼調戲》，將這些與鄭本中對應的關目《花園捉魂》、《三殿尋母》、《尼姑下山》、《和尚下山》比較，則鄭本曲詞較為文雅，而選本曲詞較為粗俗。這也大致可以判定《目連記》產生於鄭本之前，鄭本的修改可能會受此劇的影響。高石山房本《目連救母》的跋中，明確記有「暇日取《目連傳》括成勸善記三冊」的話語，可知鄭本更是直接來自於《目連傳》，具有悠久歷史的祁門縣栗木班《目連傳》手抄本共有 150 餘齣，鄭本《目連》全劇共 100 齣，祁門馬山目連班保留《目連》第二本（上、下兩冊）共 44 齣，鄭本《目連》中卷共有 34 齣，顯然，鄭本《目連》是根據這些民間演出本，進行刪減、概括並增補了一些齣目而定型的。

鄭本《目連》（高石山房本）付梓後，其影響可以分為兩途：其一，因為鄭本去蕪存精、結構嚴謹、線條清晰，對徽劇、漢劇、婺劇、川劇、祁劇等眾多劇種具有影響。很多人不遠千里前來求稿，回去之後對各地原有目連戲進行改編，於是各地目連戲便形成了「老本」與「新本」，如川劇的內江《目連戲文》與敬古堂《目連傳》、祁劇的外傳與正傳、紹興的老劇目與新劇目（定型本）等，前者為鄭本《目連》出現以前的「老本」，而後者均為吸收鄭本《目連》的合理部份而形成的「新本」。張岱《陶庵夢記》卷六載：「余蘊叔演武場搭一大臺，選徽州、旌陽戲子，票輕精悍，能相撲跌打者三、四十人，搬演目連，凡三日三夜。四圍女臺百什座。戲子獻技臺上，如度索舞絚、翻桌

翻梯、觸鬥蜻蜓、蹬壇蹬臼、跳索跳圈、竄火竄劍之類，大非情理。幾天神地抵、牛頭馬面、鬼母喪門、夜叉羅剎、鋸磨鼎鑊、刀山寒冰、劍樹森羅、鐵城血澥……」〔註53〕張岱所見目連演出爲三日三夜，應該受到鄭本的影響。當然，由於習俗的年深日久，即便《勸善戲文》問世，民間目連戲的演出仍然保持著原有面貌的，即便是鄭本《目連》產生地徽州，民間目連班社也有仍承續《目連傳》手抄本進行五夜演出的，有些地方演出長達月餘，這需另當別論。其二，鄭本《目連》對於出版與宮廷劇目的改編也產生了影響。高石山房本出版後，歷代均出現大量的翻印本，如明萬曆年間富春堂刊本、清會文堂刊本、清光緒間刊本以及 1954 年的《古本戲曲叢刊》等等。鄭本《目連》不僅影響民間，還波及宮廷。清代初年，目連戲則進入宮廷。俞樾《茶香室續鈔）引董含《蓴鄉贅筆》語曰：「二十二年癸亥，上以海宇蕩平，宜與臣民共爲宴樂，特發帑金一千兩，在後宰門架高臺，命梨園演《目連傳奇》，用活虎活象眞馬。」俞氏並加案語說：「此康熙中事也，今民間尚有演目連戲者。」〔註54〕在清代乾隆年間，刑部尚書張照參考鄭本《目連》，對康熙舊本《勸善金科》進行改編，張照的宮廷大戲《勸善金科》共 240 齣，每日上演 24 齣，十天方可演完。其演出也不僅僅在中元節，而是「於歲暮奏之，以其鬼魅雜出，以代古人儺祓之意」。〔註55〕

　　清代中後期，官府開始禁演目連戲，但是他們對於民間風俗粗暴地干涉並未起到多大的效果。《李亨特知蕭山禁演〈目連救母記〉》亦云：「迄今凡六十年，風仍未革。」〔註56〕可見禁令並未起到多大作用。至民國初年，其流播範圍則更加廣泛，不僅在內地，甚至連一些邊遠及少數民族地區都有較爲頻繁的演出。

　　除了連臺大戲演出外，目連戲還夾雜在隊戲中演出，也以院本雜劇的方式進行演出，明代折子戲流行之後，更多的是以散折的形式流播於世。

　　素有「宋代戲劇活化石」之稱的晉南鑼鼓雜戲中有《白猿開路》劇目，此即演《目連救母》故事。明萬曆二年手抄本《迎神賽社禮節傳簿四十曲宮調》收有供盞隊戲《目連救母》，它是與《鬼子母揭鉢》、《五嶽朝后土》、《王

〔註53〕〔明〕張岱：《陶庵夢憶》，西湖書社 1982 年版，第 74 頁。
〔註54〕《筆記小說大觀》第 34 冊，江蘇廣陵古籍刻印社 1983 年版，第 242 頁。
〔註55〕〔清〕昭槤：《嘯亭續錄》卷一，中華書局 1980 年版，第 377 頁。
〔註56〕王利器：《元明清三代禁燬小說戲曲史料》，上海古籍出版社 1987 年版，第 127 頁。

母娘娘蟠桃會》等作爲供神儀式的一部份出現在民間的祭神儀式過程中，此外，在啞隊戲角色排場單中有如下記錄：

> 《青提劉氏遊地獄》——單舞千里眼、順耳風、牛頭、馬面、判官、善惡二簿、青衣童子（二個）、白魔太尉（四個）、把金橋大使者、青提劉氏遊十八地獄、目蓮僧救母、十殿閻王、水童子木叉行者、觀音上。〔註57〕

根據所列諸多腳色，這裡演的應該是劉青提過奈何橋後進入十八層地獄，路上遇到諸多神仙鬼怪的情景，後來又有目連一殿一殿尋找母親的情節。

元代目連戲名目，見於《錄鬼簿續編》一書。該書作者具有較大爭議，但據書中對作家的分類情況，可知作者生活的年代跨越了元、明兩個朝代，作者將《目連救母》雜劇列入《錄鬼簿續編》「諸公傳奇，失載名氏」之中，題目正名爲「發慈悲觀音度生，行孝道目連救母」。據此，則此本目連戲中爲目連指點迷津的可能不是佛祖而是大慈大悲的觀音菩薩，這一情節與前世目連故事有著較大的區別。在元陶宗儀《南村輟耕錄》院本名錄中名爲《打青提》的目連戲劇目，陶將其歸入「拴搐豔段」類中。該劇雖然沒有劇情簡介，按理而言，它是以青提夫人爲主角進行演出。聯繫到後來的目連戲演出實際，《打青提》很可能是青提夫人背誓開葷，被押入層層地獄時的表演。

明人沈德符《萬曆野獲編·顧曲雜言》「雜劇院本」載：

> 雜劇如《王粲登樓》、《韓信胯下》、《關大王單刀會》、《趙太祖風雲會》之屬，不特命辭之高秀，而意向悲壯，自足籠蓋一時；至若《㑳梅香》、《倩女離魂》、《牆頭馬上》等曲，非不輕俊，然不出房帷窠臼，以《西廂》例之可也；他如《千里送荊娘》、《元夜鬧東京》之屬，則近粗莽；《華光顯聖》、《目蓮入冥》、《大聖收魔》之屬，則太妖誕……〔註58〕

沈氏將《目蓮入冥》歸爲「雜劇院本」中，沈氏雖爲明人，但這條材料所列的劇目基本上爲元雜劇，沈氏將《目蓮入冥》一劇放在其中進行言說，根據上下文推測，該戲也可能是元人作品。

在目連戲中，有許多可以獨立演出的民間故事短戲，如「雙下山」、「啞背瘋」、「王婆罵雞」、「趙花打老子」、「戲目連」等。在有文字可查的記錄裏，

〔註57〕參見曹國宰：《迎神賽社禮節傳簿四十曲宮調》，《戲友》1986年第4期。
〔註58〕《中國古典戲曲論著集成》第四冊，中國戲劇出版社1959年版，第215頁。

至遲在明代它們就已經獨立於連臺大戲之外進行單獨演出了。據朱萬曙的統計，[註59] 萬曆年間刊行的戲曲散出選本中，目連戲則已被大量選入，各本選錄情況見下表：

刊刻時間	選本名稱	所選齣目
嘉靖癸丑（1533）	風月錦囊	尼姑下山、新增僧家記
萬曆元年（1573）	詞林一枝	尼姑下山
萬曆元年（1573）	八能奏錦	尼姑下山、元日上壽、目連賀正
萬曆二十四年前（1596）	群英類選	六殿見母、尼姑下山、和尚下山、挑經挑母
萬曆二十七年（1599）	歌林拾翠	花園發誓、訴三大苦、六殿見母
萬曆二十八年（1600）	樂府菁華	居姑下山、僧尼調戲
萬曆間	徽池雅調	劉四眞花園發咒
萬曆間	大明春	羅卜思親描容、羅卜祭奠母親
萬曆間	歌林拾翠二集	花園發誓、訴三大苦六殿見母

清代地方戲及昆、京之屬有婺劇《僧尼會》、《啞背瘋》，調腔《救母記》、《男弔》、《女弔》、《調無常》，漢調《目連卷》（抄本，藏陝西省藝術研究所），山東梆子《目連僧出家》（抄本，藏山東省藝術研究所），崑劇《思凡》（有《綴白裘》本），京劇《雙小山》（有鈕驃梭注本）、《目連救母》、《滑油山》、《戲目連》、《定計化緣》、《遊六殿》、《雷打十惡》（以上《戲考》載目）。

從光緒三十四年全年的演戲記錄來看，宮中演出的目連戲有：《滑油山》（六次）、《六殿》（四次）、《勸善金科》（三次）、《思凡》（三次）。宣統三年國喪之後，宮中還演出了《六殿》（三次）、《滑油山》和《勸善金科》。這裡所列的《勸善金科》，當然不是全本大戲，而是一折戲（詳見下）。這些劇目，大都出自《勸善金科》，其中的《滑油山》、《六殿》等應是以皮簧演唱的。

周明泰編輯的《五十年來北平戲劇史材》中，便輯有清光緒八年到宣統三年京城的戲曲班社演齣目連戲的情況，茲錄於此：

《劉氏望鄉》：復出安慶班；

《鴇兒趕妓》：復出安慶班；

《盟誓》復出安慶班；

《拜新年》：玉成班；

《羅卜路》：復出安慶班；

[註59] 朱萬曙：《鄭之珍與目連文化》，《藝術百家》2000 年第 3 期。

《思凡》：榮椿、復出安慶班；

《孟籃會》：榮椿、覆慶、太平和、寶勝和；

《定計化緣》：普慶、鴻慶、同春、三慶、復出福壽班、慶壽、雙慶、長春、同慶、覆慶、承平；

《六殿》：普慶、天慶、四喜、三慶、同慶、福壽、復出福壽班、慶壽、玉成、雙慶、長春、承平、春班、後出同慶班、覆慶、寶勝和、小吉祥、鳴盛和；

《滑油山》：普慶、天慶、四喜、榮椿、增桂、福壽、復出福壽班、玉成、慶壽、雙慶、祥慶和、後出四喜班、福勝、福慶、長春、承平、春慶、復出安慶班、同慶、覆慶、寶勝和；

從以上所列可以看出，當時京城演齣目連戲的班社已將近 30 個。這個結果是周明泰當初據戲園子的原始海報等資料粗粗統計的，之中肯定有遺漏之處。〔註60〕

時至今日，《雙下山》、《啞背瘋》、《王婆罵雞》等折，仍是川劇、漢劇、桂劇、紹劇等地方劇種的保留劇目。

綜上所述，竺法護翻譯了《盂蘭盆經》後，因爲該經文宣揚了中國文化的孝道而廣爲後人稱頌。在目連文化的傳播過程中，各種有利於雜劇演出的條件逐步完善，並最終促成了宋代《目連救母》雜劇的誕生。該雜劇的演出依附於中元節之上，應該是連續演出。宋代之後，目連戲的傳播既有連臺大戲的形態，也有體制短小的隊戲、院本雜劇等，明清時代，演出折子戲也是目連文化傳播的重要途徑。

第三節　生日演劇與戲曲文化的傳播

生日爲重要的個人節日。對生日的認識，最初是與母親的受難日聯繫在一起的，隨著主體意識的覺醒，後來發展爲自我神化、自我表彰與自娛娛人。慶生儀式最初表達的是對嬰兒出生、生命得以傳承的喜悅之情，後來人類認識到生命長度本爲有限的事實，又摻雜著道教長生不老的虛妄幻想，同時也受到佛誕日等宗教節日的影響，於是出現了將生日看作值得紀念的重要日子的做法，最先嘗試慶祝生日的，是兼具世俗色彩與神秘成分的天子。其儀式

〔註60〕以上關於清宮目連演出的統計，引自戴雲《京劇目連戲研究》，《戲曲藝術》，2006 年 2 月。

內容，從哲學層面看，實際上是因爲對生命的焦慮，潛藏著對人生苦短的痛苦與無奈，其表現形態卻是一種解脫的姿態，綜合了長生不老的渴望與及時行樂的人生體驗。

一、從生日慶典到生日演戲

上古的民眾將生日視作母親的受難日，發出「哀哀父母，生我劬勞」的感恩之語，因此不曾有慶祝生日之舉，但從唐玄宗開始，出於自我神化的目的，他開始大操大辦慶賀生辰，流風所及，唐宋上層社會的達官貴人也競相仿傚，生日用樂也是常見之事，其中也有倡優的滑稽表演。追溯生日演劇之淵源，大致可以分爲兩個階段：

（一）生日慶祝

早在先秦時代，人們對鮮活生命的誕生，對家族生命的延續就含有著特殊的感情，他們雖然不能對生命的形成過程作出合理解釋，但家族血緣的傳續，可愛的小生命的降臨卻讓長輩們莫名地喜悅，自然地流露出快樂的情感，於是將嬰兒誕生視爲值得高興與慶祝的日子。《詩經・小雅・斯干》有「乃生男子，載寢之床，載衣之裳，載弄之璋」，「乃生女子，載寢之地，載衣之裼，載弄之瓦」的描寫，所以後世就將生男稱爲「弄璋之喜」，生女稱「弄瓦之喜」。除了心理的喜悅外，慶祝嬰兒誕生還形成了特定的民俗儀式。《禮記・內則》載：「子生：男子設弧於門左，女子設帨於門右。」〔註61〕這裡「弧」是指弓，「帨」是指佩帶在身上的帕子，意思是說孩子生下來時，如果是男孩子就在家門的左邊掛一把弓，如果是女孩子就在門的右邊掛手絹。在秦末漢初，慶祝生日已經比較流行。據《漢書・盧綰傳》載：「及高祖（劉邦）、綰壯，學書，又相愛也。里中嘉兩家相愛，生子同日，壯又相愛，復賀羊酒。」〔註62〕盧綰與高祖劉邦同住一里，兩人情同手足，爲生死之交，這一點爲鄉親們所稱頌。富有傳奇色彩的是，兩人的妻子均在同一天生下了一名男嬰，出生的當天鄉親們對兩個家庭表示過慶賀，因爲後文說，「生子同日，壯又相愛，復賀羊酒」，「復賀」則表示後來的日子，很可能是兩個孩子的周歲紀念日，鄉親們再次送來羊與酒等禮物前來祝賀。如此，則生日的慶祝已越出嬰兒誕生這一單一時間，而成了一種周期性的連續活動。

〔註61〕〔清〕阮元校刻：《十三經注疏》，中華書局1997年版，第1469頁。
〔註62〕〔漢〕班固：《漢書》，喀什維吾爾文出版社2002年版，第258頁。

　　成人的生日紀念儀式包含「哀哀父母，生我劬勞」的感恩意識，人們希望通過做生日來追思母親臨產及分娩時的痛苦，體會父母哺育的艱辛。顏之推《顏氏家訓‧風操》載：「江南風俗，兒生一期，爲製新衣，盥浴裝飾，男則用弓矢紙筆，女則刀尺針縷，並加飲食之物，及珍寶服玩，置之兒前，觀其發意所取，以驗貪廉愚智，名之爲試兒。親表聚集，致燕享焉。自茲已後，二親若在，每至此日，嘗有酒食之事耳。」表面上看，似將宴享取樂作爲生日必備的程序，但接下來作者寫道，「無教之徒，雖已孤露，其日皆爲供頓，酣暢聲樂，不知有所感傷」。〔註63〕卻說的是當父母不在之日，就不應該懷著喜悅的心情慶祝自己生日，更不應該有酣暢聲樂的娛樂之舉。可見，做生日的本意乃是表示對父母養育之恩的感激，這是出於儒家的孝親觀念，所以合乎禮法的慶生儀式也以嚴肅正式的儀式居多，多帶有哀戚色彩。作者隨後特別提到了「梁孝元年少之時，每八月六日載誕之辰，常設齋講」的孝親之舉。《隋書‧高祖記》也記載隋文帝於仁壽三年（公元603年）下詔：「六月十三日，是朕生日，宜令海內爲武元皇帝、元明皇后斷屠。」〔註64〕這裡的「武元皇帝」和「元明皇后」是楊堅的親生父母楊忠和呂氏，楊堅在生日當天要求舉國吃素以此追思雙親，與梁元帝生日時宮裏設「齋講」的心理動因如出一轍。貞觀十七年（公元643年），唐太宗在自己生日時對近臣說：「今日是朕生日。俗間以生日可爲喜樂，在朕情，翻成感恩。……《詩》云：『哀哀父母，生我劬勞。』奈何以劬勞之辰，遂爲宴樂之事！」〔註65〕貴爲天子的李世民不但沒有在生日這天耽於逸樂，反而懷著感恩的心理追念父母的養育之恩，還對民間「俗間以生日可爲喜樂」的態度與做法流露出不滿。

　　將生日意義由感恩儀式或母親受難儀式轉變爲個人慶祝儀式主要是在南方。前引《顏氏家訓》就是對江南風俗的描述。另外，《樂府詩集》的《清商曲辭》中錄有《上雲樂》，又名《老胡文康辭》，其後錄有梁周舍《上雲樂》：

　　　　西方老胡，厥名文康。遨遊六合，傲誕三皇。西觀濛汜，東戲扶桑。南泛大蒙之海，北至無通之鄉。昔與若士爲友，共弄彭祖扶床。往年暫到崑崙，復值瑤池舉觴。周帝迎以上席，王母贈以玉漿。故乃壽如南山，志若金剛。……陛下撥亂反正，再朗三光。澤與雨

〔註63〕王利器：《顏氏家訓集解》，中華書局1993年版，第115頁。
〔註64〕〔唐〕魏徵等：《隋書‧高祖記》，中華書局1973年版，第49頁。
〔註65〕〔唐〕吳兢：《貞觀紀要》卷七，中州古籍出版社2005年版，第248頁。

施，化與風翔。……齎持數萬里，願以奉聖皇。乃欲次第說，老耄多所忘。但願明陛下，壽千萬歲，歡樂未渠央。〔註66〕

從詩中所寫內容來看，應是寫老胡文康爲皇上祝壽。西方老胡文康「遨遊六合」，曾赴崑崙瑤池之宴，曾喝王母所贈送玉液瓊漿，因而「壽如南山，志若金剛」，他是一個老壽星的形象，體現了世俗長生不老的理想。詩的結尾，寫老胡文康帶著一班門徒祝皇上「壽千萬歲，歡樂未渠央」，全詩充溢著歡快熱烈的喜慶意味。唐代李白的《上雲樂》也敘述著這個故事，詩結尾有「拜龍顏，獻聖壽，北斗戾，南山摧，天子九九八十一萬歲，長傾萬歲杯」〔註67〕之語，祝壽之意更爲明顯。

唐代大一統的疆域爲各種文化、習俗的共存與融合提供了現實土壤，南風北漸也成爲可能。雖然唐太宗對南風頗有微詞，但其後代卻似乎不像他那樣對慶生之風懷著拒斥態度。景龍三年（709）十二月乙酉，唐中宗曾下令：「諸司長官向醴泉坊看《潑胡王乞寒》戲。」〔註68〕任半塘稱：「此中『潑胡王』三字，乃指所扮之人物，而『乞寒』乃所演之事，不僅化裝舞隊，灑水施索，向行人觀眾戲弄而已。」〔註69〕如此，可知乞寒之戲爲歌舞戲，其所用樂曲，應該爲《蘇摩遮》，因爲據《全唐詩》樂府十二「蘇摩遮」注云：「張說，潑胡寒戲所歌，其和聲云『億歲樂』。」〔註70〕該歌辭共有五首，其中第三首曰：「臘月凝陰積帝臺，豪歌急鼓送寒來。油囊取得天河水，將添上壽萬年杯（億歲樂）。」〔註71〕讀到這裡，我們就可知道，乞寒戲實包含著爲皇帝獻忠祝壽的主題，也難怪中宗要令諸司長官去觀看演出。

唐玄宗則在慶賀的道路上走得更遠，他是歷史上首次將自己生日等同於神誕，並將之納入官方節日的皇帝。從目前的文獻來看，以玄宗生日爲節是先由諸多大臣動議，又由左右丞相張說、宋璟等人上表提出的，《全唐文》全文收錄了張說的《請八月五日爲千秋節表》：

> 左丞相臣說、右丞相臣璟等言：臣聞聖人出則日月記其初，王澤深則風俗傳其後。故少昊著流虹之感，商湯本元鳥之命；孟夏有

〔註66〕〔宋〕郭茂倩：《樂府詩集》卷五十一，中華書局1979年版，第744頁。
〔註67〕〔宋〕郭茂倩：《樂府詩集》卷五十一，中華書局1979年版，第747頁。
〔註68〕〔後晉〕劉昫等：《舊唐書》，中華書局1974年版，第149頁。
〔註69〕任半塘：《唐戲弄》，上海古籍出版社2006年版，第558頁。
〔註70〕〔清〕彭定求編：《全唐詩》中華書局1983年版，第111頁。
〔註71〕〔清〕彭定求編：《全唐詩》，中華書局1983年版，第231頁。

佛生之供，仲春修道祖之篆。追始尋源，其義一也。伏惟開元神武
皇帝陛下二氣含神，九龍浴聖，清明總於玉露，爽朗冠於金天。月
惟仲秋，日在端五，恒星不見之夜，祥光照室之期，群臣相賀曰：「誕
聖之辰也，焉可不以爲嘉節乎？比夫曲水禊亭，重陽射圃，五日彩
線，七夕粉筵，豈同年而語也？」臣等不勝大願，請以八月五日爲
千秋節，著之甲令，布於天下，咸令宴樂，休假三日。群臣以是日
獻甘露醇酎，上萬歲壽酒，王公戚里，進金鏡綬帶，士庶以絲結承
露囊，更相遺問，村社作壽酒宴樂，名爲賽白帝，報田神。上明元
天，光啓大聖，下彰皇化，垂裕無窮，異域占風，同見美俗。〔註72〕

這篇上表爲了論證將玄宗誕日定爲節日的合理性，將玄宗比喻成「二氣含神，
九龍浴聖，清明總於玉露，爽朗冠於金天」的聖人，合該有「日月記其初」，
「風俗傳其後」。因此，以其誕生之日爲嘉節就是十分合理的。很快，張說等
人就得到了唐玄宗答覆：

凡是節日，或以天氣推移，或因人事表記。八月五日，當朕生
辰，感先聖之慶靈，荷皇天之眷命，卿等請爲令節，上獻嘉名，勝
地良遊，清秋高興，百穀方熟，萬寶以成。自我作古，舉無越禮，
朝野同歡，是爲美事。依卿來請，宜付所司。〔註73〕

在這篇手詔裏，唐玄宗對張說的提議非常贊成，認爲以自己誕辰爲節具有正
當性。從此，皇帝生日慶祝被納入了制度化的軌道之中，從《大唐開元禮》
載「皇帝千秋節受群臣朝賀（並會）」看，千秋節的慶祝儀程繁瑣，中間自然
少不了歌舞的表演。

皇帝生日有歌舞表演，大臣生日慶祝也非常隆重。天寶十載（公元 751
年）安祿山生日，唐玄宗賜予他的生日禮物有金花大銀盆、金鍍銀蓋碗、金
平脫酒海、馬腦盤、玉腰帶等 36 件器物，楊貴妃贈金平脫裝、內漆半花鏡、
玉合子、玳瑁刮舌篦、耳篦、犀角梳等物品多件。這時皇宮中「掌（楊）貴
妃刺繡織錦七百人，雕鏤器物又數百人，供生日及時節慶」。可知此時對於生
日是非常重視的。中唐之後，富室豪家，慶祝生日時還要出資請百戲表演。
普通百姓之家慶祝生日也會有娛樂伎藝的表演。段成式稱，他在唐文宗太和

〔註72〕〔清〕董誥編：《全唐文》，中華書局 1983 年版，第 2252～2253 頁。
〔註73〕〔唐〕李隆基：《答百僚請以八月五日爲千秋節手詔》，《全唐文》卷三十，中
華書局 1983 年版，第 336～337 頁。

（公元 827～835 年）末年時，曾「因弟生日觀雜戲」，〔註 74〕李昉《太平廣記》載唐營丘豪民陳癩子家室殷富，藏鏹百萬，「每年五月，值生辰，頗有破費。召僧道，啓齋宴，伶倫百戲畢備。齋罷，伶倫贈錢數萬」。〔註 75〕

（二）生日用樂與演劇

宋代帝後生日爲全國節日已成定制，聖節慶典更是隆重至極。蔡絛《鐵圍山叢談》卷二記載：「國朝故事，天子誕節，則宰臣率文武百僚班紫宸殿下，拜舞稱慶。宰相獨登殿捧觴，上天子萬壽，禮畢，賜百官茶湯罷，於是天子還內。則宰臣夫人在內亦率執政夫人以班福寧殿下，拜而稱賀。宰臣夫人獨登殿捧觴，上天子萬壽，仍以經羅綃金鬚帕繫天子臂，退復再拜，前燕坐於殿廊之左。此儒臣之至榮。」〔註 76〕聖節演劇亦是整個聖節慶祝儀式不可缺少的環節。宋太宗朝，大臣楊億創作了兩篇《教坊致語口號》，一爲聖節賜宴的「壽寧節」致語口號，一爲「壽寧節大燕教坊」致語口號，其中都提到當時的演出有「勾雜劇」一環。「壽寧節大燕教坊」致語口號的「勾雜劇」詞爲：「清歌激越，方遏於行雲，妙舞婆娑，乍回於飛雪。祝聖之心既切，觀盛之事難忘。上悅天顏，雜劇來歟。」「壽寧節」的勾雜劇詞：「宜命仙優，上承帝悅。金絲重韻。雜劇來歟。」〔註 77〕北宋仁宗、神宗期間，王珪、蘇頌、蘇軾等也有教坊詞傳世，其中多有聖節儀式中勾雜劇的記載。南宋聖節期間用雜劇的次數更爲頻繁。吳自牧《夢粱錄》卷三《宰執親王南班百官入內上壽賜宴》，有對四月初八日（度宗生日前一天）儀式程序的詳細描述：皇親國戚及文武百官齊集皇宮內，提早一天爲皇帝祝壽。先是上公代表文武大臣等向皇帝祝壽，然後尚書執注碗斟酒進捧給皇帝，謂之看盞，皇帝示意大家一起飲後，樂隊開始奏樂，在樂聲中，文武百官按官品高低依次向皇帝敬酒祝壽，第三盞酒與第四盞酒時，分別有藝人表演雜劇之舉。據周密《武林舊事》卷一「聖節」條「天聖基節排當樂次」載，聖節儀式中演出的各種泛戲曲形態包括：吳師賢等人演的《君聖臣賢爨》，周朝清等人演的《三京下書》，何宴喜等演的《楊飯》，時和等演的《四偌少年遊》等。這樣一類的雜劇在當時有一個專有名詞：獻香雜劇。〔註 78〕

〔註 74〕 〔唐〕段成式：《酉陽雜俎》，中華書局 1982 年版，第 240 頁。
〔註 75〕 〔宋〕李昉：《太平廣記》卷二五七，中華書局 1961 年版，第 2006 頁。
〔註 76〕 〔宋〕蔡絛：《鐵圍山叢談》卷二，中華書局 1983 年版，第 25 頁。
〔註 77〕 〔清〕任店聖：《宋五百家播芳大全文粹》第 83 卷，清鈔本。
〔註 78〕 語出宋代彭乘《續墨客揮犀》卷五：「熙寧九年，太皇生辰，教坊例有獻香雜

《遼史》卷五十四載皇帝生辰樂次，其中也有雜劇表演，按樂次儀式而言，應受到宋代聖節供盞儀式的影響：

酒一行　觱篥起，歌。

酒二行　歌，手伎入。

酒三行　琵琶獨彈。

餅、茶、致語。

食入，雜劇進。

酒四行　闕。

酒五行　笙獨吹，鼓笛進。

酒六行　箏獨彈，築球。

酒七行　歌曲破，角觝。〔註79〕

據《金史》卷三十六《元日·聖誕上壽儀》載，金代聖節雖無雜劇表演，但有曲宴儀，歌舞表演也是不可少的一道環節，其中也有「舞蹈五拜」、「教坊奏樂」之舉。〔註80〕

宮廷影響所及，宋代也有民間生日演劇，生日演劇成爲一種新習俗。洪邁《夷堅志》壬卷第九「諸葛賣致語」條載：「叔祖母戴氏生辰，相召慶會，門首內用優伶雜劇。」〔註81〕

二、生日演戲的種類

生日演劇在明清時代成爲一種約定俗成的風習。生日慶祝也是每一個人重要的個人節日，除本人對自己的生日很看重外，其家庭成員往往對此非常重視。

慶祝生日時，主人希望客人也能重視，如果客人遲到，會讓主人不開心。《不下帶編》卷六載：

舊傳郡守某慶生宴，八邑宰新昌令呂姓至獨後，守怒，不得與。

彷徨門左，囑伶人致詞。首唱《八仙會》，因曰：「紹興太守豈凡人，乃是南山老壽星。今日八仙齊慶壽，緣何獨少呂洞賓？」一仙曰：「呂

劇。」中華書局 2002 年版，第 470 頁。

〔註79〕〔元〕脫脫等：《遼史》，中華書局 1974 年版，第 891 頁。

〔註80〕〔元〕脫脫等：《金史》，中華書局 1975 年版，第 839 頁。

〔註81〕〔宋〕洪邁著、何卓點校：《夷堅志》壬卷第九，中華書局 1981 年版，第 1538 頁。

洞賓候出久矣！」守一笑，命延入之。〔註82〕

《清稗類鈔》也記載了一個類似的故事，說明下屬對於上司生日的極度重視：

> 常州府有屬縣八，惟靖江介在江北。順、康間，某親貴出守常
> 州，聲勢烜赫，僚屬備極嚴憚。一日，以壽演劇，七邑令皆來稱祝，
> 靖江令獨後至，懼甚，屬閽者爲畫策，遂重賂伶人，時方演《八仙
> 上壽》劇，七人者先出，李鐵拐獨後，七人問曰：「來何暮也？」鐵
> 拐曰：「大江風阻，故爾來遲。」閽人即於是時，以靖江令手版進，
> 太守大喜，遂延入，至盡歡而罷。〔註83〕

文人們爲了表示對自己生日的重視，還會自創劇目，明初皇室朱有燉創作《群仙慶壽蟠桃會》一劇，在該劇序中他說：「自昔以來，人遇誕生之日，多有以詞曲慶賀者，筵會之中，以傲祝壽之忱，今年值初予度，偶記舊日所製南呂宮一曲，因續成傳奇一本，付之歌，唯以資宴樂之嘉慶耳。」〔註84〕明代文士多自蓄家班，在爲家庭成員慶壽時，家班自然派上了用場。張岱《陶庵夢憶》卷一《金山夜戲》與卷七《冰山記》和《龐公池》都記載了其攜家班來往於杭州、紹興之間，兩度赴山東兗州爲父親做壽的故事。

一般官宦士夫之家尚且如此熱衷於演劇祝壽，那麼帝后的生日自然更加熱鬧、更加能牽動全國上下的神經了。明代教坊本中神仙慶壽劇數量眾多，可以想見宮廷之中如何熱烈地慶祝這一節日。《養吉齋叢錄》引李綏的記錄，康熙六十歲生日時，從暢春園到西直門，再經四牌樓西安門至紫禁城，到處樹坊立木，張樂燃燈，一路上所建演劇綵臺總共有四十二座之多，簡直成了萬眾歡騰的海洋。趙翼《簷曝雜記》「慶典」條記載：「皇太后壽辰在十一月二十五日，乾隆十六年屆六十慈壽，中外臣僚紛集，京師舉行大慶。自西華門至西直門外之高亮橋，……每數十步間一戲臺，南腔北調，備四方之樂，伶童妙會，歌扇舞衫，後部未歇，前部已迎，左顧方驚，右盼復眩，遊者如入蓬萊仙島，在瓊樓玉宇中聽霓裳曲，觀羽衣舞也。」〔註85〕每當此時，各地官員、商人自是挖空心思，博得皇上開心。歷史上有名的揚州鹽商首領江廣達，「四十年來凡供張南巡者六，祝太后萬壽者三」，

〔註82〕〔清〕金埴撰、王湜華點校：《不下帶編》卷六，中華書局1982年版，第121頁。

〔註83〕〔清〕徐珂：《清稗類鈔》第十一冊，中華書局1984年版，第5053頁。

〔註84〕〔明〕朱有燉：《誠齋樂府》第18冊，明宣德間原刊本。

〔註85〕〔清〕趙翼：《簷曝雜記》，中華書局1982年版，第9～10頁。

他所精心培養的三慶班，就是爲乾隆五十五年高宗萬壽而準備的。雖然他無緣目睹三慶祝壽的歷史盛況，但因爲他生前煞費苦心的籌備，終於促成了歷史上的徽班進京，從此翻開了中國戲曲史的嶄新一頁。

生日演劇又可以細分爲幾類：

（一）嬰兒出生演劇

嬰兒出生，一些地方有慶滿月之俗，即小孩滿月之時，家庭舉辦宴會，其中也有戲曲表演。《杭俗遺風》載：「灘簧以五人，分生、旦、淨、丑腳色，用弦子、琵琶、胡琴、鼓板，所唱亦係戲文，如謁師、勸農、梳妝、跪地、和番、鄉探之類。不過另編七字句，每本五六齣，工錢一千六百文……小孩彌月、百祿、周歲等多用之。喜事、生日、空日，亦用之。」〔註86〕嬰兒滿月演劇，李綠園小說《歧路燈》七十七回、七十八回有詳盡的描寫：譚紹聞兒子做滿月時，又有母王氏七旬萱齡，盛宅（盛希僑）崑班在前一日（十四日）上演堂戲，劇目爲《王母閬苑大會》。十五日早晨，譚宅在門前（蕭牆街十字路口）的戲臺演戲，「這條街上看的人，老幼男子，醜好女人，無一不說熱鬧，好似司馬溫公還朝，梁顥狀元遊街。樹上兒童往下看，牆頭婦女向外瞧，沒一個不喜歡，沒一個不誇獎」。除了在門前演戲慶祝外，及至次日，眾客到廳堂看戲時，「原來盛公子點的，俱是散出，不過是文則蟒玉璀璨，武則冑鎧鮮明；妝女的呈嬌獻媚，令人消魂；耍醜的掉舌鼓唇，令人捧腹」。遲了一個時辰，「這戲上早已參罷席，跳了『指日』，各尊客打了紅封。全不用好穿客場哩拿著戲本沿席求點，早是盛公子排定的《長生殿》關目上來」。晚間唱夜戲，譚紹聞之元配巫氏又點了《尼姑》一齣。傳奇《斷機記》中的「商三元湯餅佳會」、《白兔記》中的「李三娘磨房生子」、「百順記」的「王狀元浴麟佳會」等專爲生子、滿月宴會演出。

（二）成人生日演劇

生日演劇，十歲至三十歲之間似不值得大操大辦地演戲慶祝。嚴格地說，五十之前不宜慶生，但從宮廷而民的祝壽風潮仍蔓延於明代社會的各個階層，流風所及，祝壽成爲一種盛行的社會現象。「今世風俗，凡男婦稍有可資，逢四、五十謂之『滿十』，則多援顯貴禮際以侈大之。爲之交遊、親友者，亦皆曰：『某將滿十，不可無儀也。』則又釀金以爲之壽，至乞言於名家，與名

〔註86〕范祖述：《杭俗遺風》，上海文藝出版社1989年版，第49頁。

家之以言相假者，又必過爲文飾以傳之，而其名益張。凡此皆數十年以來所甚重，數十年以前無有是也。」〔註87〕明代社會上豪富之家四十歲即作壽，祝壽場合請歌妓助興，戲班演戲，也助長了戲劇的發展。《杭俗遺風》載：諺云：「有錢不過三十歲，無錢要做四十歲，然則四十以上無一而不做者也。其排場：大廳當中鋪設壽壇，上供王母壽星。」〔註88〕意思是說，三十歲生日一般不會大張旗鼓地慶祝，而四十歲以後，每年都應該有慶典。馮夢禎《快雪堂日記》曾載萬曆三十年（1602）十月二十八日赴友人妻子的生日筵席間觀演《麒麟記》，還有一些地方四十歲之前尙無慶生的習俗。《施南府志續編》（十卷清光緒十年施南府新舊志合編本）載：「壽誕，三、四十歲時無過問者；五十間有慶賀，至六十，子孫視其力之厚薄通知戚友，製錦稱觴，歌優雜進。」〔註89〕但似乎有些地方又對三十歲之前演戲慶祝生日也可以接受。福建人蔡獻臣在萬曆壬子（1612 年）編集的《同安縣志風俗志》（《清白堂稿》第十七卷）記錄了當地的風俗：「蓋有飲食之侈，物必珍貴，具必鳳甌，品必數十，飲必丙夜。甚至弱冠生朝，演戲招賓。」作者記載 20 歲生日演劇的習俗是爲了批評這種不當行爲，表明此地將 20 歲的冠禮庸俗化，但民間的慶生低齡化的傾向依然無法改變。

（三）老人壽誕演劇

《禮記·王制》記載五十歲以上才舉行「養老之禮」：「凡養老，有虞氏以燕禮，夏后氏以鄉禮，殷人以食禮，周人修而兼用之。五十養於鄉，六十養於國，七十養於學。」依古制，六十歲以上可以稱爲老人。《莊子·盜跖》篇則說「人上壽百歲，中壽八十，下壽六十」，民俗一般認爲六十爲花甲之慶。老人壽誕演劇在不同地域有著不同風俗。《葭縣志》載陝西葭縣民人賀壽之習是，凡有「年高碩望，間有開壽筵者。親戚祝壽者間以酒肉、花炮、蠟燭等項爲壽儀，縉紳之家或有送屏幛者，平民中絕少。主人惟款以八簋常品，而珍錯盛饌、演戲宴客者，尤屬罕見」。但在明代，江南地區的一些地主士紳、豪富巨賈們逢年過節，或家庭喜慶宴客之時，更是常要演戲助興。一些富家還專門蓄養著一批演員準備爲父母上壽及家中的婚嫁大禮。

〔註87〕〔明〕羅洪先：《念庵文集》卷四《謝卻淵友祝年》，四庫全書本。
〔註88〕范祖述：《杭俗遺風》，上海文藝出版社 1989 年版，第 71～72 頁。
〔註89〕丁世良、趙放：《中國地方志民俗資料彙編·中南卷》，書目文獻出版社 1991年版，第 436 頁。

潘允端《玉華堂日記》記載了大量生日演劇的資料。萬曆十四年（1586年），潘氏本人做壽，從四月初七至十八，家中天天演戲，萬曆十七年（1589年），潘允端六十四歲生日，潘的長子特意請假回家，設席為幫壽，「竭水陸之珍，極聲容之盛」，兩班戲子連演了十餘天。萬曆十九年（1591），潘又過生日，從四月十三日起，吳門戲子和潘氏家班連演了五六天。據《列朝詩集小傳》閏集：萬曆三十二年（1604）秋，馬湘蘭至蘇州，祝賀王稚登的七十歲生日，馬家女伶唱《北西廂》全本。《王巢松年譜》也記載（順治十八年）王時敏七十歲時，於正月中旬豫慶，召申府中班到家，張樂數日，第一本演《萬里圓》，乃時人黃孝子事，見者快心悅目；王時敏八十誕辰時，吳三桂女婿王長安祝大人壽，他攜來小優演劇，里中頗為傾動。

（四）祖先陰壽演劇

在廣大農村，生日演劇還與祖靈崇拜、祖先祭祀融為一體，祖先陰壽也成為演劇紀念之日，甚至成為與社祭同樣重要的日子。建於唐貞觀三年（629年）的山西省聞喜縣禮元鎮的「裴氏祠」是我國現存最早的宗祠。宋代儒家倡導「敬宗收族」，《朱子家禮》第一章就開宗明義講祠堂，要子孫後代知道「報本返始之心，尊祖敬宗之意」的重要性，由於宋儒的倡導，此期開始大規模建造祠堂。至明代中葉，宗祠的建設進入一個新的歷史時期，有些宗族族大人眾，支派繁衍，大宗祠外復建有小宗祠、支祠，有些家族不僅在祖先的原住地建有祠堂，還紛紛在縣城、府城建祠，以致地方上「祠滿為患」。宗祠的首要功能是祭祀祖先。其祭祀對象首先是遠祖中對本族有特殊貢獻的人物，其次是近幾代死去的祖先，一般指高、曾、祖、父考和妣四代。

宗祠祭祀是封建禮儀的一個組成部份，在家庭生活中佔有十分重要的地位。對於先祖，有所謂「晨昏三叩首，早晚一爐香」的說法。一年中大大小小的節日，族人都要到祠堂行告祖禮。大型祭禮一般長幼咸集、親疏秩然、祭品豐厚，祠祭後要舉行宴會或演戲。《明代孤本方志選》收錄的崇禎《永年縣志》載：「（先世）生辰忌日皆詣祭之」，並附言：「各廟會皆羅列酒肆、陳設、貨物、搭高棚演戲，士女入祠焚香，有用旌旛迎獻神像者，名曰進駕。」田仲一成先生常年在華南從事田野考察，其著作《明清的戲曲——江南宗族社會的表象》中有眾多關於祖先陰壽演劇的記載，綜合起來看，江南地區往往將五月四日當作其始祖誕辰，會在這一日上演戲劇，演出的地點一般在宗祠，族中長幼皆被邀請觀看，儘管為去世的父母、祖父母慶祝陰壽並不合於

禮法,但演戲稱觴還是流傳開來,其演出劇目,出於以敦教化厚風俗的需要,則以忠孝節義爲主,一般不會有佻達姦邪之類劇目。

(五)萬壽演劇

如前所述,皇室重要成員的生日成爲全社會的公共節日,除了宮廷裏有演戲之舉外,民間也多藉此日,召戲班演劇。以致於自我要求極嚴,不願耽溺於享受的雍正不得不下詔禁各省地方指稱萬壽聚集梨園。《雍正上諭內閣》:「雍正五年四月十五日,奉上諭:朕今年五十,前已屢有諭旨,宣示諸臣,不行慶賀之禮……再各省地方,若有指稱萬壽,建立經壇,或聚集梨園,喧嘩糜費者,此皆生事不安本分之徒,誘惑愚人,希圖財利,尤宜嚴禁,以杜浮囂詐僞之風。」〔註90〕雍正這般自律的帝王畢竟是個例,更多的皇帝,不僅不禁止民間借機演劇,更意圖藉此製造與民同樂、普天同慶的太平景象。據《中國戲曲志・浙江卷》,乾隆五十五年 1790 年,高宗八十壽辰,杭州行宮和府、縣衙搭臺演戲,「一式山輝大班,自初一至二十一,聽軍民縱觀」。光緒三十年1904年,爲慶賀慈禧太后七十壽辰,昆明城內外各條大街扎滿五色布柵,五華山、洪化府、南校場三處搭臺唱戲。(《中國戲曲志雲南卷》)光緒三十一年1905年,慈禧太后七十壽辰,上海道臺袁樹勳在泥城外洋務局雇人紮就燈綵牌樓,演戲一天,中外官員前往祝賀並觀劇。(《中國戲曲志上海卷》)

三、生日演劇劇目鈎沉及演劇風俗

(一)配合生日慶祝的喜慶氛圍,最初上演的是一種特殊題材的劇目:神仙慶壽劇。生日演劇的習俗直接導致了一種特殊題材的劇目——神仙慶壽劇的產生。宋金雜劇院本中有《宴瑤池爨》、《瑤池會》、《蟠桃會》、《王母祝壽》、《八仙會》五種,宋元南戲中有《賀昇平群仙祝壽》,元雜劇中有鍾嗣成《宴瑤池王母蟠桃會》,無名氏《王母蟠桃會》兩種,按理而言,這些應該是早期的神仙慶壽之作。邵曾祺先生曾推測元雜劇中涉及八仙度脫之劇可能也用於生日慶祝,如此,這些劇作也應該稱作神仙慶壽之作。

神仙慶壽劇大興是從明代開始的。綜合《脈望館鈔校本古今雜劇》、《孤本元明雜劇》,明代神仙慶壽劇劇作如下:

〔註90〕王利器輯錄:《元明清三代禁燬小說戲曲史料》,上海古籍出版社 1981 年版,第 35 頁。

寶光殿天眞祝萬壽一卷　　教坊編演鈔本

眾群仙慶賞蟠桃會一卷　　教坊編演鈔本

祝聖壽金母獻蟠桃一卷　　教坊編演鈔本

降丹墀三聖慶長生一卷　　教坊編演鈔本

眾神聖慶賀元宵節一卷　　教坊編演鈔本

爭玉板八仙過滄海一卷　　教坊編演鈔本

慶豐年五鬼鬧鐘馗一卷　　教坊編演鈔本

眾天仙慶賀長生會一卷　　教坊編演鈔本

賀昇平群仙祝壽一卷　　　教坊編演鈔本

慶千秋金母賀延年一卷　　教坊編演鈔本

廣成子祝賀齊天壽一卷　　教坊編演鈔本

黃眉翁賜福上延年一卷　　教坊編演鈔本

感天地群仙朝聖一卷　　　教坊編演鈔本

紫微宮慶賀長春節一卷　　教坊編演鈔本

十八學士登瀛洲一卷　　　教坊編演鈔本

三星下界一卷　　　　　　教坊編演鈔本

眾群仙慶賞蟠桃會一卷　　教坊編演鈔本

　　上述劇作有如下特點：首先，它們都是文人與伶工共同合作的成果，編劇的目的不是爲了置之案頭，而是爲了付諸演出；它們都屬於儀式劇，其特長在演出時排場熱鬧，爲節日增添喜慶色彩，至於文學色彩與精神內涵倒在其次。王季烈《孤本元明雜劇提要》評《祝聖壽金母獻蟠桃》：「亦明代萬壽節內廷供奉之劇本。關目蕪雜，詞藻堆砌，排場熱鬧之外無他勝處。」鄭振鐸也說過：「這一部份劇本，在戲曲的『題材』上說來，誠是重要的發現。……但在批評家的眼光看來，這些無聊的劇本卻是最不值得流傳下來的」，並稱這些劇作「最駑下而且無用」。〔註91〕當然，由於文人的介入，一些劇目也較有文采。王季烈《孤本元明雜劇提要》評《寶光殿天眞祝萬壽》劇說：「排場熱鬧，切末繁多，其云：推動寶塔，便仙音嘹亮，五色祥雲並現，則搬演時必有絕妙布景。蓋明代內坊萬壽供奉之劇也。曲文濃鬱，亦間有本色語，蓋伶工與文人合撰之作也。」其次，它們基本上是爲皇上、皇后、皇太后的生日

〔註91〕鄭振鐸：《跋脈望館鈔校本古今雜劇》，《中國古典戲曲序跋彙編》，齊魯書社1989年版，第364頁。

而編演，只有《黃眉翁賜福上延年》是爲大臣之母祝壽而作。〔註92〕

　　除此之外，朱有燉的《福祿壽仙官慶會》、《瑤池會八仙慶壽》、《河嵩神靈芝慶》、《群仙慶壽蟠桃會》；祁麟佳的《慶長生》；楊繼中的《偷桃獻壽》；許自昌的《瑤池宴》；無名氏的《東方朔》、《種松堂慶壽茶酒筵宴大會》、《諸仙慶壽記》、《蟠桃三祝》、《蟠桃宴》等也是神仙祝壽之作。此類劇作，與教坊編演本大體類似，即以最令人稱道的朱有燉的劇作而言，藝術成就也不太高。王國維就曾經評其劇作：「規摹元人，了無生氣，且多吉祥、頌禱之作，其庸惡殆與宋人壽詞相等。」〔註93〕

　　據《古本戲曲叢刊》所見劇作，清代雜劇中共有道教祝壽劇29部，分別爲：吳城的《群仙祝壽》；蔣士銓的《康衢樂》、《長生籙》、《昇平瑞》；王文治的《葛嶺丹爐》；無名氏的《慶祝無疆》、《中秋慶節》、《長生祝壽》（以上爲皇室祝壽劇）；孔廣林的《松年長生引》；胡重的《嘉禾獻瑞》；韓錫胙的《南山法曲》（以上爲特定貴族祝壽劇）；傅山的《八仙慶壽》；王懋昭的《帨慶》；蒲松齡的《鍾妹慶壽》；無名氏的《百花慶壽》、《天開壽域》、《萱壽》、《衍慶》、《南星拱照》、《仙女採芝》、《蟠桃會》、《壽慶群仙》、《群仙祝福》、《王母稱慶》、《棗慶長生》、《壽筵稱慶》、《萃花仙》、《蟠桃初熟》、《富貴長春》、《和合添祥》（以上無特定祝福對象）。〔註94〕另有佛教慶祝壽劇5部：厲鶚的《百靈效瑞》、蔣士銓的《忉利天》，無名氏的《大佛升殿》、《贊樂》、《佛輪》。〔註95〕

　　康熙年間宮廷內的慶節令之戲，名目很多，《康熙萬壽雜劇》是專爲康熙生日演出的劇目，現存尚《黑虎韜威》、《文明應候》、《律呂正度》、《金母獻環》、《百穀滋生》、《萬方仁壽》、《鳳麟翔舞》等。另外還有爲康熙「萬壽」承應的《萬壽大慶承應雜劇六種》，分別爲《萬國梯航》、《萬家生佛》、《萬笏朝天》、《萬流同歸》、《萬善合一》、《萬德祥源》。

　　朝鮮朴趾源《燕岩集》卷十四《山莊雜記》記他在熱河避暑山莊參加乾隆七十誕辰時的演戲，共八十種：《九如歌頌》、《光被四表》、《福祿天長》、《仙

〔註92〕王季烈《孤本元明雜劇》論及《黃眉翁賜福上延年》時說：「伶工爲武臣之母稱壽而作。」
〔註93〕王國維：《盛明雜劇初集跋》，《中國古典戲曲序跋彙編》，齊魯書社1989年版，第463頁。
〔註94〕鄭傳寅：《古代戲曲與東方文化》，武漢大學出版社2007年版，第422～423頁。
〔註95〕鄭傳寅：《古代戲曲與東方文化》，武漢大學出版社2007年版，第433頁。

子效靈》、《海屋添籌》、《瑞呈花舞》、《萬喜千祥》、《山靈應瑞》、《羅漢渡海》、《勸農官》、《簷葡舒香》、《獻野瑞》、《蓮池獻瑞》、《壽山拱瑞》、《八佾舞於廷》、《金殿舞仙桃》、《皇建有極》、《五方呈仁壽》、《函谷騎牛》、《士林歌樂社》、《八旬焚義卷》、《以躋公堂》、《四海安瀾》、《三皇獻歲》、《晉萬年觴》、《鶴舞呈瑞》、《復朝再中》、《華封三祝》、《重譯來朝》、《盛世崇儒》、《嘉客逍遙》、《聖壽綿長》、《五嶽嘉祥》、《吉星添耀》、《緱山控鶴》、《命仙童》、《壽星既醉》、《樂陶陶》、《麟鳳呈祥》、《活潑撥地》、《蓬壺近海》、《福祿並臻》、《保合大和》、《九旬移翠巘》、《黎庶謳歌》、《童子祥謠》、《圖書聖則》、《如環轉》、《廣寒法曲》、《協和萬邦》、《受茲介福》、《神風四扇》、《休徵疊舞》、《會蟾宮》、《司花呈瑞果》、《七曜會》、《五雲籠》、《龍閣遙瞻》、《應月令》、《寶鑒大光明》、《武士三千》、《漁家歡飲》、《虹橋現大海》、《池湧金蓮》、《法輪悠久》、《豐年天降》、《百歲上壽》、《絳雪占年》、《西池獻瑞》、《玉女獻盆》、《瑤池杏世界》、《黃雲扶日》、《欣上壽》、《朝帝京》、《待明年》、《圖王會》、《文象成文》、《太平有象》、《竈神既醉》、《萬壽無疆》。〔註96〕詩人趙翼也參加了這次盛典，他在《簷曝雜記·大戲》條記錄道：「中秋前二日為萬聖節，是以月之六日即演大戲，至十五日止。所演戲，率用《西遊記》、《封神傳》等小說中神仙鬼怪之類，取其荒幻不經，無所觸忌，且可憑空點綴，排引多人，離奇變詭作大觀也。」〔註97〕

據清昇平署鈔本《九九大慶》，清宮生日演劇還有如下劇目：

皇太后萬壽承應：

雲日增輝一卷

人天普慶一卷

芝眉介壽一卷

寶塔淩空一卷

三元百福一卷

皇帝萬壽承應：

老佛西來祝聖壽一卷

〔註96〕參王利器：《元明清三代禁燬小說戲曲史料》《前言》，上海古籍出版社 1981年版，第 15 頁。

〔註97〕〔清〕趙翼：《簷曝雜記》，中華書局 1982 年版，第 11 頁。

壽祝萬年一卷

寶鏡開祥一卷

萬福駢集一卷

慶壽萬年一

九如歌頌一卷

大地周獻壽徵一卷

萬卉呈祥一卷

青年獨駕一卷

三壽作朋獻紫觴一卷

群仙祝壽一卷

皇后千秋承應：

百福駢臻一卷

萬年太平一卷

靈山稱慶一卷

螽斯衍慶一卷

皇子千秋承應：

純陽祝國一卷

貴妃祝壽承應：

恭祝千秋一卷

喜洽祥和一卷

親王祝壽承應：

昇平集慶一卷

益金階恭祝無疆一卷

五福五代慶雲仍一卷

慶昇平佛國讚揚一卷

三代一卷

福禱天長一卷

緱山控鶴一卷

五代登榮一卷

南極增輝一卷

萬壽同春一卷

祥徵仁壽一卷

長生祝壽一卷

壽山呈瑞一卷

花甲天開一卷

鴻禧脈一卷

金蓮呈瑞一卷

慶壽多福一卷

萬福攸同一卷

星雲景慶一卷

遣仙佈局一卷

萬載恒春一卷

仙子效靈一卷

蓬島仙圓一卷

寶祚綿長一卷

添壽稱慶一卷

金桃獻瑞一卷

萬福雲集一卷

另，清昇平署鈔本《法宮雅奏》，尚有：

誕生承應

慈雲賜類一卷

吉曜充庭一卷

彌月承應

山川鍾秀一卷

福壽呈祥一卷

（二）隨著依附在生日之上的神秘色彩逐漸剝離，慶祝生日群體的擴大

及慶祝生日頻率的加大,上演劇目也由宗教色彩濃厚的神仙慶壽劇擴展爲常見的元明雜劇與傳奇。

首先是出現了文人們專爲慶生而作的劇目。分爲兩類:

一是爲皇族慶生而創作。

此類創作還帶有神仙慶壽劇之色彩。康熙五十一年(1712),裘璉作《萬壽昇平樂府》。《恭紀聖國錄》:「康熙五十一年壬辰,予年六十有九。夏過當湖,訪編修高公巽亭,下榻其家。聞明年萬壽,特開恩科,璉將就試北闈,高公命作《萬壽昇平樂府》獻至尊而祝壽焉。於是填辭一本,事託仙佛之蹤,曲借梨園之口,分出十有二……兩月告竣,編修具折進呈睿覽,璉名藉以上達。書進,天顏有喜,命近侍紀璉名於冊。」〔註98〕乾隆十六年(1751),蔣士銓應江西鄉紳之邀爲遙祝皇太后壽辰撰寫承應戲《西江祝嘏》四種:《康衢樂》《忉利天》《長生籙》《昇平瑞》。同年二月十三日至二月下旬,高宗弘曆第一次南巡,厲鶚在揚州受聘製迎鑾戲《百靈效瑞》,與錢塘吳城的《群仙祝壽》,合爲《迎鑾新曲》。乾隆二十二年(1757)二月初九到十二日,高宗弘曆第二次南巡,駐蹕揚州時,維揚太平班備有《聚星》、《訪壽》、《獻瑞》、《九如》等迎鑾戲十八齣。嘉慶二十三年(1818),呂星垣奉命爲己卯年萬壽節著《康衢樂府》。

二是爲親友慶生而創作。

《樂府紅珊》慶壽類收錄《八仙赴蟠桃大會》,爲《升仙記》的一折戲文。劇敘瑤池蟠桃已熟,西王母命侍女朱仙姑宣八洞神仙一齊赴會,爲自己稱觴上壽。劇中有西王母接受八仙建議讓朱仙姑下凡度脫王壽貞。王爲王錫爵女兒,好道,爲明萬曆年間的眞人眞事,頗爲當時名流所重,此劇極可能是文人們爲王壽貞壽誕而作。

據沈德符《顧曲雜言》,張伯起「丙戌上太夫人壽,作《祝髮記》,則母已八旬,而身亦耳順矣」。〔註99〕清顧公燮《丹午筆記》也載「文長乃作《祝髮記》傳奇爲母壽」。〔註100〕《慶長生》爲祁麟佳爲母親祝壽而作,龍膺爲母

〔註98〕 裘姚崇:《慈谿裘蔗村太史年譜》,北京圖書館編:《北京圖書館藏珍本年譜叢刊》第86冊,北京圖書館出版社1999年版,第195~196頁。
〔註99〕 俞爲民,孫蓉蓉:《歷代曲話彙編》明代卷,第三冊,黃山書社2009年版,第65頁。
〔註100〕 〔清〕顧公燮:《丹午筆記》,見《江蘇地方文獻叢書》,江蘇古籍出版社1999年版,第108頁。

親壽辰撰寫過《藍橋記》。順治六年（1649），金壇虞來初年七十，虞魏爲鋪張壽宴，請吳江沈自晉撰《耆英會》傳奇上演。順治十年（1653），丁野鶴在生日邀諸公觀賞《赤松遊》傳奇，〔註101〕康熙三十六年1697年，五月五日，安黌撰《神仙棗》雜劇四折爲其父安致遠慶壽，安致遠撰《神仙棗題詞》，署「丁丑重五日」，其題詞云「今年丁丑，齒屆七袠，擬欲倩人貌安期生食巨棗圖以自壽，以時無善手，點染難工。兒黌因作小賦以獻，予賞之。又以其餘材演爲雜劇四折，名曰《神仙棗》。」〔註102〕乾隆三十年（1765），韓錫胙著《南山法曲》爲吳愛棠刺史五十壽。乾隆三十三年（1768），二月，陳竹廠、孔廣林合撰《松年長生引》雜劇四折，祝廣林大母徐太夫人七十壽。陳竹廠撰一、三折，孔廣林撰二、四折。孔廣林《松年長生引》序云：「乾隆三十三年中春之月，先大夫囑海昌陳竹廠夫子撰《松年長生引》四折，補祝先大母徐太夫人七十壽。」〔註103〕乾隆四十一年（1776），孔廣林還奉祖父命撰《五老添壽》雜劇。孔廣林《松年長生引》序中云：「今年春，重勘傳奇雜劇。憶及遊兆涽灘，奉先大夫命，撰《五老添壽》劇，舊稿遍檢弗獲。」《五老添壽》劇，雖已亡佚不見，但由此序可知其爲祝壽之作。孔廣林治曲，堪稱嚴謹。但從此劇的思想內容看，只不過是案頭之作、應酬之品。另外，雜劇《八仙慶壽》，據該所載散套《月夜泛舟》自跋可知，該劇是應邀爲誠親王壽誕而作。〔註104〕全劇爲一則短劇，由《新水令》、《步步驕》、《折桂令》等十隻曲子組成。傅山有《八仙慶壽》，乃爲其母親壽誕而撰，一折，劇本附在《紅羅鏡》後，中國藝術研究所戲曲研究所藏。蒲松齡著有《鍾妹慶壽》。

　　其次慶生還成爲新劇上演的最好契機。梁伯龍傳奇條「《浣紗》初出時，梁遊青浦，屠緯眞隆爲令，以上客禮之，即命優人演其新劇爲壽，每遇佳句，輒浮大白酬之，梁亦豪飲自快。演至出獵，有所謂『擺開擺開』者，屠屬聲曰：『此惡語者，當受罰！』蓋已預儲洿水，以酒海灌三大盂。梁氣索，強盡之，大吐委頓，次日不別竟去。屠凡言及，必大笑，以爲得意事」。〔註105〕

〔註101〕《陸舫紀年詩》卷五《癸巳初度赤松詞曲新成邀諸公觀賞作赤松歌自壽》，《四庫全書叢目叢書》集部二三五冊。
〔註102〕〔清〕安致遠：《玉碬集》卷一，《四庫全書存目叢書》集部211冊，齊魯書社1997年版，第475頁。
〔註103〕〔清〕孔廣林：《松年長生引》，鄭振鐸輯《清人雜劇二集》，1933年版。
〔註104〕《松鶴山房詩集》卷9《雜曲》收錄，載《續修四庫全書》第1445冊。作者陳夢雷（1651～1723），爲《古今圖書集成》編撰者。
〔註105〕俞爲民，孫蓉蓉：《歷代曲話彙編》明代卷，第三冊，黃山書社2009年版，

李漁家班具有職業的性質，他們爲達貴之邀，而爲慶壽賀喜酬應宴集是其家班演出的基本形式。康熙七年（1668）元旦，戲班組建不久，適逢治彭城（今江蘇銅山）的徐州河防同知紀子湘之教官李申玉夫人生日，李漁作《李申玉閣君壽聯》以賀，並讓戲班爲壽筵演出，「是日稱觴，即令家姬試演新劇」。〔註106〕1671 年，李漁家班應寶應縣孫惠之幕客蒲松齡之邀爲孫家演劇祝壽。

　　再次出現了用於慶生的劇目。祁彪佳母親壽辰演出過《鵲橋記》。另，傳奇《玉杵記》寫裴航藍橋遇仙的故事，也是祝壽的常用劇目。《爐宮遺錄》卷下載：「五年皇后千秋節，諭沉香班優人演《西廂》五、六齣，十四年演《玉簪記》一、二齣。十年之中，止此兩次。」〔註107〕冒辟疆《同人集》卷二載陳維崧《奉賀冒巢民老伯暨伯母蘇孺人五十雙壽序》：「金陵歌舞諸部甲天下，而懷寧歌者爲冠，所歌詞皆出其主人。」〔註108〕所演內容大約是指阮大鋮轟動一時的《燕子箋》、《雙全榜》、《春燈謎》、《牟尼合》等劇。龔鼎孳爲夫人備辦的祝壽宴會也請職業藝人演出：丁酉（順治十四年，1657 年）尙書攜夫人重遊金陵，寓市隱園中林堂。值夫人生辰，張燈開宴，請召賓客數十百輩，命老梨園郭長春等演劇。酒客丁繼之、張燕築以二王郎（中翰王武之，水部王恒之）串《王母瑤池宴》。〔註109〕不過，此劇目仍爲神仙慶壽劇。乾隆五十七年（1792），六月二十六日，昆明育才書院學生設宴於老郎宮爲山長檀萃祝壽，並請安徽班陽春部幼伶演出了《掃花》《驚夢》《思春》等二十三個折子戲。（《中國戲曲志雲南卷》）嘉慶三年（1798），三月，江寧府治城山館有慶壽燕集，聘花部戲班演出《斬姚期》等劇。（《中國戲曲志江蘇卷》）嘉慶八年（1803），金翠班在鍾祥縣石牌鎮關帝廟戲樓演出《全家福》、《長生樂》等劇目。（《中國戲曲志湖北卷》）嘉慶九年（1804），南通樵珊崑曲社爲如皐江片石六十大壽，演出傳奇《一斛珠》，年終又搬演社友張蠡秋新作《青溪笑》。（《中國曲學大辭典》）光緒二十年（1894），四月十五日，爲準備慈禧太后生辰慶典，郭寶臣奉旨率義順和班在頤和園聽鸝館演出。劇目有《天官賜福》、《忠

第 66 頁。
〔註106〕〔清〕李漁：《一家言文集》卷四，《李漁全集》，浙江古籍出版社 1992 年版，第 236 頁。
〔註107〕〔明〕佚名：《爐宮遺錄》卷下，適園叢書本。
〔註108〕〔清〕冒襄：《同人集》卷二，冒氏家藏原刻本。
〔註109〕〔清〕余懷：《板橋雜記》中卷《麗品》，上海古籍出版社 2000 年版，第 30頁。

順圖》、《全節孝》、《空城計》等到。(《中國戲曲志北京卷》)光緒二十年(1894)十月十日,孔令貽與母、妻進京祝賀慈禧太后六旬壽誕,並在宮中觀看《長生樂》、《安天會》、《稱心如意》、《萬壽無疆》等劇。(《中國戲曲志山東卷》)

明清小說中有一些,關於生日演戲的生動描寫,亦可作爲旁證。

《金瓶梅》第四十三回寫道:

> 階下戲子鼓樂響罷,喬太太與眾親戚又親與李瓶兒把盞祝壽。李桂姐、吳銀兒、韓玉釧兒、董嬌兒四個唱的,在席前錦瑟銀箏,玉面琵琶,紅牙象板,彈唱起來,唱了一套「壽比南山」。下邊鼓樂響動,戲子呈上戲文手本,喬五太太分付下來,教做《王月英元夜留鞋記》。廚役上來獻小割燒鵝,賞了五錢銀子。比及割凡五道,湯陳三獻,戲文四折下來,天色已晚,堂一畫燭流光者如山疊,各樣花燭都點起來。(略)。來興媳婦惠秀與來保媳婦惠祥,每人拿著一方盤果餡元宵,走到上邊,春梅、迎春,玉簫、蘭香四人分頭照席捧遞,甚是禮數周詳,舉止沈穩。階下動樂,琵琶箏簗,笙簫笛管,吹打了一套燈詞〔畫眉〕序「花月滿春城」。唱畢,喬太太和喬大戶娘子叫上戲子,賞了兩包一兩銀子;四個唱的,每人二錢。

這次演出,正戲是《王月英元夜留鞋記》,在它之前,有彈唱;在它之後,又月彈唱,唱的是祝壽、應節之詞,結合節令、壽誕。

同書第五十八回西門慶生日,亦有唱彈詞與戲班演戲的鋪陳:

> 先是雜耍百戲,吹打彈唱。隊舞才罷,做了個笑樂院本……四個唱的彈著樂器,在旁唱了一套壽詞。西門慶令上席分頭遞酒。下邊樂工呈上揭帖,劉、薛二內相揀了《韓湘子度陳半街升仙會》雜劇。

《紅樓夢》中賈敬過生日,天香樓唱戲,演出《雙官誥》。第二十二回,寶釵過生日,「定了一出新出的小戲」,昆弋兩腔都有,劇目爲《山門》、《裝瘋》、《劉二當衣》;第四十四回,鳳姐生日時,演員唱的是《荊釵記》中的《男祭》。

《檮杌閒評》第三回,王尙書家給老太太祝壽演戲,女眷們點了《王簪記》中的《聽琴》,《霞箋記》中的《追趕》,《紅梅記》中的《問狀》等幾齣有關揚州的趣事來助興。

《歧路燈》七十八、七十九回,爲譚母祝壽的堂會演新打的「慶壽戲」《王母閬苑大會》,內中帶了四齣:《麻姑進玉液》、《月娥舞霓裳》、《零陵何仙姑

獻靈芝》、《長安謝自然奉壽桃》。接近尾聲時，巫氏還點了一齣《尼姑》來調笑新親家慧照，眾堂眷笑作一團。

西周生《醒世姻緣傳》第五回，蘇寫州班爲晁知縣夫人祝壽，「在大寺內搭了高臺唱《目蓮救母記》與眾百姓們玩賞。連唱了半個月，方才唱完」。

清夏敬渠《野叟曝言》第一百四十六回：爲水夫人祝壽，玉兒、篁姑將其一生功德編成百回，並請名家康海與楊慎加以潤色，這些戲目爲：

《聖母垂謨》、《賢朋言志》、《遊學寓杭》、《雨堤逢故》、《溺湖救美》
《入谷誅凶》、《古廟盟心》、《貞媛拒辱》、《破壁開籠》、《感恩酬妹》
《京邸思親》、《東阿遇俠》、《誅僧驚檄》、《醫痘籌婚》、《訂妾臨危》
《赴友錯信》、《擂臺脫俠》、《貢艘劫妹》、《批鱗得禍》、《賜簪承恩》
《俠客贈劍》、《舊友解圍》、《聖母微服》、《良朋寄書》、《異瑞冢嗣》
《改裝雙娶》、《夜火寶音》、《宵驚俠女》、《窮途遇友》、《幻夢擒狐》
《王宮得僕》、《黑夜援貞》、《看佛屠僧》、《誅凶救快》、《客邸見母》
《公堂觸閽》、《三處空房》、《一門聚首》、《斃獾闞洞》、《發藏賑饑》
《雞籠除怪》、《閩縣碎神》、《擊石出鬼》、《入阱看花》、《俠女天來》
《佳賓雲合》、《夢雪奇冤》、《檄驅淫鬼》、《因婚破敵》、《遭鳳得珠》
《金硯回生》、《錦衣受死》、《東宮見聖》、《官邸謁嶽》、《遼東誅逆》
《廣西破妖》、《覓峒逢親》、《療瘋救女》、《醫癆賜配》、《宿廟夢神》
《孔雀埋金》、《虒彌受蠱》、《縣令棄官》、《親王下榻》、《豐城招安》
《上林設阱》、《明遞私書》、《預伏內應》、《滅濟班師》、《誅狗定峽》
《匹馬入宮》、《隻身勘亂》、《誅逆迎鑾》、《擒王靖虜》、《涿州得女》
《郡主成婚》、《分兵滅淅》、《遣將平倭》、《踢婚遇妹》、《占鼇蟠龍》
《九歲迎方》、《八肱愈病》、《坐紅紗帳》、《登狀元臺》、《圖收日本》
《囊括扶桑》、《舌戰除邪》、《風移集瑞》、《活佛授首》、《死骨成灰》
《四靈護母》、《一龍戲孫》、《馬爲月老》、《虎作冰人》、《百歲開筵》
《萬方同慶》、《五等賜爵》、《千丁介壽》、《有肉奇逢》、《恩榮異數》
……

郭則澐《紅樓眞夢》第五十四回寫尤氏生日那天，賈蓉賈薔定的戲目：文的是《清官冊》、《回龍閣》、《二進宮》、《大保國》，武的是《連環套》、《豔陽樓》、《駱馬湖》，還搭著《打櫻桃》、《拾玉鐲》、《翠屏山》、《烏龍院》幾齣玩笑戲，都是京城裏各戲班沒演過的。

　　關於演劇風俗，一般而言，每當壽日，戲班就要帶戲祝壽，到主人家裏唱堂會。唱堂會的程序，一般先由府上管家到班上定戲，預交定銀，其餘則等演完戲再付。除班頭收入外，戲子也能得到賞錢。

　　生日演劇開演時，首先是鑼鼓齊鳴，演出一些帶有喜慶性質的儀式短劇，戲子扮演八仙上去慶壽，還唱一套「壽域婺星高」，還有王母娘娘捧著壽桃上壽。《歧路燈》第二十一回：戲班上前討了點戲，先演了《指日高升》，奉承了席上老爺；次演了《八仙慶壽》，奉承了後宅壽母；又演了《天官賜福》，奉承了席上主人。然後開了正本。先說關目，次扮腳色……《檮杌閒評》第二回也有慶壽演劇的情景：……吹唱的奏樂上場，住了鼓樂，開場做戲。鑼鼓齊鳴，戲子扮了八仙上來慶壽，看不盡行頭華麗，人物清標，唱一套壽域婺星高。王母娘娘捧著仙桃，送到簾前上壽，王奶奶便叫一娘出來接……戲子叩頭謝賞，才呈上戲單點戲。

　　點戲的一般原則是不能點不吉利的內容。雖然傀儡在漢代就已不復有喪家之樂的本意，但北宋末權臣蔡京於老家福建仙遊做壽時演了一段肉傀儡，觀看之人仍然覺得不吉祥，這可能是平民對於傀儡的認識沒有與時俱進的原因。但問題是，有些劇目可以通過劇名判斷其內容，可有一些劇作卻不能。明初朱有燉在《瑤池會八仙慶壽引》云：「慶壽之詞，於酒席之中，伶人多以神仙傳奇為壽。然甚有不宜用者，如《韓湘子度韓退之》《呂洞賓岳陽樓》《藍采和心猿意馬》等體，其中未必言詞盡皆善也。」〔註110〕總體而言，神仙戲劇放在生日環境中是合適的，但是上述諸劇，含有勸人出家、遠離紅塵的宗教思想，與乞望現世快樂的世俗人生理想不太吻合，所以也不宜在生日宴會中出現。吳梅在《瑤池會八仙慶壽跋》中也說過：「清嘉道間，官場忌演《邯鄲夢》，以為不吉也。」〔註111〕詞人陳維崧就遭遇過因只知其名、不知內容，所點之戲不能烘託節日喜慶氣氛的尷尬。其《賀新郎·自嘲用蘇崑生韻同杜於皇賦》詞，前有一段小序說：「於皇曰：朋輩中惟僕與其年最拙。他不具論。一日，旅舍風雨中，與其年杯酒閒談。余因及首席決不可坐，要點戲，是一苦事。余嘗坐壽筵首席，見新戲有《壽春圖》，名甚吉利，亟點之，不知其斬殺到底，終坐不安。其年云：亦嘗坐壽筵首席，見新戲有《壽榮華》，以為吉利，亟點之，不知其哭泣到底，滿座不樂。」〔註112〕沈復《浮生六記》也記

〔註110〕〔明〕朱有燉：《誠齋雜劇·瑤池會八仙慶壽引》，明宣德間原刊本。
〔註111〕蔡毅：《中國古典戲曲序跋彙編》，齊魯書社1989年版，第820頁。
〔註112〕〔清〕陳維崧：《迦陵詞全集》卷二十七，《四部叢刊》本。

載了一段與陳維崧相似的經歷：

> 吾母誕辰演劇，芸初以爲奇觀。吾父素無忌諱，點演《慘別》等劇，老伶刻畫，見者情動。余窺簾見芸忽起去，良久不出，入內探之。俞與王亦繼至。見芸一人支頤獨坐鏡奩之側。余曰：「何不快乃爾？」芸曰：「觀劇原以陶情，今日之戲徒令人腸斷耳。」俞與王皆笑之。余曰：「此深於情者再往耳。」王聞言先出，請吾母點《刺梁》《後索》等劇，勸芸出觀，始稱快。〔註113〕

在生日這樣喜慶的場合，伶人也不可造次，他們被牢牢在固在賤役的行列，儘管經濟地位不錯，但社會地位極低。焦循拜引之太夫人壽，適演劇，優伶冠珊瑚頂，扮顯貴，副憲陳嗣龍立命去其頂。

焦循《劇說》卷六：嘉慶壬戌（筆者注：嘉慶七年1802），余在京師，拜王君引之太夫人壽。適演劇，優冠珊瑚頂，扮顯貴，副憲陳公嗣龍立命褫去其頂，曰：名器何可令優伶藝之。〔註114〕另一方面，如果有達官貴人願在生日上表演一番，則會讓主人倍有面子。梁啓超家爲老父親舉辦的慶壽堂會，因爲溥侗的表演就顯得檔次頗高。

清代皇帝中熱衷於戲曲者不少，他們有時也會在爲長輩慶生時登臺表演。據《清代野記》卷上《皇帝扮劇之賢否》條：「當道光時，宣宗之生母尚存，帝於母后生日，則演劇以娛之，然只演『斑衣戲彩』一闋耳。帝掛白鬚衣斑連衣，手持鼗鼓作孺子戲舞狀，面太后而唱。」

值得補充一筆的是，據民國時期《春柳》雜誌第8期《戲目連》一文，民國八年（1919）馮公度太夫人的壽筵，演出過《戲目連》劇目，按理此劇不該出現在生日場合，但此劇並未出現地獄、惡鬼等恐怖場景，只是講述觀音變爲美女以試探目連的定力與道行，而目連也通過了色欲考驗，可見此劇也充滿著輕鬆喜悅的氣氛，故生日上演亦不爲過。

四、生日演劇習俗對戲曲創作的影響

（一）生日演劇促進了戲曲創作的繁榮與水平的提高。約爲兩途：

首先，唱曲之風促進了壽曲的繁榮。在生日演劇之前，宋元時期曾有生

〔註113〕〔清〕沈復著、羅宗陽校點：《浮生六記》，江西人民出版社1980年版，第7頁。

〔註114〕中國戲曲研究院：《中國古典戲曲論著集成》（八），中國戲劇出版社，1956年版。

日唱詞唱曲之風，因此，在壽詩、壽詞之外，文人們還大量創作壽曲。宋代壽詞有 2500 多首。據《宋元戲文輯佚》，壽曲很早就有了，經過元代的沉寂之後（元散曲壽曲爲何偏少，詳後）明代壽曲開始大量出現。據謝伯陽《全明散曲》，收錄有關慶壽、自奢、祝壽、祝讚、初度等內容的曲詞共 172 首，作家 40 人，其中包含一部份無名氏的作品。這些壽曲中，小令 52 首，所佔比例爲 30.2%，套數 120 首，占 69.8%。其祝壽對象當然離不開「壽他」與「自壽」兩大部份，「壽他」又可細分爲壽聖，壽官、壽親友等幾個類別。

從思想內容上看，自壽之曲並非僅爲庸俗地祈願富貴長生，更在於對生命意義的體悟，抒發一己之情志；壽他之曲雖爲實用交際文字，但在陳陳因襲的模式之外，發展出對壽者平生事跡的敘寫與讚頌。從藝術技巧上看，均重鋪敘，重章法與修辭，體現了較高的文字結撰水平。

其次，祝壽之風也促進了劇曲的繁榮。宋官本雜劇裏即有祝壽之劇，陶宗儀《南村輟耕錄》也記載了相關劇目，明代宮廷演劇保留著大量的慶壽劇目，後世文人也廣泛創作祝壽劇。

作爲祝壽活動的重要事項，唱曲與演劇，都能增加壽宴的歡樂氣氛。演劇的優點在排場盛大，鑼鼓喧天，唱曲的優點在於能將所唱內容與壽者生平事跡、家族榮耀有機結合起來，更能體現「個性化定制」的特點。兩者雖各有優劣，但共同促進了戲曲創作的繁榮。

（二）祝壽之風促進了戲曲演出的繁榮。

中國戲曲向有案頭與場上之分。案頭與場上並擅當然最好，在兩者不可得兼的情況下，與其存在於書坊的刻本之上，不如能在場上大放異彩，儘管會遭到評論家格調不高的指責。教坊承應戲即爲此種，雖然文學性並不強，但排場熱鬧，切末繁多，能吸引眼球，故一直頗受觀眾青睞。

清帝慶壽，更是極盡奢華，上有所好，下必甚焉。因爲要想方設法爲皇帝慶生，還促進了戲曲發展壯大的機緣。揚州鹽商首領江廣達看準天意，精心培養春臺班。乾隆五十五年高宗萬壽，他雖然已經去世，但其同道仍按照其遺願承辦皇會。此後，才先後有四喜、啓秀、霓翠、和春、春臺等班社的輝煌。

而民間的祝壽演戲亦是社會風尚，地方鄉紳與富豪們都時興請戲班賀壽，一般家庭請不起戲班，也偶而要請幾位民間藝人唱戲以增加喜慶氣氛。

（三）慶壽的普遍化還影響了劇本的書寫。

　　一方面，由於慶壽的普遍化，傳奇中情節出現了模式化傾向，表現之一便是很多劇目裏都有慶壽的關目；另一方面，明清演劇常常與生日慶典緊密相連，主人家需要一些與活動的內容、氣氛相諧的劇目助興，也會自然而然選擇全本戲中的相關內容來演出。這兩者各取所需，巧妙互動，於是便默認了傳奇劇本模式化。經粗略統計，明代傳奇中有慶壽情節的關目如下：

劇　名	出　數	關　目
汲古閣本《荊釵記》	3	慶誕
鈔本《荊釵記》	4	
元抄本《琵琶記》	2	
汲古閣本《琵琶記》	2	高堂稱壽
蘇武牧羊記	2	慶壽
劉希必金釵記	3	
伍倫全備	14	慶壽萱親
投筆記	1	持觴慶壽
香囊記	2	慶壽
雙忠記	2	
馮京三元記	2	祝壽
斷髮記	2	母親慶壽
寶劍記	2	
玉玦記	10	祝壽
姜詩躍鯉記	8	
韋臯玉環記	8	侯門祝壽
韓湘子升仙記	12	
鳴鳳記	4	嚴嵩祝壽
祝髮記	2	
竊符記	7	
易鞋記	2	祝壽
鮫綃記	3	
桃符記	3	傅忠慶壽
埋劍記	4	舉觴
葛衣記	2	
三祝記	7	附權

義烈記	3	附權
投桃記	3	家慶
種玉記	30	榮壽
分金記	2	壽筵稱慶
春蕪記	9	慶壽
四喜記	12	椿庭慶壽
玉杵記	15	稱觴畫錦
宵光劍	7	慶誕
驚鴻記	3	相府稱觴
鸚釵記	11	
一合相	2	承歡
偷桃記	9	迎祝聖壽
雙鳳記	4	
雲臺記	2	
望雲記	2	天恩存問
磨忠記	2	楊漣家慶
釵訓記	3	慶壽
青袍記	21726	

五、元散曲壽曲數量偏少現象

　　元曲被視爲「一代之文學」，源自元人劉祁、羅宗信、虞集等，經由焦循、王國維、胡適等大家的闡釋，歷金、元、明、清、近、現代，遂累積而成「共識」，即曲爲元代代表性的文學樣式。在曲體「獨大」的表象之下，似乎遮蔽了一些頗費思量的問題，與宋詞題材的遍地開花、無所不能相比，元散曲在作爲生日書寫的祝壽文學方面明顯地表現出它的局限性。元代壽曲偏少的表現在以下幾個方面：

　　從歷時性看，不僅絕對數量與宋代壽詞不在一個重量級，與明代壽曲相比也相形見絀。據劉尊明的統計，在「《全宋詞》（孔凡禮《全宋詞補輯》）僅從詞題、詞序中標明「祝壽」、「慶誕辰」、「生日作」等語詞，經判讀可確定爲壽詞的，有 1860 首；在題、序中沒有「壽」等語詞標示，或沒有題、序的作品中，通過含「生日」、「壽誕」、「誕辰」等字詞句的檢索，經判讀可確定爲壽詞的，約有 694 首，兩項加起來，其全部壽詞總數竟達 2554 首。〔註115〕

〔註115〕劉尊明：《宋代的祝壽風氣與壽詞創作》，《文史知識》，1998 年第 3 期。

據隋樹森《全元散曲》，題名與《祝壽》相關的祝壽曲詞只有小令 12 首，套數 2 套，總共只有 14 首。據謝伯陽《全明散曲》，收錄有關慶壽、自壽、祝壽、祝讚、初度等內容的曲詞共 172 首，作家 40 人，其中包含一部份無名氏的作品。其中，小令 52 首，所佔比例為 30.2%，套數 120 首，占 69.8%。

考慮到元代歷時遠短於宋、明，絕對數量的對比似不太能說明問題。還可以參考壽詞、壽曲在同類題材中所佔的比例。《全宋詞》作品總數（21055），壽詞在宋詞中所佔比例為 1/8 弱，12.13%；《全元散曲》共輯得元人小令 4032 首，套曲 475 套，壽曲所佔比例為 0.31%；《全明散曲》收作者四百零六家（無名氏不計其內），共輯得小令 10600 首，套數 2064 篇，明代壽曲在其中所佔比例約為 1.36%。元代壽曲在散曲中所佔比例不僅無法與壽詞在宋詞中所佔比例同日而語，就是與明壽曲在明散曲所佔比例相比，也有相當大的差距。

在元代壽曲明顯偏少的背後，元代壽詞卻頗為壯觀，其絕對數量及在元詞所佔比例都遠超壽曲。依唐圭璋《全金元詞》，元詞中約有壽詞 345 首，占全部詞作 3721 首的比例為 9.27%。為了方便比較，不妨將明代壽詞數量及其所佔比例羅列於下，綜合饒宗頤先生初纂、張璋先生總纂的《全明詞》〔註116〕及周明初、葉曄《全明詞補編》〔註117〕，據筆者粗略統計，共有壽詞 777 首，占全明詞 25000 多首的比例約為 3.1%。

此外，宋代有專攻壽詞、明代亦有專攻壽曲的作家。如宋代的魏了翁壽詞在百首以上。明代王九思所存的近 500 首散曲中，壽曲有 28 首（套）之多。元散曲作家基本上無人專力於此，就算存曲最為豐富的張可久，其八百餘首（套）中僅有 3 首壽曲，存曲次之的喬吉，200 多首中僅有一首壽曲。

元代壽曲為何偏少，其背後又蘊含著哪些文體、文學及文化信息？又包含了哪些文學觀念的更迭甚或是文化習俗的轉向？本文擬探討相關問題，以就正於方家。

（一）兩個似是而非的觀念

有必要先就兩點似是而非的觀點作一點辨正，作為討論這一問題的前提：

其一，元壽曲偏少並不表明元代不興祝壽之風。也許有人以為，元代壽

〔註116〕全六冊，共得詞家 1390 餘人，詞作約 20000 首。

〔註117〕上下冊，收錄《全明詞》未收之詞人詞作和已收詞人之未收詞作，共輯錄 629 位詞人 5021 首詞作（含存疑詞 50 首，殘詞或句 7 則），其中《全明詞》未收詞人 471 人之詞作 3076 首，已收詞人 159 人之詞作 1945 首。

曲偏少，是否與異族入主中原，游牧民族的文化習俗與漢地原有的文化習俗
的衝擊有關？邱仲麟《誕日稱觴──明清社會的慶壽文化》一文在論做壽之
風時，由宋代直接跳進明清，以至給人以錯覺，似乎元代不存在或不流行慶
壽風尚。一般而言，政治更迭的改變多見於器物與制度層面，文化與習俗是
世代相傳的文化現象，在發展過程中具有相對的穩定性，宋代流行的祝壽儀
禮、祝壽文化在元代依然富有較強的生命力。前已在《全金元詞》中統計出
元代實有相當數量的壽詞即可說明。從所壽的對象看，從皇帝到官長，從朋
友到朋友之家人，從長輩到晚輩，從自壽到壽妻都不乏其例，除漢族官宦群
體與文士階層外，少數民族官員也對祝壽非常在意。〔註118〕而且，一種風俗
的流行與推廣，與最高統治者是否提倡有關，事實上，元代帝王一如前朝，
極力神化個人生日，大興侈靡之風。《元史・禮樂志一》：「遇八月帝生日，號
日天壽聖節」，「天壽聖節受朝儀如元正儀」，這與宋代皇帝將個人生日神聖化
一脈相承。

　　其二，元散曲壽曲偏少與北曲的音樂特徵並非正關聯。由於北曲的原始
資料──曲譜散佚，今天對於北曲音樂的曲式構成及其特徵已不可知，也就
是說，我們已經不可能全面而準確握北曲特點，只能通過文人們的文字描述
得出較為模糊的印象。縱觀魏良輔、王世貞、王驥德、徐渭等人，他們對北
曲特徵的認定，幾乎採取的是同一策略，即將北曲與南曲進行對比，在比較
中見差別。〔註119〕除了伴奏樂器方面的區別外（北曲器樂以胡琴、琵琶、三
弦等弦樂為主，南曲器樂則以笛簫，笙管樂為主），北曲與南曲最大的差別在

〔註118〕《全金元詞》中有為數眾多的例證。如袁士元《滿庭芳壽朵羅歹元帥》「菊後
　　　　秋深，梅邊春近，江天積雨初晴。日湖南畔，光現老人星。盡道元戎公相，
　　　　今朝裏、福壽相仍。當華誕，黃麻詔下。萬里被恩榮。生來真活佛，心田一
　　　　片，寬厚和平。好賢哉喬梓，雍肅家族。顧我寒書客，經年裏、眼特垂青。
　　　　情歡處，新詞一曲，把酒祝長生。」（見1059頁）元代皇帝對祝壽也不排斥。
　　　　白樸《春從天上來》序云：「至元四年，恭遇聖節，真定總府請作壽詞。」，
　　　　另，姬翼《春從天上來　天壽節》中亦有「祝吾皇，願龍圖永固，聖壽無疆」。
　　　　（見1205頁）。
〔註119〕徐渭《南詞敘錄》：「今之北曲，蓋遼、金鄙殺伐之音，壯偉狠戾，武夫馬
　　　　上之歌，流入中原，遂為民間之日用。」王世貞《世苑巵言》：「曲者，詞之
　　　　變。自金元入主中國，所有和胡樂，嘈雜淒緊，緩急之間，詞不能按，乃更
　　　　為新聲以媚之。」「聽北曲使人神氣鷹揚，毛髮灑淅，足作人勇往之志，信
　　　　胡人之善於鼓怒也，所謂『其聲嘄殺以立怨』是已」。魏良輔《曲律》：「北曲
　　　　以道勁為主，南曲以宛轉為主，各有不同。」

風格方面：北曲勁切雄麗，南風清峭柔遠；北曲鏗鏘入耳，南曲柔緩散戾；北曲遒勁，南曲宛轉。

問題就出來了，元壽曲的偏少是否與元曲的音樂特徵有關？換句話說，是不是因爲北曲過於壯偉狠戾、嘈雜淒緊、充滿著鼓怒殺伐之氣而不適合在生日慶祝儀式上表演？答案是否定的。證據有兩點：

1. 元代聖節用曲即有爲數不少的散曲同名的曲牌。僅以用於天壽節上的壽星隊爲例，其體制程序沿襲了宋朝供盞儀式，在不同環節與用樂方面則有新的內容：

> 引隊禮官樂工大樂冠服，並同樂音王隊。次二隊，婦女十人，冠唐巾，服銷金紫衣，銅束帶。次婦女一人，冠平天冠，服繡鶴氅，方心曲領，執圭，以次進至御前，立定，樂止，念致語畢，樂作，奏《長春柳》之曲。次三隊，男子三人，冠服舞蹈，並同樂音王隊。次四隊，男子一人，冠金漆弁冠，服緋袍，塗金帶，執笏；從者二人，錦帽，繡衣，執金字福祿牌。次五隊，男子一人，冠卷雲冠，青面具，綠袍，塗金帶，分執梅、竹、松、椿、石，同前隊而進，北向立。次六隊，男子五人，爲烏鴉之像，作飛舞之態，進立於前隊之左，樂止。次七隊，樂工十有二人，冠雲頭冠，銷金緋袍，白裙，龍笛三，觱栗三，箚鼓三，和鼓一，板一，與前大樂合奏《山荊子》帶《襖神急》之曲。次八隊，婦女二十人，冠鳳翹冠，翠花鈿，服寬袖衣，加雲肩、霞綬、玉佩，各執寶蓋，舞唱前曲。次九隊，婦女三十人，冠玉女冠，翠花鈿，服黃銷金寬袖衣，加雲肩、霞綬、玉佩，各執棕毛日月扇，舞唱前曲，與前隊相和。次十隊，婦女八人，服雜綵衣，被槲葉、魚鼓、簡子。次男子八人，冠束髮冠，金掩心甲，銷金緋袍，執戟。次爲龜鶴之像各一。次男子五人，冠黑紗帽，服繡鶴氅，珠履，策龍頭滇杖，齊舞唱前曲一闋，樂止。次婦女三人，歌《新水令》、《沽美酒》、《太平令》之曲終，念口號畢，舞唱相和，以次而出。

《壽星隊》中有披甲執戟的獵人，還有扮作神鳥的烏鴉、大鵬鳥、仙鶴等；而伴奏的樂曲則熔蒙古、漢族以及西藏佛曲和西域樂曲於一爐，名目繁多，如《吉利亞》、《金字西番經》、《襖神急》、《新水令》、《沽美酒》、《太平令》等。《襖神急》、《新水令》、《沽美酒》、《太平令》諸曲，亦見於元曲曲牌，雖

然聖節上它們僅以伴奏音樂面目出現，但如果配以曲詞即爲壽曲，那麼北曲不適合祝壽的說法即可不攻自破。

2. 以明代壽曲爲例，明前期中葉的壽曲以北曲爲主，只在崑山腔興起後，南曲在壽曲數量方有所改觀，北曲才逐漸衰歇。明代前中期作家中，朱有燉、陳鐸、王九思、康海等人的壽曲大多爲北曲。其中，朱有燉的 6 個套曲全爲北調，陳鐸 2 套亦同，王九思存壽曲最多，其 12 首小令僅 1 曲爲南曲外，其餘均爲北曲，其套數僅 2 套爲南曲，另有 2 套南北合套，其餘 13 套均爲北曲。康海 5 支套曲中，1 南曲、1 南北合套外，其餘均爲北曲。這些散曲絕不僅僅爲案頭之曲，而是可以付之歌場，朱有燉的散曲在當時被廣爲傳唱自不必說，康海也曾自彈琵琶唱新詞爲壽，表明北曲音樂特徵並不影響其進入生日慶祝儀禮：

> 康德涵既罷官，居鄠社，葛巾野服，自隱聲酒。時有楊侍郎庭儀者，少師介夫弟，以使事北上過康。康故契分不薄，大喜，置酒。
> 至醉，自彈琵琶唱新詞爲壽。〔註120〕

當然，元散曲數量偏少，不排除散佚的情況，如果眞有，那也是一種極爲特殊的狀況。

（二）元散曲壽曲偏少的原因

本文僅就現存的壽曲數量而言，分析其偏少的原因：

首先，元代祝壽文學的出現了分化。具體而言，元代祝壽文學分爲了三途：

一爲壽詞。承接宋代壽詞繁興的傳統，元代壽詞的創作也蔚爲大觀，這是元代祝壽習俗的主流。宋代的壽詞爲娛人樂己侑酒佐歡的實用文字，與宴樂的環境不可分離，它本來應是合樂可歌的。最初是教坊樂工樂伎爲皇室壽禮專門創作祝壽樂舞曲調，如《萬歲興龍曲》、《十色菊》、《千秋歲》、《會慶萬年薄媚》等，《碧牡丹慢》、《上林春》、《慶千秋》、《柳初新》等宋代歌曲詞調也出現在其中。民間精通音樂的文人也爲慶壽創作了一些自度曲，北宋晁端禮爲其叔祖母生日而作的《慶壽光》曲調即爲其創制，白石道人「壽石湖居士」的《石湖仙》也爲其自度曲。但後來，詞與音樂逐漸疏離，詞與詩相重疊的文學功能得到強化。迨及元代，由於宋詞舊曲譜大多散失亡佚，詞樂

〔註120〕王世貞：《藝苑巵言》，《歷代曲話彙編》明代卷，第一集，黃山書社 2006 年版，第 520 頁。

亦不再時尚，大部份元代詞人只能依前人詞律，仿其平仄，依其字數填詞，由宋人按曲譜填詞變爲依前人詞律填詞，這是元代詞作的一大轉變，他們不須亦無法再像宋人那樣嚴格地按譜填詞。元詞中儘管有數量較大的以祝壽爲題材的詞作，但由於詞的娛樂功能退化，它們並不能用來演唱，而成爲與壽詩、壽文、壽畫一樣的應酬性儀禮內容。雖然元代壽詞音樂性的消失本爲缺點，但從另一方面，不按曲譜而依前人詞律就降低了填詞的難度，因而壽詞能大量興盛。

二爲雜劇。元代祝壽出現了雜劇與演出。元壽詞音樂性的消失並不表明壽儀不需要歌舞表演，而是歌舞表演的載體不是唱詞而是唱曲了。眾所周知，進入元代以後，市井歌笑、文人宴集，曲已經取代詞佔據了絕對的主流地位，成爲人們娛樂的主要形式，最可靠的證據便是元代夏庭芝《青樓集》所載大都名妓，均以表演雜劇或唱曲而稱名，無一人以唱詞爲業。既如此，很自然，生日慶典上應有唱散曲之風，那麼壽曲的創作應該蔚然成風才對，爲何現今所見壽曲卻如此之少？壽曲之所以未能與壽詞對接，原因在於用雜劇祝壽，在元代已成爲一種風氣。

用雜劇祝壽，起源於宋代。《武林舊事》「官本雜劇段數」條著錄有《宴瑤池爨》；《南村輟耕錄》「諸雜院爨」條中還著錄有《王母祝壽》。元代演劇祝壽得以發展。明清時期的學者曾看到過元本的八仙慶壽劇本，如明代胡應麟《少室山房筆叢》卷 40「莊嶽委談」條就曾說過：「近閱元人《慶壽詞》，有鍾呂張韓等八人，信知起自元世也。」趙翼《陔餘叢考》卷 34「八仙」條也提到：「今戲有《八仙慶壽》，尚是元人舊本，則八仙之說之出於元人當不誣也。」《錄鬼簿續編》和《太和正音譜》分別著錄兩部元雜劇，一爲鍾嗣成《宴瑤池王母蟠桃會》，一爲佚名著《蟠桃會》。此外，《南曲九宮正始》元傳奇類著錄有《蟠桃會》，《寒山堂曲譜》著錄有《西池宴王母蟠桃會》，係元代南戲。可惜的是，這些作品均已亡佚，除錢南揚《宋元戲文輯佚》曾輯存有南戲三則佚曲外，其它內容已經無從考察。伊維德以爲度脫劇的「特別作用就是在慶壽時作喜慶演出」〔註121〕，「這種戲（度脫劇）只能在慶壽時演，而不能在別的場合演」〔註122〕，現存約 150 多種元雜劇作品中，度脫劇約占 1/10 左右。馬致遠、鄭廷玉、吳昌齡、李壽卿、岳伯川、范康、史九散人、紅字

〔註121〕伊維德《朱有燉的雜劇》，北京大出學版 2009 年版，第 64 頁。
〔註122〕伊維德《朱有燉的雜劇》，北京大出學版 2009 年版，第 70 頁。

李二、花李郎等民間藝人均作過度脫劇，另有一些無名作者，這些劇目包括
《忍字記》、《黃粱夢》、《岳陽樓》、《任風子》、《度柳翠》、《莊周夢》、《鐵拐
李》、《東坡夢》、《竹葉舟》、《劉行首》、《玩江亭》、《藍采和》、《魚籃記》、《邯
鄲店》、《度黃龍》、《洞玄升仙》等。朱權曾將元雜劇分爲十二科，「神仙道化」
居於其首，可見出朱權對於神仙道化劇的偏愛，數量較多的劇目也說明元代
全眞教影響的廣泛及生日劇目需求的旺盛。由於元代生日演劇成爲一種主流
的娛樂模式，故散曲壽曲偏少也就不足爲怪了。

　　三爲壽曲。在作爲文化慣性爲文人們駕輕就熟的壽詞與蔚爲大觀成爲主
流娛樂方式的雜劇的夾縫中，壽曲也偶而有才人爲之，相比前兩者，其藝術
活力與表演手段都極爲有限，自然處於弱勢地位。

　　其次，散曲的基本格調與祝壽所要求的喜慶吉祥不太兼容。

　　散曲的活力在於它提供了不同於傳統溫柔敦厚的詩詞的別樣精神意蘊與
率眞強悍充滿野性與力量的美學元素，其主要特點在於高亢壯偉的胡音及活
躍開心的俚調，表現出濃厚的蒜酪味與蛤蜊味。

　　概而言之，元散曲的精神架構爲「避世－玩世」哲學，由於文人自我位
置的失落及全眞教的影響，才人們逃避現實、走向田園、混跡青樓、流連仙
道，淡化了傳統的功利與使命，名爲遁世、玩世，實爲憤世與厭世。元散曲
的思想意蘊，劉永濟先生曾有深刻論述：「才人志士，既儡其威，復沉抑下僚，
乃入於放浪縱逸之途，而悲歌慷慨之情，遂一發之酒邊花外徵歌選色之中。
故寫懷則崇五柳而笑三閭，言志則美嚴陵而悲子胥。其放浪縱逸之極，或甘
沉湎，或思高蹈。飲酒則必如劉伶之荷鍤，輕世則必如許由之掛瓢。又或風
帳鸞衾，極男女呢褻之致；蓺香剪髮，窮彼各相思之情。傳神寫態，必寸肌
寸容而盡妍，繪影摹聲，無一言一動之或諱。……舉凡曩時文家所榮避，所
畏忌者，無不可盡言之。」〔註123〕其藝術風格，恰如任訥所言「詩莊詞媚而
曲謔」，細分之，則有通俗自然、豪放灑脫、潑辣詼諧等多種，其表現題材，
則主要集中在歎世、樂閒、寫景、詠史、風情、閨怨諸方面。這樣，便可從
幾方面看元散曲壽曲偏少的原因：

　　1. 元散曲整體的精神架構、思想意蘊與藝術風格決定了壽曲很難成爲散
曲中的主流，元散曲的藝術魅力要麼在嘲風弄月，要麼在拍案而起，要麼在
逍遙林泉，要麼機智詼諧，而壽曲則多爲功名、富貴、長生等頌辭，這種內

〔註123〕載《文哲季刊》第五卷第二號（1936年）。

容很難在散曲中找到自己的位置。王忠林曾將元代散曲做了詳細統計，他按內容將散曲分為十一大類，分別為描寫景物、閨情、描寫人物、個人感懷、退隱、嘲諷世俗、田園漁樵、描寫事物、宴飲歡慶、男女風情、祝賀祭弔。其中，宴飲歡慶類共 218 首，占全部元代散曲的 4.8%，作家 41 人，占元祝代散曲家 19.3%，而祝賀祭弔類共 57 首，占 1.2%，作家 13 人，占 6.2%，數量最少。〔註124〕一般而言，祝賀祭弔類作品出現在各類人生儀禮之上，其數量之少，說明了元散曲與主流的禮儀文化並沒有天然地黏合在一起，而是出現了剝離的狀況。而壽曲必須與慶生活動結合在一起，因此，其數量之少，也就不難理解了。

2. 壽曲所要求的藝術風格與元散曲的主要風格明顯背道而馳。一般而言，除自壽曲外，壽他之作出於應酬贈答的需要，語言要求典雅富貴、吉祥喜慶，而元散曲作為一種充滿活力的文體，其特點在於抒情直切、酣暢淋漓、潑辣直白、詼諧風趣、熱烈尖銳、以俗破雅、以俗成趣。兩者明顯不兼容，壽曲求雅，而散曲總體特徵是俗；壽曲是為文造情，散曲則是為情生文，壽曲在應酬交際，散曲在獨抒胸臆，壽曲在娛人，散曲在一腔憤懣，不得不發。

3. 元曲演出的主要場所也決定了壽曲數量不可能過多。夏庭芝《青樓集》所載大都名妓，均以表演雜劇或唱曲而稱名。元曲（雜劇與散曲）的主要消費者並非社會上層人物，儘管元代帝王貴族也喜愛雜劇，甚至親自干預雜劇演出，還曾「傳旨中書省」，要求「諸路」必須傳唱《屍諫靈公》等作品，但這僅是偶而為之，達官貴人僅為元曲觀眾群中的極小群體，更大的群體則是遍佈城鄉、「選揀需索」的勾欄廟會看官，甚至像杜善夫散曲中描寫的「不識勾欄」卻捨得花二百錢白相的「莊家」。藝術需求決定藝術生產，活躍於勾欄瓦肆的書會才人們出於對市場需求的考慮，更多地寫出具有時代動感與心理衝突的誌情文學、花間文學、市井文學，而不可能拿四平八穩的壽曲去娛樂觀眾。

4. 元散曲的作者群體也決定了壽曲僅為散曲的一個支流。從現存 14 首（套）壽曲的 10 位作者看，魏初、王惲、盧摯、張養浩為達官顯宦，從無名氏〔中呂〕普天樂《大德天壽賀詞》內容看，〔註125〕此為皇上聖節寫作之壽

〔註124〕王忠林：《元代散曲論叢》，文津出版社 1997 年版，第 2～11 頁。
〔註125〕內容為：鳳凰朝，麒麟見。明君天下，大德元年。萬乘尊。諸王宴。四海安然朝金殿。五雲樓瑞靄祥煙。群臣頓首。山呼萬歲，洪福齊天。

曲，這位佚名的作者地位也不低。張可久曾「以路吏轉升民務首領官」，後又「爲崑山幕僚」，屬於下層胥吏，喬吉爲清客，江湖名士，鍾嗣成爲不第才人，兩位均爲才人作家。沈禧與孫周卿生卒年不詳，其身份也較爲模糊。魏初、王惲、盧摯、張養浩加上地位不低的無名氏，他們占現存壽曲作家的比例爲50%，可見壽曲的主要作者群爲達官顯宦，如果加上做過下層胥吏和幕僚的張可久，則官吏作家群占到了現存壽曲作家的 60%，可以說，壽曲的寫作者主要是官吏作家。但元曲的作家群體可以分爲四大類：第一類是官吏作家，第二類是才人作家，第三類是少數民族作家，第四類是歌女作家。〔註126〕位高權重的廟堂公卿、地方大員在元曲作家群體中只占極少的部份，因此壽曲數量偏少就不難理解。

再者，壽曲多有類詞化傾向，其雅正平和流露出的中年氣恰與元散曲自由快意的少年氣不在同一個精神軌道上。或者說，壽曲不能體現元散曲的活力與生長態勢。

現存 14 首（套）元散曲，從總體上說均表現出較強的類詞化傾向。散曲初興時，即有一類與文而不文、俗而不俗主流特徵明顯不同的散曲，它們不是潑辣生新而是典雅精緻，在意境上與傳統詩詞化爲一本。在一代有一代之文學的表述中，這類散曲因爲語詞、意境、內容不符合文體進化的發展趨勢，而被視爲在前人框架內的沿襲和模仿，難以避免內容僵化和題材封閉，不能體現散曲的精神活力與生長態勢。

爲便於分析元壽曲類詞化的主要表現，有必要先羅列現存 14 首（套）壽曲，分別爲：魏初〔黃鐘・人月圓〕《爲細君壽》，王惲〔越調・平湖樂〕《壽李夫人》（六首）、〔越調・平湖樂〕《壽府僚》、盧摯〔雙調・蟾宮曲〕《正月十四日嵇秋山生日》、〔雙調・蟾宮曲〕《正卿壽席》，張養浩〔越調・寨兒令〕《壽日燕飲》、喬吉〔雙調・折桂令〕《富子明壽》、張可久的〔雙調・沉醉東風〕《胡容齋使君壽》、〔商調・梧葉兒〕《壽席》、〔南呂・金字經〕《壽彥遠盧使君》、〔雙調・折桂令〕《壽溪月王真人》、沈禧〔南呂・一枝花〕套曲《七月初六日爲施以和壽》、〔南呂・一枝花〕套曲《壽人八十》、孫周卿〔雙調・蟾宮曲〕《壽友人》、鍾嗣成〔南呂・罵玉郎過感皇恩採茶歌〕《四福・壽》、無名氏〔中呂・普天樂〕《大德天壽賀詞》。

〔註126〕參趙義山《元散曲通論》第六章《元散曲的作家構成與群體風貌》，上海古籍出版社 2004 年第 1 版。

　　類詞化的表現之一爲上述作者大多不是追求語言本色質樸、詼諧幽默而是雅潔凝練、精工整飭。關於詩詞曲之變，王驥德《曲律・雜論》曾云：「吾謂詩不如詞，詞不如曲，故是漸近人情……詩與詞不得以諧語方言入，而曲則惟吾意之所欲至，口之所欲宣，縱橫出入，無之而無不可也。故吾謂快人情者，要毋過於曲。」任二北說元曲「不但不寬馳，不含蓄，且多衝口而出，若不能待者，用意則全然暴露於詞面……此其態度爲迫切，爲坦率，可謂恰與詩餘相反也。」〔註127〕既總結了元曲不蘊藉、不含蓄的特點，也道出了元曲之眞、之烈，而壽曲的主導風格，恰與元曲主流不合拍，卻與詩詞遙相呼應，出現了精神上的返祖現象。

　　細析 14 首（套）壽曲及其作者，魏初、王惲屬於生於金、卒於元滅南宋後者。無名氏之作有「大德元年」，大德元年爲成宗鐵木耳年號，即公元 1297 年，可以判定該詞作於 1297 年，依此，該作者也與上述三人處同一時代，且社會地位不低，均爲早期作家。魏初之曲，爲壽妻之作，情調明快，韻律自然，看似平白淺近，實則於質樸中寄深情，於淡泊中寓厚意，頗耐細細品味。「但教康健，心頭過得，莫論無錢。從今只望，兒婚女嫁，雞犬山田」諸語表明作者飽經世事能以平常心對待一切的心緒，充滿風景看透後的哲學情趣。王惲之《壽李夫人》與《壽府僚》，更是典型體現了清麗雅正、平易通達的特點，王惲晚年多個人抒情和應酬之作，語詞平和淡雅。無名氏頌聖之作，「鳳凰」、「麒麟」、「瑞靄祥煙」等意象紛呈，充滿著慶生儀式所特有的喜樂與莊重，與諧趣本色的散曲相去甚遠。盧摯、張養浩爲第二代北籍散曲家，他們出生於元滅金二三十年後，成年與文學活動在元滅南宋之後。貫雲石《陽春白雪序》評盧摯：「疏齋之詞嫵媚，如仙女尋春，自然笑傲。」，其作者主導風格爲清麗典雅。《太和正音譜》評張養浩的散曲如「玉樹臨風」，指出他的作品格調高遠。他的作品文字顯白流暢，感情眞樸醇厚，無論抒情或是寫景，都能出自眞情而較少雕鏤。後期作家有喬吉、張可久、鍾嗣成等。張可久、喬吉也屬清雅一派，朱權說「張小山之詞如瑤天笙鶴。其詞清而且麗，華而不豔，有不食煙火食氣，眞可謂不羈之材」，譽之爲「詞林之宗匠。」《四庫全書總目》也對小山頗爲推崇，也與其雅正典麗有關。今人或有以爲小山曲風雅麗，其曲作有「不脫詞境」、「詞曲間幾乎一致」者，但亦肯定「小山一人造境，亦散曲中清華一派之所由立也」。張可久的散曲，清麗婉雅已達極

〔註127〕任訥：《散曲概論・做法》，上海古籍出版社 1981 年版，第 12 頁。

致，從而使元散曲的「類詞化」傾向較前期遠爲突出。喬吉爲北籍漢人，定居南方四十餘年，其曲作兼融豪放、清麗爲一體的風格，更成了後期散曲的主要傾向。鍾嗣成爲杭州人，或爲長時間在杭州生活的北人。一輩子屢試不中。鍾嗣成主張曲有蛤蜊之味，其創作亦清雅、佻達二格俱存。然在其觀念上，風流蘊藉畢竟是曲之上乘境界。其壽曲《四福‧壽》即可說明這一點。

類詞化的表現之二是上述壽曲所用曲牌相當部份源自詞牌，個別壽曲甚至可以認定爲詞，正說明了壽曲本脫胎於壽詞又逐步探索，慢慢獨立出來的。

上述壽曲所用曲牌，〔寨兒令〕寨兒令源自諸宮調，〔梁州〕，〔普天樂〕源自宋雜劇，〔小梁州〕、〔感皇恩〕唐曲、宋詞、諸宮調均有，〔平湖樂〕、〔折桂令〕、〔梧葉兒〕、〔蟾宮曲〕、〔一枝花〕則源自宋詞。〔閱金經〕實爲詞之〔梅邊〕。

現存最早的一種壽曲魏初《爲細君壽》具有活化石般的標本意義，因爲其所用曲牌〔人月圓〕從格律上說與同名詞牌完全一樣。「北曲中與詞格律全同或相似如〔人月圓〕、〔太常引〕、〔鷓鴣天〕，它們在元初期散曲中用之極少。元好問之〔人月圓〕其實完全是詞而不是曲。他人所作亦是如此。故鄭騫《北曲新譜》將這一類都劃入詞類，不收譜中」。〔註128〕如此看來，魏初之作，亦可歸併爲詞類，這恰恰說明了壽曲寫作之初，文人們從壽詞中吸收營養照樣畫瓢的過程，壽曲脫胎於壽詞，從一開始就被規定與限制了，因此，與主流散曲的創造活力呈現出截然不同的精神風貌，其數量偏少也就難以避免了。

（三）壽曲爲何在明代開展勃興

1. 散曲作者的身份變遷決定了表現內容的轉向。

到了明代，曲作者身份發生了轉變。最高統治者一方面通過殘酷律令嚴懲游離於體制之外的「不逞之徒」、「惡少」，勾欄瓦肆中的觀演活動受到極大抑制，另一方面又通過制禮作樂，將藝術的創作與消費納入到國家意識形態的指導之下。在市俗觀演活動日漸萎縮的情況下，不受法令約束的帝王宮廷和藩府貴族卻出現了戲曲創演的高潮，戲曲進入了最高中樞，形成了由教坊司、鐘鼓司直接舉辦的宮廷劇場。此外，各藩王貴族也插手戲曲創演，形成了各地不同程度繁榮的藩府劇場。

戲曲政策變化的直接結果便是作者身份的變遷，明初劇作家社會地位空

〔註128〕李昌集：《中國古代散曲史》，華東師範大學出版社 2007 年版，第 25 頁。

前提高，其物質與經濟條件遠非元代作家可比，朱權、朱有燉均為天潢貴冑，他們都親自參與創作，而且，在帝王貴族周圍形成了一大批御用文人、宮廷藝人。朱棣還在北方做燕王時身邊就聚結了諸如賈仲明、楊景賢、湯舜民這樣一批文人名流，形成了較早的藩邸雜劇作家群。

作家身份的變化帶來散曲內容及品味的變化，由於吃了「皇糧」，身份和地位決定他們在主觀上不會有興趣去表現社會命運，民生疾苦而去自覺地邁入歌功頌德的行列。本來，早期的祭神祈壽活動表現先民的宗教信仰與原生命意識，民間的祝壽活動則與宗教信仰和風俗習慣結合得較為緊密，在儀式上也較為簡樸。但壽禮作為一種人生儀禮，與傳統的禮制一樣，具有鮮明的等級色彩和階級差別，壽儀中濃烈的生命意識在後世被統治階級轉化為帝王崇拜意識。經過明代貴族提倡，壽儀進一步強化了忠君頌聖、祈壽祝福的意味，在形式上則更為鋪張盛飾且多繁文縟節，以適應統治階級的政治需要和享樂需求。

在廟堂樂章的合奏中，元代少有人問津的壽曲，因為充滿喜慶吉祥的世俗情調，在明代也成為一種風尚。其中具有引領與示範作用者，為憲王朱有燉。他不僅創作了大量的神仙慶壽劇，也創作了不少壽曲。誠齋散曲總體風格屬「端謹」一類，首開明代散曲以雅為尚的風調，縱觀誠齋散曲，造語典麗，襯字極少，除了「志情」一類尚見放達之外，其它諸作，無不溫文爾雅，工整秀拔，離散曲特有的「文而不文，俗而不俗」之趣已隔一層，已然成了元曲的變調。

2. 壽曲具有神仙慶壽劇所無可比擬的特長與優勢。

神仙慶壽劇固然因其具有儀式性、莊重感、參與性及能滿足壽者追求喜慶吉祥的文化心理而被廣泛使用。相對於神仙慶壽劇，壽曲亦具有無可比擬的優勢，主要表現在：

（1）私宅紅氍毹上特別適合散曲清唱。與元代勾欄廟會不同，明代盛行堂會演出，其場地規模相比宏大的勾欄廟會則比較狹小。勾欄廟會適合於演出情節複雜，體制完備的戲曲，而堂會適合於演體制短小的儀式劇及散曲清唱，因之，壽曲也能大量地在紅氍毹上進行演唱。

（2）唱壽曲、演劇作為慶生儀式的重要事項，能增加壽宴的歡樂氣氛，唱壽曲不及演劇排場盛大，氣氛營造也不是演劇鑼鼓喧天、熱鬧非凡，但壽曲的內容，除了普遍傳唱的祝壽歌外，還可稱述壽者的生平事功、家族繁興、

志趣理想等，能增顯壽者之榮耀，且常能表現出祝壽者與壽者間的交情，這些是神仙慶壽劇或一般戲劇所不及的。

（3）神仙慶壽劇模式單一、缺乏變化，而壽曲則靈活自由，其內容既可以是仙佛雜出的長生不老的世俗祝願，也可以爲壽者量身定做的吉祥喜慶內容，更可以是個體化、個性化的人生抒懷，這些感懷包括年華老去的無奈、官場失意的感傷、壯志未酬的悲憤、功名與仕途的矛盾、生命情志的抒寫等。壽曲內容的豐富多彩與神仙慶壽劇的單一俗套形成強烈對比，能爲壽者提供了多樣化的選擇，因而其繁榮也就不足爲怪了。

（4）多元化的壽曲也符合明代慶壽日漸多樣化的潮流。明代慶壽儀式的內容不斷豐富，不僅有文字慶壽，還發展爲送慶壽圖、壽幛、壽屛等，慶壽由靜態走向動態，由單一走向多元，在此種背景之下，祝壽文學與祝壽風氣相互作用相互影響，模式化的神仙慶壽劇顯然難以滿足日漸普及、日漸繁複的慶壽活動。

3. 明壽曲勃興，還與出現大量寫作壽曲的作家有關。

正如宋代壽詞的興盛與魏了翁等人專攻壽詞影響一時風氣有關，明代壽曲的勃興，也與專攻壽曲作家的出現有關。

縱覽明代曲家所作壽曲，北派作家王九思 29 首，張鍊 17 首，馮惟敏 10 首，南派王寅 15 首，加上晚明陳所聞所作 13 首，這五位散曲家所作共 84 首，在 172 首散曲祝壽曲詞中所佔的比例爲 48.84%，幾乎佔有半壁江山，明代壽曲的繁榮，他們的貢獻也是不言而喻的。

六、生日演戲對戲曲文化傳播的影響

生日演劇作爲一種古典的生活方式，不僅構成明清時代一道令人矚目的民俗景觀，由於帝王、文人士大夫及普通觀眾的廣泛參與，事實上也自發地形成了一個高度聚集的文化場域。這一場域一方面爲戲曲的傳播與發酵提供了寶貴的心理空間，製造了一起起影響戲曲發展的文化事件，極大地擴展了戲曲的關注度，另一方面，民眾的高度參與又與戲曲之間構成一種互文關係，戲曲妝點民眾生活的同時，民眾也反作用於戲曲，既影響到它的形式與內容，也促進其審美趣味的轉移。

1. 生日演戲使得戲曲形式體制更爲多元，也豐富了戲曲的表現題材。戲曲傳播的主要通道是包括生日在內的各種個人節日與歲時節日，這一特性也決定

了場上演出之戲曲不等於文人案頭創作的文本。在舞臺上，爲配合慶祝生日的需要，搬演最多的實爲充滿了儀式性的小劇目。若僅局限於藝術進化論的視角，可能會過多地關注「小戲向大戲轉變」這一邏輯進程。但中國戲曲的特殊性在於即便是到了大眾所公認的戲曲成熟期，在宮廷、堂會、鄉村廟臺，依然有大量儀式性小戲上演。相對於文人的經典劇目，它的體制短小，文詞俗鄙，情節簡單，格調不高，只能視作雛形的戲劇。過去的文學史與藝術史有意無意地將這一部份作品進行了過濾與屛蔽。如果在戲曲研究中引入民俗學的視角，就會發現，相對於大量案頭劇，它們是眞正活躍而富有生命力的。這些活躍著的小戲，其形式體制，既不同於「四折一楔子」的元雜劇，也異於長達幾十齣的戲文與傳奇。其表現題材，既不同於元代文人屈抑下僚的一腔悲怨，也迥異於明清文人「十部傳奇九相思」的遊戲筆墨，多爲服務於現實目的的世俗化宗教。此類劇目與文人劇作共同構成了多姿多彩的戲曲世界。

2. 生日演劇成爲戲曲與觀眾之間的紐帶，擴大了戲曲在觀眾中的影響。明清兩代，生日演劇逐漸從上層社會向普通大眾傳播開來，成爲生日慶祝的重要內容。戲曲演出大致可以分爲宮廷演劇、勾欄商業演劇、文人堂會演劇與民間節慶演劇。元雜劇的演出場所多在勾欄瓦舍，其消費對象主要爲大都市裏的市民階層，鄉村居民難得一見，因此，便有套數《莊家不識勾欄》對農民進城看戲的調侃與打趣。明清堂會演劇作爲一種重要的娛樂與應酬活動，「無日不洋洋耳」，但傳播範圍僅限於文人士大夫階層。對於大眾而言，包括生日演劇在內的節慶演劇才是他們接觸與欣賞戲曲的重要機緣。不過，令人稍感遺憾的是，今天所能鉤稽到關於生日演劇的材料，還是多見於官僚與文人階層，因爲享有文化特權，他們成功地進行了自我書寫與自我塑造，而黔首細民的慶生活動則語焉不詳，我們在各地的方志中能看到諸如「歌優雜進」、「搭棚演戲」、「演戲宴客」之類粗線條的記載。儘管如此，這些記載也彌足珍貴，透過這些文字，依舊可以感受到古代民眾生日宴會上絲竹與鑼鼓的交響，戲曲正是藉重於這一特殊時段，裝點了節日生活，也豐富了人們的精神世界。

3. 生日演戲使得文化重心進一步下移，促進了戲曲審美趣味的轉移。從歷時的角度考察，文化重心的下移呈現出不可逆轉的趨勢，但下移速度的快慢則有賴於特定媒介的出現，宋代印刷術的普及加快了這一進程，小說與戲曲的流行也起到了同樣作用。目不識丁的愚夫愚婦，通過戲曲而瞭解歷史與社會，前人多有論及，不贅。生日演戲的普及必然會促進戲曲審美趣味的轉移。清初，

越來越龐大的觀眾群體與典雅精緻的崑曲之間形成了巨大的張力，花雅對峙的消解來自於不經意的一個勝負手——為乾隆祝壽。揚州鹽商首領江廣達為乾隆五十五年高宗萬壽，精心培養三慶班以博得皇上龍顏大悅，雖然他無緣目睹三慶祝壽的歷史盛況，但因為他生前煞費苦心的籌備，終於促成了歷史上的徽班進京，從此翻開了中國戲曲史的嶄新一頁。江廣達也許自己也沒有料到，他的無心插柳，會終結流行了近二百年崑曲的主導地位，同時又開啟了京劇二百多年興盛的序幕。但歷史就是這樣，在偶然之中似乎又有著某種必然。

　　4. 文化心理結構的穩定性與時代變遷的流動性之間存在著一些微妙的平衡。時至今日，依然可見生日演劇的遺風，而各地的戲曲，正是依附在包括生日在內的少數幾個節日上，還在倔強生存，以謀發展。當人們還在暢談梅蘭芳，討論各地的名角時，很快卻傳來了戲曲的危機，戲曲在它的輝煌時期突然衰落，它的危機並不全是自身的危機，其根源在於與之相適應的古典生活方式的終結，它所藉重的迎神賽會的節日環境被連根拔起使它成了無源之水。（港、臺、東南亞的情況還比較樂觀）不過，值得欣慰的是，受西方文化的影響，在傳統歲時節日、宗教節日衰落的同時，生日慶祝不但未受衝擊反而更加隆重，因此，生日演劇在一些鄉村依然保留下來，筆者曾在湖北黃岡、恩施做過田野考察，部份地區有滿月或周歲請戲的習俗，五十歲以上的老人，逢五大慶，也有請戲班演戲的做法，對於身處電子視聽包圍的戲曲來說，殘存的生日演戲之俗也為保留薪火提供了難得的避難所。

第四節　喪葬習俗與戲曲文化傳播

　　面對親人的溘然長逝，歷史上多有以歌舞娛尸之舉。「娛尸」是一種民俗現象，與音樂密切相關，學界多以為是南方少數民族的風俗。然而，喪葬作樂是否就是娛尸？娛尸是否存在實在名先的可能？如果存在，其起源又是什麼？何以出現這種現象？娛尸又遵循怎樣的規律在發展變化？本節通過對原始資料的分析考辨，試圖回答上述問題，並在此基礎上，進一步探討娛尸演劇與戲曲文化傳播的關係。

一、並非一切喪葬作樂都是「娛尸」

　　「娛尸」一詞，首見於正史為《明史》卷六十《士庶人喪禮》：「洪武元年，御史高元侃言京師人民，循習舊俗，凡有喪葬，設宴，會親友，作樂娛

尸，竟無哀戚之情……」〔註129〕相似的記載亦見於《明史紀事本末》卷十四：「辛未詔：中書省令禮官定官民喪服之制，時人民仍元俗，喪葬作樂娛尸，御史高元侃奏禁之。」〔註130〕依此二條之意，「娛尸」的基本內容乃是喪葬作樂。是否喪葬用樂就是「娛尸」呢？

考諸史實，人類在經歷過「其親死，委之於壑」的蒙昧階段後，面對親人的溘然長逝，除了號啕痛哭外，還有長歌當哭。這是一種哭而似歌，歌而實哭、以樂興哀的方式，若非撕心裂肺、五內俱焚之大悲痛無以至此。長歌當哭發展至一定階段即為喪歌或輓歌。晉干寶《搜神記》指出：「輓歌者，喪家之樂」，即已言明輓歌之用途。民間輓歌起源缺乏文獻資料可考，但至遲在春秋時期就已經產生了。《彈歌》(《斷竹歌》) 或可認為是最早的輓歌，《詩經》中的《南陔三章》、《蓼莪》等為輓歌，學界也並無太大爭議，《左傳》中《虞殯》，孔穎達也認為是「啟殯將虞之歌」，「今人謂之輓歌。」〔註131〕

早期的輓歌不能算作娛尸，其原因是：首先，輓歌與痛哭一樣，是人們觸之於心自發而為，其發生過程，恰如《樂記》所言：「凡音之起，由人心生也，人心之動，物使之然也。感於物而動，故形於聲，聲相應故生變，變成方謂之音。」因此，輓歌實乃在世者對死亡現象的正常反應，並非刻意樂鬼樂魂之行為。其次，早期的輓歌曲調當以悲淒為主，沒有任何快樂因素。且不說《詩經·蓼莪》中「哀哀父母，生我劬勞」、「無父何怙，無母何恃」等詩句充滿悲苦之情，後世相關記載也可以確認輓歌為悲淒曲調。譙周《法訓》云：「蓋高帝召齊田橫至於尸鄉亭，自刎奉首，從者挽至於宮，不敢哭而不勝哀，故為歌以寄哀音。」摯虞以為「輓歌因倡和而為摧愴之聲，銜枚所以全哀，以亦以感眾，雖非經典所載，是歷代故事。《詩》稱『君子作歌，惟以告哀』，以歌為名，亦無所嫌。」〔註132〕同書亦稱輓歌「聲哀切」、「音曲摧愴」。〔註133〕唐人白行簡傳奇《李娃傳》中滎陽生和人比賽唱喪歌，「整衣服，俯仰甚徐，申喉發調，容若不勝。乃歌《薤露》之章，舉聲清越，響振林木。曲度未終，聞者歔欷掩泣。」他還沒唱完，聽眾就被他感動得淚流滿面。這些材料均可說明輓歌的曲調確以悲淒為主。

〔註129〕 〔清〕張廷玉：《明史》卷六十，中華書局 1974 年版，第 1492 頁。
〔註130〕 〔清〕谷應泰：《明史紀事本末》，上海古籍出版社 1994 年版，第 55 頁。
〔註131〕 〔清〕阮元校刻：《十三經注疏》，上海古籍出版社 1997 年版，第 2166 頁。
〔註132〕 〔唐〕房玄齡等：《晉書》卷二十，中華書局 1974 年版，第 626 頁。
〔註133〕 〔唐〕房玄齡等：《晉書》卷二十，中華書局 1974 年版，第 626 頁。

　　在高原侃看來，喪葬用樂之所以稱爲娛屍是因爲「竟無哀戚之情甚」，意思是說，衡量用樂是否爲「娛屍」還需看其所營造的精神氛圍。因爲儒家喪葬的主導觀念是以「哭喪」來表示孝道、以愼終追遠爲先，不容輕忽於其間，更不能流露出任何的不恭敬。儒家喪葬禁樂的原則實是建立在此種基礎之上，其經典《禮記·檀弓》中所規定的「望柩不歌；入臨不翔……鄰有喪，舂不相；里有殯，不巷歌。適墓不歌；哭日不歌……」也好，「居喪不言樂」也罷，其實都是就一般情況而言，對於具體情況，又顯示出通達權變的一面，對於輓歌就是如此。《禮記·檀弓（下）》中的一則材料頗能說明問題：

　　　　孔子之故人曰原壤，其母死。夫子助之沐椁。原壤登木曰：「久矣，予之不託於音也。」歌曰：「狸首之班然，執女手之卷然。」夫子爲弗聞也者而過之。〔註134〕

原壤的母親去世，他本該哀哭，可原壤卻當眾跳上母親的棺木，大聲歌唱。對此，孔子表現出極大的寬容與大度。在孔子的寬容背後隱藏著這樣的事實：輓歌雖然違反了儒家喪葬不得用樂的規定，卻並沒有破壞儒家所提倡的莊重肅穆的原則，因爲輓歌曲調悲淒、催人淚下，其實際功能與儒家「哭喪」相差無幾。所以，後世鮮見對輓歌大加伐撻，反而在漢代時被列入喪制，成爲送終之禮。「東漢時，輓歌被列入喪制。《後漢書·禮儀志》：『（登遐）中黃門、虎賁各二十人執紼。司空擇土造穿。太史卜日……候司馬丞爲行首，皆銜枚。羽林孤兒，《巴俞》擢歌者六十人，爲六列。鐸司馬八人，執鐸先。』當時上至帝王將相，下至平民百姓送死時普遍的使用輓歌。」〔註135〕此後用輓歌更顯平常，《顏氏家訓·文章》說：「輓歌辭者，或云古者《虞殯》之歌，或云出自田橫之客，皆爲生者悼往告哀之意。」〔註136〕

　　早期喪中用樂尚有其它記載。《禮記·檀弓》載：「季武子疾，蟜固不說，齊衰而入見。曰：『斯道也將亡矣！士唯公門說齊衰。』武子曰：『不亦善乎？君子表微。』及其喪也，曾點倚其門而歌。」孔穎達《禮記正義》云：「曾點慕蟜固之直，乃倚武子之門而歌，明已不與武子，故無哀戚。」〔註137〕清馬

〔註134〕〔清〕阮元校刻：《十三經注疏》，上海古籍出版社1997年版，第1315～1316頁。

〔註135〕〔唐〕孔穎達等：《禮記正義》卷六，上海古籍出版社1990年版，第600頁。

〔註136〕王利器：《顏氏家訓集解》，中華書局1993年版，第285頁。

〔註137〕〔清〕阮元校刻：《十三經注疏》，上海古籍出版社1997年版，第1299頁。

驌《左傳事緯》卷六稱：「季武子死，曾點倚其門而歌，非無因也」。〔註138〕曾點的倚門而歌儘管也屬喪葬用樂，其精神狀況也堪稱「竟無哀戚之情甚」，但他的行為主要表達對不合於禮之人死亡後的喜悅與慶祝，甚至還帶著興災樂禍的味道，實不能算作娛尸。同樣不能稱為娛尸的還有《禮記‧檀弓》中的記載：知悼子卒，未葬。平公飲酒，師曠、李調侍，鼓鐘。後來「杜蕡自外來，聞鐘聲」，譏刺平公不尊禮法。〔註139〕平公的用樂不為娛尸，而為自娛。

二、娛尸的源頭與娛尸內涵的變化

明確地對「娛尸」作出限定和解釋的，為晚明謝肇淛《滇略》卷九《夷略》：「父母亡，不用僧道雜，則用婦人祝於尸前，親人各持酒物，聚百數人，飲酒、歌舞，達旦，謂之娛尸，婦人群聚，擊碓杵為戲，數日而葬。」〔註140〕此則材料算不上是一個嚴格的定義，而只是娛尸的一種表現：尸前飲酒歌舞。也就是說，娛尸的基本內容應包括喪儀飲酒與喪儀歌舞兩部份。清孫奇逢《中州人物考》卷一《陳給事麟》載：「麟嘗稱：作樂娛尸，為兇惡陋俗，設席燕賓為古禮濫觴，斷而去之。」〔註141〕陳麟為明嘉靖時人，「兇惡陋俗」見出娛尸影響之巨、之廣、之深入人心，「古禮濫觴」言此俗起源甚早。這就暗示著：歷史上有過娛尸現象，只不過未冠以此種稱呼而已。

以尸前飲酒歌舞來衡量，則娛尸最早可溯及《詩經‧周頌‧那》，《那》中描寫「猗與那與，置我鞉鼓。奏鼓簡簡，衎我烈祖」，就是以盛大的歌舞來娛樂先祖。明季本《詩說解頤》解《執競》篇：「此祫祭武王、成王、康王，神既錫嘏而加爵，娛尸之樂歌也。」點明此篇內容的娛尸性質。這裡有一組相當矛盾的事實，一方面，周代喪禮有樂禁。《周禮‧大司樂》：「大箚、大凶、大災、大臣死，凡國之大憂，令弛縣。凡建國，禁其淫聲、過聲、凶聲、慢聲。大喪，蒞廞樂器。及葬，藏樂器，亦如之。」〔註142〕但據杜佑《通典‧禮九‧時享》所載周禮：「自九獻之後，遂降，冕而撫干，舞《大武》之樂以樂尸。九獻之後，更為嗣子舉奠，與諸臣進獻，更行三爵，皆謂之加爵，則

〔註138〕〔清〕馬驌：《左傳事緯》卷六，四庫全書本。

〔註139〕〔清〕阮元校刻：《十三經注疏》，上海古籍出版社1997年版，第1305頁。

〔註140〕〔明〕謝肇淛：《滇略》卷九，四庫全書本。

〔註141〕〔清〕孫奇逢：《中州人物考》卷一，四庫全書本。

〔註142〕孫詒讓：《周禮正義》卷四十三，中華書局1987年版，第1790頁。

用璧散璧角。即行旅酬無算之爵。樂作亦然。旅酬既訖，則尸出。」〔註143〕則眾子孫其實也是用《大武》之樂及無算之樂娛樂尸，並希望先祖能保祐子孫吉祥如意。娛尸之風最最盛者，當為楚地的喪儀歌舞。古楚地「信巫鬼，重淫祀」，楚地之風好歌舞娛神。王逸《楚辭章句·〈九歌〉序》中說：「昔楚國南郢之邑，沅湘之間，其俗信鬼而好祠，其祠必作歌樂鼓舞以樂諸神。」王國維在《宋元戲曲考》也稱：「靈之為職，或偃蹇以象神，或婆娑以樂神。」楚人堅信靈魂不滅，人死為鬼，鬼可以作祟生者，亦可保祐生者，故生者必盡其所能，討好亡靈，以求福庇。這就形成楚地喪葬以歌舞娛神樂鬼之俗。對此，前賢多有所及，茲不贅述。吳越與楚接鄰，史上數相併兼，故民俗略同。吳越之地信鬼重淫祀之風亦不亞於荊楚，《吳越春秋·闔閭內傳》載春秋時期吳國公主勝玉死時，「國人乃舞白鶴於吳市中，令萬民隨而觀之。」〔註144〕這是一種祭鬼娛尸時進行的群眾性歌舞活動，與楚地相類。《三國志》卷五九《吳書》十四亦載吳主孫休薨，其子孫皓在為父親辦喪事時，就借著祭神的名義，觀看巫覡的歌舞表演：「比七日三祭，倡伎晝夜娛樂」。〔註145〕

喪儀歌舞相比於輓歌，已有新的特色：從藝術門類上看，輓歌為單純的歌唱，但喪儀歌舞已呈現歌與舞的綜合，其性質則類於王兆乾先生所謂的儀式性戲劇；從功能用途上看，輓歌是以長歌當哭追憶逝去的生命，喪儀歌舞功用重在樂鬼樂神；從音樂風格上看，輓歌聲哀切，而喪儀歌舞因樂鬼樂神，其曲調或為強作歡樂；從曲辭內容上看，出於樂鬼之需，楚人喪儀歌舞中的曲辭不再展示悲苦內容，而將生者所喜愛的內容也展現給亡靈，如《國殤》中追悼為國捐軀的將士，主要就是讚美為國捐軀將士的英雄氣概和威武不屈的崇高品質，讚美他們是活著的英雄，鬼中的豪傑。

在喪葬用樂的發展過程中，道家齊生死的思想的介入使喪葬的精神氛圍發生了重大的變化。《莊子》內篇《大宗師》載：「莫然有間，而子桑戶死，未葬。孔子聞之，使子貢往事焉。或編曲，或鼓琴，相和而歌曰：『嗟來桑戶乎！而已反其真，而我猶為人猗！』」莊子通過這則寓言闡明了自己對死亡的看法。細繹文本，我們發現，孟子反和子琴張在好友桑戶死而未葬之時臨尸而歌，其行為既沒有輓歌所具的悲苦情調，也不因畏懼亡靈而強作歡笑，相

〔註143〕〔唐〕杜佑：《通典》卷四十九，嶽麓書社1995年版，第708頁。
〔註144〕周生春：《吳越春秋輯校彙考》，上海古籍出版社1997年版，第53頁。
〔註145〕〔晉〕陳壽：《三國志》卷五九，中華書局2006年版，第811頁。

反，他們覺得桑戶是「反其真」，還歸了本原，「嗟來」之歎主要是因為「我猶為人」。在莊子的哲學裏，從無出有謂之生，從有歸無謂之死，死亡既然是復歸空寂，返本歸真，那麼他們的臨尸而歌的對象不是尸而是人。《莊子》外篇《至樂》有「莊子妻死，惠子弔之，莊子則方箕踞鼓盆而歌。」郭慶藩疏：「莊子知死生之之不二，達哀樂之為一，鼓盆而歌，垂腳箕踞，敖敖自樂。」〔註146〕「自樂」一詞即點明了莊子行為的性質——不是娛尸，而是自娛。

齊生死的觀念動搖了儒家孝子應該盡哀、重禮尚孝的準則，也給民間喪葬提供了另一種思想觀念，即喪事實為喜事。「白喜事」之起源今已無從確考，民間對死亡通達的認識或許早於莊子，但就文字記載而言，如果說對死亡的認識從喪事轉變為喜事需要一種全新的思想的話，那麼道家的死亡觀正好提供了這樣一種思想資源。受這種思想影響更多的是民間。民間習俗認為，凡人享年50歲以上，不管老死病死，都是壽終正寢，此種喪事稱為「老喜喪」或「白喜事」。白喜事之氛圍可從近世一則材料可窺見一斑。徐煥斗《漢口小志・風俗志》引《竹枝詞》：「臨喪無復淚滂沱，白布頭巾腳後拖，殉葬衣冠都草草，棺中只有石灰多，悲樂堂前唱喪歌，靈前男女笑呵呵，鼓盆兩字無人懂，問是何人死老婆」。死亡儀式所需的肅穆全然不見，而代之以笑呵呵的謔戲情調，其精神氛圍已不復有慎終追遠、事死如生之意。

既然死亡並不可怕，反而還是值得高興之事，歌舞樂鬼之俗雖存，但已有了新內容：雜糅著「娛尸」與「娛人」的雙重因素。《漢書》四十《周勃傳》云：「勃以織薄曲為生，常以吹簫給喪事。師古曰：『吹簫以樂喪賓若樂人也。』」「樂喪賓」點明音樂的指向的是客人而非死者。《鹽鐵論・散不足篇》云：「今俗因人之喪以求酒肉，幸與小坐，而責辦歌舞俳倡，連笑技戲。」「歌舞俳倡，連笑技戲」說明已全無莊重肅穆之意，「技戲」一詞可能暗示治喪過程中已有百戲雜陳。《群書治要》引崔寔《政論》云：送終之家亦無法度，烹牛作倡。楊樹達《漢代婚喪禮俗考》提出「喪家於來弔者，饗之以酒肉，娛之以音樂」〔註147〕的觀點，並稱引此上述材料。明末清初張履祥《楊園先生全集》卷十八《喪祭雜說》載，伴喪在一些地方也稱為「娛尸」，也就是在初喪時作樂，既是娛尸，又算是迎接弔客。這也指明了喪葬用樂娛尸與娛人的雙重功能。六朝南北風俗，逢喪廢樂，喪期舉樂、飲酒、戲嬉均有違常禮，但仍有放曠

〔註146〕〔清〕郭慶藩：《莊子集釋》，中華書局1961年版，第614頁。
〔註147〕楊樹達：《漢代婚喪禮俗考》，上海文藝出版社1988年版，第104～105頁。

禮法之外者。陳壽居喪病，使婢九樂。謝安石期功，不廢絲竹。陳壽、謝安石均為飽學之士，不可能不明禮法，他們的行為無非表示對死亡的坦然及對個人聲色之娛的重視。

　　還有一些荒淫的皇帝更是離經叛道，棄儒家教誨於不顧，用樂不為娛尸，只為自娛。《南史·齊本紀（下）》載：「（武帝）大斂始畢，（齊廢帝）乃悉呼武帝諸伎，備奏眾樂，諸伎雖畏威從事，莫不哽咽流涕。」《周書·斛斯徵傳》：「時高祖初崩……及高祖山陵還，帝（周宣帝）欲作樂，復令議其可不。徵曰：『孝經云聞樂不樂，聞尚不樂，其況作乎。』鄭譯曰：『既云聞樂，明即非無。止可不樂，何容不奏。』帝遂依譯議。」

三、為何稱娛尸為「元俗」、「胡俗」

　　研究元朝喪葬風俗及喪葬作樂的學者，屢屢徵引下列史料：《明史紀事本末》卷十四：「辛未詔：中書省令禮官定官民喪服之制，時人民仍元俗，喪葬作樂娛尸，御史高元（原）侃奏禁之。」《明太祖實錄》：「洪武元年十二月辛未，監察御史高原侃言京師人民循習元人舊俗，凡有喪葬，設燕饗親友，作樂娛尸，惟較酒筵厚薄，無哀戚之情，流俗之壞至此。」此外，《罪惟錄》亦載：「十二月以汪廣洋、劉惟敬為中書，楊憲為御史中丞，置登聞鼓午門外，直御史監視，定官民冠婚禮及制，禁元宴樂娛尸故事。」同書另載：「洪武元年，御史高原侃請禁娛尸胡習，詔可。自是大喪無樂。」可是，筆者眼力所及，尚無人追問：高原侃、汪廣洋、劉惟敬三人為何稱娛尸為「元俗」與「胡俗」？這種記載經得起推敲嗎？

　　一般而言，娛尸主要指南方少數民族習俗，這一點當無異議。《隋書·地理志》載魏晉時期「蠻左」人：「始死，置尸館舍。鄰里少年各持弓箭，繞尸而歌，以箭扣弓為節。其歌詞說平生樂事，以至卒年。」《巴東縣志》（清光緒六年刻本）《喪禮》載：「舊俗，歿之夕，其家置酒食邀親友，鳴金伐鐃，歌呼達旦，或一夕，或三五夕，謂之暖喪。」《長陽縣志》（清同治五年刻本）《喪禮》載：「臨葬夜，眾客群擠喪次，一人搖打鼓，更互相唱，名曰唱喪鼓，又曰打喪鼓。」另有上文所引謝肇淛《滇略》卷九《夷略》所言傣族之俗。北方只有個別少數民族有此俗。如：隨著苗人和巴人的北遷，羌人也有歌舞娛尸之俗。另，《三國志·高句麗傳》言高句麗之俗：「人死後，初終哭泣，葬則鼓舞作樂以送之」。唐李延壽《北史》列傳第八十二也記載高句麗喪俗：

「居父母及夫喪，服皆三年，兄弟三月。初終哭泣，葬則鼓舞作樂以送之。」按常理，娛尸應為「蠻俗」或「夷俗」而不應稱作「胡俗」。

此外，言娛尸為「元俗」似亦嫌牽強。因為：首先，娛尸絕不是起自蒙古之俗，而是源自於古楚地的歌舞娛神樂鬼。其次，在元代之前，娛尸也已由個別蔑視禮法者的膽大妄為演變成世俗大眾的集體傚仿而蔚然成風了。《唐會要》記載：「長慶三年，浙西觀察使德裕奏應：百姓厚葬，及於道途盛陳祭奠，兼設音樂等閭里編甿，罕知教義，生無老孝養可紀，歿以厚葬相矜，器備僭差，祭奠奢靡，仍以音樂榮其送終……」可見，江南民間在唐代後期已盛行娛尸之俗。宋時，此俗更盛，《宋史・禮志・士庶人喪禮》載，「訪聞喪葬之家，有舉樂及令章者」，對於這種「舉奠之際歌吹為娛，靈柩之前令章為戲」的風習，朝廷認為「甚傷風教，實紊人倫」，專門頒佈命令加以禁止。另據《陽山縣志》（民國二十七年鉛印本）《喪禮》載：「喪葬，歌唱作樂，名曰『娛尸』。此俗在宋時張本中已嚴為之禁，今娛尸之名雖革，然猶有作樂者，蓋粵俗往往皆然也。」按，《廣東通志》卷三十九載：「張本中，字崇正，閩之長樂人，紹興元年出知連州，勞心撫字，循行阡陌，察其豐儉，施之以政，民戴之如父母。土人婚喪以歌為禮，本中嚴禁之，窳俗稍變。」從上述幾則材料可以得知，娛尸至少在唐宋時在部份地方已頗為風行了，對娛尸的禁止也隨之出現。既然娛尸不是元代特有的習俗，言娛尸為「元俗」則有割斷歷史之嫌，甚或為皮相之論。

但是，汪廣洋、劉惟敬、高原侃均歷元明兩朝，所言當非無稽之談。汪、劉、高三位咬定娛尸為「元俗」、「胡俗」，當時並未引起異議，而且，這幾則材料被後人反覆徵引，而又無人懷疑，原因何在？一種可能是，為了醜化舊朝，證明新政權的合法性，文人們將陋俗惡習一股腦兒扣在元代頭上。另一種可能是，儘管娛尸並非源自元代，但作樂娛尸的習俗在元代得以傳承，因而言其為「元俗」也沒引起誤解與爭議。《元史・職制（上）》中有「諸職官父母亡，匿喪，縱宴樂，遇國哀，私家設音樂，並罷不敘」的規定，至少可以證明元代確實存在娛尸現象。此外，明初定都南京，而高原侃「言京師人民循習元人舊俗」，「元人舊俗」四字實已排除娛尸指代南方少數民族風俗的可能，而高句麗之俗亦絕不可能影響到南京，因為從史料看，元代統治者並未大規模接受和推廣高句麗的葬俗。那麼，這裡的「胡俗」與「元俗」只有一種可能——特指當時流傳甚廣的佛教葬儀。

　　六朝以來，隨著佛教的日漸盛行，佛教葬儀也開始進入民間。唐宋之後，佛教喪儀的流行已成不爭的事實。宋胡寅《悼亡別記》中稱：「自佛法入中國，以死生轉化，恐動世俗千餘年間，特立不惑者，不過數人而已。」宋鄭獬《禮法》云：「今之舉天下，凡爲喪葬，一歸之浮屠氏，不飯其徒誦其書，舉天下而詬笑之，以爲不孝。」朱熹《跋向伯元遺戒》也說：「自佛法入中國，上自朝廷，下達閭巷，治喪禮者，一用其法。」

　　隨著佛教喪儀的流行，喪葬用樂也開始發生了變化。本來用來娛尸的音樂是多樣化的。清徐乾學《讀禮通考》卷一百十五《違禮》中有「居父母喪作樂」條，並解釋「樂」是指擊鐘鼓、奏絲竹、匏磬塤、篴歌舞、散樂之類。〔註148〕但佛教葬禮的樂器，主要由各種鼓鈸等打擊樂器和吹管樂器組成，基本上都不使用絃樂器。《東坡詩話》載米元章語「悲似樂，送喪之家用鼓樂」，言下之意，當時喪葬用鼓樂的民俗已令其感到困惑與驚奇。南宋俞文豹《吹劍錄》載：「今京師（杭州）用瑜珈法事，惟即從事鼓鈸，震動驚感，生人尚有聞之頭痛腦裂，況乎亡靈？……至出殯之夕，則美少年、長指爪之僧出弄花鈸花鼓錘，專爲悅婦人掠物之計。」〔註149〕《西廂記》中記普救寺中崔家除喪服儀式上，眾僧啓動法器，「法鼓金鐸，二月春雷響殿角；鐘聲佛號，半天風雨灑松梢」，文本爲我們勾勒出一番鼓鈸喧天的景象。元謝應芳《辨惑編》卷二《治喪》中曾批評當時喪葬「鋪張祭儀，務爲觀美，甚者破家蕩產，以侈聲樂器玩之盛」。〔註150〕至於「聲樂器玩」具體何指，尚有其它材料可資佐證。《馬可·波羅遊記》載沙州（敦煌）殯葬儀式，「所有樂器全部擊響起來，霎時吵鬧喧囂，震耳欲聾。」同書還載杭州喪儀，「送葬隊伍中有鼓樂隊，一路上吹吹打打」，「鼓樂齊奏，喧嘩嘈雜經久不息。」〔註151〕元人熊夢祥《析津志》亦稱：「城市人家不祠祖禰，但有喪孝，請僧誦經，喧鼓鈸徹霄。」〔註152〕

〔註148〕〔清〕徐乾學：《讀禮通考》卷一百十五，四庫全書本。

〔註149〕〔宋〕俞文豹著，張宗祥校訂：《吹劍錄全編》，古典文學出版社1958年版，第125頁。

〔註150〕〔元〕謝應芳：《辨惑編》卷二《治喪》，四庫全書本。

〔註151〕〔意大利〕馬可·波羅：《馬可·波羅遊記》，福建科學技術出版社1981年版，第51、182頁。

〔註152〕〔元〕熊夢祥：《析津志輯佚》，北京古籍出版社1983年版，第209頁。

　　後世的記載也可證明佛教葬禮多用鼓樂。如:《潮州府志》(清光緒十九年重刻乾隆四十年本)卷十二《風俗志》載:「葬所鼓樂憂觴,通宵聚樂,謂之『鬧夜』」,「無不用僧尼鼓樂,徹戶聲喧」。《南海縣志》(清同治八年刻本)《喪禮》載:「戚友祭奠,盛飾品物,羅列花卉,鼓樂導行,侈麼喧嘩,大失哀死弔生之意。」《香山縣志》(清光緒五年刻本)《喪禮》載:「喪禮,於死者就暝時即動鼓樂,或有施放爆竹者。」《安吉州志》(乾隆刻本)卷七《風俗》:「喪家設酒筵用鼓樂歌唱。」

　　對佛教的葬儀的批評在宋代較爲集中。清代徐時棟《煙嶼樓筆記》卷四有如下幾則記載:

　　　　《放翁家訓》云:「每見喪家張設器具,吹擊鑼鼓。家人往往設靈位,輟哭泣而觀之。僧徒衒技,幾類俳優。今吾鄉初喪首七,如所謂散花十供養之類,幾於無貧富無不然者。余丁內憂時,不能禁佛事。而若此等事,幾嚴絕之」。放翁又云:「近世出葬,僧徒引導,尤非敬佛之意。」〔註153〕

又,王栐《燕翼貽謀錄》卷三云:

　　　　出葬用僧導引,此何義耶?至於鐃鈸乃胡樂也。北俗燕樂則擊之,而可用於喪柩乎?〔註154〕

又,開寶三年十月,詔開封府禁止士庶之家喪葬,不得用僧道威儀前引。佛教自傳入中土後就逐漸開始了它的中國化歷程,很多士大夫都自覺不自覺地接受了佛教的認知方式、思想觀念及處世哲學,爲何獨對佛教葬儀大加抨擊呢?筆者以爲,主要是因爲對佛教喪儀所用的樂器無法容忍,除了王栐所言「鐃鈸乃胡樂」外,還有一個重要原因:在正統觀念裏,鼓吹乃軍樂,只能用於非常嚴肅的場合,否則爲越禮。漢之黃門鼓吹,乃是當時樂章四品之一,由黃門樂署掌管,主要用於朝會及皇帝出行。漢帝出行,必有鼓吹一類的隊伏音樂,從此以降,歷代帝王皆如是。鼓吹除了皇帝用於朝會道路外,還常賜給得臣及大將。《後漢書‧楊賜傳》即云:「(中元二年九月)薨……及葬,又使侍御史持節送喪,蘭臺令使十八人發羽林騎輕車介士,前後部鼓吹。」〔註155〕唐段安節《樂府雜錄》「鼓吹部」專門列舉了用鼓吹的幾種情況:「天子鹵

〔註153〕〔清〕徐時棟:《煙嶼樓筆記》卷四,續修四庫全書本。
〔註154〕〔宋〕王栐:《燕翼貽謀錄》卷三,中華書局1981年版,第24頁。
〔註155〕〔宋〕范曄:《後漢書》,中華書局2007年版,第524頁。

簿用『大全仗』，鼓一百二十面，金鉦七十面。郊天謁廟吉禮，即衣雲花黃衣，鼓四，鉦二；下山陵凶禮，即衣雲花白衣，鼓二，鉦二。下冊太后、皇后及太子，用鼓七十面，金鉦四十面，謂之『小全仗』。公主出降及冊三公並祔廟禮葬，並用『大半仗』，鼓四十面，鉦二十面。諸侯用『小半仗』，鼓三十面，鉦十四面，吉凶如上。自太子以下，冊禮及葬祔廟，並無警鼓。」〔註156〕可見鼓吹之樂的莊重與嚴肅。另外，鼓吹主要還是用於軍中。《隋書·志·齊衰》云：「居五服之喪，受冊及之職，儀衛依常式，唯鼓樂從而不作。若以戎事，不用此制。」《唐書·百官志》亦云：「大功以上喪，受冊泣官，鼓吹從而不作，戎事則否。」可見，鼓吹之樂是相當嚴肅的，除了用於軍事外，其它場合一般是禁止的。《唐會要》卷三十八載唐高祖時左臺侍御史唐紹對亂用鼓吹予以猛烈抨擊：「竊聞鼓吹之作，本為軍容，昔黃帝涿鹿有功，以為警衛。故橺鼓曲有《靈夔吼》、《雕鶚爭》、《石墜崖》、《壯士怒》之類。自昔功臣備禮，適得用之。丈夫有四方之功，所以恩加寵錫。假如郊祀天地，誠是重儀，唯有宮懸，而無案架。故知軍樂所備，尚不給於神祇，鉦鼓之音，豈得接於閨閫。」明王錡《寓圃雜記》卷五「鼓吹」條曾專文論述：「鼓吹，古之軍容。漢唐之世，非功臣之喪不給。給或不當，史必譏之。近來豪富子弟，悉使奴僕習其聲韻，出入則箭鼓喧天，雖田舍翁有事，亦往往倩人吹擊，何其僭也。」〔註157〕清康熙年間《江寧縣志》卷一《風俗》也對鼓吹的用途作了明確的界定：「軍中鼓吹在隋唐以前即大臣非恩賜不敢用」，同時對自己的不違禮進行了肯定，「雖富厚無有用鼓吹與教坊大樂者」。

也正是在這個意義上，清徐乾學《讀禮通考》卷一百十五《違禮》下就列舉「漢魏故事，將葬設吉凶鹵簿，皆有鼓吹」，可見喪葬濫用鼓吹一貫為士大夫所非議，更何況佛教喪儀是如此大規模地使用？要知道，通達、寬容如蘇軾者也譏惠州之俗為「鐘鼓不分哀樂事」，〔註158〕看來，佛教喪儀的樂器實在太有悖正統觀念了。所以，高、劉、汪斥其為「胡俗」與「元俗」也就不足為怪了。

〔註156〕中國戲曲研究院：《中國古典戲曲論著集成》第一冊，中國戲劇出版社 1959 年版，第 43 頁。

〔註157〕〔明〕王錡：《寓圃雜記》卷五，中華書局 1984 年版，第 41 頁。

〔註158〕丁世良、趙放：《中國地方志民俗資料彙編·中南卷》，書目文獻出版社 1991 年版，第 730 頁。

四、娛尸由歌舞發展爲演劇

作爲歌舞之設的娛尸，儀式的成分和表演的成分被融合在一起，類似於王兆乾所稱的儀式性戲劇或曾永義所稱的小戲。儀式性小戲的第二種表現形式爲佛戲。佛戲，即佛教法事戲，乃是在喪禮時演出，有「僧道」參與的一種儀式。宋陸游《放翁家訓》有「僧徒衒技，幾類俳優」之句，說明佛教法事與俳優表演頗爲相似。清乾隆時對佛戲有明確的界定：查湖南風俗，無論士庶之家，凡有喪事，每必延請僧道至家，超薦亡靈，其僧道惟以音樂競勝，宣誦佛經，則調成腔口唱念，而以管絃和之，又拋弄鈴鈸，盤旋戲舞，其唱和戲舞，無異優伶，此即定例內所謂「佛戲」也。〔註159〕出於娛人需要，娛尸形式中還雜有百戲演出。任半塘說「中唐在喪儀中，有『祭盤』之設，時而大演傀儡，喪主收淚看戲，其風之始，必亦甚早」。〔註160〕另，《北史》十九《魏趙郡王幹傳》：「子諡，在母喪，聽聲飲戲。」任半塘認爲：「凡此所謂『戲』，均可兼指戲劇，不必以百戲爲限。」〔註161〕其實，任先生似過於絕對，這裡的「戲」倒還是百戲的可能性居多，至少不是成熟的戲劇。

隨著元明戲曲的興盛，歌舞表演此時已不能滿足娛尸需要，專業演員開始走進喪葬儀式，於是娛尸又出現了新的形式：演劇，即演出與儀式性小戲相對應的大戲。陳鐸《嘲南戲》裏「一個停喪的戴秉彝」，又有「伴喪犯夜都該問個不應罪」清慵訥居士《咫聞錄》載：杭俗出殯前一夕，大家則唱戲宴客，謂之暖喪。吳中小民家，亦用鼓樂竟夜，親鄰畢集，謂之伴大夜。可見，「唱戲」與「鼓樂」都是娛尸的具體內容，是一體之兩面而已。田仲一成認爲：「在江南的富裕宗族、家族裏，每逢葬送死者和追薦功德的禮儀，都不僅有由僧侶道士等禮儀專家扮演的業餘目連戲，而且還招請專業演員來舉行演劇，祈求對應於死者的祖先和神靈的加護，安慰死者的靈魂。這種演劇也從明初開始舉行，被稱作『葬戲』。」〔註162〕浙江永嘉人週旋在《畏庵文集》第十卷《疏稿》記載了成化年間（1470年左右）的喪葬民俗：「臣聞蘇松之與京畿富豪之家，賓客飲宴……喪事舉行……張樂娛尸，搬戲駭俗。」此處「張

〔註159〕〔日〕田仲一成：《清代地方劇資料集》，東京大學東洋文化研究所1968年版，第47頁。

〔註160〕任半塘：《唐戲弄》，作家出版社1958年版，第14頁。

〔註161〕任半塘：《唐戲弄》，作家出版社1958年版，第89頁。

〔註162〕〔日〕田仲一成著，雲貴彬譯：《明清的戲曲——江南宗族社會的表象》，北京廣播學院出版社2004年版，第219頁。

樂」與「搬戲」應作互文解釋，即「搬戲」與「張樂」都是娛尸的表現形式，也就是說，成化年間已經有演劇爲娛尸內容的明確記載，此後喪葬演劇娛尸的記載就更多了。《明武宗實錄》卷十四「正德元年六月辛酉條」記載當時人家有了喪事，請來戲班子，「扮戲唱詞」。明姚旅《露書》卷八載，山東青州府，「初喪之家，里社群集，開筵演戲，以替孝子破悶」。呂維祺《四禮約言》卷三《論喪》記載了「陳列玩器，大張鼓吹，排設酒筵，招妓演劇，歌舞喧鬧，駭人聽聞」的「暖喪」之俗。湯顯祖《宜黃縣戲神清源師廟記》也稱戲曲能使「孝子以事其親，敬長而娛死」，實際上已默認喪葬儀式可以有戲曲演出。《實政錄》第二十六卷載山西巡撫呂坤於萬曆前期對該地的樂戶作出的管理規定，其中一條是「祈報祭賽，敬事鬼神，祭奠喪門，哀痛死者，俱不許招集娼優，淫言褻語以亂大禮。違者，招家與應招之人，一體重治。」從其用語之激烈、態度之堅決來看，喪葬演劇之風必大盛於當時。萬曆年間《福安縣志》卷一《風俗》載「非讀書家率以浮屠治喪」，並記當地諺語「無錢扮戲，何暇納糧」，〔註163〕亦可從正面證明喪葬演劇之風行。

迨及清代，喪葬用樂並沒有隨著官方的法律而令行禁止，儘管朝廷一再提倡用司馬光家禮或朱子家禮指導喪葬，而且對洪昇諸人在國喪期間演劇進行了嚴厲的懲罰，但民間社會似乎並未懾於官府的威壓，喪葬活動中，不但儀式性小戲未見消歇，喪葬演劇的記載也屢見不鮮。《平陽府志》（康熙刻本）卷一《風俗》：「執親之喪，不作佛事、不用俳優，士大夫秉禮之家間有行者。鄉里怪之，目爲儉親，誦經超度、扮劇愉尸牢不可破。至於出殯之日，幢幡遍野、百戲俱陳，力不能備則以爲恥，寧停柩焉。」《臨晉縣志》（康熙二十五年刻本）卷三《風俗》：「喪禮好作佛事，甚以鼓吹雜劇娛尸，即士大夫間用家禮，亦未能盡矯其習也。」

禁止喪葬演劇的記載在清代的典籍中亦不鮮見，正統的的衛道者總是想方設法來對抗這種強大的、在他們看來是不可容忍的風俗。《培遠堂偶存稿》卷四十五記乾隆二十四年（1759）三月江蘇的「風俗條約」：「喪葬大事，重在附身附棺，尤在致哀盡禮。新喪經懺，綿延數旬，佛戲歌彈，故違禁令，舉殯之時，設宴演劇，全無哀禮。……久奉上諭，申飭嚴禁，嗣後喪葬，不許有佛戲……地方官一聞佛戲，將樂器取追入官，僧道責處，出殯演劇，立

〔註163〕《日本藏中國罕見地方志叢刊》第12冊，書目文獻出版社1990年版，第544頁。

即拿究。」《直隸保定府祁州深澤縣志》（康熙十四年刻增修本）卷四《喪葬》：
「瞽人說評話者，有架臺演戲者，名伴宿」，又書「而用浮屠，或搬演雜劇，
皆乖禮教，紳士禮義之家不踵此陋習，所當重爲禁革者」。

　　然而演劇娛尸之俗不但未見有遏止之勢，反而傳播愈快，流佈更廣，並
由江南而向全國蔓延。《纂修景州志》（康熙刻本）卷一《風俗》記當地喪葬
本來就「鼓吹不絕」，隨著時間的發展，「近日又多劇」。《翼城縣志》（清乾隆
刻本）卷二十一《風俗》：「自始至終悉循家禮，不用俳優作樂宴賓、惟以哭
奠爲重。」按理說，不用俳優是自然之事，山西《翼城縣志》倒還特別加以
強調，在作者筆下，不用俳優反而成了一種美德，這從反面可以想見用俳優
在當時其它地方運用之廣。流風所及，甚至連中原文明的腹地也難於幸免，
不能不受此夷俗影響，乾隆年間《重修洛陽縣志》卷二《地理志》載：「洛陽
素號名都，近日竟成惡習，居喪者不但不哀毀泣踴，且於含殯之時、卜宅之
際，富家竟令優人演戲，貧者即覓樂人吹戲，謂之鬧喪。」而乾隆年間《清
泉縣志》載乾隆將喪儀期間的演劇名之爲「孝劇」，明明是違反儒家喪葬理念
的行爲，卻以儒家「孝」的名義稱呼，足以見出演劇娛尸之年深日久、積久
成習，官方正統對其無可奈何，只好故作安慰，將其納入儒家的視野，實則
有自欺欺人之嫌。

五、喪葬演劇的類型與劇目

　　粗略而言，喪葬演劇可以分爲停喪演劇、出殯演劇，逢七演劇及中元演
劇等。停喪演劇起源甚早，段成式《酉陽雜俎·尸窆篇》：「世人死者有作妓
樂，名爲樂喪，魌頭，所以存亡者之魂氣也。」〔註164〕停喪期間有每晚演劇
者，潘允端《玉華堂日記》載其長子死後，白天受祭，晚上「串戲」。馮夢禎
《快雪堂日記》載萬曆二十七年（1599）正月二十四日自己赴蔡姓朋友喪「主
人張樂相款，夜半歸舟。」《萬曆寶應志·喪祭》曰：「近日揚城治喪……朝
祖之夕，演劇開筵，聲會雜嘥，名曰伴夜。」清代李綠園《歧路燈》敘譚忠
弼初喪之時，侯冠玉以「鄰有喪，舂不相；里有殯，不巷歌」爲由反對請吹
手及女僧做齋，譚忠弼之妻王氏卻惱了，在閃屏後高聲說：「吹鼓手一定要，
齋是一定做的。」有的家庭不一定在停喪期間每晚都會演劇，但出殯前一天
晚上的演劇卻不可或缺。《明代孤本方志選》中的崇禎《永年縣志》載：「士

〔註164〕〔唐〕段成式：《酉陽雜俎》，中華書局1981年版，第123頁。

大夫家不作佛事，臨葬行奠……發引前夕，柩前置酒，盛陳鼓樂戲劇曰暖靈。今士紳家皆不行，惟鄉民中人家或仍陋習耳。」

出殯演劇在《歧路燈》有生動的描述。譚忠弼移柩下葬的「歸窆之期」，「街上兩棚梨園，鑼鼓喧天，兩棚僧道，笙歌匝地，各人都擇其所好，自去娛耳悅目」。起靈時，「……槓夫一聲喊，黑黝黝棺木離地。孝眷兩隊分，亂攘攘哀號動天。打路鬼眉目猙獰，機發處手舞足蹈。顯道神頭腦顢頇，車行時衣動帶飄。跑竹馬的，四掛鸞鈴響，扮就了王昭君出塞和親。耍獅子的，一個繡球滾，裝成那回回國朝天進寶。走旱船的，走的是陳妙常趕船、於叔夜追舟，不緊不慢，恍如飄江湖水上。綁高抬的，綁的是戟尖站貂嬋、扇頭立鶯鶯，不驚不閃，一似行碧落雲邊。崑腔戲，演的是《滿床笏》，一個個繡衣像筒。隴州腔，唱的是《瓦崗寨》。」《歧路燈》兩處關於喪葬演劇的描寫說明豪門富戶往往不拘時日，不僅在停喪期間演劇、而且出殯之時也演劇。《世宗憲皇帝諭行旗務奏議》卷二：「禮部議覆：據鴻臚寺卿希佛奏稱，京城內外官兵百姓人等，往往有不肖之徒，遇有喪事出殯之際，擺列諸事僭越，復於出殯之前一日設辦筵席、聚集親友，竟日徹夜演戲為歡，不但糜費，亦且大有虧於孝道，仰請敕下該部嚴行禁止等語。設辦筵席演戲為歡實屬有虧孝道，應如希佛所請，通行八旗都察院、順天府衙門，將出殯之時前列諸戲及前一日坐夜縱飲之處嚴行禁止，如有違者，各該管官員即行查拿治。」〔註165〕禮部對於希佛所奏民間奢靡之風極為不滿，從奏議內容看，這些奢靡之風就包括出殯前一晚通宵演戲與出殯之時演劇。

受佛教影響，人死之後，有逢七祭奠的習俗，也有了逢七演劇之風。潘允端《玉華堂日記》載其妻顧氏死後，做三七時也命家班搬演戲曲，演出「雜劇一折」。萬曆本《金瓶梅詞話》中數十處談到演戲，其中許多都與喪事、佛事有關。例如第六十三回，李瓶兒死後，西門慶先是請報恩寺僧人念《倒頭經》，首七，請僧人做水陸道場，誦《法華經》，拜三昧水懺，「晚夕，親朋夥計來伴宿，叫了一起海鹽子弟搬演戲文」，《金瓶梅詞話》第六十五回，李瓶兒死後，行「三七」的晚上，喬大戶娘子與眾夥計娘子伴月娘在靈前看偶戲；第八十回，西門慶死後的「首七」晚上，街坊夥計主管等二十餘人叫了一起偶戲在靈前演出。「二七，街坊夥計主管等二十餘人叫了一起偶戲，在大卷棚內擺設酒席伴宿，提演的是《孫榮孫華殺狗勸夫》戲文，堂客都在靈旁廳內，

〔註165〕《世宗憲皇帝諭行旗務奏議》卷二，四庫全書本。

放下簾來，擺放桌席，朝外觀看」。雖屬小說描寫，也可概見明中葉傀儡戲在喪葬活動中的演出情形。

每逢中元節，也會有對亡靈的追薦活動，以貴州銅仁爲例，民國五年（1916），討袁滇軍攻克銅仁，犧牲甚眾，這一年的中元節，銅仁各界爲超度烈士亡靈建醮，搬演目連大戲，時間甚至長達四個月之久。〔註166〕

喪儀時演出的劇目在故事情節上有一些特殊要求，劇中一般要有鬼魂、祭靈、弔孝等場面，這種演出要渲染出一種悲涼、哀婉的氣氛，另一方面，對於劇中的鬼魂要「屛退」，不能讓他留在人間作祟。

就喪葬表演內容而言，最早爲傀儡戲。常任俠《我國傀儡戲的發展與俑的關係》一文指出：「《周禮・夏官司馬》說：『方相氏狂夫四人。』鄭注說：『方相猶言放像，可畏怖之貌。』這便是最古的守墓的勇士，也便是最古的俑。形狀魁壘，跳躍作戲，故稱傀儡戲。傀儡戲自始即與喪葬祭禮有關，以至唐代，還被稱爲『喪家之樂』。」〔註167〕《文康樂》原爲喪家樂，則可進一步推證，《文康樂》創作之初可能是傀儡戲。《封氏聞見記》也有喪葬設傀儡戲的記載：「大曆中，太原節度辛雲京葬日，諸道節度使使人修祭。范陽祭盤最爲高大，刻木爲尉遲鄂公突厥鬥將之像，機關動作，不異於生。祭訖，靈車欲過，使者謂曰：『對數未盡。』又停車，設項羽與漢高祖鴻門之像，良久乃畢。」〔註168〕此外，陳鐸題爲《嘲南戲》的〔北般涉調耍孩兒〕套曲於民間喪葬演劇亦有所述。一家居喪請戲，本來請的是教坊樂人，「喬粉兒家去了兩遭，朱聰兒家轉了一回，把定銀錢半選遞」，誰知「東道主番嫌貴，把話頭兒改悔」，經過一番爭執，主人執意請了蜀戲，「說川子每扮的來標，劉文斌可不強似荊釵記」，演出開始後，「一時間宅院喧嘩起，半霎兒街坊聚會的齊」，主人也對這場性價比很高的演出讚不絕口，「一壁廂省錢糧翻誇蜀戲妝的來巧」。〔註169〕從上可以看出，教坊藝人、早期南戲班（含川戲、蜀戲班）也進行過喪葬演出。

根據田仲一成的考察，葬戲實可分爲兩類：既然喪禮的主要目的是超度死亡靈，那當然以演法事戲最合適，法事戲雖然僧道皆可參與，但一般仍以佛戲名之。如《欽定吏部處分則例》卷二九《禮儀制》之「嚴禁演唱佛戲」

〔註166〕 李懷蓀：《古老戲曲的「活化石」——辰河高腔目連戲探索之一》，《目連戲論文集》，湖南省懷化地區藝術館 1989 年版，第 4 頁。

〔註167〕 常任俠：《中國古典藝術》，上海出版公司 1954 年版，第 84 頁。

〔註168〕 〔唐〕封演著、趙貞信校注：《封氏聞見記》，中華書局 2005 年版，第 61 頁。

〔註169〕 謝伯楊：《全明散曲》，齊魯書社 1994 年版，第 619～620 頁。

稱：「民間喪祭之事，誦經禮懺，仍聽自便外，其有違例，加以絲竹管絃、演唱佛戲之處，地方官不嚴行禁止，照失察夜戲例議處。」〔註170〕此處的佛戲，乃在喪禮時演出，有「僧道」參與，實爲佛教法事戲。又，乾隆十年春四月初四，湖南永州府新田縣知縣唐善應「請飭通禁唱演佛戲」，以正風俗。二十六日，撫部院蔣某的批覆，對「佛戲」有較明確的界定：「查湖南風俗，無論士庶之家，凡有喪事，每必延請僧道至家，超薦亡靈，其僧道惟以音樂競勝，宣誦佛經，則調成腔口唱念，而以管絃和之，又拋弄鈴鈸，盤旋戲舞，其唱和戲舞，無異優伶，此即定例內所謂『佛戲』也。」〔註171〕佛教法事戲的主角爲和尚，道士也參與其中。民國八年福建《政和縣志》載：「凡富室遇喪事，接三、做七、出殯，無不延僧道誦經、放焰口，以超度亡魂。……夜間施放瑜珈焰口，金鐃法鼓。直達天明始止。……感時者因呼之曰『和尚戲』。」「延僧道」表明「和尚戲」中實有道士參與。

　　法事戲的表演內容可以分爲四個方面：

　　一是誦孔雀經、放焰口。《小方壺齋輿地叢鈔》第六帙《杭俗遺風》：「僧家有經一種，名曰孔雀經。編列各調戲曲，如崑腔、亂彈、徽調、灘簧及九調十三腔，均皆齊備，以和尚八人，分生、旦、淨、丑，各音吹彈歌唱，儼同唱戲家，有素事方用之。」「瑜珈焰口經文，亦能編出各調戲曲，如孔雀經一般。除法師所念不唱外，其餘按出宣唱，各調俱全。每壇用和尚七人，但此等和尚能者不可多得，杭州城廂內外不過一班之數。故日夜兩壇，每人須錢一千。」「土地廟中多有酒肉和尚，用脆鼓鐃鈸放焰口者，名曰敲打焰口，其腔調之高朗與敲擊之圓活，誠無出其右者。更有歎無常一調，五人輪唱，四人接腔，其文有似勸世，不在焰口經典之內。且無論其有無功德，姑取其適聽而已。」

　　二是常見的目連戲。福建《連江縣志》記民間喪葬儀式：「悅屍有破地獄之舉……遂置磁器一十八假爲地獄，緇流扮目連菩薩，執禪杖以次擊破之，以爲破獄，救出犯罪者。」昔日徽州民間給老孺辦喪，富豪之家均請道士前來做場，而道士們不僅誦經超度，還表演目連戲折，《齊雲山志》載：

〔註170〕王利器編：《元明清三代禁燬小說戲曲史料》，上海古籍出版社 1981 年版，第 19 頁。

〔註171〕〔日〕田仲一成：《清代地方劇資料集》（二），東京大學東洋文化研究所 1968 年版，第 47 頁。

如「破血湖」、「開地獄門」等「事業」，即表演「目連救母」一齣戲文，由道士分別扮作目連僧和劉金蟬母子，粉墨登場，劉氏蹲在紙糊的血湖池畔，號淘哭唱「十月懷胎苦」地方俗曲，目連僧肩挑經擔，手持錫杖，口誦超度解罪經卷，圍繞血湖池轉悠，王靈官掌劍隨後，鑼鼓細樂伴奏，經聲唱和，最後靈官揮劍搗毀血湖池，解救目連母劉氏，大破地獄門，釋放孤魂野鬼，一場陰鷙功德，始告結束。

道士做「事業」，如此「粉墨登場」，其表演形式幾乎與目連戲班表演完全一樣，可見昔時徽川目連故事的流傳及目連戲（折）的搬演之盛。在江蘇，目連戲也被用來超度冤魂，如兩姓宗族滋事打死人，婦女被公婆或丈夫虐待自殺等。

三是與目連戲具有同樣性質的特定劇目，這些劇目除了用在喪葬儀式上，也可有用於盂蘭盆會、水陸大醮、中元節，成爲約定俗成的宗教戲劇。如福建一帶的《太子游四門》、《唐僧請經》、《孟姜女》、《朱壽昌》、《劉全進瓜果》、《李世民遊地府》、《莊子戲妻》、《四遊記》（即東、西、南、北遊）和《楚漢》、《三國》、《說岳》等。在甘肅省富豪人家死了人，爲慰安亡靈，請戲班在祠堂或席棚內唱幾折悲涼傷感的戲，以示哀悼。如《諸葛亮弔孝》、《劉備祭靈》等。若是紀念長輩則唱出《北海祭祖》；死了弟兄則唱《哭桃園》；死了晚輩則唱《雙金丹》等。在河南喪家搬演戲曲時，其劇目多爲悲劇節目，有《李天保弔孝》，《武大郎哭爹》、《哭紅堂》等。

四是演出敬獻亡者，並超薦亡靈升入天堂的劇目。東北地區喪儀中會上演《接引歸西》，是皮影戲藝人在喪儀中演出時的「例戲」，其搬演過程如下：

上觀音，擺放蓮臺。

觀音白：吾乃南海觀音大士，在上天已知下界某人，一生行善，做好事，佛祖特下世爲其超度薦亡，歌唱送行極樂世界，超度完畢歸天去者。

動樂，觀音飄雲下。〔註172〕

法事戲一般在農村較爲盛行，但在文人之間，由於目連戲被視爲荒唐無稽的劇目，因而在喪葬儀式上，爲了顯示文人階層的高雅情趣，他們也會選擇宣揚仙道、佛道、勸人超脫世俗的文人作品進行演出。明末陶奭齡《小柴

〔註172〕劉季霖：《影戲說：北京皮影之歷史、民俗與美術》，好文出版社 2004 年版，第 81 頁。

桑喃喃錄》中提到過表演場合和表演劇目的關係：

> 余嘗欲第院本作四等。如四喜、百順之類，頌也，有慶喜之事
> 則演之；五倫、四德、香囊、還帶等，大雅也，八義、葛衣等，小
> 雅也，尋常家庭宴會則演之；拜月、繡襦等，風也，閒庭別館，朋
> 友小集或可演之。至於曇花、長生、邯鄲、南柯之類，謂之逸品，
> 在四品之外，禪林道院皆可搬演，以代道場齋醮之事。〔註173〕

陶奭齡道出了明末戲曲的四種表演場合——慶喜之事、家庭宴會、朋友小集
和齋醮道場，同時也指出每種場合中所適宜演出的劇目。在這裡，不同的劇
作（或其中的一齣一折）在不同的表演場合裏，發揮不同的宗教或世俗功能，
以達到不同的儀式或審美目的。作為「禪林道院」中搬演以代「道場齋醮」，
具有幽魂濟度功能的戲曲，在陶的記載中，這類劇作有屠隆《曇花記》、汪廷
訥《長生記》、湯顯祖的《邯鄲記》、《南柯記》。

　　喪葬演劇，在《金瓶梅詞話》第六十三回中還可以見到演出《玉環記》
的例子。失去李瓶兒的西門慶，在其葬禮舉行之日，於宅邸架設舞臺，招請
海鹽腔的演員，演出《玉環記》。對於這部戲曲的上演，有以下描述：

> 晚夕，親朋夥計來伴宿。叫了海鹽子弟，搬演戲文。李銘、吳
> 惠、鄭奉、鄭春，都在這裡答應。晚夕，西門慶在大棚內，放十五
> 張桌席。……點起十數枝高燒大燭來。廳上垂下簾，堂客便在靈前
> 圍著圍屏，放桌席，往外觀戲。當時，眾人祭奠畢，西門慶與陳經
> 濟回畢禮，安席上座。下邊戲子打動鑼鼓，搬演的是韋皋玉簫兩世
> 姻緣玉環記。西門慶分派四名排軍，單管下邊拿盤。琴童、棋童、
> 書童、來安四個，單管下果兒。李銘、吳惠、鄭奉、鄭春四個小優
> 兒席上斟酒。不一時弔場。生扮韋皋，唱了一回，下去。貼旦扮玉
> 簫，又唱了一回，下去。……於是，眾人又復坐下了。西門慶令書
> 童，催促子弟，快弔關目上來。吩咐揀著熱鬧處唱吧。須臾打動鼓
> 板，扮末的上來問西門慶，請問小的是寄真容的，揀那一折唱吧。
> 西門慶道，我不管你，只要熱鬧。貼旦扮玉簫唱了一回，西門慶看，
> 唱到今生難會，因此上寄丹青一句，忽想起李瓶兒病時模樣，不覺
> 心中感觸起來。止不住眼中落淚，袖中不住取汗巾兒，擦拭。

　　演員演出的是病倒而死期臨近的玉簫，描繪自畫像，託僕人送到韋皋處

〔註173〕〔明〕陶奭齡：《小柴桑喃喃錄》卷一，明崇禎李為芝今是堂刻本。

的場面。西門慶大概在臨終的玉簫身上也想到了昔日與李瓶兒相處的方方面面，不禁百感交集，掉下了眼淚。

隨著喪葬類演出的增多，傳奇中出現了不少祭奠類關目，這些關目在後世可被用於喪葬儀式中：

劇　作	關　目
汲古閣本荊釵記	30 祭江、35 時祀
鈔本荊釵記	32、35
汲古閣本《琵琶記》	41 風木餘恨
元本《琵琶記》	40
《劉希必金釵記》	43
《精忠記》	29《告奠》
《商輅三元記》	20
《鳴鳳記》	40《獻首祭告》
《繡襦記》	32《追奠亡靈》
《灌園記》	28《墓祭王蠋》
《竊符記》	39
《埋劍記》	32《居廬》、35《埋劍》
《還魂記》	25《憶女》
《冬青記》	35《祭陵》
《投梭記》	18《哭友》、31《奠江》
《量江記》	31《江奠》
《蝴蝶夢》	28 澆奠
《綰春園》	21《哭豔》
《七勝記》	35《孔明祭河》
《酒家傭》	26《酒館哭奠》
《重訂量江記》	33《江奠母妻》
《新灌園》	21《夜祭法章》、34《祭墓表忠》
《魔忠記》	34《公憤合祭》
《合劍記》	27《祭父》、29《祭叔》
《牟尼合》	21《薦海》
《春燈謎》	27《誤瘞》
《畫中人》	25《痛女》
《喜逢春》	31《除奸》
《運甓記》	38《蔣山致奠》

在清宮裏，喪禮也有專門的承應戲。遇皇帝、皇太后大喪、公主、后、妃之喪等等，要按人頭髮孝布，哭喪伴靈，直至喪事結束，自然，內學太監演戲也是必不可少的環節。但是，遇皇太后、皇帝大喪，全國要停止演戲等娛樂活動一年，此即所謂「遏密八音」。對於以演出爲生的各戲班而言，乃是一大厄訊。清初洪昇等人於國喪期間因觀演《長生殿》而惹禍，留給後人「可憐一曲長生殿，耽誤功名到白頭」的無盡感歎。

不過，由於中國文化具有先天的樂感因素，對於花甲以上的老人壽終正寢所辦的喪事，又稱「喜喪」、「老喜喪」，於是民間有「紅白喜事」之說，紅喜事當然是指結婚，白喜事則指爲應該看作喜事，可以不必太過悲傷，這是一種通達的生死觀，是莊子生乎自然，返乎自然的生命觀的體現。在這種觀念指導下的喪葬活動，呈現出聚眾喜樂的色彩，在點戲時，熱鬧的關目既是主人家的需要也是客人的渴望。在鄂西北山鄉人家，每逢白喜事，親朋鄰里紛紛趕來，既弔喪也賀喜，以至賓客臨門時，要先道吉祥：「恭賀老人登了仙」，家人則立即答禮：「老人怕跟著我們受罪」。廣州更把這種喪事稱作「笑喪」。據說笑喪的喪家，陳設多用紅的，少用白的，說紅的是吉的。

綜上所述，娛尸的表現形式爲喪葬作樂，但並非一切喪葬作樂都是娛尸；娛尸一詞出現在明代，但娛尸現象古已有之，其主要源頭爲古楚地的歌舞娛神樂鬼之俗；明人稱娛尸不僅指稱南方少數民族這種習俗，也包括當時頗爲風行的佛教葬儀；娛尸處在不斷發展變化過程之中，其內容由最初儀式性的歌舞不斷發展爲專業性的演劇。喪葬演劇的演出時間有停喪演劇、出殯演劇、逢七演劇與中元演劇數種，其演出內容既包括通常所言的法事戲，目連戲等帶有強烈儀式色彩的劇目，士大夫與富豪階層往往以具有慎終追遠，表達哀思的文人劇作行祭，另有喜喪之說，其感情色彩則又是一番景象。

參考文獻

B

1. 《筆記小說大觀》，南京：江蘇廣陵古籍刻印社，1988 年版。
2. 《北史》，李延壽等，北京：中華書局，1974 年版。
3. 《變文講唱與華梵宗教藝術》，李小榮，上海：上海三聯書店，2002 年版。

C

1. 《叢書集成初編》，中華書局編輯部，北京：中華書局，1985 年版。
2. 《傳統文化與古典戲曲》，鄭傳寅，長沙：湖南人民出版社，2004 年版。

D

1. 《道教儀式與戲劇表演形態研究》，倪彩霞，廣州：廣東高等教育出版社，2005 年版。
2. 《道教與戲劇》，詹石窗，廈門：廈門大學出版社，2004 年版。
3. 《道教神仙信仰與祭祀儀式》，張澤洪，臺北：文津出版社，2003 年版。
4. 《道教神仙戲曲研究》，王漢民，北京：人民出版社，2007 年版。
5. 《典藏民俗學叢書》，葉春生，哈爾濱，黑龍江人民出版社，2003 年版。

E

1. 《20 世紀戲曲文物的發展與曲學研究》，車文明，北京：文化藝術出版社，2006 年版。

F

1. 《方志撰錄元明清曲家傳略》，趙景深、張增元，北京：中華書局，1987 年版。

G

1. 《古本戲曲叢刊》，古本戲曲叢刊編刊委員會輯，上海：商務印書館，1954
   年版，北京：文學古籍刊行社，1957 年版。
2. 《故宮珍本叢刊》，海口：海南出版社，2000 年版。
3. 《古代戲曲與東方文化》，鄭傳寅，武漢：武漢大學出版社，2007 年版。
4. 《鬼神的魔力：漢民族的鬼神信仰》，王景琳，北京：三聯書店，1992
   年版。
5. 《古典戲曲存目彙考》，莊一拂，上海：上海古籍出版社，1982 年版。
6. 《國家的儀式》，胡志毅，南寧，廣西師範大學出版社，2008 年版。

H

1. 《漢上宦文存》，錢南揚，上海：上海文藝出版社，1980 年版。
2. 《黃天驥自選集》，黃天驥，廣州：廣東高等教育出版社，2003 年版。
3. 《話本與古劇》，譚正璧，上海，上海古籍出版社，1985 年版。

J

1. 《晉書》，房玄齡等，北京：中華書局，1974 年版。
2. 《舊唐書》，劉昫等，北京：中華書局，1974 年版。
3. 《金枝：巫術與宗教之研究》，（英）詹姆斯·喬治·弗雷澤，徐育新等
   譯，北京：大眾文藝出版社，1998 年版。

K

1. 《崑劇發展史》，胡忌、劉致中，北京：中國戲劇出版社，1989 年版。
2. 《崑劇演出史稿》，陸萼庭，上海：上海教育出版社，1980 年版。
3. 《狂歡與日常——明清以來的廟會與民間社會》，趙世瑜，上海：三聯書
   店，2002 年版。

L

1. 《歷代史料筆記叢刊》，北京：中華書局，1959～2006 年版。
2. 《六十種曲》，毛晉編，北京：中國戲劇出版社，1958 年版。
3. 《兩宋文化史研究》，楊渭生，杭州：浙江人民出版社，1984 年版。
4. 《歷代詠劇詩歌選注》，趙山林，北京：書目文獻出版社，1988 年版。
5. 《禮樂與明前中期演劇》，李舜華，上海：上海古籍出版社，2007 年版。

M

1. 《明史》，張廷玉等，北京：中華書局，1974 年版。

2. 《明清戲曲家考略》，鄧長風，上海：上海古籍出版社，1994 年版。

3. 《明清戲曲家考略續編》，鄧長風，上海：上海古籍出版社，1997 年版。

4. 《明清戲曲家考略三編》，鄧長風，上海：上海古籍出版社，1999 年版。

5. 《目連戲與佛教》，凌翼雲，廣州：廣東高等教育出版社，1998 年版。

6. 《明代傳奇之劇場及其藝術》，王安祈，臺北：臺灣學生書局，1992 年版。

7. 《民間戲曲》，孫紅俠，北京：中國社會出版社，2006 年版。

8. 《明清家樂研究》，劉水雲，上海：上海古籍出版社，2005 年版。

N

1. 《儺戲藝術源流》，康保成，廣州：廣東高等教育出版社，1999 年版。

2. 《南戲論叢》，孫崇濤，北京：中華書局，2001 年版。

3. 《南村輟耕錄》，陶宗儀，北京：中華書局，1997 年版。

Q

1. 《清稗類鈔》，徐珂，北京：中華書局，1986 年版。

2. 《清代燕都梨園史料》及續編，張次溪，北京：中國戲劇出版社，1988 年版。

3. 《曲海總目提要》，天津：天津古籍出版社，1992 年版。

4. 《全元戲曲》，王季思主編，北京：人民文學出版社，1999 年版。

5. 《全唐詩》，彭定求編，北京：中華書局，1983 年版。

6. 《清代內廷演劇史話》，丁汝芹，北京：紫禁城出版社，1999 年版。

7. 《全明散曲》，謝伯陽，濟南：齊魯書社，1994 年版。

8. 《勸善金科研究》，戴雲，北京，北京師範大學出版社，2006 年版。

R

1. 《日本藏中國罕見地方志從刊》，北京：書目文獻出版社，1990 年版。

S

1. 《十三經注疏》，阮元校刻，上海：上海古籍出版社，1997 年版。

2. 《宋元方志叢刊》，北京：中華書局，1990 年版。

3. 《四庫全書存目叢書》，濟南：齊魯書社，1997 年版。

4. 《四庫禁燬書叢刊》，北京：北京出版社，1998 年版。

5. 《四庫未收書輯刊》，北京：北京出版社，1990 年版。

6. 《善本戲曲叢刊》，王秋桂主編，臺北：學生書局，1985 年版。

7. 《隋書》，魏徵等，北京：中華書局，1973 年版。

8. 《宋史》，脫脫等，北京：中華書局，1985 年版。

9. 《宋金雜劇考》，胡忌，上海：古典文學出版社，1957 年版。

10. 《說劇——中國戲劇史專題研究論文集》，董每戡，北京：人民文學出版社，1983 年版。

11. 《世俗的祭禮——中國戲曲的宗教精神》，郭英德，北京：國際文化出版公司，1988 年版。

12. 《宋元南戲考論》，俞為民，臺北：學生書局，1999 年版。

13. 《宋元南戲考論續編》，俞為民，北京：中華書局，2004 版。

14. 《神靈與祭祀——中國傳統宗教綜論》，詹鄞鑫，南京：江蘇古籍出版社，1992 年版。

15. 《神仙傳》，葛洪，北京：中華書局，1991 年版。

16. 《宋元戲曲文物與民俗》，廖奔，北京：文化藝術出版社，1989 年版。

17. 《說俗文學》，曾永義，臺北：聯經出版社，1984 年版。

18. 《歲時——傳統中國民眾的時間生活》，蕭放，北京：中華書局，2002 年版。

19. 《宋遼西夏金社會生活史》，朱瑞熙、張邦煒等，北京：中國社會科學出版社，1998 年版。

20. 《宋代風俗史》，徐吉軍，上海：上海文藝出版社，2001 年版。

21. 《宋代文化史》，姚瀛艇，開封：河南大學出版社，1992 年版。

22. 《詩經的文化闡釋》，葉舒憲，武漢：湖北人民出版社，1994 年版。

T

1. 《天一閣藏明代方志選刊》，上海：上海書店，1963 年影印本。

2. 《天一閣藏明代方志選刊續編》，上海：上海書店，1990 年影印本。

3. 《唐書》，歐陽修等，北京：中華書局，1975 年版。

4. 《唐戲弄》，任半塘，北京：上海古籍出版社，2006 年版。

5. 《湯顯祖與晚明戲曲的嬗變》，程芸，北京：中華書局，2006 年版。

W

1. 《文淵閣四庫全書》，上海：上海古籍出版社，1987 年版。

2. 《王國維戲曲論文集》，王國維，北京：中國戲劇出版社，1984 年版。

3. 《王季思文集》，康保成編，廣州：中山大學出版社，2004 年版。

4. 《文化的演進：宗教禮儀研究》，陳榮富，哈爾濱：黑龍江人民出版社，2004 年版。

5. 《吳梅戲曲論文集》，吳梅，北京：中國戲劇出版社，1985 年版。

X

1. 《續修四庫全書》，上海：上海古籍出版社，2002 年。
2. 《戲文概論》，錢南揚，上海：上海古籍出版社，1981 年版。
3. 《戲曲小說叢考》，葉德均，北京：中華書局，1979 年版。
4. 《戲曲與浙江》，洛地，杭州：浙江人民出版社，1991 年版。
5. 《戲劇理論史稿》，余秋雨，上海：上海文藝出版社，1983 年版。
6. 《戲劇與考古》，馮俊傑，北京：文化藝術出版社，2002 年版。
7. 《戲曲源流新論》，曾永義，北京：文化藝術出版社，2001 年版。
8. 《戲曲與道德傳揚》，吳新雷、丁波，南京：江蘇古籍出版社，2002 年版。
9. 《戲曲文物研究散論》，黃竹三，北京：文化藝術出版社，1998 年版。
10. 《戲曲與演劇圖像及其它》，元鵬飛，北京：中華書局，2007 年版。

Y

1. 《元明清三代禁燬小說戲曲史料》王利器編，上海：上海古籍出版社，1981 年版。
2. 《元史》，宋濂等撰，北京：中華書局，1976 年版。
3. 《元曲選》，臧晉叔編，北京：中華書局，1958 年版。
4. 《元曲選外編》，隋樹森編，北京：中華書局，1959 年版。
5. 《元史紀事本末》，陳邦瞻，北京：中華書局，1979 年版。
6. 《元人雜劇全目》，傅惜華，作家出版社，1957 年版。
7. 《元人雜劇概說》，（日）青木正兒，隋樹森譯，中國戲劇出版社，1957 年版。
8. 《元人雜劇鉤沉》，趙景深輯，上海：上海古典文學出版社，1956 年版。
9. 《元劇研究 ABC》，吳梅，上海：世界書局，1939 年版。
10. 《也是園古今雜劇考》，孫楷第，北京：中華書局，1965 年版。
11. 《元雜劇史》，李修生，南京：江蘇古籍出版社，1996 年版。
12. 《元雜劇研究概述》，寧宗一等編，天津：天津教育出版社，1987 年版。
13. 《元雜劇論集》，李修生等編，成都：百花文藝出版社，1985 年版。
14. 《元代文學史》，鄧紹基，北京：人民文學出版社，1998 年版。
15. 《元明北雜劇總目考略》，趙景深、邵曾祺編，鄭州：中州古籍出版社，1985 年版。
16. 《元代雜劇藝術》，徐扶明，上海：上海文藝出版社，1981 年版。
17. 《元雜劇的文化精神闡釋》，高益榮，北京：中國社會科學出版社，2005 年版。

Z

1. 《中國地方志集成》，江蘇古籍出版社、上海書店、巴蜀書社，1992 年影印本。

2. 《中國地方志民俗資料彙編》丁世良、趙放編，北京：書目文獻出版社，1991 年版。

3. 《中國大百科全書‧戲曲曲藝卷》，北京：中國大百科全書出版社，1983 年版。

4. 《中國古典戲曲論著集成》十卷，北京：中國戲劇出版社，1959 年版。

5. 《中國近代戲曲論著總目》，傅曉航、張秀蓮編，北京：中國戲劇出版社，1989 年版。

6. 《中國戲曲文化概論》，鄭傳寅，武漢：武漢大學出版社，1993 年版。

7. 《中國風俗史》，張亮采，上海：三聯書店，1988 年版。

8. 《中國風俗史》，鄧子琴，成都：巴蜀書社，1998 年版。

9. 《中國風俗通史》，方建新，上海：上海文藝出版社，2001 年版。

10. 《中國民俗與民俗學》，張紫晨，杭州：浙江人民出版社，1985 年版。

11. 《中華民俗源流集成》，雪犁，蘭州：甘肅人民出版社，1994 年版。

12. 《中國戲班史》，張發穎，瀋陽：瀋陽出版社，1991 年版。

13. 《中國家樂戲班》，張發穎，北京：學苑出版社，2002 年版。

14. 《中華風俗志》，胡樸安，上海：上海文藝出版社，1988 年版。

15. 《風俗通義》，應劭，天津：天津人民出版社，1980 年版。

16. 《中國戲劇史論考》，周華斌，北京：北京廣播學院出版社，2002 年版。

17. 《中國戲劇與民俗》，翁敏華，臺北：學海出版社股份有限公司，1997 年版。

18. 《中日韓戲劇文化因緣研究》，翁敏華，上海：學林出版社，2004 年版。

19. 《中國戲曲發展史》，廖奔、劉彥君，太原：山西教育出版社，2000 年版。

20. 《中國古代戲劇形態與佛教》，康保成，上海：東方出版中心，2004 年版。

21. 《雜劇形成史》，劉曉明，北京：中華書局，2007 年版。

22. 《中華戲曲文化學》，謝柏梁，南京：南京師範大學出版社，2004 年版。

23. 《中國戲曲概論》，吳梅，北京：中國人民大學出版社，2004 年版。

24. 《中國民間目連文化》，劉禎，成都：巴蜀書社，1997 年版。

25. 《中國寺廟文化》，段玉明，上海：上海人民出版社，1994 年版。

26. 《中國近世戲曲史》，（日）青木正兒，上海：商務印書館，1936 年版。

27. 《中國戲曲通史》，張庚、郭漢成，北京：中國戲劇出版社，1992 年版。

28. 《中國戲曲與社會諸色》，路應昆，長春：吉林教育出版社，1992 年版。

29. 《中國戲曲與中國宗教》，周育德，中國戲劇出版社，1990 年版。

30. 《中國古典戲曲序跋彙編》，蔡毅編，山東：齊魯書社，1989 年版。

31. 《中國的宗教與戲劇》，（日）田仲一成，上海：上海古籍出版社，1992
年版。

32. 《中國演劇史》，（日）田仲一成，東京：東京大學出版社，1998 年版。

33. 《中國戲劇文化史述》，余秋雨，上海：上海文藝出版社，1984 年版。

34. 《中國戲曲發展史綱要》，周貽白，上海：上海古籍出版社，1979 年版。

35. 《鍾敬文文集》，鍾敬文，合肥：安徽教育出版社，1999 年版。